KB241754

고전산문의 전통과 문화콘텐츠

유권석 지음

보고사

서 문

『한국 전문학 연구』를 펴낸 지 꼭 6년 만에 두 번째 저서를 펴내게 되었다. 시간이 흐른 만큼 내공이 쌓였을 법도 한데, 막상 결과물을 세상에 내놓으려니 처음과 같이 만감이 교차하기는 매한가지다. 하지만 한 가지 깨달은 것이 있다면 결과물을 세상에 내놓음으로 인해 연구가 한층 좋은 방향으로 발전한다는 점이다. 그런 의미에서 고전문학 연구자들의 애정 어린 질정을 바라며 부디 동학들에게 작은 디딤돌이 되었으면 하는 마음 간절하다.

『고전산문의 전통과 문화콘텐츠』는 크게 세 부분으로 구성되어 있다. 제1부는 '가전과 인물전'이고 제2부는 '스토리텔링과 문화콘텐츠'이며 마지막은 '가전 작품 자료'이다. 제1부에 실려 있는 가전에 대한 연구는 새 자료를 발굴하여 학계에 처음으로 소개했던 논문들이며 인물전은 암울한 시대를 배경으로 활약했던 인물들의 행적에 관한 연구물이다. 가전은 꾸며낸 이야기이면서도 인물전을 모태로 출발했다는 점에서 둘 사이에는 유사점이 존재한다. 오늘날 가전과 인물전은 더 이상 창작되지 않고 있지만 우리 선조들의 삶에 대한 기록의식과 수준 높은 창작력을 엿볼 수 있다는 점에서 높이 평가할 만하다. 다음으로 제2부에서는 가전과 고전소설 작품을 대상으로 연구의 논의를 새롭게 적용해 본 것이다. 즉 문화산업이 중요하게 대두되는 상황에서 고전서사에 나타난 스토리텔링의 특징을 도출해 보고 이를 콘텐츠로 개발할 수 있는 가능성을 제시해 보았다. 가전과 고소설은 창작이라는 점에서 문화산업의 다양한 영역에 시사하는 바가 크다고 할 수 있다. 마지막으로 자료 편에는 금곡 박상연이 남긴 두 편의 가전 작품인 「국성전」과 「해의국사」의 원문을 해석과 함께 실어놓았다. 「국성전」은 술 소재 가전의 백미이며 「해의국사」는 김을 의인화한 최초의 작품이라는 점에서 큰 가치를 갖고 있다. 다만 두 작품 모두 난해하여 해석에 다소 미진한 점이 있을 수 있음을 언급해 둔다.

지금까지도 그래왔지만 앞으로도 내 학문 연구의 방향은 고전산문을 토대로 문화콘텐츠라는 영역을 넘나들며 지속될 것 같다. 이번 결과물을 자양분으로 삼아 더욱 겸허하게 연구에 매진하는 기회로 삼고자 한다.

그동안 『고전산문의 전통과 문화콘텐츠』라는 한 권의 책이 세상에 나오기까지 많은 분들의 도움이 있었다. 가장 먼저 지금은 고인이 되신 유재영 교수님의 얼굴이 떠오른다. 새 가전 작품을 소개해 주시고 논문을 읽어 주신 고마움을 말로 다 표현할 수 없다. 그리고 항상 곁에서 학자의 길을 갈 수 있도록 물심양면으로 응원해 주시는 안기수 교수님과 허만욱 교수님께 감사드린다. 아울러 교수의 길을 갈 수 있도록 오랫동안 내조해 준 아내 김지연과 가족들에게 사랑을 전하고 싶다. 끝으로 힘든 여건 속에서도 흔쾌히 출판을 허락해 주신 보고사의 김흥국 사장님과 편집을 맡아주신 이경민 대리님께 깊은 사의를 표한다.

2012년 12월
화정관에서 저자 씀

차 례

제2부 스토리텔링·문화콘텐츠

자료편

제1부

가전과 인물전

「해의국사」 연구

I. 머리말

해의는 흔히 가정에서 반찬으로 이용하는 김을 이르는 것으로 「해의국사」[1]는 김을 의인화시킨 가전이다. 김을 소재로 입전한 것은 매우 독특한 경우라고 할 수 있다. 중국의 가전 작품들을 살펴보아도 두부와 보리떡, 무 등의 먹거리를 소재로 삼았던 경우[2]는 있었지만 김은 발견되지 않고 있다. 이러한 특징을 지닌 「해의국사」는 내용적인 면에서 볼 때 17세기 후반 바른 정치를 꿈꾸면서도 세상을 등질 수밖에 없었던 작가의 심정과 문학적 역량이 잘 투영된 작품이라고 할 수 있다.

오늘날 김은 미역, 다시마 등과 함께 우리 식탁에 오르는 흔한 반찬이 되었지만 과거에는 수확량도 많지 않았고 또한 먹는 방법도 다양하게 개발되어 있지 못했다. 그러므로 고기를 먹는 않는 스님들이 주로 애용하는 음식이었다. 우리 민족이 해조류를 채취했다는 기록은 일찍

---

1) 「해의국사」는 『춘강수필』에서 그 존재를 언급한 적이 있었는데, 국역은 물론 내용에 대한 접근은 없었다. (유재영, 『춘강수필』(춘강유재영박사화갑기념문집간행위원회), 이회문화사, 1992, 614쪽) 가전체 소설 중에 제목에 '史' 자가 붙어 있는 작품으로 「花史」와 「心史」가 있는데, 이들 작품의 경우 『사기』 본기체의 특징이 고스란히 반영되어 있다. 「海衣國史」도 제목에 '史' 자가 붙어 있고 주인공도 천자로 표현된 점 등으로 보아 이 작품들의 영향을 받은 것으로 생각된다.

2) 김창룡, 『가전문학의 이론』, 박이정, 2001, 19~21쪽.

이 일연이 지은『삼국유사』에서부터 확인되는데[3], 지형적인 특징으로 인해 주로 서남해안에서 수확 되었다. 이러한 김은 지역에 따라 해의, 청태, 감태, 짐 등의 다양한 명칭으로 불려 왔다.

그동안 우리 문학계에 소개되어 온 가전 작품들을 살펴보면 고려 후기를 기점으로 술, 돈, 애완물, 식물, 동물 등과 심지어 추상적인 심성에 이르기까지 다양한 소재의 작품들이 존재해 왔다.[4] 그리고 이러한 가전에 관한 연구는『조선소설사』에서[5] 가전에 대해 간략히 설명한 이후로 장르적 성격의 규정과 개별 작품의 소개 및 비교 연구 등으로[6] 폭넓게 진행되어져 왔다. 이러한 가전 작품들은『사기』·「열전」을 모태로 등장했던 만큼 문체나 구조에 있어서 닮은 점이 많지만 의인화되면서 문학성이 더 풍부해졌다고 볼 수 있다. 물론「해의국사」도 이러한 가전의 특징들을 구현하고 있는데, 내용적으로 볼 때 몇 가지 주목

---

3)『삼국유사』권 제一,「延烏郎 細烏女」, 一日延烏郎海探藻.

4) 가전은 고려시대에 출현하여 800년 동안 30여 명의 작가들에 의해 약 40편이 넘는 작품이 출현했는데, 이들 작품을 보면 김을 의인화한 경우는 발견되지 않고 있다. (안병렬,『한국가전연구』, 이우출판사, 1986, 114쪽. 김창룡,『한국의 가전문학』상·하, 태학사, 1997) 그리고 금곡 박상연의 경우처럼 앞으로 문집이 연구되기 시작하면서 새로운 가전 작품이 출현할 가능성도 많다고 하겠다. (졸고,「「국성전」연구」,『어문연구』130, 한국어문교육연구회, 2006, 85~111쪽)

5) 김태준,『조선소설사』, 학예사, 1939, 74쪽.

6) 김균태,「전의 장르적 고찰」,『신호열선생고희기념논총』, 창작과비평사, 1983.
   김창룡,『가전문학의 이론』, 박이정, 2001, 197~224쪽.
   안병설,「전의 문학적 변용」,『한국학논총』2, 국민대한국학연구소, 1979.
   유기옥,「한·중 문방사우계 가전의 문학적 변용양상과 의미」,『한국언어문학』43, 한국언어문학회, 1999.
   조수학,「가전의 편철성」,『영남어문학』1, 영남어문학회, 1974.
   이강옥,「국순전과 국선생전의 서술방식과 세계관」,『고소설연구논총』, 다곡이수봉선생회갑기념논총간행위원회, 1988.
   이동근,「전 양식의 역사적 전개양상」,『우리말글』29, 우리말글학회, 2003.
   조동일,『한국문학통사』(2), 지식산업사, 1990, 116~123쪽.

되는 점이 발견된다. 먼저 해박한 역사적 지식을 바탕으로 김을 한 나라의 천자로 설정하여 작가 자신이 품어왔던 이상적인 군왕의 모습과 자신의 처지를 은연중에 표출시키고 있다. 두 번째는 동자이의어를 바탕으로 역사적 전고에서 소재를 부각시키고자 했다. 아울러 바다와 강에 사는 식물들만을 등장시켜 이야기를 이끌어 가면서 김의 속성을 드러내고자 한 점 등은 매우 주목되는 부분이라고 하겠다.

그런데 이처럼 김을 의인화 시켜 뛰어난 가전 작품을 쓸 수 있었던 것은 작가 박상연이 고창, 영광, 부안 등 주로 서해안 지방에서 한 때를 보낸 것과 무관하지 않을 것으로 짐작된다. 즉 박상연(1631~1696)은 숙종 때 우암을 비롯한 노론 실권자들의 폐정을 질타한 만언소를 올렸으나 받아들여지지 않자 벼슬을 버리고 세상을 주유했다. 이때 두 아들과 동생을 반계와 영광에 정착하여 살게 했는데, 이러한 그의 삶이 작품에 직접적인 영향을 끼쳤을 것으로 짐작된다.

이러한 저간의 사정을 감안하면서 「해의국사」의 서사 구조를 중심으로 기술적 특징과 문학사적 의의 등을 중점적으로 고찰해 보고자 한다.

Ⅱ. 작가의 생애와 저술활동

『금곡집(金谷集)』은 박상연의 사후 280년 만인 1976년에 출간되었고[7] 그 후 16년의 세월이 더 흐른 뒤에야 작가의 삶과 문집에 담긴 작품들이 개략적으로 알려질 수 있었다. 그만큼 조선 후기에 활동했던 문인이면서도 정치적으로나 학문적으로 현달한 경우가 아니었기 때문에 그에 관해 남아있는 기록도 미비했고 문집은 물론 이름조차 생소했

---

7) 『금곡집』은 전남 광주 평화당 인쇄사에서 1976년에 출간되었다.

다. 그러나 오늘날 그가 지은 가전 작품들은 17세기 후반 산천경계를 벗 삼아 주유하면서 살았던 그를 글 잘했던 문인으로 새롭게 인식시키기에 손색이 없을 것이다.

금곡 박상연에 관한 기록은 『금곡집』에 실린 서문과 발문, 그리고 묘비문에 자세히 나와 있다.[8] 상연은 그의 휘이며, 초휘는 상안으로 인조 9년(1631)년 신미 정월 25일에 태어나 사산감역 초계현감을 지내고 숙종 22년(1696) 병자 8월에 경기도 양성 금곡에서 세상을 떠났다. 선계는 신라 경명왕 팔자의 한 분인 속함대군 휘 언신이 관조다. 할아버지 절제 휘 유정은 임란에 신립장군의 종사관으로 달천에서 순국하여 충으로 정려되었다. 그리고 아버지 모제 휘 효향은 유복자로 태어나 효성이 지극하여 정포되었다. 어머니는 영인(令人) 양성이씨로 제용감정 우급의 손이오 진사 진의 딸이다.

박상연은 숙종 때 당쟁으로 백성들이 고통을 받자 만언소를 올려 십참팔폐(十慚八弊)에 대해 충간을 서슴지 않았다. 십참은 기강, 정교, 휼민, 납간 등에서 임금이 즉위 초와 달리 태만해지는 것을 10조를 들어 성찰케 하고자 했다. 그리고 팔폐는 농민실업, 학교부흥, 공거불명, 군졸호원, 사치병국, 옥송엄체, 상벌불명, 부역번다 등 당시의 가장 극심했던 폐단 8가지를 들어 정책을 개진하려는 데 목적이 있었다. 그러나 이러한 노력에도 불구하고 노론 정권이 서용되면서 공은 미련 없이 관직을 버리고 아우인 호군 상환과 함께 남하하여 두 아들은 반계에 아우는 영광에 정착하게 하였다.[9] 하지만 자신은 시와 술을 벗 삼아 강산

---

8) 박상연의 삶과 그의 문집인 『금곡집』에 대해서는 일찍이 술을 의인화한 가전인 「국성전」을 연구하면서 한 차례 고찰한 바가 있다.(졸고, 앞의 책, 「「국성전」 연구」, 85~111쪽)

9) 박상연은 경기도 양성에서 삶을 마감했지만 고창의 선비였던 허재 유혜원(1632 ~1695)에게 준 시를 통해 볼 때 이 지역 유학자들과 많은 교유가 있었던 것으로

을 주유하다가 지금의 경기도 양성에서 생을 마쳤는데, 양성은 그의 본향으로 양성향교의 「대성전현액기」와 「명륜당액기」, 「명륜당 액자」가 그의 글이다. 이러한 정황으로 볼 때 박상연이 「해의국사」를 지은 시기는 노론이 서용되자마자 벼슬을 버리고 동생과 두 아들과 남하했던 1679년 이후로 보는 것이 타당할 것 같다. 그리고 정치적으로 복잡했던 세상사를 잊고 자연을 벗하게 되면서 자신의 심정을 「해의국사」를 지어 표현고자 한 것으로 짐작된다.

박상연의 유고 『금곡집』은 석인본으로 상, 하 두 권이 하나의 책으로 이루어져 있다. 상권에는 시, 사, 부가 수록되어 있고 하권에는 기미년엔 올린 소를 비롯하여 서, 격, 잡저, 설, 서, 기, 제문, 전으로 구성되어 있다. 상권은 시가 차지하는 분량이 많은데 435수의 시가 실려 있다. 대체적으로 시어는 풍부하고 표현하고자 하는 내용이 직설적이어서 이해하기가 쉬운 편이다. 하권에는 소 2편, 서 2편, 격문 1편, 잡저 4편, 설 12편, 서 3편, 기 15편, 제문 5편, 전 1편 등이 수록되어 있다.

「해의국사」는 하권 잡저에 실려 있는데, 「상족탄」, 「상풍교탄」, 「제도병목」 등과 함께 수록되어 있다. 네 편의 잡저 작품 중에서 분량이 가장 많다. 여섯 쪽 반의 분량으로 한 쪽은 가로 12줄로 되어 있으며 한 줄에 25자씩 나열되어 있다. 총 글자 수는 1,828자인데 첫 장과 마지막 장만 다르고 나머지는 똑같은 체제와 글자 수로 이루어져 있다.

『금곡집』의 서문은 강릉인 김봉문이[10] 썼다. 글은 마음의 표현인데,

사려된다.(역주 『허재집』, 원광대학교향토문화연구소, 이회문화사, 1996)

10) 김봉문(1906~1978)은 관향이 강릉인데, 『금곡집』의 서문을 썼다. 구한말과 일제 시대에 활약한 충의열사들에 관한 자료를 모아 『한국의열록』(『한국의열록』, 김봉문 편, 이리김봉문택, 1975)을 펴내기도 했으며, 호남의 인물들을 모아 『호남인물지』(『호남인물지』, 김봉문, 이회문화출판사, 1992)를 엮어내기도 했다.

공의 강직한 성품이 시폐상소로 대표되는 경국제세의 공을 이루었다고 적었다. 아울러 그의 능력이 크게 쓰이지 못하고 여기에서 그치게 된 것에 대한 안타까운 심정과[11] 당쟁으로 인해 박씨 집안이 몰락하게 되었음도 언급하고 있다. 그리고 발문은 후손이 썼는데, 『금곡집』을 펴내게 된 것을 불행 중 다행으로 여기면서 당시 박상연이 당쟁으로 인해 정치적 위기에 처했었고[12] 어쩔 수 없이 모든 것을 포기하고 남하했었다고 적고 있다.

Ⅲ. 작품 분석

1. 서사 구조 분석

주지하다시피 가전은 사물을 의인화시켜 일정한 주제를 구현하는 문학양식이라고 할 수 있다. 그러나 의인화 시킨 작품이라고 해서 반드시 가전으로 분류되는 것은 아니다. 즉 가전 작품으로서 갖추어야 할 일정한 특징들에 부합되어야만 가전이라고 할 수 있기 때문이다.

일찍이 가전이라는 용어를 처음 사용했던 서사증은 『문체명변』에서 가전을 사물을 의인화 시킨 것으로 골계를 중요하게 생각했다. 그러나 많은 가전 작품들에 골계미가 나타나는 것은 사실이지만 골계미가 가전이 갖는 총체적인 특징은 될 수 없다. 즉 오늘날 가전이라는 문학 용어가 갖는 의미와는 차이가 많았다.[13] 그러므로 가전이라는 용어를 쓸

---

11) 『금곡집』 상권. 文者心之著也. 於時必有經國濟世之功而疏未上徹. 僅試牛刀而止 嗚呼. 惜哉.

12) 숙종은 정치를 함에 있어 파당을 적절히 활용했는데, 숙종 초기에 남인이 정권을 잡았다가 다시 남인이 몰리고 노론이 등장하면서 정치에 염증을 느낀 것으로 보인다. (이성무, 『조선시대 당쟁사』 2, 동방미디어, 2000, 13~40쪽)

수 있으려면 김창룡의 지적처럼[14] 일정한 구성 형식에 부합되어야 한다고 보는 것이 합당할 것이다.

　일반적으로 가전은 인물전을 기저로 하고 있기 때문에 인물전에 나타나는 전반적인 형식과 흡사한 점이 많이 발견된다. 인물전은 사람의 일생을 출생, 성장, 사멸, 평결로 나누어서 기술하는 것이 일반적인데, 이러한 인물전의 특징들은 가전에서도 그대로 재현되고 있다.[15] 가전의 형식은 외형적 측면에서 볼 때 주인공의 선조 및 출신을 소개하는 선계와 주인공의 행적을 다룬 본전, 자손의 후일담을 다룬 후계, 작자의 평을 붙인 평결로 이루어져 있는데, 이러한 형식을 정형가전이라[16] 한다. 그리고 내적으로는 표제상의 참 주인공을 소개하는 서두, 주인공의 앞 선조에 대해 소개하는 선계, 정치적인 행적 등을 기술한 사적, 주인공의 마지막을 다룬 종말, 주인공의 자손이나 지손의 행적을 그린 후계, 작자의 평을 담은 평결형식으로 이루어지는 것이 보통이다. 그러나 모든 인물전이 똑같은 형식으로 기술되지 않듯이 가전 또한 반드시 이러한 6가지의 구성 형식에 들어맞는 것은 아니다. 가전의 유형은 선행 연구를 통해 서두-사적-평결을 기본 체제로 하여 8가지 유형으로 제시된 바가 있다.[17] 이때 제시되었던 가전의 최대 형식은 서두-선

---

13) 안병렬, 『한국가전연구』, 이우출판사, 1986, 28~30쪽.

14) 김창룡, 앞의 책, 『가전문학의 이론』, 88~89쪽.

15) 전의 형식에 대해서 김균태는 도입부-전개부-종결부로, 안병설은 서두부-행적부-평결부로, 조수학은 서두-본문-결말로, 주명희는 가계·출생담-행적-몰-처자손록-평결로, 이동근은 도입부-서두부-전개부-결말부-논찬 부로 분류한 바 있다. (이동근, 『조선후기 「전」 문학연구』, 태학사, 1991, 16~17쪽)

16) 김창룡, 앞의 책, 『가전문학의 이론』, 90쪽.

17) 김창룡, 위의 책, 『가전문학의 이론』, 100쪽.
　김창룡은 『사기』·「열전」을 분석하면서 구성 형식을 8가지 유형으로 제시한 바 있다.

계-사적-종말-후손-평결인데 「해의국사」의 서사 구조를 가전의 최대 형식에 대입하여 어떤 형식으로 이루어져 있는지 먼저 밝혀 보고자 한다.

〈서사 구조〉

가-1. 해의국(海衣國)은 서남 큰 바다 가운데에 있는데, 땅의 넓이가 구만여 리로 천지처럼 광활하다.

　-2. 천자의 성은 장(張)씨, 이름은 첩(貼), 자는 속지(束之)인데, 자칭 짐(朕)으로 태고적 혼돈씨의 후예이다.

나-1. 장씨는 대대로 하빈(河濱)에 살았는데, 혼돈의 일을 수행하여 십 대를 넘어 첩에 이르렀다. 첩이 어려서 어머니 박씨가 수렴청정을 하다가 자라자 정사를 돌려주어 첩이 천자가 되었다.

다-1. 짐(朕) 천자는 현묵(玄黙)은 숭상하나 예절은 침중하지 못했는데, 어려서부터 황제의 후손으로서 자긍심이 많았다.

라-1. 서남의 바다에 도읍을 정하면서 물(水)을 으뜸으로 삼고 검은색을 숭상하며 여섯 숫자로 기원을 삼았다. 곤룡포를 입고 면류관을 썼는데, 이때부터 짐 천자의 영향이 사해에 미치지 않은 곳이 없고 이름이 널리 퍼졌다.

마-1. 현묘(玄妙)한 담소를 좋아하고 불법을 믿어 스님과 친하게 지내면서도 속인은 좋아하지 않았다. 그러나 더러 사람들이 재계하고 부르면 갔는데, 경박하여 관대함이 없었다.

서두-사적-평결
서두-선계-사적-평결
• 서두-사적-후계-평결
• 서두-사적-종말-평결
• 서두-선계-사적-종말-평결
• 서두-사적-종말-후계-평결
• 서두-선계-사적-후계-평결
• 서두-선계-사적-종말-후계-평결

-2. 사람됨이 천박했지만 청렴하고 욕심이 적었으며 검소하여 나라
    가 망한 적이 없었다.
바-1. 진시황과 함께 나라를 세워 해의(海衣)라고 불렀는데, 이때부터
    해의를 짐(朕)이라고 칭하게 되었다. 서시가 불사약을 구하러
    갈 때 함께 가서 동해에서 놀았다는 진(秦)나라의 기록이 있다.
 -2. 짐 천자에게는 감태(甘苔)라는 재상과 곽동(藿同)이라는 장수가
    있었다.
 -3. 왕망이 납일에 초주를 올리면서 독을 넣어 짐이 죽자 사람들이
    혹 짐(朕)과 짐새의 짐(鴆)이 음이 같아 짐을 의심했다.
 -4. 짐 천자가 일찍이 '유연(流連)으로 나라를 잃고 연안(宴安)으로
    목숨을 잃는다.'라는 소동파의 시를 읊조렸는데, 이를 거울삼아
    태만한 것이 없었다.
사-1. 진(晉)나라 시절에 강동왕 하순이 있었는데, 처사 장한의 부추
    김으로 반란을 일으켰다.
 -2. 하순은 청태를 재상으로 삼고 짐 천자의 연호를 받들지 않으면
    서 자칭 대택황제라 했다. 그리고 이름도 순우연(淳于淵)으로
    바꾸고 연호도 순(淳)으로 고쳤다.
 -3. 변방 신하 백빈이 달려와 짐 천자에게 하순(夏蓴)이 반란한 사
    실을 알렸다.
 -4. 승상 감태가 소식을 듣고 짐 천자의 젓가락을 빌려 전쟁 계획을
    세웠다.
 -5. 곽동을 복파장군으로 황각(黃角) 청각(靑角)을 좌우 종사관으로
    삼았다. 그리고 다사마(多士麻)를 표고장군으로 우모(牛毛)를
    전봉도독으로, 고발(高勃)을 후장군으로, 갈발(葛勃)로 기병을
    삼았다. 이때 곽동이 가사리(佳士里)를 기실참군으로 삼으니 이
    가 곧 수염이 아름다운 염참군(髯參軍)이다.
 -6. 짐 천자가 부평초를 세객으로 삼았는데, 돌아와서 강동 땅이 작
    지만 험하고 장강이 있으니 서둘지 말라고 보고했다.

-7. 짐 천자가 부평초에게 하순의 장수들인 문조(文藻)와 도아리(都阿里), 대아리(大阿里), 미나리에 대해 듣고는 걱정 없다며 공격을 명했다.

-8. 목앵(木罌)으로 군대를 실어 강동 땅에 들어가 배수진을 친 하순의 군대를 크게 이겼다.

-9. 짐 천자가 성대한 잔치를 베풀고 공훈에 따라 분모(分茅)를 나누어 주었다.

아-1. 강동의 망한 태부 장한을 짐 천자가 초빙하고자 했으나 거절하고 떠나갔다. 이 해에 강동이 완전히 망했다.

자-1. 대부가 하순의 아들 추모(秋茅)를 맞아 세워 옛 땅을 회복했다. 이에 짐 천자가 정벌하고자 했으나 감태가 말려 신하로 삼고 왕으로 봉해 주었다.

차-1. 건봉 말년에 짐 천자가 어부의 손에 죽어 초상 때 먹는 반찬이 되었다.

카-1. 황태자 세모(細毛)가 있었으나 아직 어려서 삭발하고 스님이 되었다.

-2. 나라에서 자손에게 제수하여 중국 각지에 퍼지게 되었고 이때부터 진시황과 같이 짐이라고 불러도 참람(僭濫)으로 여기지 않았다.

타-1. 짐 천자는 미천했지만 훌륭한 소문이 있었고 사해를 살찌워 만능의 권세를 누렸다.

-2. 짐 천자가 오래도록 나라를 지키고 이끌 수 있었던 것은 어진 재상 감태와 장군 곽동이 있었기 때문이다.

-3. 스님의 반찬이 되었지만 인군으로서의 국량(局量)은 부족했는데, 말년에 그물에 걸려 사람의 손에 죽었으니 슬프다. 또한 아들에 이르러 상가(喪家)의 반찬이 되었으니 이것은 짐 천자로 인한 것이다. 슬프다.[18]

「해의국사」는 짐 천자로 대표되는 김이 서남해의 제왕으로 살다가 세상 사람들의 반찬이 되어 널리 알려진 사연을 인물과 사건을 중심으로 기술하고 있다. 전반적인 내용을 살펴보면 김을 천자로 설정하여 모든 부와 권세를 갖춘 지존의 존재로 설정하고 있으면서도 김이 지닌 다양한 속성을 내세워 장단점으로 처리한 것이 매우 이채롭다. 이야기의 대강은 나라를 세워 이끌어 온 경위와 반란군을 물리친 일, 어부의 그물에 걸려 세상에 나오게 된 사정으로 나누어 볼 수 있다. 이 중에서 사적에 해당하는 부분이 특히 길다고 하겠다. 그리고 이야기의 배경은 서남의 바다라고 했지만 전체적으로 중국으로 설정되어 있다. 등장인물들 역시 서해안의 바다와 강에 사는 식물들이지만 그들의 관직은 역시 중국의 것을 따르고 있다. 이것은 「해의국사」가 지어질 당시 전반적으로 중국을 대국으로 여겼던 것과 자신의 위상을 과시하기 위한 것으로 사려 된다. 그러나 중국의 고대 역사에 관계된 전고가 많이 개입되었지만 내적으로는 우리나라의 식물들을 등장시키면서 자신의 생각을 투영시킨 것이라고 할 수 있다. 이러한 「해의국사」의 서사 구조를 선행된 가전의 구성 형식에 맞추어 살펴보면 좀 더 일목요연한 구성 방식을 파악해 볼 수 있을 것이다.

먼저 주인공을 소개하는 서두부분을 살펴보면 위에 제시된 서사 단락의 가–1과 가–2가 이에 해당된다. 해의국의 규모와 짐 천자의 성씨 및 이름과 자(字) 등을 제시한 부분이다. 서두 부분은 다른 가전들처럼 매우 간략한 편이다. 김을 의인화하면서 끝부분에 선계에 해당하는 내용을 함께 제시해 놓았다. 그리고 두 번째로 주인공인 짐 천자의 조상을 언급한 선계부분인데, 서사 단락의 나–1이 이에 해당한다. 짐 천자

---

18) 『금곡집』 하권, 「해의국사」.

의 선조를 혼돈씨의 후예로 설정하여 세상이 아직 제대로 자리 잡지 않았던 오래 전부터 김이 존재했다고 설정했다. 그런데 공교롭게도 작가와 같은 성씨로 어머니의 성씨를 삼아 수렴청정을 했다고 하여 더욱 현실감 있게 내력을 제시하고 있다. 세 번째는 사적으로 사적은 가전에서 가장 분량이 많고 주인공의 인품과 행적, 능력 등을 망라하여 기술하는 것이 일반적이다. 「해의국사」에서도 사적에 해당하는 내용의 분량이 가장 많다. 서사 단락의 다–1에서부터 자–1에 이르는 부분이 모두 사적이라고 할 수 있다. 다–1은 짐 천자의 인품에 해당되는 것으로 현묵은 숭상하지만 침착하지 못하여 무게가 없음을 지적하고 있다. 이것은 행동에 드러난 주인공의 단점이라고 할 수 있는데, 김이 가진 속성을 이처럼 표현한 것이다. 그리고 라–1은 해의국의 체재와 짐 천자의 천자로서의 모습과 위상을 장점으로 표현한 것이다. 그런데 짐 천자의 모습을 묘사함에 있어 단점과 장점을 동시에 드러내는 것은 대상을 평가함에 있어 약간의 혼란을 일으키는 면도 있다. 하지만 이것은 결국 작가는 다양한 방법으로 대상들 사이를 넘나들 수도 있고 조합할 수 있다는 관점에서 이해해야 할 것으로 여겨진다.[19] 그리고 김이 바다에서 나는 것인 만큼 도읍을 서남에 정하고 물을 숭상한다고 표현했다. 또한 곤룡포를 입고 면류관을 쓴 짐 천자의 위상이 더 없이 높아서 세상에 우뚝 섰음을 나타내고 있다. 그런데 마–1과 마–2는 스님들과 친하게 지내며 일반사람들은 멀리한 것, 사람됨이 천박하지만 검소한 것, 욕심이 적어 나라를 잘 유지한 것으로 표현했다. 이는 짐 천자의 단점인 동시에 장점을 드러내는 것이라고 할 수 있다. 앞에서도 짐 천자는 행동이 침중하지 못하다고 했는데, 이 부분에서도 포용성이 부

---

19) 보리스 우스펜스키, 김경수 옮김, 『소설구성의 시학』, 현대소설사, 1992, 137쪽.

족하고 사람됨이 천박하다고 했다. 그러나 검소하고 욕심이 적어 나라가 망하는 것과 같은 일은 일어나지 않았다. 즉 천자로서 겉으로 드러난 행동과 마음가짐에 차이가 있음을 지적한 것이다. 그리고 바-1에서바-4까지는 중국의 역사적 전고를 짐 천자와 결부시킨 것이다. 짐 천자가 진시황과 함께 나라를 세운 사정과 그의 뛰어난 신하들, 이름이같아 짐새의 독으로 평제가 죽었을 때 오해를 받은 것, 소동파의 시를거울삼아 나라를 지킨 사정을 들고 있다. 여기에서 김이 전라도에서는구개음화 현상으로 인해 짐으로 불려지면서 생길 수 있는 오해의 소지를 역사적 사실에서 찾아 표현한 것이 특이하다. 다음으로 사-1에서사-9까지는 강동왕 하순이 반란을 일으켰을 때 평정한 것이다. 이는짐 천자의 능력과 활약에 해당한다고 할 수 있다. 또한 아-1과 자-1은강동왕 하순의 친구 장한을 초빙했으나 성공하지 못한 것과 하순의 아들로 다시 옛 땅을 봉해준 부분이다. 짐 천자의 인물에 대한 애착과 신하의 말을 귀담아 듣는 태도가 드러나 있다. 사적에 해당하는 부분을보면 작자는 중국 역사에 대한 해박한 지식을 바탕으로 이야기를 풀어나가고 있으며 김이 갖는 음운현상에도 관심이 많았음을 알 수 있다. 다음으로 네 번째는 주인공의 마지막을 서술한 종말부분인데, 차-1이이에 해당한다. 짐 천자는 바다에서 모든 권세를 누렸으나 결국 어부의 손에 잡혀 불행한 최후를 맞았다. 그리고 초상이 났을 때 상가에서먹는 음식이 되었다. 짐 천자의 종말은 그의 사적에 비한다면 매우 어이없고 불행하게 끝났다고 할 수 있다. 다섯 번째는 자손이나 지손들의 행적을 담은 후손부분인데, 서사 단락의 카-1과 카-2가 이에 해당한다. 후손인 황태자가 스님이 된 것과 후손들이 중국 각지에 짐으로불리며 널리 퍼지게 된 사정을 제시한 부분이다. 여기에서도 천자처럼짐이라고 불리지만 결코 능멸한 것은 아니라고 했다. 마지막으로 인물전의 논평에 해당하는 논찬을 담은 부분으로 타-1에서 타-3이 평결에 해당한다. 평결에서는 짐 천자의 사람됨과 능력을 지적하면서 동시에 바다의 주인에서 인간의 반찬으로 전락한 것에 대해 슬퍼하고 있다.

이와 같이 「해의국사」의 서사 구조를 선행된 가전 연구에서 제시된 구성 방식에 대입해 보았다. 그 결과 짧게 제시된 부분도 있지만, 대체적으로 서두부와 선계, 사적, 종말, 후손, 평결이 잘 갖추어진 작품임을 확인할 수 있었다. 이것은 「해의국사」가 단순히 흥미나 의인화만을 추구하지 않고 가전 작품으로서, 형식적으로 손색이 없음을 드러내 주는 것이라고 할 수 있다.

2. 기술적 특징

위에 제시된 서사 구조를 바탕으로 「해의국사」에 나타난 기술적인 특징들을 중점적으로 살펴보고자 한다.

혼돈씨의 후예로 해의국의 천자로 묘사된 김은 뛰어난 능력을 발휘하여 사해를 평정하지만 결국 어부의 손에 죽음으로써 나라가 망하게 되었다. 짐 천자가 죽음으로 인해 김이 세상에 널리 퍼지게 된 계기가 되었는데, 위대한 천자로 의인화된 김의 특징은 서두와 사적부분에서 쉽게 찾아 볼 수 있다.

> 천자의 성은 장씨이고 이름은 첩이며 자는 속지인데, 자칭 짐이라 칭하거늘 태고 적 혼돈씨의 후예이다.[20]

> 비록 현묵은 숭상하나 침중하지 못했다.[21]

---

20) 『금곡집』 하권, 「해의국사」. 姓張氏 名貼 字東之 自稱曰朕 古太古混沌氏苗裔也.
21) 『금곡집』 하권, 「해의국사」. 雖尙玄黙 禮不沈重.

검은색을 숭상하고……, 깃발을 모두 검은 색으로 하고 곤룡포를 입고 푸른 옥조의 띠로 묶었다. 그 사이에 조개껍데기 문양이 반짝반짝 빛을 내 광채는 사람을 비추고 크게 사해의 교화를 행하니 온 바다안의 만물이 짐 천자의 여향을 받아서 휩쓸리지 아니함이 없었다.[22]

기량의 능력이 본디 경박하고 말이 더욱 과장되어 인군으로서 관대하고 후한 역량이 없었다. 그러나 사람됨이 본래 천박하였지만 청렴하고 욕심이 적어 자기 몸을 위해서는 기름진 쌀과 고기는 안 먹고 반찬은 줄이고 음악은 치워버렸다. 검소하고 소박한 것이 이와 같은 까닭으로 국가가 반석에 올려놓은 것처럼 안정되었다. 이에 나라가 엎어져 망한 적이 없었다.[23]

흔히 김은 낱장으로 셀 때 한 장 두 장 세며 말린 김 한 첩은 100장을 기준으로 끈으로 묶어놓는 것이 보통이다. 성을 장씨라고 한 것이나 이름을 첩이라고 부른 것, 자를 속지라고 한 것은 다 이런 김의 특징을 나타낸 것이다. 이러한 표현은 임춘이 지은 「공방전」 같은 가전에서도 돈 꿰미를 관지라고 했는데[24], 대상을 드러내는 역할을 하는 것이라고 할 수 있다. 그런데 김은 「천군전」에서처럼 혼돈씨의 후예라고 했고 또한 짐이라는 이름도 같다.[25] 혼돈이란 태고 적을 말하는 것으로 김이 이 세상이 만들어질 당시부터 존재했다는 것을 의미한다고 하겠다. 그리고 바다에 있을 때에는 묵직하게 보이는데, 일단 밖에서 말려 놓으면

22) 『금곡집』 하권, 「해의국사」. 器局素輕 言益浮誇 無人君寬厚之量 爲人素賤 淸廉寡欲 自奉甚薄 不食粱肉 減膳撤樂 儉素如是 故國家安於盤石 未嘗傾覆焉.
23) 『금곡집』 하권, 「해의국사」. 色尙黑……, 旗幟皆黑 袞龍之袍 束靑玉藻之帶 間以螺鈿蚌甲之文 彬彬班班 光彩照人 大行敎化於四海 海內萬物 莫不從風而靡 翕然衣被昭回之光 由是 朕天子名 播於遠邇.
24) 김창룡, 앞의 책, 『한국의 가전문학』, 21쪽. 「공방전」.
25) 김창룡, 위의 책, 『한국의 가전문학』, 93쪽. 「천군전」.

부피가 많이 줄어들어 가볍게 보인다. 그래서 침중하지 못하다고 한 것이다. 또한 김은 검은 색을 띠고 있기 때문에 짐 천자의 모습을 곤룡포를 입은 것으로 표현했다. 옥조는 김을 묶는 끈을 벼슬했을 때 쓰는 면류관으로 표현한 것이다. 다만 천자이다 보니 끈을 더욱 가치 있는 것으로 나타냈을 뿐이다. 그런데 오늘날에는 김을 채취하는 방법이 잘 발달되어 매우 깨끗하게 이루어지는 편인데 과거에는 김을 채취할 때 바닷가 바위에 붙어있는 것을 떼어내는 것이 고작이었다. 그러므로 김을 채취하면 함께 붙어 있던 작은 조개들까지 따라 나오게 마련이었다. 이 조개들이 햇볕을 받아 빛나는 것이 꽤나 인상적이었던 모양이다. 조개껍데기들이 반짝반짝 빛났다고 하는 말이 그것이다. 그런데 김을 말려 반찬으로 먹을 때 불에 굽게 되면 쪼그라들어 부피가 작게 되는데, 이러한 것을 경박하고 인군으로서의 관대하고 후한 역량이 없다고 표현했다. 그러나 김은 본래 그 속성이 천박하게 보이지만 고기 대신으로 먹기에 그만이었던 까닭에 김에 대한 사랑 또한 여전했다. 이러한 특징을 나라가 망할 수 없었다는 것으로 나타내었는데, 김이 갖고 있는 장점이라고 할 수 있다. 또한 이러한 김은 주로 고기를 금했던 스님들이 주로 애용했는데, 짐 천자가 불법을 숭상하고 스님을 가까이 했다는 말이 바로 그것이다. 그리고 짐 천자가 죽고 아들 대에 이르러 해의국이 망하는 바람에 김이 세상에 널리 퍼지게 되었는데, 이때부터 초상집에서 주로 먹는 음식이 되었다.

> 현묘한 담소를 좋아하고 불법을 믿고 숭상하여 날마다 스님과 함께 친하게 지내면서 속인은 좋아하지 않았다.[26]

---

26)『금곡집』하권,「해의국사」. 然而好談玄玄 崇信佛法 日與僧尼相親 不喜俗人.

충자 사가 상복을 입고 태와 함께 임금의 지위에 있지 않을 때에 삭발하고 스님이 되어 마침내 초상집에 자주 가게 되었다.[27]

이와 같은 특징을 지닌 김은 고대 중국의 역사적 인물인 진시황제 때 나라를 열고 천자로서 군림하게 되었는데, 짐이라는 이름으로 인해 오해를 받은 적도 있었다. 이는 발음상의 차이에 따른 것이다.

짐 천자가 진시황과 함께 나라를 세우게 되었는데, 나라 이름을 해의라 했다. 해의를 짐이라고 칭한 것은 이로부터 시작되었다.[28]

평제 때에 왕망이 납일에 초주에 독을 넣어서 짐에게 올리니 짐이 갑자기 죽어 버렸다. 사람들이 혹 이 짐(朕)과 짐새의 짐(鴆)이 음(音)이 서로 비슷하여 짐을 의심했다.[29]

중국 역사상 짐이라는 칭호를 처음 사용한 사람이 바로 진나라 시황제이다. 그런데 전라도에서도 김을 짐이라고 불렀기 때문에 진시황과 짐 천자를 이름으로 관련지어 함께 등장시킨 것이다. 이로 인해 짐 천자가 세운 해의국을 진시황이 진나라를 세운 것과 동시대로 설정한 것이다. 또한 왕망이[30] 독을 넣어 짐을 죽였는데, 짐자가 짐 천자와 같은 음으로 읽혀져 의심을 받았다.

한편 「해의국사」에는 한나라 고조가 전국시대를 통일할 때의 상황을 모방하여 짐 천자가 강동 땅의 왕인 하순이 일으킨 반란을 평정하는

---

27) 『금곡집』 하권, 「해의국사」. 沖子嗣服 苔同未在位 剃髮爲緇 遂至於喪家.
28) 『금곡집』 하권, 「해의국사」. 朕天子與始皇 幷立國號海衣 海衣稱朕.
29) 『금곡집』 하권, 「해의국사」. 平帝時 王莽臘日上椒酒 置朕暴崩 人或以朕與鴆音相似而疑之.
30) 왕망에 관한 일은 「산군전」에도 등장한다. (김창룡, 앞의 책, 『한국의 가전문학』, 145쪽)

내용으로 재구성해 내고 있다. 이것은 짐 천자의 능력을 표출시키는 것으로 치밀한 사건 전개와 많은 식물들이 신하로 등장하는 점이 주목된다. 반란의 주동자인 강동왕 하순은 순채 나물을 의인화한 것으로 장한이 매우 좋아했던 음식 중의 하나이다. 장한은 진나라 제왕 때 사람인데 농어와 순채를 무척 좋아하여 만년에 벼슬을 그만둘 때도 이것을 핑계로 삼았을 정도다. 이러한 순채와 장한의 관계에서 장한의 부추김으로 하순이 반란을 하게 되었다. 이때 짐 천자는 뛰어난 신하들을 내세워 평정하게 하였다. 반란을 진압하는 과정에서도 역시 중국의 역사적 전고가 나타나고 있다. 이들 전고에는 선행된 가전 작품들에서 사용된 소재들도 차용되고 있다. 이는 전대의 가전 작품들에게서 받은 영향이라고 할 수 있다.

변방 신하 백빈이 막 달려와 반란을 일으켰다고 고했다.[31]

곽동을 명하여 복파장군으로 삼고 황각 청각으로 좌우 종사관을 삼았다. 또 다사마를 표고장군으로, 우모를 전봉도독으로, 고발(高勃)을 이에 후장군으로, 갈발(葛勃)로 기병을 삼았다. 수군 백만을 이끌고 진을 풀어 정벌함에 어려(魚麗)가 북을 치고 피리를 불며 행군하니 대개 자라와 거북이가 출발하는 머리부터 끝까지 대략 만여 리에 뻗쳤다.[32]

짐 천자가 말하기를 짐의 뜻은 이미 정해졌다. 인하여 물어 말하기를 "순의 대장은 누구냐?"고 말하자 문조(文藻)라 하니 상이 말하기를 이것이 소위 세상에서 말하는 문장자인가? 모추의 아들은 도필리에 지나지 아니하니 어찌 능히 곽동을 감당할 수 있겠는가? 좌우 종사가 누구냐

---

31) 『금곡집』 하권, 「해의국사」. 邊臣白蘋莽走告其反.
32) 『금곡집』 하권, 「해의국사」. 命藿同爲伏波將軍 以黃角靑角 爲左右從事官 又以多士馬 爲票古將軍 牛毛爲前鋒都督 高勃乃爲後將軍 葛勃乃爲奇兵 率水軍百萬 征之 陣解 魚麗鼓角以行 介胄鱗甲之士 首尾亘萬餘里.

하니 말하기를 "도아리 대아리"라고 하니 "이것은 큰 둑방 밑에서 사는 것이냐? 몸이 비록 길고 크나 나의 황각과 청각만 같지 못하다. 유(遊) 장군은 누구냐?"라고 하니 "미나리입니다." 더러운 도랑에서 성장해 가지고 성품이 심히 유약하니 나의 다시마만 같지 못하다.[33]

짐 천자는 바다에 사는 식물들이 강에 사는 식물들보다 더 뛰어나다고 생각하고 있다. 흰 마름꽃인 백빈이 달려와 반란을 알리자 김의 한 종류인 재상 감태가 작전을 세웠다. 이는 중국 한나라 고조의 신하였던 장량이 계책을 세우던 것을 그대로 모방한 것이다. 그리고 미역인 곽동을 장군으로 삼고 해초인 황각과 청각을 종사관으로 삼았다. 또한 다시마와 우뭇가사리, 갈말과 고발을 앞세워 진군하는데, 이에 비해 하순의 군대는 유약한 미나리와 깨끗한 문장, 붓, 까마종이 등으로 열세라고 할 수 있다. 순의 대장은 문장을 뜻하는 문조인데, 붓의 아들로 도필리에 지나지 않는다는 것은 좋은 문장을 의인화한 것이다. 결국 짐 천자는 바다를 대표하는 위대한 제왕으로서 뛰어난 능력을 지닌 신하들로 하여금 전쟁을 승리로 이끌었다. 그리고 전쟁에서 이긴 짐 천자는 전쟁에 참여했던 신하로 표현된 여러 바다 식물들에게 공을 나누어 준다. 물론 공훈을 나누어 줄 때도 실제로 천자가 제후들에게 했던 역사적 사실을 그대로 모방하고 있다. 즉 분모는 봉역과 함께 영지로 떠나가는 제후들에게 상징적으로 천자가 풀과 흙을 나누어 주던 의식이었다.

---

33) 『금곡집』하권, 「해의국사」. 朕天子曰 朕之意已正矣. 因問曰 尊之大將 誰也 曰文藻 上曰 是世所謂文章者乎 毛錐之子 不過爲刀筆吏 安能當藿同 左右從事誰也. 曰 都阿里大阿里曰 是大堤下居生者乎 身雖長大 不如我黃角靑角 遊將軍誰也曰 閔阿里 曰生長汚渠 性甚柔弱 不如我多士麻.

마침내 분모(分茅)를 공신들에게 줌에 감태를 봉하여 주지왕을 삼고 곽동으로 월라후를 삼고 다사마를 곡지의 백으로 삼았다. 그리고 나머지는 모두 차주지의 왕으로 있게 하였다.[34]

전쟁에서 하순을 이긴 짐 천자는 그의 친한 벗 장한을 초빙하고자 했으나 장한이 끝내 거절하자 화가 난 짐 천자는 강동을 완전히 망하게 하고 말았다. 그리고 이런 강동 땅은 다시 하순의 아들인 추모가 짐 천자의 신하가 되어 이어갔다. 그런데 전쟁이 끝나고 언제까지나 태평성대일 것 같던 해의국은 짐 천자가 어부의 그물에 걸려 어이없게 죽음으로서 망했다. 이후 짐 천자는 상가의 반찬이 되고 말았다. 이때부터 그 후손들이 중국에 퍼지게 되었고 짐이라고 불러도 참람으로 여기지 않았다. 이것은 진시황을 지칭하던 짐이라는 용어가 김을 부를 때 짐이라고 하더라도 저촉되지 않음을 의미하는 것이다. 즉 짐이라는 말이 갖는 이중성을 지적한 것인데, 짐 천자와 아들을 구분하여 대짐과 소짐으로 불렀다.

이적들이 모두 다 짐의 호를 부르니 고로 지금 세상에서 대짐이라고도 하고 소짐이라고도 하니 세모가 짐이 되었다. 대개 짐이라고 하는 것은 옛적에 상하가 통칭하여도 참람으로 삼지 않았다.[35]

짐 천자가 상가의 반찬이 된 후에 태사공이 평하기를 부귀를 누리고 오래도록 나라를 지킨 것은 매우 잘 한 일이지만 이는 모두 어진 신하들이 있었기 때문이라고 했다. 또한 불교를 신봉하고 스님과 가까이 지내며 인군의 역량이 부족했음도 한탄했다. 결국 그가 어부의 손에

---

34) 『금곡집』 하권, 「해의국사」. 遂分茅功臣 封甘苔 爲注芝王 藿同爲月羅候 多士麻 爲曲芝伯 餘皆有差注池王.

35) 『금곡집』 하권, 「해의국사」. 夷狄皆冒朕號 故今之世 有大朕 小朕 毛作朕焉 盖朕 古者上下通稱 不爲僭也.

죽은 것은 슬프지만 그로 인해 상가에 자주 가고 스님의 밥반찬이 된
것 또한 슬프다고 했다.

> 태사공이 말하기를 짐 천자는 자신이 미천하게 있으면서 훌륭한 소문
> 이 있었으니 구구한 처지로 만승의 권세를 이룬 것이라고 하였다.[36)]

> 어찌 특별히 짐천자의 오묘한 덕화라고만 하겠는가? 당시 어진 재상
> 감태 곽동의 무리가 서로 함께 도운 것이다.[37)]

> 비록 혹 불교를 쫓아 현묘함을 이야기하고 스님을 밥 먹여 경박하고
> 방탕하여 인군의 관대한 국량이 없었다. 그물에 걸려 사람 손에 죽게
> 되는 천하의 구실이 되었으니 어찌 슬프지 않으리? 충자 사가 상복을
> 입고 태와 함께 임금의 지위에 있지 않을 때에 삭발하고 스님이 되어
> 마침내 초상집에 자주 가게 되었다. 이는 창업의 임금이 이 화근을 열어
> 준 것이다. 슬프다.[38)]

평결에 해당하는 논찬에서는 짐 천자의 능력과 신하들의 도움을 상
기시키는 동시에 김이 지닌 속성을 들어 역량이 부족했음을 지적하고
있다.

그런데 논찬의 마지막 부분에서 짐 천자가 천자로서의 영화를 누리
지 못하고 죽은 것에 대해 무척 애통한 심정을 토로하고 있다. 일찍이
비극은 관중들에 대한 '감탄'과 '동정'을 자아내는 것이라는[39)] 관점에

---

36) 『금곡집』 하권, 「해의국사」. 太史公曰 朕天子 自在側陋 玄德升聞 以區區之地 致
   萬乘之權.
37) 『금곡집』 하권, 「해의국사」. 豈特朕天子玄黙之化乎 當時賢佐甘苔藿同輩 相與輔
   相之也.
38) 『금곡집』 하권, 「해의국사」. 雖然 或從佛氏 談玄飯僧 輕薄飄蕩 無人君寬厚之器
   末年見掛於豫且之綱 身死人手 爲天下口實 豈不哀哉 沖子嗣服 苦同未在位 剃髮爲
   緇 遂至於喪家 創業之主 啓之也 悲夫.

서 볼 때, 식솔들을 남하시키고 세상을 떠돌며 말년을 보냈던 것이 작가 자신에게 책임이 있었음을 슬퍼하는 것처럼 느껴지기도 한다. 또한 사람들의 좋은 반찬이 되기는 했지만 「국성전」처럼 결말이 행복으로 귀결되지 못하고 아들에 이르러 불행으로 끝남으로 인해 진시황과 같은 결과를 낳고 말았다. 이러한 결말 구성과 표현 방식은 박상연과 동시대인이면서 서인으로서 영달했던 김수항이 지은 「화왕전」에서도 찾아볼 수 있다. 화왕은 모란을 뜻하는데, 짐 천자처럼 불행으로 귀결되고 있다. 다만 「화왕전」에서는 자손들이 모두 망한 것이 다르다. 이러한 결말은 정치적으로 겪었던 불행한 삶과 연관이 있을 것으로 사려된다.

이와 같이 「해의국사」는 그 내용을 중심으로 살펴보면 매우 특징적인 부분들이 존재함을 확인해 볼 수 있다.

Ⅳ. 문학사적 의의

가전은 고려 말에 등장하여 한말까지 꾸준히 그 명맥이 이어져 왔는데, 오늘날에도 개인 문집이 간행되면서 더러 산견되고 있는 실정이다. 그리고 법고창신이라는 말처럼 인물전을 모태로 잉태되었지만 의인화를 통해 보다 자유롭게 주제를 표출시킨 면이 있다.

일찍이 안병열은 가전의 주제를 다섯 가지 측면에서 고찰한 바가 있다.[40] 즉 울분의 토로와 자아 변호, 계세징인, 보한해학, 민족자긍 등인데, 「해의국사」에는 이상적인 제왕상이 나타나 있다고 할 수 있다.

39) clifford Leech, 문상득 역, 『비극』, 서울대학교 출판부, 1985, 49쪽.
40) 안병렬, 앞의 책, 『한국가전연구』, 114~161쪽.

한편 표현에 있어서도 후대로 갈수록 중국 가전의 영향은 물론 「국순전」과 「국선생전」, 「공방전」, 「청강사자현부전」 등 초기 가전을 답습한 경우가 많았다. 특히 소재와 역사적 전고에 있어서는 차용이 꾸준히 이루어져 왔다. '모영'처럼 붓을 의미하는 경우 후대에도 계속해서 같은 의미를 나타낼 때 이용되었으며, 중국 고대의 역사 또한 이야기를 이끌어가는 중요한 소재가 되곤 했다.

그런데 관점이 다르면 내용 또한 다르게 마련인데, 이때에도 공통적으로 차용되는 소재는 항상 존재해 왔다. 이것은 읽는 이들을 이해시키기에는 많은 선비들이 익히 배워서 잘 알고 있는 유교주의적 가치관이 담긴 내용들이 필수적이었기 때문으로 사려 된다. 이러한 점에서 볼 때 「해의국사」 또한 선행된 가전 작품들의 영향이 많이 반영되어 있다고 하겠다.

이와 같은 점을 바탕으로 「해의국사」의 문학사적 의의를 살펴보면 첫째, 지금까지 많은 가전 작품들이 존재해 왔지만 김을 의인화한 작품이 없었던 만큼 김을 소재로 하여 가전의 영역을 더 확장시켰다는 점이다. 「죽존자전」, 「죽부인전」, 「대부송전」, 「화왕전」, 「매화전」처럼 나무나 꽃을 의인화 한 경우는 있어 왔지만 바다에서 나는 김을 의인화한 경우는 없었다. 즉 바다에서 채취하여 사람들의 반찬이 되는 것이 김인 만큼 가전의 대상을 일반적인 것으로까지 보편화시켰다고 할 수 있다. 통상적으로 가전 작품들을 보면 대부분 선비들이 작가였던 만큼 선비들의 일상생활이나 사유체계와 밀접한 위치에 있는 대상들인 경우가 많았다. 따라서 절개를 담아내거나 교훈적인 성향을 띤 소재들이 주류였다고 할 수 있다. 이러한 상황에서 좀더 일상적이고 보편적인 소재로 대상이 넓혀진 것이라고 볼 수 있다. 김은 그 자체로서 절개를 상징한다거나 크게 교훈성을 드러나게 하는 물건은 아니다.

다만 육식을 주로 하는 일반인들과는 달리 스님들이 주로 먹는 것이었던 만큼 깨끗하고 정갈한 음식이었다고 할 수 있다.

다음으로 참신한 소재와 치밀한 구성에 바탕을 문학적 상상력을 들 수 있다. 「해의국사」는 선행 가전 작품들에 등장하는 전고와 소재들이 많이 나타난다. 하지만 미역, 우뭇가사리, 톳, 다시마, 개구리밥, 미나리, 까마종이, 순채 등 다양한 바다와 강에 사는 식물들을 의인화하여 사건을 전개하고 있다. 주로 민물에 사는 식물보다는 바다에 사는 식물들에 비중을 두고 있는데, 이들을 대립시킨 것은 흔치 않은 경우라고 할 수 있다. 그리고 이들을 의인화 하면서 현장감 있게 역사적 사건을 가미시키고 언어적 특징에 착안하여 이야기의 근거를 제시하고자 했던 점은 학문적 역량이 돋보이는 부분이다. 선행 가전 작품들을 살펴보면 역대 중국의 역사적 상황이 비슷하거나 등장인물의 이름이 같은 경우를 종종 보게 된다. 그리고 전쟁을 묘사한 경우에도 싸움이 벌어졌던 시대와 인물은 똑같지만 상황을 드러내기 위한 것으로 양상은 각기 다르게 나타나고 있다. 「주장군전」 같은 경우는 성기를 의인화한 작품인데, 한나라 고조가 전쟁을 벌이는 장면의 설정이 「해의국사」와 비슷하다고 할 수 있다. 그리고 박상연보다 조금 뒤에 활동했던 인물인 임상덕이 지은 「담파고전」 같은 경우에도 「해의국사」처럼 서시라는 인물이 등장하여 이야기를 더욱 그럴듯하게 만들고 있다. 즉 역사적 전고가 이야기에 신빙성을 더해 주는 역할을 하고 있는 것이다.

셋째, 짐 천자라는 인물을 통해 이상적인 제왕을 제시하고자 했던 문학적 형상화를 꼽을 수 있다. 전은 기본적으로 포폄을 전제로 하고 있다. 짐 천자는 비록 가볍고 인군으로서의 역량은 부족했지만 나라를 오래도록 이끌어 갈 수 있었던 것은 능력과 함께 스스로 경계하는 자세였다. 짐 천자는 제왕 된 자가 지녀야 할 점을 스스로 잘 깨우치고 실천한 사람에 가까웠다. 제왕으로서 부와 명성이 미치지 않은 곳이 없었고 반란을 일으킨 제후를 토벌하는 데 있어서도 신하들의 의견을 적극 수렴할 줄 알았다. 그리고 적재적소에 인물들을 배치하여 전쟁을 승리로 이끌었다. 또한 공훈을 분배함에 있어서도 지나치거나 모자람이 없이 원칙에 맞게 하였다. 이러한 짐 천자에 대한 형상화는 한 나라를 이끌어가는 이상적인 제왕의 모습을 표현 한 것에 다름 아니라고 할 수 있다. 다만 마지막 부분에서 이야기가 갑작스럽게 비극적으로 끝나게 되면서 경계의 시각과 안타까움이 교차하게 되었다.

이와 같이 「해의국사」는 김을 의인화하여 17세기 가전의 영역을 확장시키면서 새로운 양상을 보여 준 의미 있는 작품이라고 하겠다.

Ⅴ. 맺음말

이상으로 17세기의 문인이었던 금곡 박상연이 지은 「해의국사」를 텍스트로 삼아 서사구조에 나타난 가전의 형식과 기술상의 특징, 문학사적 의의 등을 고찰해 보았다.

주지하다시피 가전은 고려 말에 출현한 이래로 우리 문학의 한 부분을 이루었는데, 주로 유학자들의 전유물이었던 만큼 그들의 삶과 밀접한 관련을 지닌 소재들이 주로 다루어졌다.

그런데 이번에 새롭게 발굴한 금곡 박상연이 지은 「해의국사」는 김을 천자로 의인화 한 가전이다. 이 작품은 기존의 가전 작품들에 비해 소재도 독특하고 문학성 또한 풍부한 편이다.

「해의국사」는 금곡 박상연의 문집인 『금곡집』 하권 잡저에 수록되어 있다. 박상연은 숙종 때의 문신으로 초계현감을 지냈으나 혼란한 정국에 염증을 느낀 나머지 벼슬을 버리고 가족들과 남하했다. 그리고 자신은 세상을 주유하며 살았는데, 벼슬을 버리고 서남지방에 머물렀을 당시에 「해의국사」를 지었을 것으로 추측된다. 그러므로 「해의국사」에는 박상연의 고뇌와 가치관들이 두루 반영되어 있다고 할 수 있다. 이러한 작품의 외적 사정을 고려하면서 「해의국사」의 서사 구조를 그동안 제시된 가전의 최대 형식인 서두-선계-사적-종말-후손-평결에 대입해 보았다. 그 결과 사적 부분이 유난히 길고 서두와 선계는 짧은 편이지만 가전의 형식을 충실히 따르고 있음을 알 수 있었다. 이것은 박상연이 가전의 형식과 특징을 충분히 인식하고 있었으며, 자신의 지식과 상상력을 최대한 동원하여 창작했음을 반증하는 것이라고 할 수 있다. 그리고 서사의 진행에 따라 나타나는 특징적인 부분을 살펴보면 서두와 선계 부분에서 김의 외형적인 특징과 속성을 잘 드러내고 있다. 김은 장을 단위로 세며 끈으로 한 첩씩 묶는데, 이것을 김의 특징으로 삼았다. 또한 김은 검은 색으로 바다에서 채취하는데, 과거에는 채취할 때 작은 조개들이 함께 올라왔다. 또한 말린 김의 경우 겉으로 보면 일정한 모양새를 갖추고 있는데, 불에다 구울 경우 모양이 쉽게 변한다. 이러한 점을 김의 장단점으로 표현했다. 그리고 김을 읽을 때 전라도에서는 짐으로 읽곤 했는데, 이러한 구개음화현상에 착안하여 천자로 지칭했다. 또한 역사상 짐이라는 말을 처음 사용한 진시황제를 등장시켜 신빙성을 높이고 있다. 아울러 여러 바다 식물을 등장시켜 전쟁을 승리로 이끌고 있는 점 등이 사적에 나타나 있다. 이는 김을 서사화 하여 표현하는 매우 탁월한 발상이라고 할 수 있다.

한편 종말과 평결은 짐 천자가 어부에게 갑자기 죽음으로 인해 아들에 이르러 평범한 모습으로 세상에 널리 쓰이게 된 사정을 슬퍼하고 있다. 이것은 마치 자신의 신세를 반추하는 것처럼 거듭 슬프다는 것을 강조했다.

다음으로 「해의국사」는 문학사적으로 볼 때 김을 소재로 하여 가전
의 영역을 확장시킨 점과 문학적인 상상력과 형상화가 탁월한 작품이
라고 할 수 있다.

이상과 같은 점에서 「해의국사」는 기존 가전의 전통을 계승하면서
김을 처음으로 의인화한 의미 있는 작품이라고 하겠다. 앞으로 가전에
관한 연구가 더욱 폭넓게 이루어졌으면 하는 바람이다.

창명 남선의 술 의인화 가전 연구

I. 머리말

술은 사람들이 즐기는 음식으로서 일상생활에서 겪게 되는 애환과 깊이 연관되어 있다. 그리고 술과 관련된 많은 이야기들은 일찍부터 문학에 수용되어 다양한 장르로 형상화가 이루어져 왔다.[1] 특히 그 중에서도 가전은 술을 의인화하여 술의 본질과 의미를 비교적 잘 나타낸 것으로 높이 평가되고 있다.

술 의인화 가전의 기원은 일찍이 중국에서부터 찾아볼 수 있다. 진관의 「청화선생전」이나 당경이 지은 「육서전」이 대표적이라고 할 수 있다. 그리고 우리나라에서는 고려시대에 활동했던 임춘의 「국순전」을 시초로 하여 이규보의 「국선생전」, 최연의 「국수재전」, 김득신의 「환백장군전」, 박상연의 「국성전」, 박윤묵의 「국청전」에 이르는 일련의 작품들이 대략 750년이라는 긴 세월동안 이어져 왔다.[2] 이러한 가전 작품들에 관한 연구는 김태준이 『조선소설사』에서[3] 처음 언급한 이후

---

1) 김응모, 『어문학에 담긴 술의 멋』, 박이정, 1997.
2) 김창용 편역, 『중국 가전 30선』, 태학사, 2000.
　　　　　　, 『한국의 가전문학』 상·하, 태학사, 2000.

로 초기의 작품인 「국순전」과 「국선생전」을 중심으로 이루어져 왔다.[4) 그러던 것이 차츰 장르와 작품의 성격, 비교 연구 등으로 폭넓게 진행되어져 왔다.[5)

이와 같이 술을 소재로 한 가전이 시대를 달리하면서도 꾸준히 창작될 수 있었던 배경에는 역사적 전고와 경서에 밝았던 글 잘하는 문인들이 있었기 때문이다. 가전이 선비들의 전유물이었다는 점은 가전의 소재가 주로 식자층의 생활과 관련된 것이 많다는 점에서도 쉽게 확인되고 있다.[6)

그런데 이번에 새롭게 고찰하는 창명 남선의 술 의인화 가전[7)은 술을 소재로 하고 있으면서도 체제와 내용에 있어 기존의 작품들과는 자못 큰 차이를 보이고 있다. 즉 기존에는 술을 의인화시킴에 있어 산문의 형식으로 객관적인 입장에서 자유롭게 기술하는 방식이 널리 활용

---

3) 김태준, 『조선소설사』, 학예사, 1939, 74쪽.

4) 김현룡, 「국순전과 국선생전 연구」, 『국어국문학』 65·66, 국어국문학회, 1974, 158~176쪽.
   조수학, 「국순전과 국선생전 비교 연구」, 『중국어문학』 3, 영남대 영남중국어문학회, 1981, 359~376쪽.
   이강옥, 「국순전과 국선생전의 서술방식과 세계관」, 『고소설연구논총』, 다곡이수봉선생회갑기념논총간행위원회, 1988, 271~289쪽.
   연해진, 「국순전계 가전작품 구조연구」, 충북대 석사논문, 1989.

5) 술 의인화 가전의 종합적인 연구 성과는 『한국문학통사』(조동일, 지식산업사, 1990, 116~123쪽)에서 확인해 볼 수 있다. 그리고 중국 가전과의 영향 관계와 술 의인화 가전의 흐름에 대해서는 김창룡(『가전문학의 이론』, 박이정, 2001, 47~136쪽)에서 자세히 다루어졌다. 가전은 개인의 문집이 연구되면서 앞으로도 나올 가능성이 높은데, 「〈국성전〉 연구」(유권석, 『어문연구』 130, 한국어문교육연구회, 2006, 85~111쪽) 같은 경우가 그런 예이다.

6) 김창룡, 『가전문학의 이론』, 위의 책, 19~21쪽.

7) 본 논문은 창명 남선이 지은 『창명유고』(시간의 물레, 2004) 180~185쪽에 실려 있는 「靑州從事麴生 謝拜歡伯將軍 以攻愁城」을 텍스트로 삼았다.

되어 왔다. 그러나 남선이 지은 「청주종사국생 사배환백장군 이공수성」은 제목에 보이는 것처럼 사륙변려문체를 사용하여 전표 형식으로 이루어져 있다.[8] 전표의 형식으로 기술되다보니 1인칭 주인공 시점을 적용하여 술이 자신에게 베풀어 주신 임금님의 은혜에 감사하는 것을 중심으로 전개되어 있다.

주지하다시피 변려문은 중국에서부터 유래한 운문 문체의 한 형식으로 네 글자와 여섯 글자씩 대구를 이루어 미감을 주는 것이 특징이다. 우리나라의 경우 당나라에서 문명을 떨쳤던 최치원이 쓴 「토황소격」이 변려문으로 유명하다.[9] 그리고 다산 정약용은 과거시험을 준비하면서 네 자와 여섯 자에 맞추는 변려문에 힘썼던 것을 후회하는 표현을 남기기도 했다.[10] 변려문은 고문으로 주로 전표나 상량문, 과거시험 등에 쓰인 문체라고 할 수 있다.

「청주종사국생 사배환백장군 이공수성」을 지은 창명 남선은 조선 중기의 관료적 문인이자 문장가였다. 그의 작품에 대해서는 익히 알려져 있었지만 문집이 나온 것은 몇 년 전의 일이다. 사정이 이렇다보니 남선의 문학작품에 대한 연구 또한 매우 미미한 편이다.[11] 이와 같은 상황에서 「청주종사국생 사배환백장군 이공수성」에 대한 연구는 17세

---

8) 『문장체제사전』, 김진방 편저, 북경사범대학출판사, 1986, 120쪽.
　박완식, 『한문 문체의 이해』, 전주대학교출판부, 2002, 81쪽.
9) 차용주, 『한국한문학사』, 경인문화사, 1995, 83쪽.
10) 정약용, 『유배지에서 보내는 편지』, 박석무 편역, 창비, 2007, 36쪽.
11) 남선이 지은 작품들은 문집이 전하지 않아 그동안 오훈 남한명이 편집한 『의춘세고』에서 찾아볼 수 있었다. 그리고 『창명유고』의 간행이 몇 년 전에서야 이루어졌던 관계로 몇몇 작품에 대한 소개와 해석, 생애 정도만 이루어져 왔다.
　이종묵, 「제암에서 배를 타고 노닌 기문 제암선유기」, 『문헌과 해석』, 1998, 227~242쪽.
　남윤수, 「창명 남선의 생애와 문학」, 『고서연구』 18, 2001, 73~103쪽.

기 술 의인화 가전의 경향과 작가의식을 살필 수 있는 소중한 작업이라
고 할 수 있다. 그럼 작품에 나타난 서사 구조를 중심으로 작품을 분석
해 가전으로서의 특징을 고찰해 보도록 하겠다.

Ⅱ. 작가의 생애와 작품

「청주종사국생 사배환백장군 이공수성」을 지은 남선(1609~1656)은[12]
조선 중기의 문신으로 경상도관찰사를 역임했다. 본관은 의령이며 자
는 백도, 호가 창명이다. 선생의 시조는 군보로 고려 때 추밀원직부사
를 역임했다. 조부 이신은 병조참판을 지내고 영의정을 증직 받았으며
아버지는 두첨인데 병조참지를 역임하고 이조판서를 증직 받았다. 어
머니는 청주 한씨로 우의정 청평부원군 응인의 따님이다. 공은 1609년
(광해군1)에 태어나 1630년(인조8)에 생원시에 합격했다. 그리고 1636년
(인조14)에는 28세의 나이로 문과에 제3위로 급제하여 승문원권지에
보임되고 문하주서로 추천 임명되었다. 그 후 사간원정원, 여주목사,
황해도관찰사, 안동부사, 경상도관찰사 등 세상을 떠날 때까지 많은
관직을 두루 역임했다. 공은 평소 부모를 위하는 마음이 남달랐다.
44세 때는 부친이 금산군수로 재직하자 가까이서 모실 것을 생각하여
일부러 자신의 직급을 한 등급 낮추어 한산군수가 되었다. 또한 부친
상을 당해서는 너무 과로한 나머지 상례를 집행하다 결국 자신도 병이
심해져 세상을 떠나고 말았다. 한산에서는 민정을 잘 살펴 어사가 포
상의 계문을 올렸으며 백성들은 비석을 세워 사적을 새기는 것을 주저

---

12) 남선에 관한 기록은 『국조인물고』 상(서울대출판부, 1978, 809쪽) 등에도 보이는
   데, 주로 『창명유고』에 따랐으며 「창명 남선의 생애와 문학」도 참고했다.

하지 않았다.

일찍이 택당 이식은 창명공의 문재에 감탄하여 대제학을 맡을 솜씨라고 칭찬하였고 신유, 강백년, 임한백, 박수현 등과 같이 소북 팔문장가로 일컬어졌다. 여기에서 소북은 당시 선생이 속했던 색목을 일컫는 것이다.

공의 문집인 『창명유고』는 필사본으로 건, 곤 두 책으로 이루어져 있다. 특별히 권 표시는 없으며 크기는 15.2×23.2㎝이며 1면당 글자는 9행 20자로 되어 있다. 글씨는 해서로 씌어져 있으며 처음부터 끝까지 1인의 필체로 되어 있다. 작품으로는 시, 제문, 소, 전표, 기, 부, 책 등이 전하는 데, 운문보다는 산문에 뛰어났다. 전체적인 분량을 보면 시가 153수, 제문이 21편, 소 9편, 전표 24편, 기 1편, 부 6편, 책이 4편이다. 시의 경향은 율시를 중심으로 다분히 의례적인 내용이 많으며 전표는 가장 많은 분량 차지하고 있다. 그리고 기(記)인 「제암선유기」는 전라도 순창과 옥과의 경계에 있는 제암이라는 골짜기를 유람한 내용을 초서체로 쓴 것이다. 당시 공의 나이 26세(1634) 때로 생원시에 합격한 뒤 부친이 순창군수로 부임한 이듬해에 있었던 일이다. 산수의 경치는 물론 벗과의 소중한 인연도 잘 담아낸 수작이라고 할 수 있다. 「제암선유기」에 보면 벗들과 어울릴 때나 헤어질 때 술을 마시는 장면이 자주 등장한다. 이로 본다면 작가는 술을 무척 좋아했고 지인들과 정을 나누고 삶을 즐김에 있어 술을 마신 것으로 짐작해 볼 수 있다.

본고에서 고찰하고자 하는 「청주종사국생 사배환백장군 이공수성」은 건에 실려 있는 24편의 전표 중에 열 번째로 실려 있다. 사륙변려문체이지만 간혹 글자수가 세 글자와 다섯 글자로 맞추어진 경우도 있다. 글자 수는 총 690자로 이루어져 있다.

『창명유고』는 그동안 존재 가능성만 언급되어 오다 집안에서 선고라는 표제가 붙은 사본을 찾게 된 것을 계기로 2004년에 의령남씨직동문 집간행회에 의해 편찬되었다. 『창명유고』의 앞부분에는 11대손인 남기심 박사의 간행사와 남윤수 교수의 「창명 남선의 생애와 문학」을 토대로 이충구 박사가 쓴 해제가 실려 있다. 이충구 박사는 해제에서 17세기 전반기의 한문학사를 보충하는 데 중요한 구실을 할 것이라며 의미를 부여했다. 그리고 맨 끝에는 창명공의 12대손인 남풍현 박사가 쓴 발문이 실려 있는데, 『창명유고』가 번역되어 나오기까지의 지난했단 과정을 현실감 있게 잘 정리해 놓았다.

Ⅲ. 작품 분석

1. 서사 구조 분석

『청주종사[13)]국생 사배환백장군 이공수성」은 술을 의인화함에 있어 전표의 형식을 취하고 있다는 점에서 특수성과 보편성이 존재한다. 이러한 점은 「청주종사국생 사배환백장군 이공수성」이 새로운 작품으로서 내용과 체제는 물론 작가의식까지 폭넓게 분석되어야 하는 이유라고도 할 수 있다.

주지하다시피 가전은 인물전의 영향 하에서 태동되었다. 그러므로 체제와 서술기법에 있어 사마천의 『사기』·「열전」이나 김부식의 『삼국사기』·「열전」에 수용된 기전체와 맥락을 같이한다고 할 수 있다. 그러므로 이야기의 전체적인 서사 구조를 살펴 기존의 가전에 비해 구성 방식의 차이점은 무엇이고 부합되는 점은 무엇인지 구체적으로 검토해

---

13) 청주종사는 원래 벼슬이름인데, 좋은 술을 뜻하는 미주의 별칭으로 쓰인다. 송나라 때 유의경이 편찬한 『세설신어』·「술해」에 보인다.

볼 필요가 있다. 그래야만 술 의인화 가전 중에서도「청주종사국생 사배환백장군 이공수성」이 갖고 있는 위상이 드러날 수 있기 때문이다.

일찍이 서사증은『문체명변』에서 가전이라는 용어를 처음 사용하면서 가전은 사물을 의인화시킨 것으로 골계를 중요한 요소로 생각했다.14) 그러나 오늘날 의인화된 작품을 모두 가전이라고 하지 않듯이 가전은 일정한 구성 형식에 부합되어야 한다는 점에15) 주목할 필요가 있다.

일반적으로 전은 그 구성 형식에 있어 다양한 논의가 존재해 왔다.16) 그리고 입전 인물의 출생, 성장, 활약, 사멸에 따른 일생 과정을 포폄의 의식에 따라 전개한다는 데 이견이 없는 편이다. 이러한 가전은 외형적으로 볼 때 선계, 행적, 본전, 후손, 평결로 나누어지는데, 내적 형식으로는 서두-사적-평결을 기본으로 하여 최대 서두-선계-사적-종말-후손-평결의 6가지 구성 형식으로 제시된 바 있다.17) 서두

---

14) 안병렬, 『한국가전연구』, 이우출판사, 1986, 28~30쪽.
15) 김창룡, 앞의 책,『가전문학의 이론』, 88쪽.
16) 전의 형식에 대해서 김균태는 도입부-전개부-종결부로, 안병설은 서두부-행적부-평결부로, 조수학은 서두-본문-결말로, 주명희는 가계・출생담-행적-몰-처자손록-평결로, 이동근은 도입부-서두부-전개부-결말부-논찬 부로 분류한 바 있다. (이동근, 『조선후기「전」문학연구』, 태학사, 1991, 16~17쪽)
17) 김창룡, 앞의 책, 『가전문학의 이론』, 100쪽.
　　김창룡은『사기』・「열전」을 분석하면서 구성 형식을 8가지 유형으로 제시한 바 있다.
　　서두-사적-평결
　　서두-선계-사적-평결
　　서두-사적-후계-평결
　　서두-사적-종말-평결
　　서두-선계-사적-종말-평결
　　서두-사적-종말-후계-평결
　　서두-선계-사적-후계-평결
　　서두-선계-사적-종말-후계-평결

는 표제상의 참 주인공을 소개하는 것이며, 선계는 주인공의 앞 선조,
사적은 능력을 바탕으로 한 정치적인 행적 등을 이르는 것이다. 그리
고 종말은 주인공의 마지막을 다룬 것이고 후손은 자손들의 행적을 그
린 것이며, 평결은 작자의 평을 담은 것이다. 하지만 가전의 구성 형식
은 작품에 따라 간혹 한 두 단락이 약화되거나 생략되는 경우도 존재하
기 때문에 약간씩 다를 수 있다. 본고에서는 「청주종사국생 사배환백
장군 이공수성」을 살펴봄에 있어 먼저 가전의 최대 형식으로 제시된
6가지 형식에 대입하여 구성 형식부터 밝혀보고자 한다.

〈서사 구조〉
「청주종사국생 사배환백장군 이공수성」
가-1. 군막 속에서도 중요한 역할이 있었고 제사지내는 자리에서는
　　　절을 받는 은총을 입었음.
나-1. 맥성(麥城)의 집안에서 태어났다.
다-1. 태화(太和)의 기운을 받았고 청주와 탁주가 되어서는 성인과 현
　　　인의 술지게미를 사모하며 사 갈 사람을 기다림.
　-2. 죽엽주로 불리며 행화촌에 홀로 거처하였지만 스스로 설 수 없
　　　었음.
　-3. 좋은 누룩으로 만들어져 군려(軍旅)의 일을 익히지는 못했으나
　　　항상 제향을 받았다. 애초에 부귀에는 뜻이 없고 술을 좋아하는
　　　사람에게는 천금의 가치가 있었음.
라-1. 현진관(玄眞館) 속에서 수재(秀才)란 칭호는 없어졌지만 외람되
　　　게도 군막 속에서 종사의 직함을 지님.
　-2. 요지연(瑤池宴) 잔치 때는 최상의 술동이에 담겼고 군막 속에서
　　　묘책 세울 것을 계획함.
　-3. 마음을 전할 수 있는 작은 공을 생각하여 수성(愁城)이 평정되
　　　지 않음에 공격을 청함.

　-4. 환백(歡伯)이란 두 자를 지어주고 좋은 벼슬 내려 삼군의 통솔
　　 을 맡기시니 큰 임무에 술이 부족할까 부끄러워 함.
마-1. 술값을 치루는 돈을 마련해 놓고 누룩이 발효되어 술이 익어 거
　　 를 때를 기다렸다가 여러 방면으로 공격 명령을 내림.
　-2. 군사가 출발함에 쉽게 함락하기 어려운데, 흰 성(가슴)이 단전
　　 (하복부)의 험함에 연접해 있음을 발견함.
　-3. 가슴 속 바다는 물새를 그린 배가 아니면 건널 수 없고 마음(靈
　　 臺) 속에는 말을 탄들 오를 수 없음.
　-4. 삼천 명의 군사가 욕 씻기를 원하고 혹 50보라도 후퇴하는 군사
　　 는 백번 벌 받음을 사양하지 않음.
　-5. 한창 전투를 계획할 때는 술을 따라 올리는 것이 제일임.
　-6. 냄비도 어깨에 힘을 주며 뽐냄.
바-1. 근심이 어떤 자이기에 우리를 놀라게 하는지는 몰라도 백번을
　　 싸워도 이길 것을 앎.
사-1. 병을 거꾸로 드는 형세로 적이 생각지 못한 험한 곳을 공격하여
　　 승리를 이룰 것임.
　-2. 일진(一陣)의 군사로 물결을 헤치듯 쳐들어가 높은 성이 무너짐
　　 을 보겠음.
아-1. 막걸리로도 조나라 장수 조사(趙奢)의 용병은 따라가기 어려움
　　 으로 마시길 권하여 적들을 속임.
　-2. 술기운은 뼈 속까지 스며들어 얼굴에까지 나타남.
자-1. 하나라에서 벌어졌던 주지육림(酒池肉林)을 경계함.
　-2. 하찮은 몸이지만 작은 재주를 알아주시고 수성의 한 방면을 맡
　　 겨 중임을 주셨음. 또한 실컷 마실 수 있게 해 주셨으니 쉽게
　　 격파하지 못하면 부끄럽게 바지가랑이 밑으로 기어나갈 것임.
　-3. 백성들을 구하고 대궐에 돌아가 무장을 풀고 마실 것을 기약함.[18]

---

18) 『창명유고』 건, 『青州從事麴生 謝拜歡伯將軍 以攻愁城』.

「청주종사국생 사배환백장군 이공수성」은 술을 소재로 한 가전임에는 틀림없지만 기존의 작품들과 달리 구성 형식에서 차이를 보이고 있다. 즉 기존의 술 의인화 가전과는 달리 환백장군에 임명되어 근심의 성을 공격한 것을 중점적으로 다루고 있다. 내용 또한 자신을 믿고 중책을 맡겨주신 것에 대한 감사와 전쟁을 수행하여 반드시 이기겠다는 의지, 수성을 무너뜨리고 백성들을 구해 돌아가겠다는 내용을 축으로 이루어져 있다. 이러한 「청주종사국생 사배환백장군 이공수성」의 내용은 결말의 암시와 화자와 주인공이 일치되는 1인칭 주인공 시점 등 기존의 술 의인화 가전에 비해 색다른 시도라고 할 수 있다. 그리고 술을 의인화하는 과정에서 흔히 나타나는 전고에 있어서도 관용적인 표현은 물론 현실감 넘치는 내용들을 나타내고자 할 때 적절히 활용하고 있다. 이러한 점에 유의하면서 선행된 가전의 구성 형식에 맞추어 살펴보면 좀 더 확연한 구성 형식을 파악해 볼 수 있을 것이다.

먼저 주인공에 대해 소개하는 서두를 살펴보면 위에 제시된 서사 단락 가–1이 이에 해당한다. 서두는 대개 표제상의 주인공에 대해 소개하는 것으로 시작되는 것이 일반적이다. 대부분의 작품에서는 주인공의 성과 출신지역, 이름에 얽힌 사정 등에 대한 간략한 소개로 이루어진다. 그러나 위의 서사 구조에서 보면 자신이 전쟁터에서 중요한 역할을 할 수 있었던 것은 전적으로 임금님의 은총이 있었기 때문이라고 했다. 그리고 글의 시작도 이것에 대한 감사의 말로 시작하고 있다. 그러나 전표의 형식을 따르다보니 「청주종사국생 사배환백장군 이공수성」이라는 제목을 통해 이미 자신의 성이 국이고 이름이 생(生)이며, 청주종사에서 환백장군에 봉해졌음을 간략하게 밝혀 놓았다. 이처럼 자신에 대해 소개하는 서두를 「청주종사국생 사배환백장군 이공수성」의 경우 위치를 바꾸어 제목에서 언급한 것은 문체상의 특징으로 인한 것으로 생각해 볼 수 있다. 그리고 두 번째로 자신보다 앞서 살았던 선조에 대한 선계를 들 수 있는데, 위에 제시된 서사 단락 중 나-1, 나-2가 이에 해당된다. 하지만 구체적인 선조의 이름이나 직함 등은 찾아볼 수 없다. 다만 술을 담그는 재료를 뜻하는 맥성으로 자신의 출신을 대신하여 자신이 술과 관련된 집안의 후예임을 드러내고 있을 뿐이다. 세 번째는 주인공의 성장과정에 드러난 능력과 인품, 정치적인 능력 및 행적을 그린 사적인데, 위에 제시 된 서사 단락 다, 라, 마, 바, 사, 아의 내용들이 이에 해당한다. 이와 같은 사적은 크게 나눈다면 자신의 능력을 언급한 부분과 장수가 되어 임무를 수행한 과정, 적을 공격하여 반드시 승리하겠다는 다짐과 결과 등으로 구분해 볼 수 있다. 술의인화 가전의 경우 어떤 작품이든지 가장 많은 부량을 차지하는 것이 사적과 관련된 부분이다. 하지만 「청주종사국생 사배환백장군 이공수성」의 경우 자신에게 맡겨진 임무에 감사하고 이를 꼭 수행하여 좋은 결과를 이루겠다는 결의가 주를 이루고 있다.

먼저 국생이 자신의 능력을 언급한 부분을 보면 제시된 서사 단락 다-1과 다-2, 다-3이 이에 해당한다. 국생은 스스로 만물의 원기인 태화의 기운을 받았다고 했으며 성인과 현인같이 훌륭한 분들이 찾아주기를 기다릴 정도로 잘 빚어진 술이었음을 드러내고 있다. 또한 당나라 말기의 시인 두목의 시에 등장하는 행화촌 같은 아름다운 살구꽃이 피는 마을에서 머물렀고, 비록 군대의 일은 못 배웠지만 항상 제향을 받았다고 했다. 그리고 부귀에는 뜻이 없고 술을 좋아하는 사람에게는 천금을 주고도 아깝지 않을 만큼 자신이 가치가 있다고 했다. 이는 국생이 자신의 능력을 은근히 과시한 것으로 술중에서 흔치않은 맛을 지녔음을 의미하는 것이다. 이런 능력과 재주가 바탕이 되어 서사 단락 라-1에서 라-4에 보이듯 종사로서 수성을 공격할 것을 청할 수 있었다. 하지만 자신의 주청이 이루어지고 환백이란 벼슬이 내려졌을 때는 오히려 큰 임무를 감당하지 못할까하는 겸손한 태도를 취하고 있다. 이는 마치 현실에서 중책을 맡게 된 신하가 스스로를 낮추는 것과 비슷한 설정이라고 할 수 있다. 세 번째는 술이 잘 익은 때를 기다려 근심의 성인 수성을 공격한 것을 말하고 있다. 서사 단락 마−1에서 마−6까지가 이에 해당한다. 술을 마실 돈을 넉넉히 마련해 놓고 술이 익기를 기다려 공격 명령을 내렸다. 근심의 성인 수성은 가슴과 단전에 연결되어 있고 오직 물새를 그린 배가 아니면 가슴을 건널 수 없다. 사람의 신체에서 수성이 머물고 있는 위치와 이에 접근하는 과정을 나타낸 것으로 전투가 한창 진행 중일 때는 술이 제일이라고 했다. 그리고 이때는 냄비도 뽐낸다고 했는데, 술을 마실 때 안주가 담긴 냄비도 이를 돕는다고 표현했다. 다음으로 사적 부분의 네 번째에 해당하는 근심을 이긴 결과는 술기운이 뼈 속에 스며들어 기분이 좋아진 상태에 이르게 된 것을 말하고 있다. 기분을 좋게 하여 근심을 물리칠 수 있었던 것은 결연한 의지와 적이 예상하지 못한 곳을 공격하는 치밀한 계획, 재빠른 행동과 술을 마시게 권하는 것이었다. 이는 제시된 서사 단락 바−1과 사−1, 사−2, 아−1, 아−2에 해당하는 것으로 오직 술만이 근심을 몰아낼 수 있었음을 시사하고 있다.

한편 사적 다음으로 이어지는 것이 주인공의 마지막을 다룬 종말과 자손들의 행적을 다룬 후손, 지은이의 평이 담긴 평결이다. 그런데 「청주종사국생 사배환백장군 이공수성」에서는 자신의 마지막이 어떻게 될 것인지 암시하여 결말에 대한 추측을 가능하게 해 주고 있다. 이는 서사 단락 자−3에 나타난 바와 같이 전쟁에서 백성들을 구하고 대궐에 돌아가 무장을 풀고 마음껏 마실 것을 기약한 부분이다. 하지만 후손에 대한 언급은 없다. 그리고 흔히 사관의 입을 빌려 객관적인 입장에서 행해지는 논찬은 주인공인 국생이 할 수 있는 일은 아니다. 하지만 자-2를 통해 자신을 알아 준 은혜와 감사로 대신하고 있다. 아울러 자-1을 통해 술이 근심을 더는 데 더없이 좋은 것이지만 주지육림의 경우는 경계해야 한다고 한 것에서 포폄의식이 느껴진다.

이와 같이 「청주종사국생 사배환백장군 이공수성」을 선행 가전 연구에서 제시된 구성 방식에 대입해 본 결과 서두와 선계, 사적, 종말 부분에서 대체적으로 부합되고 있음을 발견할 수 있었다. 그리고 평결 부분이 미천한 자신을 인정해 준 은혜에 보답하겠다는 결의의 형태로 나타났다고 볼 수 있다. 이렇게 볼 때 문체상의 특징으로 인해 일부 단락에 있어 순서가 바뀌고 간략하게 제시되기는 했지만, 새로운 문체를 통해 시도된 술 의인화 가전이라고 하겠다.

그럼 이러한 서사 단락에 따른 구성 형식의 특징을 토대로 「청주종사국생 사배환백장군 이공수성」에 나타난 특징을 파악해 보고자 한다.

2. 기술적 특징

「청주종사국생 사배환백장군 이공수성」은 술을 소재로 의인화 하면서 주인공인 국생의 능력을 중심으로 수성을 공격한 일에 대해 집중적으로 기술하고 있다. 그리고 청주종사로서 계책을 잘 세워 환백장군이라는 중책을 맡게 된 것을 기뻐하며 감사하는 태도로 일관하고 있다. 그러므로 「청주종사국생 사배환백장군 이공수성」의 내용에서 가정 먼저 눈에 띄는 것은 국생의 능력과 그에 따른 태도이다. 비록 술로 태어나 군대의 일을 익히지는 못했지만 전쟁을 수행하는 장수로 묘사된 만큼 항상 제향을 받았다고 했다. 이는 조선시대 선비들의 삶과도 연관되는데, 탁월한 능력을 지닌 신하는 비록 무예를 익히지 않은 문신일지라도 전쟁에 참여하는 경우가 많았다. 이는 신하로서 요구되는 이상적인 자세이기도 했다. 만약 국생이 좋은 맛을 내는 능력을 갖추지 못했다면 장수가 되어 수성을 공격하는 것은 불가능했을 것이다. 그래서 태화의 원기를 받았고 성현이 마셔 주기를 기다릴 만큼 잘 담가진 술이라는 점을 은근히 과시하고 있다.

> 군막 속에서 계책을 세우는 중에도 국생의 중요한 역할이 있었고 술 잔을 올려 제사지내는 자리에서는 외람되게 절을 받는 은총을 입었습니다.[19)]

> 본성은 태화의 기운을 받았고 청주와 탁주의 몸은 성인과 현인의 조박이 되기를 사모하여 가만히 사갈 사람을 기다리는 것이 마치 사람과도 같습니다.[20)]

> 원래 누룩이 좋은 것이 아니면 좋은 술이 만들어 질 수 없고 군려의 일은 익히지 못했으나 제향한다는 말은 항시 들었습니다.[21)]

> 세 번 토하고 국생을 맞이할 땐 갑자기 국생의 값은 천금이었습니다.[22)]

국생은 비록 술이지만 뛰어난 자질을 지닌 능력자로 묘사되어 있다.[23)] 전쟁을 수행함에 있어 술이 창이나 칼과 같지는 않지만 근심이

---

19) 『창명유고』건, 「靑州從事麴生 謝拜歡伯將軍 以攻愁城」. 運籌帷幄裡, 粗效挈瓶之能, 濫叨拜爵之寵.

20) 『창명유고』건, 「靑州從事麴生 謝拜歡伯將軍 以攻愁城」. 稟太和氤氳, 淸濁將身, 慕聖賢之糟粕, 沽哉待價者也.

21) 『창명유고』건, 「靑州從事麴生 謝拜歡伯將軍 以攻愁城」. 元非麴蘖之賢, 酒醴難作, 未閑軍旅之事, 俎豆常聞.

22) 『창명유고』건, 「靑州從事麴生 謝拜歡伯將軍 以攻愁城」. 三吐哺以迎, 遽增千金之價.

23) 국생과 같은 능력은 가전 작품에서 쉽게 찾아 볼 수 있다. 유교주의적 이상을 실현

라는 골칫거리를 없애는 전쟁이라면 상황은 다르다. 어떤 측면에서는 더 큰 영향을 미칠 수도 있는 것이다. 특히 제사를 지내는 일에 있어서는 그 역할이 무엇보다 크다고 할 수 있다. 그리고 능력 있는 자만이 주어진 임무를 수행할 수 있듯이 좋은 술만이 사람의 근심을 잊게 할 수 있는 법이다. 이런 점에서 본다면 국생의 능력은 임무를 완수하는 필수조건이다. 제향에 참여하고 환백장군이 되어 근심을 공격할 수 있었던 것도 능력에서 비롯된 것이기 때문이다. 하지만 이러한 능력을 지닌 국생도 주인을 만날 때까지 기다릴 수밖에 없었다. 결국 자신을 알아주는 주인을 만났을 때 국생은 그 가치를 인정받을 수 있었다. 마치 『삼국지』에 등장하는 유비가 제갈공명을 세 번 만에 얻은 것이나 노나라의 주공이 객을 맞을 때처럼, 자신을 원하는 사람을 만났을 때 그 능력에 걸맞게 청주종사가 될 수 있었다. 즉 임금님이 자신을 알아주었을 때 원하는 관직에 오를 수 있었고 능력을 발휘할 수 있게 된 것이다. 그러므로 자신의 능력을 발휘하여 수성을 공격하는 장수가 되었지만 도리어 임금님께 감사하는 겸손한 태도를 보이게 된 것이다. 이처럼 자신이 원했던 일을 이루어졌음에도 불구하고 한결같이 임금님의 은혜로 돌리는 것은, 어쩌면 유교주의 사회에서 흔히 볼 수 있는 감군은적인 사고라고 할 수 있다.

> 적은 그릇에는 넘치기 쉽고 은혜가 큼에 보답하기 어렵습니다.[24]

아름다운 이름 내려 환백이란 두 자를 지어주고 좋은 벼슬 내려 삼군을 통솔하라 하시니, 부질없이 큰 그릇으로 쓰이는 영예를 받았으나 도

할 수 있는 인물로 묘사되다보니 마치 영웅의 삶과 흡사한 형태를 보인다.(조동일, 『한국설화와 민중의식』, 정음사, 1985, 118쪽)

24) 『창명유고』 건, 「靑州從事麴生 謝拜歡伯將軍 以攻愁城」. 器小易溢, 恩大難酬.

리어 술이 부족할까 부끄럽습니다.[25]

신은 몹시 가난하고 천한 자로 비록 외로운 자이지만 신의 작은 재주를 알아주셨습니다. 또한 수성의 한 방면을 맡기시고 장수의 중임을 맡게 하시면서 비녀장을 빼버리는 미친 녀석까지 주셨습니다.[26]

국생의 이러한 겸양의 미덕은 어쩌면 식견과 예법을 갖춘 양반 가문의 후예이자 충으로 무장된 신하라면 반드시 갖추어야 필수 자질이라고 할 수 있다. 그리고 한편으로는 임금님의 은혜를 소중히 여길 줄 알고 행여 자신의 능력이 부족할까 염려 하는 것에서 일견 관료적인 문인이었던 작가 자신의 의식이 반영된 것으로 생각된다.

결국 이런 마음이 적을 공격할 때 실수하지 않기 위해 치밀한 계책을 세우게 만들었다. 그리고 군사들을 이끌고 수성을 공격함에 있어 결코 작은 실수도 용납될 수 없다는 듯 지형을 살피고 공격을 시작했다.

여러 방면으로 명령을 내렸지만 찌꺼기 앞에 있는 것이 부끄럽고 병의 머리에서 군사가 출발함에 아침이나 저녁에 함락을 기대하기 어렵습니다. 저 높다란 흰 성첩을 바라보니 멀리 단전의 험함과 연접했습니다. 가슴속 바다 같은 파도는 물새를 그린 배가 아니면 건널 수 없고 마음속의 길은 말을 탄들 어찌 오를 수 있겠습니까?[27]

---

25) 『창명유고』 건, 『靑州從事麴生 謝拜歡伯將軍 以攻愁城』. 帶歡伯之二字, 糜之好爵, 領元戎之三軍, 虛蒙器使之榮, 轉切靦恥之志.

26) 『창명유고』 건, 『靑州從事麴生 謝拜歡伯將軍 以攻愁城』. 知臣甕牖之賤, 雖是孤蹤, 諒臣瓶筲之才, 可屬一面, 遂將推轂之重任, 亦畀投轄之狂生.

27) 『창명유고』 건, 『靑州從事麴生 謝拜歡伯將軍 以攻愁城』. 分符方面, 自慚糠粃在前, 出師壺頭, 難期朝暮且下, 睠彼粉堞之碞阻, 遙接丹田之磊隗, 胸海波瀾, 非鷁首之能泛, 靈臺道路, 豈馬蹄之可騰.

근심의 성은 쉽게 격파할 수 있는 곳이 아니다. 실컷 술을 마시지 못해 마음에 생긴 병이니 술을 마시게 해야 한다. 하지만 술을 마신다고 해도 마음속까지 도달하기 위해서는 일반적인 방법으로는 갈 수가 없다. 익과 같이 풍파에 잘 견디는 새를 그린 배를 타고 가야만 간신히 갈 수 있다. 성이 높고 험해 단숨에 이길 수가 없는 것이다. 역시 전투에는 술이 제일이다. 술로 인해 싸움에 흥이 생기면 공격하여 이기는 것은 시간문제이다. 이는 국생이 장수로 발탁된 이유이기도 하다.

칼을 꽂아 간담을 들어내기도 하고 칼을 숨기고 목을 조이기도 합니다. 위태한 곳을 피하고 허한 곳을 공격하니 누가 병을 거꾸로 드는 형세를 막겠습니까? 적이 생각지 못하는 곳을 찌르고 적의 대비가 없는 곳을 공격하니 승리의 공을 이룰 것입니다.[28]

일진의 군사로 물결을 헤치듯 쳐들어가니 큰 고래가 물마시듯 하고 천 가지 걱정이 구름이 흩어지듯 하니 오래도록 서서 높은 성이 무너짐을 보겠습니다.[29]

적이 생각하지 못한 뜻밖의 방법으로 공격하는데 어찌 적이 자신을 이길 수 있겠느냐는 반문과 꼭 승리해 적의 성이 무너지는 것을 보겠다는 다짐이 결연하게 느껴진다. 이러한 승리는 물론 술을 마신 결과이지만 싸움에 임하는 자세에서 이미 승패는 결정된 것과 다를 바 없다. 임금님이 자신을 중용해 주셨기에 어떤 수단과 방법을 동원해서라도 근심을 해결하겠다는 신하의 다짐이라고 할 수 있다. 결국 자신의 작전에 따른 결과를 예측한 것처럼 술기운이 뼈 속까지 미쳐 얼굴에 드러나고

---

28)『창명유고』건,「靑州從事麴生 謝拜歡伯將軍 以攻愁城」. 揷劍則己露肝膽, 潛鋒而當扼咽喉, 乘其危擣其虛, 誰遏建瓴之勢, 出不虞攻不備, 可成洗甲之功.

29)『창명유고』건,「靑州從事麴生 謝拜歡伯將軍 以攻愁城」. 一陣波衝, 實同長鯨之吸, 千愁雲散, 佇見列雉之崩.

말았다. 근심의 성인 수성이 함락된 것이다. 그러나 국생은 수성을 함락시켰음에도 불구하고 반대로 지나친 음주를 경계하고 있다.

엎드려 많은 사람들을 고무시키고 온 천지에 술판이 벌어질 때 더러 고기가 술로 된 연못 속에서 헤엄치는 것처럼, 더불어 봄을 즐김에 주지에서 소가 마시는 것처럼 하는 것을 경계하니 하나라에서 그것을 볼 수 있습니다.[30]

흔히 술과 고기가 넘쳐나는 것을 일러 주지육림이라는 말을 쓰는데, 이는 술이 인간의 걱정거리를 덜어내는 데 효과가 있지만 지나친 음주는 삼가야 한다는 경계 의식을 반영한 것이다. 역사적으로 보아도 술을 많이 마신 사람치고 실수가 적은 사람이 없으며 한 나라를 다스리는 임금도 나라를 잃곤 했다. 물론 이러한 경계의식은 작가의 생각을 피력한 것이라고 할 수 있다.

국생은 「청주종사국생 사배환백장군 이공수성」이라는 제목에서도 알 수 있듯이 미천한 가문에서 능력자로 태어나 청주종사가 되어 수성을 공격할 계획을 세울 수 있었다. 그리고 그 과정에서 환백장군에 제수되어 마침내 근심의 근원인 수성을 함락시킬 수 있었다. 그러나 영웅다운 모습과 이상적인 결과에도 불구하고 전쟁을 수행하는 과정에서 자만하지 않았으며 항상 겸손한 모습을 지니고 있었다. 또한 자신의 주군께 충성하면서 자신을 발탁해 준 것에 대해 감사하는 마음을 잊지 않았다. 이러한 점에서 볼 때 국생은 유교적인 관점에서 가장 이상적인 신하의 모습으로 설정되었다고 할 수 있다. 자신의 능력을 한껏 발휘하여 임무를 훌륭하게 마치고 아울러 자신의 능력을 믿어준 주군에

---

30) 『창명유고』 건, 『靑州從事麴生 謝拜歡伯將軍 以攻愁城』, 伏遇鼓舞群生, 杯樽六合, 蘇魚喝於酊澤, 與之同春, 戒牛飮於酒池, 監于有夏.

대한 감사와 충성을 다짐하고 있기 때문이다.

이와 같이 술을 주인공으로 내세우고 있지만 주인공인 국생의 타고
난 능력을 바탕으로 감사와 겸손, 충성, 결연한 의지, 경계 등의 표출
은 이 작품이 갖는 최대의 특징이라고 할 수 있다. 즉 작가가 평소 관
직생활에서 느꼈던 이상적인 신하의 모습을 술 이야기를 통해 대변한
것으로 헤아려 볼 수 있다.

Ⅳ. 문학사적 의미

지금까지 술을 소재로 한 가전은 고려 말에 서하 임춘이 지은 『국순
전』을 필두로 18세기 존재 박윤묵의 『국청전』에 이르기까지 오랜 기간
동안 꾸준히 이어져 왔다. 그리고 최근에 17세기 금곡 박상연이 지은
『국성전』이 새롭게 소개되면서 작품 수가 추가되기도 하였다. 그러나
여전히 양적으로 부족한 실정이고 연구의 폭도 넓지 못한 것이 사실이
다. 이러한 시점에서 창명 남선이 지은 술 의인화 가전인 「청주종사국
생 사배환백장군 이공수성」의 출현은 매우 값진 것이라고 하겠다. 「청
주종사국생 사배환백장군 이공수성」의 출현은 새로운 가전을 한 편 더
알리게 되었다는 점과 함께 「환백장군전」과 「국성전」 등 17세기에 창
작된 작품들의 성향을 파악해 볼 수 있다는 점에서 큰 의미가 있다고
사려 된다. 특히 남선이 지은 「청주종사국생 사배환백장군 이공수성」
은 산문체가 주류였던 기존의 가전 서술 기법을 탈피하여 운문으로의
변형을 모색했다는 점에서 자료적 가치도 크다고 할 수 있다. 이러한
점을 토대로 「청주종사국생 사배환백장군 이공수성」이 지닌 문학사적
의의를 고찰해 보면 첫째, 운문을 활용한 새로운 기술 방법을 시도하

면서도 술 의인화 가전의 구성 방식을 잘 유지하고 있다는 점이다. 이 것은 「청주종사국생 사배환백장군 이공수성」이 술을 의인화한 가전이 라는 특징이자 변별점이라고 할 수 있다. 그동안 창작된 대다수의 가 전 작품들은 산문의 형식으로 지어지는 것이 통례였다. 그러나 「청주 종사국생 사배환백장군 이공수성」은 전표 형식을 취하면서 사륙변려 문으로 창작되었다. 물론 『국선생전』을 지은 이규보는 일찍이 고구려 의 시조인 주몽의 삶을 「동명왕편」이라는 서사시로 엮어내면서 운문의 형식을 취한 바 있다. 그러나 술을 의인화한 가전에 있어서는 최초의 시도라고 여겨지는데, 매우 이례적인 방식이었던 만큼 작품의 내용과 체제에서 큰 변화를 보이고 있다. 가전은 대부분 「00전」과 같은 제목 을 중심으로 산문 형식으로 기술되어지는 것이 관례였다. 간혹 김을 의인하면서 「해의국사」[31]라고 제목을 달고 꽃을 의인화하면서 「화사」, 항아리를 의인하면서 「옹후묘지명」[32] 등으로 명명한 적은 있지만 내 용 전개 방식에 있어서는 별반 크게 다르지 않았다. 즉 「청주종사국생 사배환백장군 이공수성」는 가전이 지녀야할 구성 방식에서 후손에 해 당하는 부분만이 생략되어 있을 뿐 대체적으로 잘 지켜지고 있다. 그 러므로 운문을 활용하여 새로운 시도를 보여주고 있지만 가전으로서의 구성 방식은 잘 계승하고 있다고 하겠다. 둘째, 술로 근심을 잊게 할 수 있다는 의식을 계승하면서 심성 가전에 주로 등장하는 수성이라는 소재를 패러디하고 있다는 점이다.[33] 술은 마음에 쌓인 근심을 원천적 으로 제거할 수 있는 것이 아니다. 하지만 걱정을 잠시 잊게 하는 데에 는 효과가 있다. 특히 술을 마시지 못해 생긴 병에는 어떻게 하던지 술

---

31) 졸고, 「〈해의국사〉 연구」, 『한국언어문학』 62, 한국언어문학회, 2007, 309~333쪽.
32) 김창룡, 앞의 책, 『한국의 가전문학』 상·하.
33) 패러디에 대해서는 정끝별, 『패러디 시학』, 문학세계사, 2002, 31~38쪽 참조.

을 마시게 함으로써 근심을 제거할 수 있다고 생각했다. 「청주종사국
생 사배환백장군 이공수성」에는 청주종사 국생이 환백장군에 제수되
어 수성을 공격하는 것이 주된 내용이다. 수성은 근심을 뜻하는 것으
로 이규보가 지은 「국선생전」이나 최연이 지은 「국수재전」, 김득신이
지은 「환백장군전」, 박상연이 지은 「국성전」, 심성을 의인화한 임제의
「수성지」[34] 등의 작품에서 폭넓게 확인 된다. 그런데 「청주종사국생
사배환백장군 이공수성」에서는 다른 작품들과 달리 모든 관점이 수성
을 공격하는 것으로 기술되어 있다. 즉 수성을 공격할 수 있게 관직을
내려 준 것에 대한 감사와 실감나는 수성 공격과정, 승리를 암시하는
결말 등으로 이루어져 있다. 이러한 점에서 볼 때 당시의 문인들에게
널리 펴져있던 수성이라는 관용적인 소재를 패러디하여, 술로 근심을
덜 수 있다는 의식을 계승, 심화시키고 있다고 할 수 있다. 술 의인화
가전을 지었던 작가들은 대부분 글을 꽤나 익힌 문인이거나 관료들이
었다. 이들은 중국의 방대한 역사서와 경서류를 두루 섭렵하면서 자신
들만의 공유점을 갖고 있었으며, 이를 활용하여 한껏 지식을 표출시켰
던 것이다. 셋째, 유교에서 표방하는 이상적인 충신의 모습을 형상화
하고 있다는 점이다.[35] 이는 「청주종사국생 사배환백장군 이공수성」

---

34) 수성은 근심을 뜻하는 말이다. 김창룡은 중국시인인 범성대와 장양호의 시를 거론
하면서 우리의 허구문학에서 수성이라는 용어를 처음 빌려다 쓴 것은 이규보의 「국
선생전」으로 추측했다.(앞의 책, 『한국의 가전문학』 상, 133쪽) 이는 정확한 지적으
로 먼저 나온 「국순전」에는 보이지 않는다. 「국선생전」 이후로 「국수재전」은 물론
남선과 동시대에 활동한 김득신의 『환백장군전』이나 18세기 박윤묵의 「국청전」에서
는 수성이 중요 소재로 등장하고 있다. 이로 본다면 수성은 술 의인화 가전에 있어
16세기부터 이미 보편화 된 패러디 소재였다고 할 수 있다. 「수성지」는 김광순(『수성
지·천군본기』, 형설출판사, 1979, 9~44쪽)에 의해 번역된 바 있다.

35) 안병열은 가전에 나타난 작가의식을 다섯 가지 측면에서 고찰한 바가 있다. 즉,
울분의 토로와 자아 변호, 계세징인, 보한해학, 민족자긍이다.(앞의 책, 「한국가전
연구」, 114~161쪽) 가전의 작가가 정치와 연관된 문인이었던 점을 감안하면 주제

의 주제와도 연관되는 것으로 이러한 성향은 대부분의 술 의인화 가전 작품에서 확인해 볼 수 있다. 즉 가전 작품은 우언을 통해 자신이 처했던 정치적 상황 등에 대한 생각을 은연중에 피력하는 특징을 지니고 있다. 술 의인화 가전을 지은 작가들은 대부분 관료적인 문인들이었다. 「청주종사국생 사배환백장군 이공수성」의 경우에도 국생은 타고난 능력을 지닌 인물이다. 이런 국생이 나라의 변란이라고 할 수 있는 근심을 환백장군에 임명되어 해결했다. 그리고 큰 공을 이루었으면서도 오히려 겸손한 태도로 일관하면서 모든 공을 임금님께 돌리고 있다. 즉 자신을 알아준 임금님께 충성을 다하는 신하임을 거듭 강조하고 있다. 이는 충신이 지녀야할 태도이자 의를 중심으로 군신관계를 강조했던 조선사회의 이념과도 부합되는 것이라고 할 수 있다. 결국 남선은 국생의 활약을 통해 자신이 품고 있던 이상적인 충신의 모습을 잘 구현해 냈다고 하겠다.

V. 맺음말

이상으로 17세기의 뛰어난 문장가였던 창명 남선이 지은 『청주종사국생 사배환백장군 이공수성』을 텍스트로 삼아 서사 구조를 분석해 보고 가전문학적 특징과 문학사적 의미 등을 고찰해 보았다.

창명 남선은 조선 중기의 관료적 문인으로 경상도 관찰사를 역임했

또한 임금과 신하의 관계에 초점이 맞추어지는 것은 필연이라고 할 수 있다. 작가의식에 대해 이강옥은 똑같은 소재를 의인화시키고 있지만 자신의 뜻에 따라 세계관이 달리 나타난다고 보았다. (이강옥, 앞의 책, 「국순전과 국선생전의 서술방식과 세계관」, 288쪽) 이런 점에서 볼 때 『청주종사국생 사배환백장군 이공수성』도 충신의 모습이 투영되어 있는 것으로 볼 수 있다.

으며 소북 팔문장가의 한 사람으로 이름이 높았다. 그러나 그의 명성에 비해 그가 남긴 작품들은 최근에서야 그의 문집인 『창명유고』가 세상에 나오면서 빛을 볼 수 있었다. 창명 남선은 그가 남긴 작품을 분석해 보면 대체적으로 운문보다 산문에 뛰어난 편이다. 그런데 본고에서 고찰한 「청주종사국생 사배환백장군 이공수성」는 전표의 형식을 취하면서 운문체인 사륙변려문으로 이루어져 있다.

앞서 살펴보았듯이 「청주종사국생 사배환백장군 이공수성」는 새롭게 시도 된 술 의인화한 가전이다. 창명은 「제암선유기」기 같은 작품에서 볼 때 술을 매우 좋아했다는 것을 알 수 있다. 그러므로 술 의인화 가전을 지은 것이 그리 어색하게 느껴지지 않는다. 이런 점을 염두에 두면서 가전의 최대 형식으로 제시된 서두-선계-사적-종말-후손-평결이라는 형식에 「청주종사국생 사배환백장군 이공수성」의 사사 단락을 대입해 본 결과, 후손을 제외하고 대체적으로 잘 부합되고 있다. 그리고 「청주종사국생 사배환백장군 이공수성」은 술을 소재로 한 가전이지만 구성 방식에 있어 많은 차이를 보이고 있다. 즉 1인칭 주인공 시점을 취하면서 환백장군에 임명되어 근심의 성을 공격한 것을 중점적으로 다루고 있기 때문이다. 이러한 「청주종사국생 사배환백장군 이공수성」은 기존의 술 의인화 가전과 비교해 볼 때 새롭게 변화를 모색한 파격적인 작품이라고 할 수 있다.

이와 같은 점을 고려하면서 「청주종사국생 사배환백장군 이공수성」의 문학사적인의의를 살펴본다면 첫째, 운문을 활용한 새로운 기술 방식을 시도하면서도 술 의인화 가전의 구성 방식을 잘 유지하고 있다는 점을 들 수 있다. 술을 소재로 한 가전은 고려 말부터 18세기까지 오랜 세월 동안 이어져 왔는데, 대부분 산문으로 기술되어져 왔다. 그러나 「청주종사국생 사배환백장군 이공수성」은 17세기에 전표의 형식을 활용하여 술 의인화 가전의 변화를 모색하고 있지만 구성 방식에 있어서는 술 의인화 가전의 특징을 잘 계승하고 있다고 하겠다. 둘째, 술로 근심을 잊게 할 수 있다는 의식을 계승하면서 심성 가전에 주로 등장하는 수성이라는 소재를 패러디하고 있다는 점이다. 수성은 근심을 나타낸 것으로「국선생전」,「국수재전」,「환백장군전」,「국성전」, 심성 가전인「수성지」에 이르기까지 많은 작품에서 폭넓게 확인 된다. 이것은 당시의 문인들에게 관용적으로 차용되던 수성이라는 소재를 패러디하여, 술로 근심을 덜 수 있다는 의식을 계승, 심화시킨 것이라고 할 수 있다. 셋째, 유교에서 표방하는 이상적인 충신의 모습을 형상화 하고 있다는 점이다.「청주종사국생 사배환백장군 이공수성」의 주인공인 국생은 타고난 능력을 지닌 인물이다. 이런 국생이 환백장군에 제수되어 근심의 성을 무찌르고도 오히려 임금님께 감사하는 태도를 취하고 있다. 이런 점에서 이상적인 충신의 모습을 구현해 내고 있다고 하겠다.

이와 같이「청주종사국생 사배환백장군 이공수성」은 17세기 술 의인화 가전의 한 특징을 보여주는 소중한 자료임에 틀림없다. 앞으로「청주종사국생 사배환백장군 이공수성」 같은 가전 작품들에 대한 연구가 더 활발히 진행되었으면 한다.

「등자전」과 「박산화공행장」 연구

I. 머리말

등잔불과 화로는 불을 이용한다는 공통점을 지니고 있으면서 하나는 어둠을 밝히고 하나는 추위를 물리친다는 특징이 있다. 즉 우리 조상들이 과거에 책을 읽거나 길쌈을 할 때, 혹은 불씨를 담아두거나 방안을 따뜻하게 할 때 없어서는 안 될 중요한 물건이었다

그런데 이러한 등잔불과 화로를 소재로 입전한 근대 가전 작품이 있어 주목된다. 이번에 새로운 자료로 소개하는 「등자전」과 「박산화공행장」은 근대의 문인인 미재 김두연이 지은 작품들이다. 「등자전」은 등잔불을 의인화한 것으로 내용이 비교적 짧은 편인데, 두 편이며 「박산화공행장」은 화로를 의인화한 것이다.

두 작품 모두 기존의 가전 작품들을 검토해 볼 때 소재에 있어 특기할 만한 작품들인데, 「박산화공행장」의 경우는 가전이면서도 마치 행장처럼 기술하고자 한 것이 매우 이채롭다. 원래 행장은 「열전」이나 「묘지명」 등을 짓기 위한 전제로 쓰였다. 즉 1차적인 자료의 성격이 강해 죽은 사람의 행적을 가까운 친구나 문생, 동료 등이 기술하는 문체의 하나인데,[1] 화로를 마치 사람처럼 설정하여 행장을 기술하듯이 꾸

---

1) 졸고, 「열전과 행장의 비교 연구」, 『인문과학논총』 4, 선문대학교인문대학, 2004,

며낸 것이다. 간혹 가전이면서도 김일손이 지은 「관처사묘지명」이나 윤광계가 지은 「옹후묘지명」처럼[2] 죽은 사람의 사적을 정리할 때 쓰는 묘지명을 제목에 붙인 경우도 있다. 하지만 가전의 제목에 문체가 다른 행장을 차용한 예도 없거니와 행장처럼 내용을 전개시킨 경우도 없었다.

주지하다시피 가전은 중국 당나라 때 한유가 지은 「모영전」에 연원을 두고 있는데, 우리나라의 경우 고려 말 서하 임춘이 지은 「국순전」을 필두로 약 800년 동안 다양한 작품들이 등장했다.[3] 이러한 가전 작품들에 대한 연구는 김태준이 『조선소설사』에서 언급한 이후 장르의 개념과 성격 규명, 새로운 작품의 발굴과 분석, 비교 연구 등으로 활발히 전개되어 왔다.[4] 하지만 가전 문학의 연구사는 물론 중국과 한국의 가전 작품 목록들을 살펴볼 때 등잔불과 화로가 가전의 소재로 입전된 경우는 없었다.[5]

가전은 주로 글을 잘 지었던 문인들의 전유물이었던 만큼 그들의 생활과 밀접한 애완물들이 주된 소재로 채택되었다. 입전물을 보면 술,

---

158쪽.

2) 「관처사묘지명」은 붓을, 「옹후묘지명」은 항아리를 의인화한 작품이다.(김창룡, 『한국의 가전문학』上, 태학사, 2006, 237~264쪽)

3) 안병렬, 『한국가전연구』, 이우출판사, 1986, 40~43쪽.

4) 가전의 경우 조선후기에 입전된 작품들이 최근에 발견되어 연구된 경우가 몇 편 있다. (졸고, 「〈국성전〉 연구」, 『어문연구』 130, 한국어문교육연구회, 2006, 85~111쪽. 「〈해의국사〉 연구」, 『한국언어문학』 62, 한국언어문학회, 2007, 309~333쪽. 「창명 남선의 술 의인화 가전 연구」, 『한국어문학연구』 50, 한국어문학연구학회, 2008, 129~155쪽)

안병설, 「전의 문학적 변용」, 『한국학논총』 2, 국민대한국학연구소, 1979.

조동일, 『한국문학통사』(2), 지식산업사, 1990, 116~123쪽.

조수학, 「가전의 편철성」, 『영남어문학』 1, 영남어문학회, 1974.

5) 김창룡, 『한중가전문학의 연구』, 개문사, 1985, 14~15쪽.

돈, 종이, 지팡이, 꽃과 같은 식물은 물론 남여의 성기와 심성, 음식, 동물에 이르기까지 상당히 많은 작품들이 시대를 달리하면서도 계속 출현했다. 그리고 똑같은 소재를 가지고 여러 명의 작가가 입전한 경우도 있는데,[6) 지금까지 밝혀진 최종의 가전 작품으로는 연민 이가원 (1917~2000) 선생이 지은 「화왕전」으로 알려져 있다.[7) 그러나 가전의 최종 작품은 재론되어야 할 것으로 생각된다. 연민 선생이 지은 「화왕전」은 그의 소시작으로 대략 1950년대 전후에 지은 작품으로 추정 된다.[8) 하지만 미재 선생이 지은 작품들은 1960년대에 지어진 작품이다.

이와 같이 「등자전」과 「박산화공행장」처럼 우의성을 추구하는 가전 작품들이[9) 근대에도 산생되어 왔던 사실에서 유교주의를 바탕으로 한 전통적인 한문교육의 영향이 뿌리 깊게 이어져 왔다는 점을 인정하지 않을 수 없다. 하지만 미재 김두연이 가전을 지은 시점은 이미 가전이 문학으로서의 존재 가치를 충분히 인정받을 수 있는 시기는 아니었다. 하지만 법고창신의 의미를 헤아려볼 때 새로운 형식을 추구한 가전을 소개하는 것은 매우 유의미한 일이라고 느껴진다.

이러한 저간의 사정을 감안해 볼 때 미재 김두연의 가전 작품들이 갖는 위상은 어쩌면 현재보다 후대에 더 의미 있는 평가가 가능하리라고 생각한다. 따라서 본 논문은 일차적으로 자료의 소개에 초점을 맞추어 간략하게 작가와 문집에 대해 언급해 보고 내용과 구성적 특징,

---

6) 단적으로 문방사우 하나만 하더라도 수십 작품이 존재한다. (유기옥, 「한·중 문방사우계 가전의 문학적 변용양상과 의미」, 『한국언어문학』 43, 한국언어문학회, 1999)
7) 김창룡 편역, 앞의 책, 『한국의 가전문학』 上, 218쪽.
8) 『여한전기』에서 이가원 선생은 「화왕전」이 소시적의 작품이라고 밝히고 있는데, 이가원 선생님 생존 시에 한성대 국문학과 김창룡 교수가 직접 들은 바로도 30대에 지은 작품이라고 했다.(『여한전기』, 우일출판사, 1981)
9) 신혜수, 「가전의 우의성」, 한국정신문화연구원 한국학대학원 석사논문, 1982, 43쪽.

주제의식 등을 중심으로 논의를 펼쳐보고자 한다.

Ⅱ. 작가와 문집의 체제

「등자전」과「박산화공행장」을 지은 김두연(1913~1983)은 본관이 김해로 두연은 그의 휘이다. 자는 응칠, 미재는 호인데, 난곡으로도 불렸다.

근대에 활동했던 많은 문인들이 뛰어난 한문학적 소양을 지녔음에도 불구하고 시대적 상황으로 인해 현달할 기회를 박탈당했던 것처럼 미재 선생 또한 세상에 나아가지 못했다. 다만 향촌에서 학문을 고구하고 벗들과 교유하는 것으로 한 세상을 살았을 뿐이다. 즉 혼란이 극에 달했던 근대에 전통적인 한문교육을 익힌 전형적인 문인이었다고 할 수 있다. 그러나 그의 문집을 살펴보면 일정한 고문의식과 함께 학문에 대한 강한 자부심을 어느 정도 짐작해 볼 수 있다.

미재 김두연에 관해서는『미재문고』에 수록되어 있는「미재처사김공묘갈명」과「발」을[10] 통해 어느 정도 헤아려 볼 수 있다. 미재는 이름난 학자도 아니었고 벼슬길에 나아간 적도 없었다. 다만 향촌에서 인정하는 학자였기 때문에 특별히 그에 관해 세간에 자세히 알려진 바가 없다. 미재는 말년까지 전북 고창에서 지냈는데, 고려조에 판도판서를 지낸 휘 관기가 중시조이다. 그리고 통정대부행사헌부감찰을 지낸 휘 용수가 증조이며 할아버지 홍곤은 노사 손자의 문인으로 경기전참봉을 역임했다. 아버지는 종태로 고수 남석진의 문인인데, 문학에 조예가 깊었다. 이 외에도 선조 중에 학식이 출중하고 현달한 분들이 있었지

---

10) 미재 김두연의 묘갈명은 의령인 남대희가 썼다. (『미재문고』,「미재처사김공묘갈명」및「발」, 893~898쪽)

만 증조부를 정점으로 가세와 관직이 더 이상 펴지지 못했다.

미재 김두연이 생전에 정서하여 남긴 문집은 총 22권이다. 그리고 나머지 정서되지 못한 짧은 편지글들이 있어 문집을 낼 때 조판하여 함께 엮어 인쇄하였다. 그 많은 분량을 스스로 한 글자 한 글자 써서 남기려고 했던 것이 자못 놀랍다.『미재문고』는 총 900여 페이지로 생전에 선생이 남긴 1500여 수에 달하는 시를 비롯하여 서, 기, 서, 발, 상량문, 잡저, 행장, 제문, 비, 묘갈명, 묘표, 부 등이 실려 있다. 시는 대체로 음풍농월적인 성향을 띠는 작품들이 주류를 이루는데, 옛 문인들이 남긴 시작품에서 제목이나 소재를 따온 작품들도 보이고 조국의 독립에 대한 기쁨을 표현한 작품도 눈에 띈다.[11] 즉 문인들이 흔히 그랬던 것처럼 기존의 이름난 작품을 토대로 창신을 이루어 보고자 한 것으로 생각된다.

본고에서 다루고자 하는「등자전」과「박산화공행장」은 여타 문인들의 경우처럼 잡저에 실려 있는데, 자신이 창작한 것을 의식하여 문체에서 구분한 것으로 보인다. 잡저에는 문방사우에 관해 쓴〈사우기〉도 있고 나라를 빼앗기기 직전인 을유년(1909)의 심정을 국한혼용으로 쓴〈성명서〉도 실려 있다. 글자수를 보면「등자전」두 편은 178자와 217자,「박산화공행장」은 521자로 이루어져 있는데, 친필로 쓴 것을 인쇄한 것이다.「등자전」같은 경우는 도연명이 지은「오류선생전」같은 작품에 비하면 긴 편이지만 기왕의 작품들보다는 짧은 셈이다. 한 면은 총 220자가 들어가게 가로 10줄, 세로 22자씩 정갈하게 배치했다. 마

---

11) 정지상이 지은〈송인〉과 같은 제목에 내용도 이별의 정서를 담고 있거나〈춘흥〉이나〈추흥〉처럼 옛 문인들이 자연을 노래할 때 즐겨 사용했던 제목들이 많이 보인다. 그리고〈유감〉에서는 고인들에 대한 정을 표현하고 있으며,〈의고팔도서〉에서는 조국의 독립에 대한 기쁨을 표출하기도 했다.

치 사후에 친필 그대로 엮어 책으로 펴낼 수 있도록 배려한 것처럼 느껴진다. 친필로 쓴 것을 오래도록 보관해 오다 미재 선생 사후 24년 만에 한 권으로 정리되어 나왔다.

Ⅲ. 「등자전」과 「박산화공행장」의 내용

「등자전」과 「박산화공행장」은 처음 소개하는 자료이다. 그러므로 먼저 이 작품의 내용을 정리하여 제시해 보고 다음으로 구성적 특징을 살펴보고자 한다. 내용이 그리 길지 않은 관계로 최대한 직역을 하여 원문을 살려 제시하고자 한다.

「등자전」1

〈1〉 오호라! 선생은 물건으로 사람이 아니다. 물건이면서도 또한 이상한 물건이다.

〈2〉 옥으로 몸체를 삼고 심지로 창자를 삼으며 물로 음식을 삼는다. 음식은 한잔에 불과하나 능히 수일 동안 연명할 수 있는데, 대체적으로 몸과 창자는 짧고 작다.

〈3〉 그 직분은 불을 밝히는 데 있다. 불이 켜졌을 때는 사람들은 살았다고 하고 불이 꺼지면 사람들은 죽었다고 한다. 밤이면 밝아서 크게 천하에 덕택을 주는데, 여자들은 길쌈을 할 때 도움이 되며 남자들은 책을 읽을 때 도움이 된다.

〈4〉 밤이 다하면 그 밝음을 해에게 양보하니 그 공은 또한 잠깐 동안에 소멸된다. 그러나 살고 죽는 구실은 있으나 생명이 있지는 않다. 그리고 모양이 비록 물건이지만 사람을 윤택하게 하는 점에 있어서는 능히 비교할 것이 없다.

〈5〉 내 일찍이 책을 끼고 산 지가 십 년이다. 만약 이 선생님 밑에 있어서 장차 영화롭게 된다면 내가 삼일유가를 얻게 될 것이다.

〈6〉 나는 이것을 쓰지 못했는데, 한유 같은 분은 나의 스승이라고 썼
다. 등잔불에 대한 정은 한유보다 더 깊으나 감히 두어마디 말로써
그 심정을 표한다.

「등자전」2

〈1〉 자는 스승을 높이는 말이다. 등은 나의 스승이다.

〈2〉 성은 목씨이고 계통은 태고 적에 나와서 뒤에 화덕에 제수되었다.
그러니 수인씨는 다른 조상이다.

〈3〉 병정에서 기를 받고 갑을에 위치하였다. 그러면서 하늘로부터 제
수 받은 광명이 만고에 빛을 내어 쉬지 않았다. 천하를 밝게 하면서
소멸되지 않았는데, 크게는 왕궁과 나라의 도읍을 밝히고 작게는
마을과 거리를 비추었다.

〈4〉 여인네들은 이 등을 밝히지 않을 수 없었다. 책을 읽는 사람들은
긴 등잔과 짧은 등잔으로 밝히었고 길쌈을 할 때는 홍등과 전등이
있으니 등잔불의 공이 크지 않은가? 하물며 밤이면 해를 이어 밝히
고 아침이 되면 밝음을 해에게 양보하니 그 공손함과 사양하는 것이
등잔불의 덕이 되었다. 그리고 지극히 밝은 것으로 등잔불의 생명
을 삼으니 세찬 빛을 품고 있는 자가 아니겠는가?

〈5〉 내가 일찍이 책을 읽음에 감히 등 선생으로 부르지 못했다. 다만
그것을 부름에 청등이라 했다. 내가 꿈을 꾸었는데, 등잔불이 일으
켜 말하기를 나를 십년 스승 삼으면 반드시 삼일의 영화가 너에게
있을 것이라고 했다. 내가 숙연하게 일어나 그 갓과 옷을 바르게 하
고 위로는 거만하지 않고 아래로는 눈이 띠를 내려가지 않게 하였
다. 그리고 기원하며 말하기를 "나는 청등자를 스승 삼는다." 명이
있어서 청하는 것이 이 말이다.

〈6〉 이것으로 인하여 전을 지어 고하니 무릇 함께 늙고 함께 고생한
자이다.

「박산화공행장」

〈1〉 공의 휘는 노이고 자는 화로이며, 박산은 그의 호이다. 화씨는 수인씨의 계통이다. 화덕으로 왕이 되었다.

〈2〉 처음 중조의 휘는 주작인데, 제갈공명이 남풍을 기원할 때 공이 있었다. 구대를 전해져서 오행의 하나를 받았다. 휘 염상은 일이 서경 홍범 편에 실려 있다. 그리고 염상으로부터 삼대가 전해져서 탄탄공은 휘가 예양으로 충절로 이름이 백세에 전하였다.

〈3〉 여산군은 자연이다. 석신재는 인촌당 사슴표를 거죽으로 지고 그 증조 및 할아버지, 아버지, 어머니가 상생해서 목씨를 낳았다. 관솔의 덕이 있어 화시산 본가에서 공을 낳았다. 공은 태어날 때 병정의 기운을 받고 만고에 없어지지 않는 도에 통해 있었다.

〈4〉 날마다 세 가지 덕을 베푸니 백성들에게 음식을 익혀 먹는 것을 가르쳤고 겨울에도 따뜻함을 온전하게 보전할 수 있게 했다. 그리고 사람들로 하여금 얼어 죽는 근심을 없게 하였다.

〈5〉 성품은 혹독히 덥고 기운은 뜨겁게 비추어 한번 화가 나면 천하를 다 태운다. 비록 천하가 편안한 때라도 감히 소홀히 대할 수는 없다. 크구나! 공의 덕이여.

〈6〉 일찍이 우임금 시절에 익과 더불어 구년의 홍수를 함께 다스렸는데, 뜨겁게 불타오른 공이 있었다. 또 적벽의 난 때 남양의 제갈공명이 연환계를 씀에 조조의 백만에 이르는 병선을 불태웠다. 또 몸이 불 뱀 삼천 개로 변하여 등군 삼만 명을 격파했다. 이에 천자가 능히 그 공을 잊지 못하여 자신이 입는 옷에 모양을 새겨 본받고자 했다. 만일 향을 사르고 귀신을 부를 땐 제사를 받드는 사람으로 하여금 그 정성을 극진히 하게 했다. 그리고 물고기와 육고기의 맛을 지을 때 음식이 골고루 잘 익지 않는 탄식이 없었다. 아울러 서민들 또한 날로 쓰는 공으로써 항상 방안에 두었다.

〈7〉 일찍이 맹자는 그 덕을 칭찬하여 말하기를 백성들이 불이 아니면 생활할 수 없다고 했다.

〈8〉 진나라 시황제는 덕이 없어 백성들을 도탄에 빠지게 했다. 이에 공이 크게 노하여 아방궁을 태웠는데, 삼 개월 동안이나 불길이 이어져 마치 낮과 같았다. 정히 비한다면 지난날 진나라의 병인년 지진 때에 그 불이 수 천리의 땅을 태운 것과 같으니 그 의기가 크다고 하겠다.

〈9〉 공은 이칠 원년 유월 병자에 태어나 수왕 삼년 십이월 계미에 세상을 떠났다. 위로는 몇 만 몇 천 몇 백 년의 거리를 두고 태어났으며 장사는 도자기를 만들고 철을 만드는 거리의 잿가루 가운데에 지냈다. 무덤은 백묘산의 등허리 보리밭 고개에 썼다. 묘의 방향은 정을 등진 언덕이다.

〈10〉 처음 짝은 당귀래씨였는데, 당귀래씨의 아버지는 목수였다. 두 번째 부인은 화장철씨인데, 그 아버지는 대장장이였다. 삼남을 길렀는데, 전기는 밤의 나라에서 공이 있었다. 래씨는 반딧불에서 나왔고 탄은 석철씨다.

〈11〉 공은 경륜을 갖추고 기이한 때를 만나 천하에 공을 크게 이루었다. 크게는 나라에 보답하고 임금께 충성을 다했으며 작게는 정무를 맡아보고 백성을 다스렸다. 변화를 일으킴은 바람과 구름처럼 측량할 수 없고 강자를 누르고 약자를 도우며 선한 이를 복주고 악한 이를 토벌한 것은 의리가 있는 것이다. 이러한 일들은 『춘추』에 모두 기록해 놓았다.

〈12〉 고금을 따라 거슬러 오르고 내려옴에 이런 영웅을 짝하기 어려울 것이다. 만약 하늘이 그 나이를 빌려준다면 오늘날과 같이 변한 세상에도 능히 전날의 공을 이룰 것이다.

〈13〉 공의 행실이 사가의 역사책에 의해 소상하게 실려 있다. 감히 군더더기 말을 할 수도 없지만 장자 전기의 청으로 덧붙일 뿐이다.

Ⅳ. 구성적 특징과 작가의식

1. 유형적 특징

가전은 창작이다. 하지만 전적으로 허구를 중시하는 소설과 달리 의화를 중시한다는 점과 함께 구조적으로 전기문학이 갖는 일정한 유형이 존재한다. 이러한 가전의 특징은 가전이 본래 인물전의 기술 방식을 모태로 출발되었던 데에서 기인하는 것이다. 그러므로 형식적인 면에서는 인물전과 흡사하다고 볼 수 있지만 내용 전개는 전고와 용사를 바탕으로 하여 허구적으로 꾸며지는 양상을 보이고 있다. 이러한 점을 고려해 볼 때 초기『문체명변』에서 서사증이 가전을 정의하면서 골계미를 중요한 요소로 지적했지만 오늘날에는 많은 가전 작품을 검토해 본 결과 무조건 골계미가 나타나 있다고 해서 가전으로 인식하지는 않는다. 즉 가전은 재미도 중요하지만 글을 잘 했던 식자층의 산물이다 보니 오랜 세월 지켜져 온 문체에 따른 일정한 형식을 지니고 있는 것이다.[12]

가전은 대상에 따라 가상의 인물을 설정하고 그 인물의 삶을 출생, 성장, 활약, 사멸이라는 측면에서 폭넓게 다룬다. 가전의 형식은 외적으로 보면 크게 주인공의 선조 및 출신을 소개하는 선계와 주인공의 행적을 다룬 본전, 자손의 후일담을 다룬 후계, 작자의 평을 붙인 평결로 이루어져 있는데, 이를 일반적으로 정형가전이라고 한다. 그리고 이를 좀 더 세부적으로 살펴보면 표제상의 참 주인공을 소개하는 서두, 선조에 대해 소개하는 선계, 능력에 따른 활약을 기술한 사적, 주인공의 죽음과 관련된 종말, 주인공이 죽은 뒤에 남겨진 자손들을 다룬 후계, 마지막으로 주인공의 삶을 평가한 평결로 이루어지는 경우가 대부분이다.

---

12) 안병렬,『한국가전연구』, 이우출판사, 1986, 28~30쪽.

그러나 인물전도 형식이 조금씩 다르게 존재하는 경우가 있듯이 모든 가전이 반드시 이러한 형식으로 귀결되는 것은 아니다. 그동안 연구되어온 결과에 따른다면 가전은 최소 3가지에서 최대 6가지의 유형으로 분류된다. 가전도 여타의 문학 작품처럼 작가가 어느 부분에 중점을 두고 서술하느냐에 따라 구조적으로 차이를 보이는 것이다. 가장 짧은 유형은 서두와 사적, 평결의 형태를 보이는 것이 일반적이며 가장 긴 유형은 서두-선계-사적-종말-후손-평결로 이루어져 있다.13)

그럼 앞에 제시했던 「등자전」 두 편과 「박산화공행장」의 내용을 가전의 유형적인 측면에서 검토하여 특징을 밝혀 보도록 하겠다.

먼저 「등자전」을 보면 「등자전」은 두 편인데, 편의상 1과 2로 나누어 살펴보고자 한다. 「등자전」 1은 「등자전」 2에 비하면 내용이 간략하다. 즉 등잔불의 외양과 쓰임, 자신의 생각을 가탁한 것 등이 중심이다. 이러한 「등자전」 1을 가전의 유형에 따라 분석해 보면 단락 〈1〉과 〈2〉가 서두에 해당한다. 주인공을 선생이라고 칭하면서 심지가 있는 등잔불의 빛깔과 모양을 표현한 것이다. 다음으로 단락 〈3〉과 〈4〉는 등잔불이 사람들에게 베풀어주는 공과 해에게 세상을 밝혔던 자리를 양보하는 미덕을 말하고 있다. 이는 사적에 해당하는 것이다. 그리고 문화라는 측면에서 사람들의 삶을 윤택하게 하는 가장 중요한 것으로 보았다. 다음으로 단락 〈5〉와 〈6〉은 등잔불에 대한 정과 자신의 심회를 담아낸 것으로 평결에 해당한다. 등잔불은 거의 매일 밤마다 켜고 새벽이면 제일 먼저 마주하는 대상이다. 이런 등잔불을 10년 동안 곁에 두고 공부하며 살아 온 작가에게 입신은 간절한 결과물이었을 것이다. 삼일유가는 과거에 급제했을 때 삼일 동안 거리를 지나면서 널리

---

13) 김창룡, 『가전문학의 이론』, 박이정, 2002, 99~100쪽.

급제자를 알리는 축제이다. 예전에 어린 아이들이 배우던 오언 절구를 모아놓은 추구 같은 책에도 '십년등하고 삼일마두영'이라는 글귀가 있다. 오래도록 곁에 두고 살았으니 그 정이 얼마나 깊었을까하는 것은 짐작하기 어렵지 않다. 따라서「등자전」1은 가전의 유형으로 분류해 보면 서두와 사적, 평결의 형식으로 이루어져 있음을 알 수 있다.

다음으로「등자전」2는「등자전」1과 비교해 본다면 구조적 완성도가 한결 높은 편이다. 적절한 전고의 활용으로 내용에 치밀함이 더해졌는데, 사적에서 등잔불의 공을 예찬하고 평결에서 자신의 심정을 토로한 것 등은「등자전」1과 흡사하다고 할 수 있다.

이와 같은 점에서 볼 때「등자전」1을 지은 후「등자전」2가 지어진 것으로 추측해 볼 수 있다.

이러한 점을 토대로「등자전」2의 유형을 살펴보면 단락 〈1〉과 〈2〉가 서두와 선계에 해당한다. 등잔불을 자신의 스승으로 설정하면서 등잔불의 성과 계통, 지위를 제시하고 있다. 조상에 관한 것은 선계에 해당하는데 서두 뒤에 살짝 언급하는 형태를 취하고 있다. 다음으로 단락 〈3〉과 〈4〉는 등잔불을 마치 관료처럼 설정하여 하늘로부터 불을 밝히는 벼슬을 제수 받고 쌓은 공과 남녀에게 필요한 등잔불의 종류, 밝음을 해에게 사양한 미덕 등을 말하고 있다. 이는 사적에 해당하는 것으로 병정의 기운으로 갑을에 위치한 것 등의 설정은 모두 육십갑자에서 불을 뜻하는 것으로 용사에 해당한다. 그리고 단락 〈5〉와 〈6〉은「등자전」1과 같이 자신이 꿈을 꾸었는데, 등잔불이 10년 동안 자신을 스승으로 삼는다면 영화가 있을 것이라는 말에 스승으로 삼게 된 계기를 밝히고 있다. 아울러 등잔불은 자신과 함께 늙고 고생했다고 평하고 있다. 이와 같이「등자전」2는 서두와 선계, 사적, 평결 위주로 구성되어 있다.

한편 화로를 의인화한 「박산화공행장」은 「등자전」 1과 2에 비한다면 창의적인 내용과 치밀한 구성에서 훨씬 돋보이는 작품이라고 할 수 있다. 즉 가전이지만 행장을 표방한 것에서 짐작할 수 있듯이 내용 전개가 매우 체계적이고 작가가 살았던 당시에 쓰였던 물건들을 많이 등장시켜 창의적으로 꾸며놓았다. 그리고 「등자전」처럼 화로의 공을 예찬하고 있는 점이나 가전의 유형적인 특징을 잘 지니고 있으면서도 내용의 전개는 행장에서 중시하는 기술 방법과 표현법을 동원한 것이 특이하다. 이를 단락 별로 살펴보면 〈1〉이 서두에 해당한다. 서두에서는 주인공인 화로의 휘와 자, 호 등을 중심으로 소개하고 있는데, 모두 화로를 드러내는 것과 연관된 용어들이다. 다음으로 단락 〈2〉는 불로 대표되는 화로의 조상을 주작이라고 설정하고 제갈공명이 조조를 물리칠 때 공이 있었다고 했다. 이는 선계에 해당하는 것으로 뛰어난 조상을 언급하여 가계를 드러내고자 한 것이다. 즉 현재의 주인공은 갑자기 태어난 것이 아니라 이처럼 훌륭한 조상이 있었음을 은연중에 과시하는 것이다. 그래서 구대를 내려오는 동안 오행 가운데 하나로 받들어졌고 조상들은 유교의 가장 이상적인 모습인 동시에 높은 충절로 이름이 높았다고 묘사하고 있다. 이처럼 선계에 해당하는 부분들이 실제 행장의 경우처럼 매우 자세한데, 행장은 일차적인 자료의 성격이 강했기 때문에 가문을 매우 장황하게 기술하는 것이 특징이다. 그리고 단락 〈3〉~〈8〉까지가 사적에 해당하는데, 〈3〉은 능력을 지니고 태어난 점을, 〈4〉, 〈5〉는 화로가 백성들에게 베푼 혜택과 편리한 불도 결코 소홀히 대할 수 없음을 말한 것이다. 또한 단락 〈6〉은 우임금 때 있었던 홍수를 함께 다스린 일과 전쟁에서 큰 공을 세워 천자가 입는 옷에 새겨지게 된 일, 음식을 골고루 익혀 먹게 해 준 것, 서민들에게 없어서는 안 되는 물건 등으로 공(功)을 나열하고 있다. 또한 단락 〈7〉은 맹자가 불의 혜택을 지적한 것이고 단락 〈8〉은 진시황의 잘못을 불이 벌한 의기를 말한 것이다. 여기에서 화로의 공은 크게 덕과 의로 구분된다. 따라서 화로는 사람들에게 도움을 주고 잘못된 자들을 벌하는 더없이 탁월한 능력자의 모습으로 형상화 되어 있다.[14] 사적에 해당하는 부분은 가전이나 행장, 두 문체에서 가장 분량이 많고 중요한 부분인데, 대체적으로 포의 관점에서 사건을 중심으로 부각시키고 있다.

　이와 같이 탁월한 능력을 지닌 화로도 결국은 죽음을 맞이했는데, 단락 〈9〉는 종말을 나타낸 것이다. 불이 다 타면 재가 되는 것을 연상하여 죽어서 잿가루 가운데 장사를 지냈다고 했다. 행장의 기술 방식을 따르다 보니 죽음에 관한 부분도 열전처럼 간략하게 언제 죽었다는 사실만 언급하지 않고 장사지낸 내력 등을 자세히 설명하고 있다. 대체적으로 행장은 열전에 비해 사후에 더 많은 비중을 두고 소상하게 기록하는 특징이 있다. 그러므로 단락 〈10〉은 가전으로 보면 후계에 해당하는데, 땅을 일구는 고무래 같은 나무로 만든 것과 처음 짝이 되었고 두 번째로 화장철씨에게 장가들어 세 명의 자식을 낳았다고 하여 비록 가전이지만 부인과 자식들에 관한 사후 집안의 동향까지 자세히 기술하고 있다. 마지막으로 단락 〈11〉, 〈12〉, 〈13〉은 평결에 해당하는 부분들이다. 평결에서는 장자 전기의 청으로 공의 행실을 기록한다고 하여 이 작품을 지을 당시 벌써 전기가 집안에 들어와 있음을 쉽게 알 수 있는데, 화로를 마치 이상적인 신하처럼 묘사하여 그 공과 의리를 칭찬하고 있다. 그리고 불은 언제나 필요하다는 점에서 짝하기 어려운 영웅이라고 했는데, 이러한 모든 화로의 공적은『춘추』에 기록되어 있

---

14) 의인화한 대상을 이상적인 인물로 형상화 한다는 점에 있어서는 영웅소설의 주인공과도 흡사하다고 할 수 있다. (안기수,『영웅소설의 수용과 변화』, 보고사, 2006, 300~301쪽)

다고 하여 사실성을 획득하고자 했다.

이와 같은 평결 부분에서도 행장의 기술 방식을 쉽게 찾아볼 수 있다. 일반적으로 가전은 열전처럼 논찬에 흔히 '사신왈'이라는 용어가 따라오지만 행장은 '공'이라는 표현을 쓴다. 그리고 끝 부분에 이 글을 짓게 된 동기가 나와 있는데, 이러한 점도 행장에서 추구하는 기술 방식이다.15) 이런 점에서 볼 때 「박산화공행장」은 일반적인 가전의 구성 요소를 간직하고 있으면서도 자세히 살펴보면 행장의 기술 방식에 따라 창작되었음을 알 수 있다. 이것은 작가가 평생 자신의 가까이에 두고 살았던 물건인 화로를 옆에서 지켜본 사람이 쓰듯이 흉내 내고자 한 것인 동시에 가전에 행장의 기술 방식을 적용하여 지은 최초의 작품이라고 하겠다.

2. 전고를 활용한 의인화 양상

「등자전」과 「박산화공행장」은 불을 소재로 하고 있다. 그러므로 불을 형상화한 부분들이 많은데, 이러한 전고의 활용은 작가의 학식을 드러내는 것임과 동시에 논리적이고 창의적인 표현에 해당되는 중요한 요소이다. 특히 작가가 활용한 전고는 당시에 학식을 갖춘 사람이라면 웬만큼 알고 있을 법한 내용들로 주로 고대 중국의 역사와 문학, 정치에 관계된 것들이다. 이를 서사를 중심으로 이야기화 하였다는 점에서 요즘 부각되고 있는 스토리텔링에 가깝다고도 할 수 있다.

「등자전」 두 편과 「박산화공행장」에서 불과 관련된 부분들을 살펴보면 먼저 「등자전」 1의 경우는 불의 쓰임과 고마움 등을 표현했을 뿐 전고를 활용한 소재는 보이지 않는다. 즉 전고를 활용한 창작보다는 자

---

15) 졸고, 앞의 책, 「열전과 행장의 비교 연구」, 168~175쪽.

신의 소회를 가전의 형식으로 풀어쓴 것이라고 할 수 있는데, 내용 전개의 측면에서 본다면 기존의 가전과는 사뭇 다른 양상을 보이고 있다고 하겠다. 다만 덕 높은 선생님을 지칭할 때 사용했던 자(子)를 사용했으며 불이 켜지고 꺼지는 것에 착안하여 생명이 있는 것으로 표현하여 현실감을 높이고 있다.

　　오호라! 선생은 물건으로 사람이 아니다.[16]

　자는 탁월한 학식을 갖추었던 스승이나 성현들에게만 쓸 수 있는 존칭이다. 이를 등잔불에다 붙이면서 관심을 불러일으키고 있다. 즉 우리가 잘 아는 공자나 맹자 같은 분들처럼 등잔불을 높여서 존귀한 스승과 같이 의인화하고 있는 것이다.

　다음으로 「등자전」 2를 살펴보면 서두와 사적에 해당하는 부분에서 전고를 찾아볼 수 있다.

　　자는 높은 스승을 지칭하는 것으로 등은 나의 스승이다.[17]

　　성은 목씨이고 계통은 태고 적에 나와서 뒤에 화덕에 제수되었다. 수인씨는 다른 조상이다.[18]

　　병정에서 기를 받고 갑을에 위치하였다. 그러면서 하늘로부터 제수받은 광명이 만고에 빛을 내어 쉬지 않았다.[19]

---

16) 『미재문고』, 「등자전」 1. 嗚呼 子物也 非人也
17) 『미재문고』, 「등자전」. 子尊師之稱 燈則吾師也
18) 『미재문고』, 「등자전」. 系出太古 後受火德 登其位燧人氏 其別祖之
19) 『미재문고』, 「등자전」. 丙丁置位于 甲乙光萬古而不熄

　자는 「등자전」1과 같은 표현인데 다만 이상한 물건에서 스승으로 바뀌었을 뿐이다. 성은 목씨이고 태고 적에 태어나서 화덕에 제수되었다는 것은 원래 나무와 불이 상생의 관계라는 것을 염두에 두고 쓴 표현이다. 따라서 나무를 성씨로 삼았다는 것은 나무로 인해 불이 타오르는 것을 이르는 것이며 태고는 세상이 창조되던 때를 의미한다. 또한 화덕은 이희로가 지은 「남령전」이나 「숙향전」에 등장하는 화덕진군처럼 오행의 하나인 불을 의미하는 것이다. 수인씨는 고대 중국의 세 황제 중의 한 사람으로 불을 쓰는 법과 음식을 조리하는 법을 전수했다고 한다. 불과 관련된 중요한 인물이기 때문에 다른 조상이라고 설정했다. 또한 병정과 갑을은 모두 십간과 십이지를 조합한 육십갑자에서 나온 것으로 불을 상징하는 변말들이다.

　「등자전」2를 살펴보면 등잔불을 의인화함에 있어 전적으로 불을 드러내기 위한 전고가 활용되고 있는데, 이는 전고를 새로운 소재에 적용한다는 점에서 많은 노력이 요구되는 부분이다. 물론 「박산화공행장」 또한 이러한 특징이 잘 나타나 있다. 화로에 대해서는 담배를 의인화한 「담파고전」 같은 작품에서 언급되고 있는데, 화로에 담겨 있는 불을 이용해 담배를 피웠기 때문이다. 「박산화공행장」은 「등자전」에 비하면 더 많은 전고가 등장하고 있다.

　　공의 휘는 로(爐)이고 자는 화로(火爐)이며 박산(博山)은 그의 호이다. 화씨는 수인씨의 계통이다. 화덕(火德)으로 왕이 되었다.[20]

　　처음 중조의 휘는 주작인데, 제갈공명이 남풍을 기원할 때 공이 있었다. 구대를 전해져서 오행의 하나를 받았다. 휘 염상은 일이 서경 홍범

---

20)『미재문고』, 「박산화공행장」. 公諱爐 字火盧 博山其號也 火氏系燧人 自火德王

편에 실려 있다. 그리고 염상(炎上)으로부터 삼대가 전해져서 탄탄공은 휘가 예양으로 충절로 이름이 백세에 전하였다.[21]

여산(廬山)군은 자연이다. 석신재는 인촌당 사슴표를 거죽으로 지고 그 증조 및 할아버지, 아버지, 어머니가 상생해서 목씨를 낳았다. 관솔의 덕이 있어 화시산(火矢山) 본가에서 공을 낳았다. 공은 태어날 때 병정(丙丁)의 기운을 받고 만고에 없어지지 않는 도에 통해 있었다.[22]

일찍이 우임금 시절에 익과 더불어 구년의 홍수를 함께 다스렸는데, 뜨겁게 불타오른 공이 있었다. 또 적벽의 난 때 남양의 제갈공명이 연환계를 씀에 조조의 백만에 이르는 병선을 불태웠다.[23]

진나라 시황제는 덕이 없어 백성들을 도탄에 빠지게 했다. 이에 공이 크게 노하여 아방궁을 태웠는데, 삼 개월 동안이나 불길이 이어져 마치 낮과 같았다.[24]

공은 이칠 원년 유월 병자에 태어나 수왕 삼년 십이월 계미에 세상을 떠났다.[25]

장사는 도자기를 만들고 철을 만드는 거리의 잿가루 가운데 지냈다. 처음 짝은 당귀래(고무래)씨였는데, 당귀래씨의 아버지는 목수였다. 두 번째 부인은 화장철씨인데, 그 아버지는 대장장이였다. 삼남을 길렀는

---

21) 『미재문고』, 「박산화공행장」. 始中祖諱朱雀 有功於孔明祈風之南 九傳受五行之
  一 諱炎上事載洪範 三傳呑炭公諱豫讓 以忠節名於百世
22) 『미재문고』, 「박산화공행장」. 廬山君紫烟 析薪齋負荷 燐寸堂鹿標 其曾若祖若考
  妣相生木氏 有寬燮之德 生公于火矢山本第 公稟丙丁之氣而生萬古而不滅
23) 『미재문고』, 「박산화공행장」. 嘗在禹朝與益 共治九潦而有熱焚之功 遭赤壁之亂
  起南陽布衣一計連環 燒孟德百萬之兵船
24) 『미재문고』, 「박산화공행장」. 秦始不德塗炭其民 公大怒 火阿房而三月而燒 繼而日
25) 『미재문고』, 「박산화공행장」. 公生於二七元年六月丙子 以水王 三年十二月癸未卒

데, 전기(電氣)는 밤의 나라에서 공이 있었다. 래씨(來氏)는 반딧불에서 나왔고 탄은 석철씨다.[26]

휘는 죽은 사람의 이름을 피해 부르기 위한 것이고 자는 본래의 이름을 소중히 여겨 함부로 부르지 않기 위한 별칭이다. 이런 휘와 자에 화로를 뜻하는 글자들을 주로 사용하여 「박산화공행장」이 화로를 다루고 있음을 은연중에 드러내고 있다. 그리고 호를 박산이라고 했는데, 박산로는 중국 산동성에 있는 박산을 본떠서 만든 유명했던 향로를 이르는 것이다. 수인씨의 계통이라는 것은 「등자전」2의 경우처럼 수인씨가 불의 사용법과 관련되기 때문이다. 또한 화덕왕으로 삼았다는 말은 「등자전」2의 경우처럼 이 역시 불을 다르게 나타낸 표현법이다. 즉화로는 불을 사용하는 물건이기 때문에 역사적으로 불을 상징하는 것과 화로 모양을 결부시켜 새롭게 하나의 내용으로 창출해 낸 것이다.

다음으로 뛰어났던 조상들과 부인 및 자식들을 거론하면서 주작, 오행의 하나, 염상, 서경 홍범 편, 탄탄공, 예양, 여산군자연, 석신재부하, 인촌당녹표 같은 대상들이 등장한다. 익히 잘 알려져 있듯이 주작은 남방을 지키는 신으로 불을 의미하며, 오행의 하나도 역시 금목수화토 중에 불이 있다는 뜻이다. 그리고 서경 홍범 편은 삼경 중의 하나인 서경에 나오는 유교의 이상적인 정치형태를 일컫는 말이다. 홍범편은 오행을 기초로 하였기에 불과 이상적인 정치가 연관성이 있음을 간파한 것이다. 또한 탄탄공은 숯불을 의인화한 것이며 예양은 중국진나라 때의 의사로 불이 의로움이 있다는 것을 비유한 것이다. 여산군자연에서 자연은 붉은 연기를 의인화한 것인데, 이태백이 지은 〈망

---

26) 『미재문고』, 「박산화공행장」. 配當貴來氏木手 厥考繼娶于火掌鐵氏 其父戴正育
三男 電氣有功於夜國 來氏 出流螢炭石鐵氏生

여산폭포)의 첫 구절 일조향로생자연에 나오는 말이다. 즉 해가 떠서
향로봉을 비추면 붉은 빛이 난다는 것이다. 여산은 신신이 산다는 전
설상의 산이다. 석신재부하와 인촌당녹표는 성냥개비와 사슴 그림이
그려져 있는 성냥갑을 집처럼 의인화한 것이다. 이러한 소재들은 화로
라는 이야기의 핵심 소재를 부각시키기 위해 작가가 자신의 학문적 소
양을 총 동원하여 새롭게 한문으로 재창조한 것이다. 그리고「등자전」
처럼 나무가 있어야 불씨가 살 수 있기 때문에 목씨를 낳았다고 표현했
다. 관솔은 송진이 굳어져 불이 잘 붙는 소나무의 가지를 뜻하고 화시
산은 타오르는 활화산을 뜻하는데 작가가 살았던 고창의 산 이름이다.
우임금은 일찍이 익이라는 사람과 함께 구년 동안의 홍수를 다스렸는
데, 물을 불이 마르게 했다는 것이다. 적벽대전은『삼국지』에서 조조
가 제갈공명이 쓴 화공법에 대패한 싸움으로 화공법을 쓸 때 불을 사용
했기 때문에 큰 공을 세웠다는 것을 이르는 것이다.

「박산화공행장」에서는 불을 조심히 다루어야 할 물건이라고 하면서
도 덕과 의로움을 강조하고 있는데, 그 대표적인 것이 삼 개월 동안이
나 진시황의 아방궁을 태웠다는 점을 들고 있다. 진시황은 처음으로
황제라는 호칭을 쓴 인물로 폭군이었다고 할 수 있는데, 이런 시황제
가 지은 아방궁을 태우는 옳은 일을 했다고 표현한 것이다. 이는 다분
히 사적에서 포의 관점을 취하는 행장의 특징과 흡사하다. 그리고 죽
음에서 이칠은 주역의 한 괘로 숫자 이와 칠이 합해지면 화가 된다고
해서 불을 뜻하는 것이다. 또한 수왕과 계미는 모두 물을 상징하는 것
으로 불과 물이 상극이기 때문에 물의 세상이 되면서 불이 죽게 됨을
말한 것이다. 그리고 죽음과 후손 부분에서 잿가루, 당귀래씨, 화장철
씨 등의 용어가 나오는데, 화로에서 불씨가 다 타고 나면 잿가루 속에
꺼진 불씨를 묻었다는 것이며 당귀래씨는 나무로 만들어진 것으로 재

를 끌어 모으는 도구를 뜻한다. 화장철씨는 쇠로 만들어진 화로를 다르게 표현한 것이다. 그리고 전기는 전기불이며 래씨는 피어오르는 연기, 탄은 숯, 석철씨는 석탄을 의인화해 표현한 것이다. 이로 본다면 「박산화공행장」은 화로라는 하나의 대상을 이야기하기 위해 다양한 소재들을 끌어들여 창의적으로 표현해 내고 있다. 물론 이를 읽고 즐길 수 있는 대상들이 한문학적 소양을 갖춘 식자층임은 두말할 필요가 없다. 그리고 화로의 탄생과 쓰임, 죽음 등의 다양한 측면을 이야기로 창작하면서 그럴듯하면서도 재미난 표현 등은 작가의 역량에 해당한다고 하겠다. 그리고 근대에 실제로 존재했던 성냥이나 전기, 당귀래 같은 소재들을 활용한 것은 사실지향적인 성향이 강한 행장의 기술적 특징에서 기인하는 것으로 생각된다.

이와 같이 「등자전」 2와 「박산화공행장」은 고대 중국의 역사서 등에서 불과 연관된 전고와 근대에 일상생활에서 쓰였던 소재들을 활용하여 새롭게 이야기로 꾸며내고자 했음을 알 수 있다.

3. 실생활의 반영과 주제의식

오늘날과 같이 전기가 보편화된 일상생활에서는 가정집에서 등잔불을 밝히는 경우를 찾아보기 어렵다. 그리고 화로 또한 석유나 전기, 가스를 이용한 난방기구에 그 자리를 내어준 지 오래되었다. 즉 생활이 윤택해지고 편리해지면서 과거에는 중요했던 물건들이 눈앞에서 사라지거나 다른 형태로 대체 된 것이다. 그러나 1800년대 말에 우리나라에서 전기가 쓰이기 시작했고 일제강점기 때부터 석유를 이용한 등잔불이 사용되기 시작한 것을 보면, 등잔불이나 화로가 사라지게 된 것이 그리 오래 전의 일만도 아니다. 그리고 전기는 대도시를 중심으로 몇 십 년에 걸쳐 보급되다보니 작가가 살았던 향촌에서는 등잔불과 화로가 얼마나 요긴하고 소중한 물건이었는지 짐작해 볼 수 있다. 작가가 등잔불과 화로의 공을 높이 살 수밖에 없었던 것은 이런 실생활에서의 쓰임을 그대로 반영하고자 했기 때문이다.

> 불이 켜졌을 때는 사람들은 살았다고 하고 불이 꺼지면 사람들은 죽었다고 한다. 밤이면 밝아서 크게 천하에 덕택을 주는데, 여자들은 길쌈을 할 때 도움이 되며 남자들은 책을 읽을 때 도움이 된다. [27]

> 책을 읽는 사람들은 긴 등잔과 짧은 등잔으로 밝히었고 길쌈을 할 때는 홍등(紅燈)과 전등(剪燈)이 있으니 등잔불의 공이 크지 않은가?[28]

> 내가 꿈을 꾸었는데, 등잔불이 일으켜 말하기를 나를 십년 스승 삼으면 반드시 삼일의 영화가 너에게 있을 것이라고 했다.[29]

> 날마다 세 가지 덕을 베푸니 백성들에게 음식을 익혀 먹는 것을 가르쳤고 겨울에도 따뜻함을 온전하게 보전할 수 있게 했다. 그리고 사람들로 하여금 얼어 죽는 근심을 없게 하였다.[30]

> 물고기와 육고기의 맛을 지을 때 음식이 골고루 잘 익지 않는 탄식이 없었다. 아울러 서민들 또한 날로 쓰는 공으로써 항상 방안에 두었다.[31]

---

27) 『미재문고』, 「등자전」 1. 其職在火 火之則人以謂生 不火則人以謂死 夜則明大澤於天下 女賴之而紡績 男賴之而讀書
28) 『미재문고』, 「등자전」 2. 以之讀書 有長檠短檠 以之紡績 有紅燈剪燈 燈之功不其大矣乎
29) 『미재문고』, 「등자전」 2. 夢燈起余日十年 於吾必有三日榮於君矣
30) 『미재문고』, 「박산화공행장」. 日三布其德 敎民火食 冬而全其煖 使人無凍冷之患
31) 『미재문고』, 「박산화공행장」. 若其製魚肉之味 無飮食不調之嘆 庶人亦以日用之功常位乎房中

일찍이 맹자는 그 덕을 칭찬하여 말하기를 백성들이 불이 아니면 생
활할 수 없다고 했다.[32]

고금을 따라 거슬러 오르고 내려옴에 이런 영웅을 짝하기 어려울 것
이다.[33]

불은 생명이 없지만 사람들은 생활 속에서 마치 생명이 있는 것처럼
인식하여 살았다고 하거나 죽었다고 했다. 이처럼 소중한 것이 불인데
밤에는 세상을 밝혀 남자들은 주로 책을 읽고 여자들은 실을 뽑을 때
도움이 된다고 했다. 그리고 남자들이 책을 읽을 때는 등잔불의 길이
를 조절할 수 있는 장경과 단경을 사용했다. 그리고 여자들이 길쌈을
할 때는 붉은 빛의 홍등과 심지가 타서 길게 나오면 잘라내면서 쓰는
전등을 이용했다. 이는 다분히 서민들의 생활상을 묘사한 것이다. 예
나 지금이나 불이 없는 세상은 상상하기 힘들다. 작가는 이 점을 간파
하고 불을 사용할 수 있게 된 것에 대해 고마워하고 있다. 그리고 과거
에 급제하여 벼슬길에 나아가고자 하는 뜻이 강했기에 꿈에 등잔불이
보이기까지 한 것이다. 불은 우리가 숨쉬고 살아가는 공기처럼 실생활
에서 특별히 의식하지 않고 사용하고 있지만 그 역할은 어떤 것보다도
크다고 할 수 있다. 불이 베푼 덕은 크게 세 가지로 첫째는 음식을 익
혀 먹게 된 것이고, 둘째는 추운 겨울에도 따뜻함을 온전히 보전할 수
있는 것이며, 셋째는 최소한 얼어 죽는 근심을 피할 수 있게 된 것이라
고 지적하고 있다. 이는 의식주에서 불과 관련되지 않은 것이 하나도
없다는 것을 단적으로 지적한 것이다. 따라서 서민들은 매일 같이 방
안에 두고 사용했으며 맹자 같은 현인도 일찍이 불의 중요성을 설파했

---

32) 『미재문고』, 「박산화공행장」. 鄒國亞聖公撰其德曰 民非火 不生活
33) 『미재문고』, 「박산화공행장」. 春秋具擧 溯沿古今 難儔得此等英雄也

던 점을 제시했다. 마치「등자전」과「박산화공행장」을 지을 당시 작가
가 살았던 향촌의 생활환경이 고스란히 전해지는 듯하다.

　현대와 같이 고도로 발달된 사회에서도 불로 질병을 예방하고 삶의
평온을 가져오는 것에는 변함이 없다. 일년 내내 불 없는 삶은 불가능
하다. 물론 불을 잘못 다루게 되면 큰 화를 입기도 한다. 하지만 사람
들 곁에 항상 머무는 그림자처럼 곁을 떠나서는 살 수 없는 것이 불이
기에 예찬과 존경의 태도는 당연한 것인지도 모른다. 그러므로 세상에
비교될 것이 없는 영웅이라고 한 것도 무리는 아니다. 불을 사용하는
데 있어서는 상하와 귀천이 따로 없다. 모든 사람들에게 필요하고 소
중한 대상이다. 이러한 불에 대한 작가의 입장을 정리해 보면 실생활
에서의 효용성과 자신의 인생에 등잔불이 끼친 영향, 불의 중요성과
소중함, 겸허의 미덕 등으로 대별해 볼 수 있다.

　주지하다시피 가전은 어떤 작품이든지 작가가 설정한 일정한 주제
를 담고 있다. 안병렬은 가전의 작가가 주로 영달하지 못한 불우한 사
람들이었다고 전제하고 가전에 나타나는 작가의식을 울분과 토로, 자
아변호, 계세징인, 보한해학, 민족자긍 등으로 제시한 바 있다.[34] 이러
한 입장에서「등자전」과「박산화공행장」을 본다면 작가가 불우하게 살
았던 것은 맞지만 작가의식에 있어서는 약간 차이를 보인다. 즉 꿈속
에서 등잔불 아래에서 십년 넘게 공부한다면 입신의 영화가 있게 되리
라는 것은 분명 자신의 심정을 토로하는 듯한 측면이 있다. 그러나 불
이 인간의 삶에 미치는 많은 영향을 거론하면서 다분히 등잔불과 화로
에 대한 예찬과 감사, 겸허의 미덕이 주로 반영되어 있다고 하겠다. 이
는 17세기에 금곡 박상연이 술을 의인화 한 가전「국성전」에서[35] 술의

---

34) 안병렬, 앞의 책, 114~161쪽.
35) 졸고, 앞의 책,「〈국성전〉연구」, 102~103쪽.

아름다움을 예찬한 것이나 별반 달라 보이지 않는다.

이와 같은 점에서 볼 때 작가 김두연은 등잔불과 화로가 비록 값나가는 귀중한 물건은 아니지만 실생활에서의 요긴한 쓰임을 들어 자신의 처지를 바탕으로 감사의 마음을 잘 담아냈다고 하겠다.

Ⅴ. 맺음말

이상으로 근대의 문인이었던 미재 김두연이 지은 「등자전」 두 편과 「박산화공행장」을 텍스트로 삼아 작가와 문집의 체계, 작품의 내용, 구성적 특징과 주제의식 등을 중심으로 고찰해 보았다.

주지하다시피 가전은 한문학적 소양을 토대로 이룩된 문학양식이다. 그러나 과거와 달리 오늘날 한문이 더 이상 학문의 중심에 있지 못한 상황에서 근대 문인이 남긴 가전은 분명 나름대로의 의의와 한계라는 두 가지 측면을 지고 있는 것이 사실이다. 그러나 가전은 세상에 널리 알려 명성을 얻기 위해 지었다기보다는 자신의 학문적 성취 정도를 과시하면서 예로부터 전해 온 일정한 문체의 특징을 살려 창작을 시도해 본 것이라고 할 수 있다. 따라서 김두연이 지은 「등자전」 두 편과 「박산화공행장」은 이미 많은 사람들의 의식에서 잊혀진 문학양식이지만 가전의 최종적인 작품이라는 점과 등잔불과 화로를 전고와 근대에 사용된 물건을 활용하여 새롭게 작품화 하였다는 점, 가전에 행장의 기술 방식을 적용했다는 점에서 의미가 있다고 할 수 있다.

일찍이 등잔불과 화로는 불과 몇 십 년 전까지만 해도 우리들의 삶에서 없어서는 안 되는 소중한 물건들이었다. 등잔불은 어두운 밤을 밝히고 화로는 불씨를 담고 추위를 막는 역할을 수행했다. 미재 김두연은 이러한 점에 착안하여 등잔불을 의인화한 「등자전」 두 편과 화로를 의인화한 「박산화공행장」을 남겼다. 미재는 어려서부터 출중한 재능으로 앞날이 주목되는 인재였다. 그러나 일제강점기라는 암울한 시대에 태어나 입신을 포기한 채 결국 향리에서 생을 마감했다. 「등자전」에는 이러한 작가의 마음이 잘 나타나 있다. 그리고 「박산화공행장」에서는 불의 기능을 말하면서 마치 뛰어난 신하처럼 묘사하는 부분이 있는데, 이것도 자신의 입신에 대한 생각이 은연중에 표출된 것이라고 할 수 있다.

우리 문학사에서 가전은 고려 말에 임춘이 지은 「국순전」을 시작으로 약 800년이라는 오랜 기간 동안 다양한 작품들이 창작되어 왔다. 식물과 동물 같은 애완물은 물론 심성에 이르기까지 그 종류가 꽤나 많고 심지어 한 가지 소재로 여러 명이 입전한 경우도 있는데, 근대에 이르기까지 등잔불과 화로를 소재로 의인화한 가전 작품은 발견된 적이 없다. 그리고 가전이면서도 행장의 기술 방식을 차용하여 전개한 경우도 처음 있는 일이다. 이러한 소재와 제목, 문체적인 특징이 갖는 희귀성 등을 토대로 작품의 내용을 살펴보면 근대 가전의 변모된 한 양상이라는 것을 확인해 볼 수 있다.

먼저 내용의 구성적 특징을 기존의 가전을 연구하면서 제시된 유형에 따라 검토해 보면 「등자전」 1과 「등자전」 2는 서두에서 약간 차이가 나고 있지만 대체적으로 서두-사적-평결의 순으로 구성되어 있음을 알 수 있다. 다만 「등자전」 2에서는 서두 뒤에 선계가 짤막하게 언급된 형태를 보이고 있다. 다음으로 「박산화공행장」은 가전의 유형에서 최대의 형식으로 제시된 서두-선계-사적-후손-종말-평결을 모두 갖추고 있다. 그러나 이러한 유형적 특징은 행장의 기술 방식 위에서 이루어져 있음을 알 수 있다. 즉 자못 긴 선계와 포를 위주로 한 사건 중심의 사적, 사후 집안의 자세한 동향 및 창작 동기 등 행장에서 주안점을 두는 내용들로 구성되어 있다.

한편「등자전」두 편과「박산화공행장」은 등잔불과 화로를 소재로 하고 있기 때문에 불과 연관된 전고를 많이 활용하여 의인화시키고 있다. 불과 관련된 전고는 상당히 많은 편인데, 십간과 십이지는 물론『삼국지』와 고대 중국의 역사서 등이 주로 활용되고 있다. 그리고 불과 관련된 대상을 드러냄에 있어 근대에 사용된 성냥갑 속의 성냥개비 등을 표현한 대목은 매우 기발한 부분에 해당한다. 다음으로 등잔불과 화로는 실생활에서 사용하던 물건이기 때문에 실생활에서 소용되는 바를 작품에 그대로 제시한 것도 특징적인 점이다. 이를 등잔불과 화로의 공으로 높이 평가하여 주제로 형상화 하여 놓았다. 즉 작품의 전반적인 흐름을 고려해 볼 때 작가는 등잔불과 화로에 대해 예찬과 감사, 겸허의 미덕으로 일관하고 있음을 쉽게 감지 할 수 있다.

앞으로「등자전」과「박산화공행장」같이 근대 문인들이 남긴 가전 작품에 대한 관심이 증대되었으면 하는 바람이다.

17세기 술 소재 가전의 성학 수용과 영웅의 형상화 연구

I. 머리말

17세기에 출현한 술 소재 가전 작품은 총 세 편이다. 이 세 작품들은 전대의 술 소재 가전 작품들에 나타난 특징을 계승하면서 성리학의 심성론을 수용하여 소재와 내용전개, 주인공의 형상화 등에서 변화를 보이고 있어 주목된다.

조식이 정립한 신명사도의 직접적인 영향을 받아 김우옹이 심성가전인 「천군전」을 지은 이후 17세기는 성리학적 사유가 문학에 수용되던 시기였다. 그리고 이러한 흐름은 자연스럽게 술 소재 가전에도 영향을 끼쳤다. 일찍이 김창룡은 수성과 천군이라는 용어가 「수성지」 등 심성가전과 「국선생전」 등 술 소재 가전에 자주 쓰이는 도구라고[1] 지적한 바 있는데, 이는 성학이 가전문학에 끼친 영향을 단적으로 드러낸 것이라고 할 수 있다. 그러나 「천군전」을 비롯한 심성가전에 관한 연구가 적극적으로 개진된 것과는[2] 대조적으로 술 소재 가전 작품에

---

1) 김창룡, 『한국의 가전문학』上, 태학사, 2006, 215쪽.
2) 이동근, 「조선조 심성가전의 연구」, 『인문과학연구』 14, 대구대인문과학연구소, 1996, 41~75쪽.
　이기대, 「심성론의 역사적 전개와 김우옹의 〈천군전〉」, 『한국학연구』 30, 고려대

수용된 심성론에 관해서는 언급 정도에 그치고 있다.

주지하다시피 우리나라 가전 작품의 효시는 술을 소재로 고려 때 임춘이 창작한 「국순전」이다. 이처럼 술은 가전의 역사와 밀접한 관련을 맺고 있는데, 「국순전」 이후 출현한 작품으로는 이규보의 「국선생전」, 최연의 「국수재전」, 김득신의 「환백장군전」, 남선의 「청주종사국생 사배환백장군 이공수성」3), 박상연의 「국성전」, 지광한의 「취향지」, 박윤묵의 「국청전」 등 총 8편이다. 이들 작품 중에서 17세기에 출현한 작품은 김득신의 「환백장군전」과 박상연의 「국성전」, 남선의 「청주종사」가 있다. 약 800년이라는 오랜 시간 동안 창작되어 온 가전의 작품 수가 약 70편에 육박하고 다루어진 소재도 32종이나 되는 것을 감안하면4), 술이 가전의 소재로 적극 활용되었음을 알 수 있다.

그동안 술 소재 가전 작품에 대한 논의는 김현룡과 조수학 등 선학들의 연구에서도 알 수 있듯이 주로 초기에 등장한 「국순전」과 「국선생전」의 연구에 초점이 맞추어져 있었다.5) 이는 박희병 교수의 지적처

한국학연구소, 2009, 103~129쪽.

조수학, 「우병종의 심성가전 및 탁전연구」, 『한민족어문학』 9, 한민족어문학회, 1982, 183~208쪽.

3) 「청주종사국생 사배환백장군 이공수성」은 이후로는 맛 좋은 술을 뜻하는 「청주종사」로 지칭하기로 한다. 「환백장군」으로 삼을 수도 있으나 김득신의 작품과 구분할 필요성도 있기 때문인데, 졸고(「창명 남선의 술 의인화 가전 연구」, 『한국어문학연구』 50, 한국어문학연구학회, 2008)에서 고찰된 바 있다.

4) 졸고, 「김 의인화 가전의 문화콘텐츠화 방안 연구」, 『우리문학』 33, 우리문학회, 2011, 117쪽.

5) 김현룡, 「〈국순전〉과 〈국선생전〉 연구」, 『국어국문학』 65·66, 국어국문학회, 1974, 158~176쪽.

정소화, 「한·중 술 소재 가전 연구」, 고려대석사논문, 2010, 4쪽.

조수학, 「〈국순전〉과 〈국선생전〉 비교연구」, 『중국어문학』 3, 영남중국어문학회, 1981, 359~376쪽.

럼 두 작품이 전대의 관습을 따르지 않고 자유로운 창작을 시도한 전문학의 변환기에 창작됨으로 인해[6] 이들 작품을 뛰어넘는 작품의 부재와 후대의 작품들을 아류로 인식했기 때문으로 판단된다.

이와 같은 상황에서 17세기 술 소재 가전 작품에 수용된 성학의 특징을 살펴보는 것은 문학에 끼친 유교사상의 영향과 기존 논의의 확장을 모색한다는 측면에서 유의미하다고 생각한다.

Ⅱ. 성학의 수용과 영웅의 형상화

1. 소재 취용과 변용

1) 수성

고려시대에 입전된 「국순전」과 「국선생전」, 조선 전기에 입전된 「국수재전」과 달리 17세기에 입전된 술 소재 가전 작품들은 성리학의 영향으로 심성론에 의거한 소재들을 적극 수용하고 있다. 즉 김우옹이 지은 심성계 가전인 「천군전」의 출현 이후 술을 의인화한 가전에도 천군이라는[7] 소재가 등장하여 큰 변화가 초래되었다. 그리고 17세기 술 소재 가전 작품에는 천군과 함께 빠지지 않고 등장하는 것이 수성이라는 용어이다.

그런데 수성이라는 용어는 심성가전인 「천군전」보다 앞서 출현한 이규보의 「국선생전」에서부터 등장하고 있으며, 「국선생전」보다는 늦게 출현했지만 「천군전」보다 앞서는 최연의 「국수재전」에도 나타나 있다.

---

6) 박희병, 『한국고전인물전연구』, 한길사, 1993, 11쪽.

7) 天君이라는 용어는 『순자』·「천륜편」에서 처음 사용되었다. 耳目口鼻能各有接而不相能也 夫是之謂天官 心居中虛 以治五官夫是之謂天君 聖人淸其天君 正其天官

성(聖)은 군기(軍氣)를 엄숙하게 유지시킨 채 병졸들과 함께 고락을 같이 하면서 수성(愁城)에 물길을 터서 단 한 판의 싸움에 쳐 없애고 장락판(長樂阪)을 세운 다음 돌아왔다. 황제는 그 공로로 상동후(湘東候)를 봉하였다.[8]

그때 마침 수성태수(愁城太守)라 일컫는 자가 있어 무리 천여 명을 끼고 여러 백성을 침략하니 그 화(禍)가 널리 퍼지게 되었다. 그러자 환백장군(歡伯將軍)이 그 소식을 듣고서 즉각 군대를 일으켜 청주(淸州), 예천(醴泉), 몽성에다 격문(檄文)을 전달했다. 군사를 합하자 그 무리는 수십만에 이르렀다. 수성(愁城)을 공격함에 성(城)은 함락되었고 태수는 성을 내놓고 항복하니, 이로부터 백성들은 근심이 사라지게 되었다.[9]

수성은 근심을 뜻하는 것으로 술로 근심을 덜어낸다는 측면에서 활용되었다. 그런데 「국선생전」에 등장한 수성은 물리치는 상황이 극히 단순한 반면 「국수재전」에 나타난 수성은 좀 더 구체적이다. 똑같은 근심을 상징하면서도 많은 무리들을 이끌고 나타나 백성들을 침략하는 적의 장수로 설정되어 있다. 즉 단순한 근심이 아닌 평화로운 나라를 침략하여 전쟁을 일으키는 역도와 같은 존재로 변화된 것이다. 이러한 수성과 관련된 내용은 여러 편의 심성 소재 가전에도 등장하는데, 임제의 「수성지」에서도 주인옹이 수성을 공략하기 위해 술을 상징하는 국양(麴襄)을 천군에게 추천하여 항복을 받아내는 내용이 나타나 있다. 이때에도 근심을 푸는 역할을 하는 것이 술인데, 심성을 소재로 한 가전에도 술을 소재로 한 가전에 등장하는 설정과 같은 내용이 중요한

---

8) 「국선생전」, 앞의 책, 김창룡, 『한국의 가전문학』上, 34~35쪽.
9) 「국수재전」, 위의 책, 김창룡, 『한국의 가전문학』上, 90쪽.

위치를 차지하고 있다.

일찍이 안병설은 심성가전을 연구하면서 심성가전이 성현의 경전 및 성리서에 나오는 내용과 용어들을 의인화하고 천군을 제왕으로 하여 일국일신의 흥망성쇠를 다룬 역사사실을 위장한 크게는 정치현실, 작게는 개인수양에 이바지하게 하려는 작가정신이 충만한 유교윤리에 입각하여 이루어진 작품이라고[10] 지적한 바 있는데, 김우옹이 지은 「천군전」의 관점에서 본다면 수성은 해와 오처럼 경과 의에 반하는 대상이라고 할 수 있다. 그리고 정치적으로 본다면 충신과 반대되는 간신의 상징으로서 17세기 술 소재 가전에 빠지지 않고 등장하는 용어로 확고히 자리를 잡았다. 즉 술 소재 가전과 심성 소재 가전의 출현 연대를 기준으로 살펴보면 수성이라는 용어는 심성 소재 가전의 출현과 무관하게 술 소재 가전에 먼저 존재했던 용어이다. 그런데 성리학의 영향으로 단순히 일반적인 근심의 의미를 넘어 심성론적인 관념이 가미된 반드시 쳐부숴야 하는 역도의 상징으로 변용되었음을 알 수 있다.

2) 천군

천군이라는 용어는 심성 소재 가전 작품이 출현하기 전부터 존재했었는데, 심성 가전 출현 이후 술 소재 가전 등에도 널리 활용되었다. 술 소재 가전 작품 중에서 천군이라는 용어가 처음으로 등장한 작품은 김득신의 「환백장군전」이다. 「환백장군전」은 조강이라는 상군이 천군의 명을 받아 도적 떼가 점령한 수성을 되찾고 환백 땅에 봉해진다는 것이 서사의 핵심이다. 「환백장군전」에서 천군과 관련된 부분은 다음과 같다.

---

10) 안병설, 「이조 심성가전의 전개와 그 성격」, 『한국학논총』 1, 국민대, 1978, 89쪽.

〈환백장군전〉

1. 천군이 조강을 불러 대장군의 벼슬을 제수하고 군사를 내어주면서 수성을 대파하면 환백땅에 봉할 것인데, 환백은 한 달이면 일천 번이나 술을 빚는다고 알려 주었다.

2. 천군은 낭관 청과 역사 당, 청주종사에게 뒤에서 조강을 도우라고 명하였다.

3. 천군이 조강을 환백 땅에 봉해주고 수성을 나눠주면서 낭관 청과, 역사 당, 청주종사로 하여금 지키게 했다.[11]

「환백장군전」에 묘사된 천군은 마음을 주재하는 주인과 같은 존재이다. 그러나 왕과 같은 위상을 지녔으면서도 정작 스스로 수성을 공략하지 못하고 수성을 점령한 적을 물리칠 적임자를 구하지 못해 근심하는 유약한 존재로 묘사되어 있다. 마치 마음은 있어도 몸이 따라주지 못하면 할 수 없는 것과 비슷한 설정이다. 그리고 천군은 수성을 점령할 조강을 추천받고는 군사를 내어주면서 전쟁에서 승리할 경우 환백에 봉해질 것임을 알려 주어 조강이 투지를 불태우게 부추기고 있다. 또한 조강이 약속대로 수성을 공략하자 환백 땅에 봉해 주었는데, 천군과 조강은 일종의 상호보완적인 관계에 놓여 있다. 즉 수성이 천군에게는 근심거리이지만 조강에게는 능력을 발휘할 수 있는 기회를 제공하고 있다는 점에서 불가분의 관계라고 할 수 있다.

이러한 천군의 모습은 「국성전」에도 나타나 있는데, 내용이 더 구체적이다.

〈국성전〉

1. 천군이 즉위하여 영대위에서 사단칠정에게 마음을 극진히 하고 육

---

11) 「환백장군전」, 앞의 책, 김창룡, 『한국의 가전문학』 上, 132~136쪽.

체를 닦고 간사한 이를 멀리하며 나쁜 풍속을 없게 하라고 했다. 이
에 신하들이 폐하의 말씀은 우리 육신의 죽고 사는 것을 이른 것이
라고 하였다.

2. 2년이 지나 천군이 군신들과 나라를 다스릴 강론을 할 때 애공이
   도둑의 침입을 아뢰었다.
3. 거록의 장군 무기에게 도둑을 섬멸키를 원한다고 했지만 천군은 文
   과 武로를 안 되니 누가 물리치겠느냐고 했다.
4. 국성이 돌아오니 천군이 교외에서 맞이하고 환백장군 청주자사를
   삼았다.12)

　「국성전」은 술이 좋은 것이라는 전제 하에 지나치게 가까이하면 해
롭다는 것과 잘 활용하면 더없이 좋은 것이라는 공과의식을 내포하고
있다.13)「국성전」에 등장한 천군은 사단칠정에게 간사한 이와 나쁜 풍
속을 없애라고 하여 풍속의 교화에 힘쓰고 있다. 사단이 본성에 해당
하는 것이라면 칠정은 본성이 외부와 접촉하면서 생기는 감정이므로
나쁜 풍속의 교화는 결과적으로 마음을 안정시키기 위한 것으로 심과
정의 조화를 염두에 둔 표현이라고 할 수 있다. 사단칠정을 위협하는
것은 마음을 어지럽히는 것이므로 육신의 죽고 사는 것이라고 한 것이
다. 즉 마음이 안정을 찾아야 육체가 온전히 보존될 수 있다는 것을 드
러낸 것이다. 그리고 장군 무기를 통해 적을 물리치려고 했지만 문과
무로는 물리칠 수 없다는 것을 깨닫고 신하들의 천거에 의해 국성을
적임자로 삼는다. 문과 무로 물리칠 수 없다는 것은 근심이 마음의 문
제이기 때문에 원인을 제거하던지 아니면 잊어야 하기에 좋은 술이 필
요하다는 것을 역설적으로 표현한 것이다. 국성이 조칙을 받들어 전쟁

---

12) 『금곡집』 하권, 「국성전」.
13) 졸고, 「〈국성전〉 연구」, 『어문연구』 130, 한국어문교육연구회, 2006, 105쪽.

에서 승리를 거두자 천군이 교외에서 맞이하고 벼슬을 내린다. 「국성전」에서는 천군이 후반부에 천자로 대체되고 있으며 국성과 항상 같이 지낸다. 「국성전」에서도 근심을 치유하는 유일한 방법은 오직 술이라는 점에서 「환백장군전」과 같은 맥락을 취하고 있다.

한편 「청주종사」에는 천군이라는 용어가 직접적으로 등장하지는 않지만 천군에게 아뢰는 형식으로 되어 있다. 그리고 마음을 상징하는 영대라는 용어가 등장한다.

〈청주종사〉

1. 환백(歡伯)이란 두 자를 지어주고 좋은 벼슬 내려 삼군의 통솔을 맡기시니 큰 임무에 술이 부족할까 부끄러워 함.
1. 가슴 속 바다는 물새를 그린 배가 아니면 건널 수 없고 마음(靈臺) 속에는 말을 탄들 오를 수 없음.[14]

「청주종사」는 「환백장군전」이나 「국성전」과 달리 천군의 요청에 의해 수성을 공격하는 것이 아니라 청주종사 스스로 수성을 공격하겠다고 천군에게 주청하고 있는 점이 다르다. 자신에게 내려진 환백이란 벼슬에 감사해 하면서 마음인 영대에는 말을 타고도 갈 수 없고 오직 술기운만이 들어갈 수 있다는 점에서 술인 자신이 근심을 이기는 최고의 장수임을 드러내고 있다. 그리고 한창 전투가 벌어질 때에는 술을 올리는 것이 최선의 방법이며 술기운이 뼈 속까지 스며들어 얼굴에 나타나는 것으로 근심을 물리쳤음이 드러난다고 했다. 「청주종사」에서 느껴지는 천군은 오로지 감사의 대상이며 은군의 정서가 담겨 있다.

이와 같이 「환백장군전」과 「국성전」, 「청주종사」에 등장하는 천군

---

14) 『창명유고』 건, 「청주종사국생 사배환백장군 이공수성」.

은 마음의 주재자이자 왕의 상징으로 나타나 있다. 그리고 술은 본성 중에서 가장 영향력이 큰 경과 의처럼 심정을 보좌하는 장수이자 충신의 한 형태라고 할 수 있다.

결국 탁월한 장수를 상징하는 술의 도움으로 반란을 잠재우고 성정을 회복한다는 것이 17세기 술 소재 가전이 의도한 것이라고 할 수 있다. 그리고 이를 뒷받침 하는 것이 바로 천군과 같은 소재이다.

2. 대결구도와 성정의 회복

17세기에 출현한 술 소재 가전 작품들의 서사 구조를 살펴보면 하나같이 전쟁을 배경으로 한 대결구도로 이루어져 있다. 즉 전쟁이라는 소재가 고착화 되어 있다. 술 소재 가전 작품에서 전쟁과 관련된 내용이 등장하는 것은 「국선생전」에서부터이다. 고려시대에 지어진 「국순전」의 경우 술을 상징하는 주인공이 임금의 총애를 받았으나 욕심 때문에 스스로 자만에 빠져 죽는 내용으로 전쟁과 관련된 소재가 등장하지 않는다. 그러나 「국선생전」의 경우 임금과 술의 상징인 주인공의 관계에서 벌어진 폐단을 지적하고 있다는 점에서 「국순전」과 공통점이 존재하지만 전쟁이라는 소재가 개입됨으로 인해 서사 구조에 변화가 생겼다. 그리고 조선전기의 작품인 「국수재전」 역시 임금의 총애를 믿고 수재가 방종을 일삼게 되면서 외직으로 옮겨가게 된다는 점은 앞의 작품들과 흐름이 비슷하다. 그러나 수성태수가 난을 일으키자 수재의 맏아들인 서가 환백장군에 임명되어 형제들과 힘을 모아 수성을 물리친다는 내용이 등장한다. 이는 「국선생전」의 서사에 나타난 전쟁 모티브와 흡사한데, 다만 「국선생전」에서는 아들들이 죽고 주인공인 국성이 직접 전쟁을 수행한 반면 「국수재전」에서는 아들들이 전쟁을 수행한다는 점이 다르다. 「국선생전」과 「국수재전」은 다분히 주인공과 임금의 관계가 친밀한 데서 비롯된 폐단이 내용의 중심을 이루고 있다. 그리고 전쟁은 방종에서 야기된 비난을 회복하고 나라를 구하는 형식을 취하여 술의 자존심을 회복하는 역할을 하고 있는데, 이는 다분히 군신간의 관계에서 있을 법한 상황을 가정한 것이라고 할 수 있다.

반면에 17세기에 등장한 「환백장군전」에서부터는 전쟁이 주인공의 능력을 드러내는 주요 소재로 자리 잡은 것은 물론 심성론을 반영한 탓에 임금이 천군으로 대체되는 등 허구화의 양상이 다르게 나타나고 있다. 그리고 이야기의 초점이 술을 상징하는 주인공이 전쟁을 승리로 이끌어 근심을 없애는 데 맞추어져 있다.

> 강충 원년에 이르러선 큰 도적떼가 수성을 점거하여 흉포를 거듭 자행하고 잔학한 짓을 드세게 함에, 그 기세를 막을 길이 없었다. 바야흐로 영대의 경계에서 함부로 날뛰니.[15]

천군은 도적떼가 수성을 점거하고 잔학한 짓을 함에도 불구하고 해결방법을 찾지 못해 다급한 상황에 처하게 되었다. 수성은 근심이자 인간을 자만하게 하는 요소에 해당하는데, 이를 더욱 부추기는 도적이 출현한 것이다. 이에 신하들의 천거를 받아 조강을 대장군으로 삼아 적을 공격하게 하였다.

> 장군이 곧장 수성 아래 당도해 보니 성벽은 높고 가파르며, 정기는 하늘을 덮었다. 적의 기세는 대단히 왕성하였고 진을 차려놓은 형세가 탁월하였다. 성문은 굳세게 단단했고 사방의 길을 험준하였다.

---

15) 「환백장군전」.

일시에 북을 치면서 성 위에 올라 크게 격파하니, 대도는 항복을 하고 수성은 평정되었다. 적괴의 머리를 영대의 밑에다 거니, 천군은 크게 기뻐하였다.16)

조강이 수성을 살펴보니 도적의 기세가 가히 만만치 않은 상황임을 알게 되었다. 그래서 낭관 청과 역사 당, 청주종사와 작전 계획을 수립하기에 이른다. 그리고 계획이 순조롭게 진행된다면 수성을 깨뜨리는 것은 대나무를 쪼갬과 같으리라고 단언한다. 다행히 이러한 조강의 다짐이 들어맞아 수성을 점령한 도적들과의 싸움은 승리로 싱겁게 끝나고 말았다. 그만큼 조강의 작전 계획과 전쟁에 참여한 장수들의 능력이 탁월했기 때문이다. 즉 도적의 수성 점령 → 천자가 조강을 대장군으로 임명함 → 조강이 수성을 공격하여 대도를 격파함으로 이어지는 서사의 흐름은 박진감 넘치는 전쟁을 소재로 하고 있기에 이야기가 매우 흥미진진하게 되었다. 즉 마음의 안정을 꾀하기 위한 장치로서 근심인 수성과의 전쟁을 유도하고 결국 술을 상징하는 장수의 승리로 귀결 되는 구조를 취하고 있는 것이다. 이러한 구성은 「천군전」과 매우 흡사한데, 「국성전」도 크게 다르지 않다. 술이 지닌 좋은 점을 한껏 드러내면서 주인공 국성만이 전쟁을 승리로 이끌 수 있는 적임자로 등장한다.

천군이 이에 스스로 추천하니 국성이 단에 올라 명을 받아 절을 하고 그의 아우 주천태수 현과 청주종사 평원도위로 더불어 그의 좌우로 삼았다. 상봉, 황락, 오정, 죽엽 등의 천병을 거느리고 대장기를 세워 북을 치며 행하여 정형구를 나와 배수의 진을 흥해변에 쳤다. 그리고 잔으

---

16) 「환백장군전」.

로 군사를 건네는 것이 마치 물동이를 세워서 아래로 쏟는 것 같았다. 〈중략〉 위엄으로 세 번 명령을 내리고 다섯 번 명령을 행하니 성에 가득한 사람들이 기뻐하지 않는 이가 없었다.[17]

국성은 천군의 명을 받아 전쟁을 수행한다. 그리고 천병(天兵)을 데리고 당당히 배수진을 친다. 더는 물러설 곳이 없다는 결의를 보인 것이다. 배수진을 치고 술을 마시자 뱃속에 들어간 술이 잠시 후 취기로 올라오면서 기분이 좋아져 근심을 잊고 전쟁에서 승리를 하게 된다. 국성의 지휘는 탁월하여 불과 세 번 명령을 내리는 것으로 전쟁은 끝난다. 「환백장군전」이 탁월한 주인공의 내력이 제시되고 바로 전쟁에 참여하여 근심을 해결하는 것과 달리「국성전」은 여러 시대를 거쳐 다양한 인물들과 교류하면서 능력을 드러내다가 수성을 점령한 도적과의 전쟁에서 승리하여 가장 큰 업적을 남기게 된다. 그리고「국수재전」처럼 술은 좋은 것이며 술을 잘 활용하지 못하면 해가 되지만 잘 활용하면 더없이 좋은 것이라는 효용성을 암시하고 있다.

한편「청주종사」의 경우는 천군이 자신을 환백장군에 임명해 준 것을 감사하며 전쟁에서 반드시 승리할 것을 다짐하는 내용이다. 「환백장군전」이나「국성전」의 경우 전쟁에서 이겼기 때문에 환백장군에 임명되었다면「청주종사」의 주인공은 환백장군에 임명된 상태에서 전쟁을 수행해 반드시 이길 것을 결의하고 있다. 그러므로 청주종사가 천군의 은총을 입어 수성이 평정되지 않음에 공격할 것을 청하고 자신이 환백장군에 걸맞게 임무를 잘 수행할 수 있을지에 대한 겸손한 심정을 드러내고 있다. 또한 어떻게 해야 전쟁에서 이길 수 있는지를 제시하고 있다.

---

17)「국성전」.

술값을 치루는 돈을 마련해 놓고 누룩이 발효되어 술이 익어 갈 때를 기다려 여러 방면으로 공격 명령을 내릴 것입니다. 〈중략〉 병을 거꾸로 드는 형세로 적이 생각지 못한 험한 곳을 공격하여 승리를 이룰 것입니다. 그리고 일진의 군사로 물결을 헤치듯 쳐들어가 높은 성이 무너짐을 보겠습니다.[18]

「청주종사」가 전쟁에서 이기는 방법은 위의 두 작품과 크게 다르지 않다. 누룩이 잘 익은 후에 술병을 잡고 마시면 되는 것이다. 술은 가슴을 통해 배로 들어가고 술기운이 마음에 이르게 되면 근심이 사라져 전쟁에서 승리하게 될 것이다. 이는 「국성전」의 경우와 크게 다르지 않다. 그래서 전투 중에 제일 중요한 것이 술을 올리는 것이라고 하였고 반드시 승리하여 다시 무장을 풀고 마음껏 마시겠다는 결의를 다지고 있다.

이와 같이 17세기에 출현한 술 소재 가전 작품들은 심성론을 반영한 결과 하나같이 탁월한 주인공이 도적과의 전쟁에서 승리하고 평화를 찾는 정형화된 구조를 보이고 있다. 즉 행복한 결말은 마음의 안정을 뜻하는 것이며 도적의 공격은 마음을 어지럽히는 것인데, 이를 해결하는 방법이 술을 마시고 전쟁에서 승리하는 것이다.

3. 영웅의 형상화

17세기 술 소재 가전 작품들은 제목에서부터 유교적 이념이 반영된 장수와 영웅의 이미지를 연상시킨다. 술 소재 가전 작품에 등장하는 주인공들은 하나같이 전쟁을 승리로 이끌어 천군의 근심을 덜고 백성들을 도적으로부터 구하는 충신으로 묘사되어 있다. 이는 신화나 조선

---

18) 「청주종사」.

시대 영웅소설에 나타난 주인공의 일생과[19] 흡사한 구조라고 할 수 있다. 서대석은 군담소설을 연구하면서 영웅에 대해 보통사람보다 뛰어난 능력을 지닌 인물로서 집단의 삶을 위하여 위대한 일을 수행하기 때문에 집단의 지지를 받는 인물이라고[20] 규정한 바 있는데, 17세기 술 소재 가전의 주인공들에게서도 비슷한 성향이 나타나고 있다. 즉 술 소재 가전 작품에 등장하는 주인공들은 유교적 가치관에 입각하여 창조된 영웅으로 조선후기에 등장한 영웅소설이나 군담소설의 주인공과 비슷한 특징을 지니고 있다.

주지하다시피 가전은 특정한 인물의 삶을 사실적인 시각에서 기록한 인물전에서 비롯되었다. 이런 점에서 볼 때 인물전처럼 정형화된 서사 구조를 갖추고 있다. 또한 인물전의 대상이 초기의 관찬인『삼국사기』·「열전」에서 확인할 수 있듯이 역사적으로 큰 족적을 남긴 인물들이 대부분이었듯이 가전 작품 속 주인공의 행동 또한 범인과는 다른 모습을 추구하고 있다. 이는 의인화를 통해 은유적으로 심성론을 부각시킬 경우에도 꼭 필요한 요소라고 할 수 있는데, 조선후기의 이상적인 인물을 창출해 내는 방법으로 활용되었다고 볼 수 있다. 이러한 점은 인물설화의 서사 구조를 고소설에 존재하는 영웅들의 특징과 비교하여 허구화의 방향을 탐색했던 이상설의 연구에서도 논의 된 바 있다.[21] 즉 김유신이나 궁예 같이 역사적으로 실존했던 인물의 행적을 기록한 인물전이 허구화되면서 영웅으로 묘사된 경우가 그러한 예라고 할 수 있다.

일찍이 조동일은 신화에 존재하는 영웅들의 삶을 토대로 영웅의 일생

---

19) 안기수,『영웅소설의 수용과 변화』, 보고사, 2004, 22쪽.
20) 서대석,『군담소설의 구조와 배경』, 이화여대출판부, 1985쪽.
21) 이상설,『고소설의 연원과 의미구조』, 양문각, 1996, 65~72쪽.

을 제시한 바가 있는데,[22] 조동일이 제시한 영웅의 일생과도 닮은 점이
존재한다. 그리고 안기수가 제시한 영웅소설의 주인공이 지닌 특징과도
유사점이 발견된다. 두 유형을 함께 제시해 보면 다음과 같다.

〈귀족적 영웅의 주인공〉	〈영웅소설의 주인공〉
가. 고귀한 혈통	가. 고귀한 혈통
나. 비정상적으로 잉태되거나 출생	나. 어려서의 고난
다. 범인과는 다른 탁월한 능력	다. 구원자를 만나 영웅능력을 획득
라. 어려서 기아가 되어 죽을 고비	라. 다시 고난을 겪음
마. 구출·양육자에 의해 구출	마. 탁월한 능력으로 고난을 극복
바. 자라서 다시 위기에 처함	바. 고난을 극복하고 승리자가 됨
사. 위기를 투쟁적으로 극복해서 승리자가 됨	사. 부귀영화를 누리고 승천

　가전은 장르적 특성상 픽션이면서도 교술문학에 해당한다고 할 수
있다. 즉 드러내고자 하는 사물을 가공의 인물로 내세워 일정한 목표
를 지향하고 있다는 점에서 시대를 초월한 영웅의 활약이 가능하게 되
었다. 그럼 17세기 술 소재 가전인 「환백장군전」과 「국성전」, 「청주종
사」의 주인공이 보여준 행위가 어떤 점에서 영웅의 삶과 부합되고 있
는지 각 작품의 서사 구조를 통해 살펴보고자 한다.

〈환백장군전〉의 서사 구조
1. 조강은 의적의 후예로 태어났다.
2. 큰 도적떼가 수성을 점거하고 횡포를 자행한다.
3. 천군에게 발탁되어 낭관 청, 역사 당, 청주종사 등과 함께 수성을
   공략한다.
4. 대도는 항복했으며 수성은 평정되었다.
5. 천군이 환백장군에 봉해주었다.

---

22) 조동일, 『한국설화와 민중의식』, 정음사, 1985, 118쪽.

〈국성전〉의 서사 구조

1. 어머니 조씨가 장경성에 관한 꿈을 꾸고 성을 낳았다.
2. 어려서부터 사람들의 마음을 잘 취하게 했고 맑고 흐림을 잃지 않았다.
3. 장성해서는 많은 사람들과 잘 사귀었는데, 우임금처럼 배척한 사람도 있고 국성을 총애하여 나라를 잃은 사람도 있었다.
4. 오랜 시간을 넘나들며 교분을 쌓은 결과 국성의 명성이 천하를 적셨고 국성의 큰 도량에 감복했다.
5. 천군이 즉위한 지 2년 만에 도둑이 쳐들어와 격현에 근심의 성을 쌓고 병탄을 계획했다.
6. 국성이 천군의 명을 받들어 아우 주천태수 현과 청주종사 평원도위로 수성을 공격했다.
7. 적을 물리치고 공을 이루어 환백장군에 봉해졌다가 하늘의 주성이 되었다.

〈청주종사〉의 서사 구조

1. 태화의 기운을 받고 태어나 청주와 탁주가 되어 사갈 사람을 기다림
2. 군막 속에서 종사의 직함을 지니게 되었다.
3. 수성이 평정되지 않음에 수성의 공략을 청했다.
4. 근심이 어떤 자인지는 몰라도 일진의 군사로 반드시 이길 것이다.
5. 백성들을 구하고 대궐에 들어가 무장을 풀고 술을 마실 것이다.

세 편의 술 소재 가전에 나타난 서사 구조를 위에 제시한 귀족적 영웅의 주인공과 영웅소설의 주인공에 나타나는 일생 구조에 대입해 보면 다음과 같은 항목에서 유사점이 발견되고 있다.

구 조	가	나	다	라	마	바	사
환백장군전	+		+				+
국성전	+	+	+		+		+
청주종사	+		+				+

(+는 해당되는 사항임)

술 소재 가전에 등장하는 주인공은 모두 맛 좋은 술이기 때문에 좋은 술을 상징하는 뛰어난 집안 출신이거나 최초로 술을 만든 역사 속의 집안을 배경으로 하고 있다. 또한 태어날 때도 영웅들처럼 상서로운 꿈이나 특별한 기운을 타고 난다. 그러므로 (가)항목은 공통적으로 부합되고 있다. 그리고 (나)항목은 술이 사람들의 마음을 즐겁게 해준다는 점에서 사랑도 받지만 술에 취하게 되면 큰 화를 당할 수 있기 때문에 배척도 당했다. 그러므로 〈국성전〉 같은 경우를 보면 잘 부합되고 있다고 하겠다. 또한 (다)항목의 범인과는 다른 탁월한 능력과 (사)항목의 위기를 극복하고 승리자가 되는 내용은 모두 공통적으로 나타난다. 다만 (사)항목의 승리자는 신화의 내용처럼 스스로 왕이 되는 것이 아니라 임금에게 충성을 다하는 신하의 입장에서 도적을 물리쳐 승리자가 된다는 점이 다르다. 그리고 영웅소설처럼 하늘의 별이 되어 승천했다는 의식도 나타난다. 다만 (라)항목은 마음과 관련되면서 신화나 소설의 영웅과는 전혀 다르게 나타나고 있다.

이와 같이 술 소재 가전에 나타난 주인공은 좋은 집안에서 태어나 탁월한 능력으로 전쟁에서 승리한다. 그리고 전쟁의 승리로 인해 천군의 근심을 없애고 민중들을 고통에서 해방시키는 환상적인 영웅으로 묘사되어 있다. 다만 술이 지닌 특징으로 인해 배척을 당하는 경우도 있었지만 이는 극히 제한적이라고 할 수 있는데, 17세기 술 소재 가전에 나타나는 주인공은 많은 사람들을 술로 즐겁게 해주고 천군과 백성

들을 고통에서 해방시킨 유교적 사유에 입각한 충신의 모습으로 형상
화 된 것이라고 할 수 있다. 즉 궁에 있으면 문신이요 전쟁에 출전하면
장수가 되고 임금에게 변함없이 충성을 다하는 이상적인 신하의 전형
으로 묘사되어 있다. 또한 「국성전」의 경우처럼 결말부분에서 천자와
같은 위치에서 논해진다거나 하늘의 주성이 되었다는 점에서 사후에
대한 인식을 가늠해 볼 수 있다. 즉 영웅이 죽어 하늘의 신이 된 것은
공간의 확대이며 영웅소설 주인공의 결말에 나타난 승천의 과정을 실
현하고 있다는 점이 이를 대변해 주고 있다.

Ⅲ. 문학사적 의의

술을 소재로 한 가전은 성리학의 영향으로 소재의 변용, 전쟁 서사
의 고착화, 주인공의 영웅적 활약이라는 특징을 지니고 있다.

이러한 17세기에 창작된 술 소재 가전에 나타난 변화를 통해 크게
세 가지 측면에서 문학사적 의의를 찾아볼 수 있다. 첫째, 재도지문의
기치 아래 술 소재 가전에 성학을 수용하여 유교의 이념을 공고히 하고
전파하는 데 일조하고 있다는 점이다. 성리학의 성정론은 당시의 유교
주의 국가인 조선에서 내세운 확고한 사상이라고 할 수 있는데, 이를
문학적으로 변용시켜 유교사상의 확대를 꾀했다고 할 수 있다.23) 즉
〈천군전〉처럼 심성론을 수용하여 식자층을 중심으로 유교의 이념인
성리학을 전파시키는 데 기여한 것이다. 마음은 부단한 수양을 통해

---

23) 「천군전」의 소설적 경향을 고찰해 본 것이 이러한 경우라고 할 수 있다. (장경남,
「〈천군전(天君傳)〉으로 본 16세기 소설사의 한 경향」, 『민족문학사연구』 25, 민족
문학사학회, 2004, 87~111쪽)

안정을 얻을 수 있는 것으로 경과 의를 통해 이를 실현할 수 있다고 보았다. 그리고 충신과 간신을 등장시켜 이를 이해하기 쉽도록 유도하고 있다. 둘째, 성학이 문학으로 수용되는 과정에서 가전의 소설화 경향이 뚜렷하게 나타난다는 점이다. 가전은 사실을 전제로 한 인물전을 모태로 하고 있지만 내용은 허구라는 점에서 일정부분 소설과 같은 맥락을 띠고 있는데, 17세기 술 소재 가전 작품의 경우 환상성이 개입되면서 소설화가 진행되었다 하겠다. 이는 17세기에 창작된 술 소재 가전 작품들에 나타나는 서사의 일정한 흐름이 이를 반증하고 있다. 처음 사용되었을 때의 의미와는 전혀 다른 뜻으로 변용된 소재와 전쟁에 의한 대결구도, 영웅으로 상징되는 가전 주인공의 탄생과 활약에 따른 역할, 해피엔딩과 같은 구성은 기존의 술 소재 가전의 창작 방법과는 전혀 다른 형식을 보여주는 것이라고 할 수 있다. 즉 선악의 대결과 주인공의 영웅적인 활약, 지상에서 하늘로 이어지는 공간의 확대는 소설화 경향을 명확하게 드러내 주는 것이라고 할 수 있다. 셋째, 17세기의 정치적 상황에서 비롯된 현실의 문제를 술 소재 가전을 통해 대안을 제시하고 있다. 천군으로 대변되는 임금의 지혜롭지 못한 처신과 술로 대변되는 충성스런 신하의 모습을 제시함으로써 이상적인 군신관계를 은연중에 제시하고 있다. 이는 「국성전」의 작가인 금곡 박상연의 행적에도 나타나듯이 자신의 직분을 버리면서도 임금의 잘못된 정치를 지적하여 군신 간의 바른 관계 정립과 국가의 나아갈 방향을 제시했던 점에서도 확인해 볼 수 있다. 단순히 재미만을 추구했다기보다는 17세기에 당면한 정치적 상황을 유교사상에 입각하여 풀고자 했던 염원이 담겨 있다고 하겠다.

이와 같이 17세기에 창작된 세 편의 술 소재 가전 작품들은 문학사적인 측면에서 볼 때 문학을 통한 사상의 전파와 그로 인한 장르의 변화, 당대 정치 현실의 반영이라는 측면에서 의의를 발견할 수 있다.

Ⅳ. 맺음말

이상으로 17세기에 출현한 세 편의 술 소재 가전 작품들을 대상으로 성학의 수용에 따른 변화에 대해 고찰해 보았다. 소재의 경우 수성과 천군이라는 용어를 취용하고 있지만 의미에서 전대와 다른 변용이 이루어지고 있다. 수성이라는 용어는 심성 소재 가전의 출현과 무관하게 술 소재 가전에 먼저 존재했던 용어인데, 성리학의 영향으로 일반적인 근심의 의미에서 역도의 상징으로 탈바꿈되었다. 그리고 천군은 심성 소재 가전 작품이 출현하기 전부터 존재해 오다가 심성 가전 출현 이후 술 소재 가전 등에도 널리 쓰였다. 술 소재 가전 작품 중에서 천군이라는 용어가 처음으로 등장한 작품은 김득신의 「환백장군전」인데, 천군은 마음의 주재자이자 왕의 상징으로 나타나 있다. 이때 술은 본성 중에서 가장 영향력이 큰 경과 의처럼 심정을 보좌하는 장수이자 충신의 모습으로 나타난다. 이처럼 성리학의 유행으로 소재의 의미가 변화된 것과 함께 내용적인 측면에서도 대결구도를 통한 성정의 회복이라는 상황이 펼쳐졌다. 즉 탁월한 주인공이 도적과의 전쟁에서 승리를 쟁취하고 평화를 찾는 일정한 서사 구조를 띠게 된 것이다. 여기에서 행복한 결말은 마음이 안정된 것을 뜻하며 도적의 공격은 마음을 어지럽히는 대상인데, 술을 통해 전쟁에서 승리하는 양상으로 귀결되어 있다.

한편 17세기 술 소재 가전의 주인공 또한 허구적으로 창조되었다는 점에서 신화나 영웅소설의 주인공이 지닌 서사 구조와 부합되는 측면이 발견된다. 〈국성전〉의 경우가 좋은 예인데, 범인과는 다른 출생과 탁월한 능력, 고난 극복과 행복한 결말에서 유사점이 확인된다. 17세기 술 소재 가전의 주인공은 하나같이 궁에 있으면 문신이요 전쟁에 출전하면 장수가 되고 임금에게 변함없이 충성을 다하는 유교사상에 입각한 충신으로 묘사되어 있다. 전쟁의 과정은 매우 짧게 기술되어 있는데, 대부분 중국 역사에 존재했던 전쟁 수행과 관련된 전고를 수용하여 항상 이기는 구조로 되어있다. 이처럼 17세기 술 소재 가전의 주인공들은 하나 같이 영웅의 모습으로 형상화 되어 있다. 또한 문학사적인 측면에서 볼 때 재도지문의 기치 아래 술 소재 가전에 성학을 수용하여 유교의 이념체계를 공고히 하고 있다 점과 성학이 문학으로 수용되는 과정에서 가전의 소설화 경향이 뚜렷하게 나타난다는 점, 17세기의 정치적 상황에서 비롯된 현실의 문제를 술 소재 가전을 통해 대안을 제시하고 있다는 점에서 의의를 찾아볼 수 있었다.

『어우야담』 소재 기녀담의 형상화 연구

I. 머리말

『어우야담』[1]은 조선 중기의 문인이었던 어우당 유몽인(1559~1623)이 지은 야담집으로 야담이라는 용어를 처음 사용한 책으로 알려져 있다.[2] 『어우야담』에 실려 있는 작품은 총 558편이며 기녀담은 대부분 「인륜편」에 수록되어 있다. 인륜이란 사람으로서 마땅히 지켜야 할 도리라고 할 수 있는데 이러한 도리를 표방하는 「인륜편」에 창기에 관한 내용이 실려 있는 것은 일견 아이러니가 아닐 수 없다. 그러나 이러한 분류는 전적으로 작자인 유몽인의 주관에 의한 것으로 양반이면서도 당시 양반사회의 모순을 풍자하고 있다는[3] 점에서 결코 가볍게 보아 넘길 수 없는 측면이 존재한다.[4] 즉 기녀담의 내용을 보면 양반들은 하나같이 풍자와 비판의 대상이 되고 있으며 기녀는 당시의 불합리한 제도에 대한 인식을 바탕으로 모순된 삶을 살아가는 특수한 존재로 형

---

1) 본 논문은 신익철 외 역, 『어우야담』(돌베개, 2006)을 자료로 삼았다.
2) 성기동, 「조선후기 야담연구」, 중앙대박사논문, 1993, 86~88쪽.
3) 유몽인은 양반으로서 당시의 지배계층이 보여준 일탈적인 행적들을 풍자와 해학으로 드러내고 있다. 그러나 어디까지나 신분제 사회의 모순을 은연중에 드러내고 있을 뿐, 결코 이를 부정하고 있는 것은 아니다.
4) 야담과 사회상과의 관계는 (신해진, 「야담연구의 현황과 그 과제」, 『고소설연구』 2, 1996, 486~488쪽)에서 여러 논자의 견해를 종합해 분석한 바 있다.

상화되어 있기 때문이다.

　역사적으로 볼 때 기녀의 출현은 신라시대 화랑제도에서부터 비롯되었다고 알려져 있으며 고려시대를 거쳐 조선후기까지 꾸준히 유지되어 왔다.5) 기녀의 역할은 시대에 따라 조금씩 차이를 보이고 있는데, 조선시대에는 흔히 '노류장화'나 '해어화'라는 은유적으로 표현한 말에서도 짐작할 수 있듯이 창기로서 지배계층을 비롯한 남성들의 성적 대상이 되기도 했고 시와 가무를 통해 유흥을 돋우기도 했다. 그러나 조선 시대의 기생은 '필요악'에 해당한다고 판단되었을 만큼 그들의 존재에 대한 논란이 끊이지 않았는데,6) 『어우야담』에는 이런 조선조 기녀들의 질곡에 빠진 삶이 잘 투영되어 있다.

　그동안 이루어진 『어우야담』 소재 기녀담에 관한 연구는 아직 만족스럽지 못한 실정이다. 전용오가 『어우야담』에 실려 있는 7~8편 정도의 기녀담을 중심으로 기녀상에 대해 고찰해 본 경우가 전부라고 할 수 있다.7) 그리고 임철호가 조선후기 문헌설화에 수록되어 있는 여인상을 살펴보면서 『어우야담』에 실려 있는 기녀담을 언급한 경우와8) 조광국이 기녀가 등장하는 야담과 소설을 연구하면서 몇몇 작품을 거론한 적이 있다.9) 이와 같은 상황에서 『어우야담』이 후대 문헌설화의 기

---

5) 기녀의 기원에 대해서는 이능화가 『조선해어화사』에서 신라의 화랑제도에서 비롯되었다고 지적한 이후 여러 논자에 의해 정설로 받아들여져 왔다. 이후 신현규 교수에 의해 조선시대 기생의 기원에 대한 종합적인 논의가 이루어진 바 있다.(이능화, 『조선해어화사』, 동문선, 1992, 18쪽, 신현규, 「문헌에 나타난 '기(妓)'의 기원 연구」, 『한민족문화연구』 23, 한민족문화학회, 2007, 401~403쪽 참조)

6) 조광국, 『기녀담, 기녀등장소설의 연구』, 월인, 2000, 47~48쪽.

7) 전용오, 앞의 책, 「어우야담을 통해 본 기녀상」, 139~145쪽.

8) 임철호, 「문헌설화에 나타난 인간상 (III)」, 『전주대 문리학부논문집』 제1집, 1983, 43~44쪽.

9) 조광국, 앞의 책, 『기녀담, 기녀등장소설의 연구』, 47~48쪽.

녀담에 많은 영향을 끼친 선도적 위치를 점하고 있고[10] 풍자와 해학을 통해 모순된 현실을 비판하고 있다는 측면에서[11] 볼 때 기존의 연구를 보완하는 동시에 논의를 확장할 필요성이 제기된다.

Ⅱ. 기녀담의 형상화 양상

『어우야담』에 실려 있는 기녀와 관련된 이야기는 28편이다. 이 중에서 세 편은 기녀에 대해 언급한 정도에 불과하고 한 편은 기녀에 대한 평이며 한 편은 관기였던 논개의 죽음에 평결을 더해 간략히 쓴 것이다.[12] 또한 네 편은 황수신, 조식, 전영달의 인물담에 기녀가 등장한 경우와 양생법에 관한 이야기에 기녀가 개입된 경우이다.[13] 이들 작품

---

10) 조동일은 야담을 문헌설화라고 보았으며 구전을 바탕으로 하고 있으면서 다시 구전되는 특징을 지닌다고 지적한 바 있는데, 『어우야담』은 이에 잘 부합되고 있다. 즉 기녀담의 등장인물들을 살펴보면 유몽인보다 전시대에 살았던 실존 인물들이 많은데, 이는 작가가 들어서 알고 있던 이야기를 문자로 기록하여 다시 식자층의 소통의 장으로 활용한 것이라고 할 수 있다. (조동일, 『한국문학통사』 3권, 지식산업사, 2005, 484쪽) 이는 서대석이 엮은 (『문헌소재설화집요(Ⅰ)(Ⅱ)』, 서대석 편저, 집문당, 1992)에서 잘 확인된다.

11) 어우당의 현실에 대한 예리한 비판의식은 그가 남긴 이야기들의 평결에서도 쉽게 확인해 볼 수 있다.(김진선, 「〈어우야담〉 평결에 나타난 유몽인의 현실인식 연구」, 『고황논집』 42, 경희대대학원, 2008, 19쪽)

12) 〈제라립과 평정관〉, 〈성균관의 귀신〉, 〈삼당파 시인〉은 기녀에 대해 짧게 업급한 정도에 불과하고 〈창부의 끝〉은 기녀에 대한 評이라고 할 수 있다. 또한 〈논개의 충절〉은 관기였던 논개의 충의심을 높이 평가한 것인데, 기녀가 보여준 충절이라는 점에서는 독특하지만 남녀의 관계는 드러나 있지 않다.

13) 네 편의 이야기는 〈말의 머리를 벤 황수신〉, 〈조식의 사람됨〉, 〈신녀에게 먹을 받은 전영달〉 〈철분이 함유된 물의 이득과 해〉이다. 여기에서 황수신의 출세담은 김유신과 천관녀에 관한 이야기와 흡사해 관심을 끈다. 김유신과 천관녀의 이야기는 고려 명종 때 이인로가 지은 설화집인 『파한집』에서 언급된 이후 『동국여지승람』 권21, '고적(古蹟)조' 등에도 수록되어 있다.

을 제외하면 기녀담은 19편으로 「인륜편」에 17편, 「학예편」에 두 편이
실려 있다. 이를 제시하면 다음과 같다.

제목	출전(편)
같은 기생을 사랑한 양생과 장사치	인륜편
어린 기생의 억지 눈물	인륜편
남곤과 기녀	인륜편
가난한 유생의 잠자리	인륜편
화사 황순의 언변	인륜편
포쇄별감 채세영의 눈물	인륜편
심부원군과 일타홍의 정인	인륜편
뱀댕이 비늘을 벗긴 노직	인륜편
유진동과 평양기생 무정가	인륜편
대머리화가 김시	인륜편
성산월을 거절한 서생	인륜편
명기 관홍장의 절의	인륜편
명기 황진이	인륜편
민제인의 白馬江賦와 기녀 성산월	인륜편
장안의 화류계를 좌우한 김칭	인륜편
심수경과 선연동 기녀	학예편
기생 가지의 가벼운 몸가짐	인륜편
공북루의 주연과 홍난상의 시	학예편
기생 무정개의 언변	인륜편

19편의 기녀담을 살펴보면 간혹 장사치와 병사 등이 기녀와 어울리
는 경우가 등장한다. 그러나 이는 재물과 관련된 것으로 극히 제한적
이며 대부분은 양반과 관련되어 있다.

天官寺 在五陵東 金庾信爲兒時 母夫人日加嚴訓 不妄父遊 一日偶宿女隷家 母面
敎之日 我已老日夜望汝成長 立功名爲君親榮 今乃爾與屠沽小兒 遊戲淫房酒肆耶呼
泣不已 庾信卽於母前 自誓不復過其門 一日被酒還家 馬遵舊路 誤至娼家 娼且欣且
怨 垂泣出迎 庾信旣悟 斬所乘馬 棄鞍而返 女作怨詞一曲傳之 寺卽其家也 天官 其
女號也

일찍이 조광국은 기녀담 연구에서 양반의 풍류의식과 기녀의 자의
식으로 구분하여 고찰한 바 있는데,[14] 『어우야담』에 실린 기녀담 역시
양반과 기녀라는 두 가지 관점에서 살펴보는 것이 타당하다고 생각된
다. 다만 『어우야담』에는 양반이 한 명의 기녀를 두고 쟁탈을 벌인 경
우는 없으며 향락을 추구한 경우도 결말에서 반드시 망신을 당하고 있
다. 또한 기생의 경우에도 신분 상승에 대한 욕구 등은 나타나지 않는
등 이야기의 서술관점에서 차이를 보이고 있다. 그러므로 『어우야담』
에 실려 있는 기녀담을 기녀에게 매료된 양반과 인간적인 삶을 추구한
기녀로 나누어 분석해 보면 네 가지 양상으로 형상화 되어 있다.

첫째, 양반이 기녀에게 매료된 경우는 재물을 탕진하거나 주변 사람
들에게 망신당한 이야기와 겉으로는 양반임을 내세우면서도 정작 행동
은 다르게 하는 위선과 기녀에 대한 질투가 드러난 이야기다. 둘째, 기
녀가 인간적인 삶을 추구한 경우는 절의를 지키고 자유롭게 사랑한 이
야기와 기녀가 돈을 탐하는 실리추구와 양반들의 위협에 맞서 재치를
발휘한 이야기로 구분해 볼 수 있다.

1. 양반이 기녀에 매료된 경우

1) 재물탕진과 망신

양반이 기녀에게 매료되어 재물을 탕진한 이야기는 두 편이다. 〈같
은 기생을 사랑한 양생과 장사치〉, 〈어린 기생의 억지 눈물〉이 이에
해당한다. 재물을 주고 기녀를 일정 기간 동안 취했다는 점에 공통점
이 있으며 명기에 대한 환상과 기녀에 대한 집착이 어떻게 끝나는가를
잘 보여 주고 있다.

---

14) 조광국, 앞의 책, 『기녀담과 기녀등장 소설 연구』, 91~162쪽.

〈같은 기생을 사랑한 양생과 장사치〉

① 남원에 사는 양생이라는 자가 관서지방에 명기가 많다는 말을 듣고 친척이 정주목사가 되자 재물을 수레에 싣고 갔다.

② 목사가 명기를 택해 잠자리를 모시게 하니 흠뻑 빠져 3년 만에 다 쓰고 처량하게 되었다.

③ 집으로 돌아갈 때 시냇가 버드나무 그늘 아래에서 말을 먹이며 울고 있는데, 한 장사치도 시냇가에서 점심을 먹고 눈물을 흘리며 슬픔을 이기지 못하고 있었다.

④ 양생이 먼저 자신의 슬픈 사정을 말하고 장사치의 사정을 듣게 되었다.

⑤ 장사치가 사랑한 기녀는 관아의 자제가 몹시 사랑하는 바여서 하루에 세 번씩 어머니께 문안한다고 거짓말을 하고 자신과 즐거움을 나누었는데, 작별하게 되었다고 했다.

⑥ 둘이 서로 슬퍼한 나머지 붙잡고 통곡하며 날이 저무는 줄도 몰랐는데, 양생이 장사치게 기생의 이름을 물으니 자신이 사랑한 바로 그 기녀였다.

⑦ 양생은 그만 민망해져서 돌아와서는 다시는 기녀를 마음에 두지 않았다. 기녀에게 준 재물이 무려 목면 일천 필, 상화지 삼천 속이었다.[15]

〈어린 기생의 억지 눈물〉

① 어떤 나이 든 병사가 어린 기녀를 얻어 끔찍이 사랑해 병영의 재물을 다 기녀에게 주었다.

② 임기가 되어 떠나가게 되자 병사는 기녀의 손을 잡고 눈물을 흘리는데, 기녀는 눈물 한 방울 흘리지 않았다. 이에 부모가 우는 시늉을 하며 그렇게 하라고 시켰다.

③ 나이어린 기녀는 울 줄도 몰랐고 정도 없어 눈물이 나오지 않았다.

---

15) 『어우야담』·「인륜편」, 147~148쪽.

④ 결국 부모가 기녀를 불러 때려서 울리니 병사는 이별이 슬퍼 우는
줄로 알고 더욱 슬프게 울었다.16)

양생은 친척을 통해 명기를 만날 수 있었다. 그러나 3년을 함께 지
냈을 뿐이다. 가지고 간 재물은 모두 기녀에게 내주었으며 결국 빈털
터리가 되고 말았다. 목면은 무명이며 상화지는 윤이 나는 질 좋은 종
이로 궁중에서 의궤 등을 제작할 때 썼던 값나가는 물건이었다. 기녀
에게 준 재물이 많았기에 소용된 재물의 양이 구체적으로 명시되어 있
다. 그리고 장사치 또한 하루에 세 번씩 양생과 지내던 기녀를 만나 재
물을 모두 잃고 말았다. 탕진한 재물의 양은 양생이 훨씬 많았으나 두
명이 모두 잃었다는 점과 한 명의 기녀를 두고 각각 다른 시간에 만나
서로의 존재를 전혀 몰랐다는 점이 무척 아이러니라고 할 수 있다. 기
녀가 돈이 떨어진 두 명의 남자를 동시에 떠나보냄으로 인해 마치 돈만
밝히는 존재처럼 비춰지고 있다. 그러나 양생은 자신이 사귀던 기녀가
장사치가 만나던 기녀라는 것을 아는 순간 기녀에게 탕진한 재물에 대
한 생각보다 오히려 민망함을 느끼고 있다. 이는 양반으로서 재물을
주고 명기를 만나 쾌락을 추구했던 자신의 행동이 얼마나 허망한 것이
었나를 깨달은 것이다. 기녀가 자신만이 아닌 다른 남자를 사귀는 것
을 알았을 때 느꼈던 배신감보다도 자신의 잘못된 처신을 크게 뉘우친
것이다. 양반인 양생과 장사치는 기녀에게 속아 많은 재물을 날리고
거지 신세가 되어 쫓겨났지만 그 원인은 신분을 떠나 남자로서 쾌락을
추구한 두 사람에게 있다는 교훈이 해학으로 형상화 되어 있다. 이러
한 경우는 나이 어린 기생을 좋아했던 병사의 이야기에도 실려 있다.
나이가 어렸던 탓에 남자를 몰랐던 기생을 병사가 혼자 좋아한 나머지

---

16) 『어우야담』・「인륜편」, 144~145쪽.

모든 재물을 탕진했다. 기생이 너무 어렸던 탓에 헤어지는 과정에 슬픔보다는 일종의 해학이 내재되어 있다.[17] 두 기녀담에 등장한 양생과 장사치, 병사는 권력과는 거리가 먼 존재들이지만 기녀에게 매료되어 재물을 탕진하고 고통스런 이별을 해야 했던 상황이 잘 묘사되어 있다.

한편 기녀에게 망신당한 이야기는 주로 관료들에게서 나타난다. 〈남곤과 기녀〉, 〈밴댕이 비늘을 벗긴 노직〉, 〈성산월을 거절한 서생〉 등이 이에 해당한다. 남곤은 관찰사의 신분으로 기녀를 가까이 하다가 노직은 유생시절에 하찮은 일을 하다가 기녀에게 망신을 당했다. 노직은 후일 과거에 급제해서까지 망신당한 것이 영향을 미쳐 삼일유가를 떠날 때 기녀들을 피해야만 했다. 그리고 서생은 후일 문과에 급제한 김예종으로 명기 성산월이 너무 예뻐 요괴로 착각한 나머지 방에 들이지 못했다가 망신을 당했다.

〈남곤과 기녀〉

① 남곤이 관찰사를 지낼 때 좋아하는 기녀가 있었다.

② 하루는 달빛이 대낮처럼 밝았는데, 모두 잠든 후에 혼자서 기녀의 손을 잡고 뜰을 거닐다 그녀의 집에까지 가게 되었다.

③ 객사를 지키던 사람들은 아무도 몰랐는데, 기녀가 고을 원에게 연락하여 술상을 올리고 자기 집에서 마련한 것처럼 했다.

④ 남곤이 취해 잠이 들자 기녀는 창을 가리고 새벽빛이 들어오지 못하게 했다.

⑤ 다음날 해가 높이 뜨자 아전들이 문안을 왔는데, 차마 나가지도 못하고 병을 핑계대고는 돌아갔다.

⑥ 서울로 간 후에도 그 기녀 생각에 빠져 잊을 수 없었는데, 고을 원

---

17) 한혜경, 「〈어우야담〉 소재 활계담의 웃음 창출 기법과 의미」, 『고전문학연구』 17, 한국고전문학회, 2000, 36~45쪽.

이 이를 알고 기녀의 행장을 꾸려 서울로 보내 주어 첩으로 삼았다.

⑦ 하루는 한 미남자가 뒷문으로 나가자 기녀에게 물었더니 시치미를 떼며 칼을 꺼내자 신의 손가락을 잘라 결백을 주장했다.

⑧ 남곤이 창기가 두 마음을 먹을 수는 있으나 그 자취를 감추고자 사람으로서 차마 하지 못할 짓을 했다며 기녀를 말에 태워 돌려보냈다.[18]

〈밴댕이 비늘을 벗긴 노직〉

① 유생 6,7명이 과거가 가까워 오자 동작강 가의 정자에 나가 학업을 연마하고 있었는데, 예조좌랑으로 있는 친구에게 농담 삼아 명기들을 골라 잠자리를 모시게 하지 않느냐고 했다.

② 이튿날 곱게 단장한 미녀 삼십여 명이 왔는데, 모두 예조좌랑이 보낸 기생들이었다.

③ 유생들이 십리 길을 온 기생들을 위로하기 위해 밥을 짓기로 했는데, 노복이 없어 유생들 가운데 가장 나이 어린 노직이 맡았다.

④ 반찬거리를 찾아보니 밴댕이만 십여 마리 있을 뿐이어서 몰래 부엌 뒤편으로 가서 비늘을 긁다가 기생에게 들켰다.

⑤ 기생들이 모두 손뼉을 치며 웃음을 터트려 노직은 부끄러워 달아났다.

⑥ 훗날 노직이 장원급제하고 장악원을 지나가는데, 기생들이 밴댕이를 긁던 노직이라는 것을 알아보며 탄복하자 노직은 부끄러워 급히 말을 몰아 지나갔다.[19]

〈성산월을 거절한 서생〉

① 성산월은 성주의 기녀로 장안에서 제일가는 명기가 되었다.

② 하루는 진신 명류들과 한강에서 배를 띄우고 놀다 돌아오던 길에 큰

---

18) 『어우야담』·「인륜편」, 145~146쪽.
19) 『어우야담』·「인륜편」, 152~153쪽.

비를 만나 숭례문에 이르렀으나 이미 성문이 잠겨 있었다.

③ 연당 서쪽 언덕에 불이 켜진 집이 있어 창에 구멍을 내고 엿보니 서생이 글을 읽고 있었다.

④ 성안에 사는 기생인데 하룻밤 기숙하기를 청했으나 서생은 성산월이 너무 예쁜 나머지 요괴로 오해하여 문을 걸어 잠근 후 밤새 주문을 외웠다.

⑤ 문지방에 앉아 졸면서 비를 피하다 날이 밝자 창문을 밀치고 서생에게 자신이 장안의 명기 성산월이라고 하며 나무라자 서생은 똑바로 쳐다보지도 못했다.

⑥ 서생은 후일 문과에 오른 김예종이다.

⑦ 장흥고의 한 종이 목에 큰 혹이 마치 호리병박처럼 매달려 있었는데, 재물로 성산월을 낚았다. 이때부터 성산월의 성가는 뚝 떨어졌다.[20]

사실 남곤의 망신은 고을 원이 남곤에게 잘 보이기 위해 기녀와 짜고 벌인 것이었다. 그러므로 속아 넘어간 남곤의 입장에서는 어쩔 수 없는 일이었을 수도 있다. 그러나 기녀에게 매료되어 업무를 볼 수 없었던 것은 전적으로 남곤의 책임이라고 할 수 있다. 이 이야기에는 기녀와 관료와의 관계에서 발생하는 불미스러운 일은 얼마든지 용납될 수 있다는 관대한 시각이 내재되어 있다. 남곤은 기녀로 인해 두 번 망신을 당하는 데 처음에는 기녀의 계략에 빠져 늦잠을 자는 바람에 아전들에게 웃음거리가 된 것이고 두 번째는 젊은 기녀의 거짓 사랑에 속은 것이라고 할 수 있다.

한편 노직은 기생들이 찾아온 날 노복이 없어 나이 어린 자신이 밴댕이 비늘을 벗기다가 들켜 달아나고 말았다. 양반의 신분이면서도 하찮은 기녀에게 종들이나 할 일을 하다가 들켜 망신을 당한 것이다. 또

---

20) 『어우야담』·「인륜편」, 136~137쪽.

한 서생이었던 김예종은 성산월의 아름다움에 빠져 요괴라고 착각했다가 나무람을 당하는 수모를 겪었다. 노직과 김예종은 후일 관료가 되었지만 유생시절에 기녀를 다룰 수 있는 능력이 부족했던 것이다. 이처럼 고위 관료의 어처구니없는 행동에서 유발된 해학과 함께 기녀에게 빠지면 관료도 큰 망신을 당할 수 있다는 주제의식이 잘 형상화 되어 있다.

2) 위선과 질투

성리학자는 사대부 이상의 신분을 지닌 지배계층으로 어려서부터 학문에 힘써 입신양명을 최고로 여겼다. 이런 성리학자들은 명분과 체면을 매우 중시했는데, 기생과의 관계에 있어서는 오히려 위선적인 행동들이 나타나고 있다. 위선적인 성리학자의 삶과 관련된 이야기는 가난과 질투, 부끄러움, 현실을 직시하지 못하는 소심함 등에서 비롯된 것들이다.

〈가난한 유생의 잠자리〉
① 경성의 가난한 유생이 서경을 지나는데, 평양 부관이 명기로 시중들게 했다.
② 날씨가 추운데 이불이 없자 종에게 금침을 찾아오라고 하자 다 떨어진 윗옷을 하나 바쳤다. 그 윗옷을 뒤집어 발을 양 소매에 넣고 좋은 이불이라고 했다.
③ 또 종에게 명하여 관아의 요를 차가운 벽에 세우게 했는데, 요가 쓰러져 두세 번 계속 되자 종을 욕하며 요를 덮고 잤다.
④ 서경 기생들이 지금까지 기담으로 여긴다.[21]

---

21) 『어우야담』·「인륜편」, 153~154쪽.

유생은 가난했기 때문에 추운 날씨에 좋은 이불을 마련할 길이 없었다. 평양 부관이 기생을 제공했지만 재물이 없는 것이 문제였다. 재물이 없어 금침을 마련하지 못하자 잘못도 없는 종만 나무라다 잠을 잤다. 기생들이 후일 기담으로 여길 정도였다는 점으로 미루어 유생의 행동이 얼마나 어처구니없었는지 짐작해 볼 수 있다. 즉 돈 없는 유생이 체면 때문에 큰 소리를 치며 위선적인 행동을 보인 것이다. 가난으로 인해 기생에게 거짓말을 한 위선적인 행동은 화사 황순에게서도 엿볼 수 있다.

〈화사 황순의 언변〉
① 화사 황순은 두어 칸 오두막집에 살았는데 말솜씨가 유창했다.
② 일찍이 서울에 막 올라온 기녀와 정을 통하다가 밤에 자기 집으로 가자고 했는데, 오두막이 부끄러웠다.
③ 황순의 집은 태평관과 등지고 있었는데, 빈 관사인 태평관에서 노비를 부르며 자신의 집처럼 하다가 결국 자신의 오두막으로 이끌고 가서 잤다.
④ 기녀는 태평관이 황순의 집으로 알았다.
⑤ 화공의 일이 고달프고 찾아오는 사람이 많아 밖에서 부르면 대답해 줄 종이 없었기에 항상 자신의 코를 잡고 대답했다.[22]

황순은 가난했지만 기생을 좋아했던 탓에 사신들이 머무는 태평관을 자신의 집이라고 속이고 이것도 모자라 스스로 종의 목소리까지 연출했다. 황순의 언변에 감쪽같이 속아 넘어간 기생도 어리석지만 가난 때문에 성리학자가 기녀를 속이는 것 또한 쾌락에 빠져 위선적인 행동을 보인 것이라고 할 수 있다. 그림을 그리는 것을 직업으로 가졌던 가

---

22) 『어우야담』·「인륜편」, 151~152쪽.

난한 양반이 기생에게 보인 위선은 〈대머리 화가 김시〉의[23] 경우에서
도 나타난다. 가난하면서도 기생을 탐한 공통점으로 인해 이야기가 비
슷한 성향을 띠게 되었다.

이러한 성리학자의 위선은 포쇄별감을 지낸 채세영의 일화가 대표
적이라고 할 수 있다. 채세영이 공무를 담당할 때 기녀들이 방해가 된
다고 판단하여 빈관에 기녀를 들이지 못하게 했다. 그러나 정작 본인
은 기녀에 빠져 애닲은 이별을 맞이해야 했다. 신익철은 채세영의 일
화에 대해 골계적이라고 지적했는데,[24] 골계의 원인은 다름 아닌 이중
적인 행동을 보인 위선 때문이라고 할 수 있다.

〈포쇄별감 채세영의 눈물〉

① 채세영이 포쇄별감이 되어 전주에서 사책을 볕에 쬐는 일을 하게
되었다.

② 그가 사명을 받든 사대부들이 주부에서 기녀들과 음란한 행위를 한
다고 열읍에 공문을 보내 기녀를 빈관에 들이지 못하도록 했다.

③ 연로의 관청에서는 영을 두려워하여 그가 이르는 주부마다 감히 기
녀를 가까이 하지 못했다.

④ 전주에 도착했을 때 장맛비가 내려 사고를 열 수 없고 무료하게 되
자 부윤이 판관에게 손님을 잘 대접해 주라고 일렀다.

⑤ 판관이 우두머리 기생과 짜고 부중의 가장 젊고 예쁜 기녀를 골라
단장시킨 후 절굿공이를 들고 객사와 가까운 외진 곳에서 절구질을
하게 했다.

⑥ 시중드는 아이에게 채세영이 저 여인이 누구냐고 물으면 서울 재상
집 여종인데, 친가에 휴가와 있다가 상을 당해 머문 지 석 달이 되

---

23) 『어우야담』·「인륜편」, 140~141쪽.
24) 신익철, 『유몽인 문학 연구』, 보고사, 1998, 243~244쪽.

었다고 말하도록 했다.

⑦ 채세영이 이 여인에게 반해 시중드는 아이를 통해 만나게 되었는데, 기녀는 밤마다 왔다가 아침에 돌아갔고 시중드는 아이는 이를 부의 관리에게 고했다.

⑧ 하루는 부의 관리가 채세영을 위해 성대한 잔치를 베풀었는데, 그 곳에서 그 기녀를 보고는 매우 놀랐으며 자신이 속은 것을 알았다. 그 후로 그 기녀와 떨어질 줄 몰랐는데, 작별하게 되자 무척 슬퍼했다.

⑧ 내가 일찍이 기녀 노응향에게서 들으니 "객사에 머무는 관리 중 기녀에게 농담하고 웃는 자는 범하기가 어렵고 기녀를 보고 정색하는 자는 다루기 쉽다"고 했다.[25]

채세영이 기생을 사랑하게 된 배경에는 관찰사 남곤의 경우처럼 지방 관리인 부윤이 포쇄별감을 잘 대접하고자 하는 선심이 자리하고 있다. 처음에는 당사자인 채세영만 몰랐다가 뒤에 부의 관리가 연회를 열 때 전말이 알려지게 되었다. 그런데 더 극적인 것은 채세영이 의도된 만남인 것을 알고 난 이후 더 적극적으로 기녀와 정을 나누었다는 점이다. 기녀에 대한 채세영의 집착이 얼마나 강한 것이었는지는 슬퍼하며 헤어지는 모습에 잘 묘사되어 있다.

한편 심 부원군과 일타홍에 관련된 이야기는 고위 관료로서 기녀를 독차지하고 싶은 나머지 겉으로는 너그러운 척하면서도 속으로는 질투심이 발동했던 위선적인 행동에 해당한다고 할 수 있다.

〈심 부원군과 일타홍의 정인〉

① 심 부원군이 기녀 일타홍을 사랑했다.

---

25) 『어우야담』·「인륜편」, 141~144쪽.

② 심 부원군이 일타홍에게 평생 사랑할 만한 사람을 말한다면 자신의
손가락을 구부려 보겠다고 했다.
③ 양웅산이라고 답하자 심 부원군이 손가락의 절반만 구부렸다.
④ 다음날 심 부원군이 양웅산을 데려다 시험해 보고는 일타홍의 정인
이 될 만하다고 말했다.[26]

심 부원군은 기녀를 사랑한 나머지 정인으로 지목한 사람을 직접 데려
다 시험해 보고 인정까지 하는 대범한 모습을 보이고 있다. 그러나 이
또한 기녀에게 매료된 고위 관료가 보여 준 위선적인 행동의 결과라고
할 수 있다. 이처럼 기녀와의 사이에서 펼쳐진 관료들의 위선적인 행동
은 체면과 성적 욕망 사이에서 벌어지는 사건으로 형상화 되어 있다.

2. 인간다운 삶을 추구한 기녀

1) 절의와 사랑

양반들이 기녀에게 매료되어 위신을 손상시킨 것과 달리 기녀들은
많은 남성들을 상대하면서도 반가의 여인들처럼 절의를 지키고자 한
경우가 나타난다. 또한 당시에는 상상할 수 없었던 자유로운 사랑을
추구하거나 재물을 모아 실리를 취하려는 경향도 나타난다. 그러나 결
과적으로 이들이 추구한 삶은 결코 현실에서는 이루어질 수 없는 것이
었다. 관홍장과 황진이, 성산월은 장안과 송도의 이름난 명기로 반가
의 여인들처럼 절의를 지키거나 자유로운 사랑을 추구했다. 기녀에게
있어 절의는 육체를 떠나 정신적으로, 혹은 일정기간 한 사람에게 의
탁하는 형태를 보이고 있다. 또한 기녀와 정인과의 사랑은 오래 지속
되지 못한다는 점에서 안타까움과 슬픔이 수반된다. 이러한 기녀들의

---

26) 『어우야담』·「인륜편」, 139~140쪽.

행위는 당시의 법과 현실을 고려할 때 매우 특별한 경우에 해당한다고
할 수 있는데, 이는 인간적인 삶의 추구에서 비롯된 것이다.

〈명기 관홍장의 절의〉

① 관홍장은 장안의 명기로 자태와 용모가 뛰어났는데, 악원의 교방에
   소속되어 있었다.
② 의정부 사인인 한주의 첩이 되어 딸 하나를 낳았다.
③ 을사사화 때 한주가 남해로 유배되었는데, 장안의 부자와 조성의
   선비들이 취하고자 했으나 신의를 지키며 살았다.
④ 먹고 살기가 어려워 이천군의 첩으로 가면서 한주가 오는 즉시 떠나
   겠다고 했다.
⑤ 이천군과 약속하고 20년을 살면서 자식을 여러 명 낳았다.
⑥ 한주가 돌아온다는 소식에 딸을 먼저 보내고 자신도 떠날 준비를
   했다.
⑦ 딸을 만난 한주가 웃으며 이천군과 지내도록 하니 관홍장이 대성통
   곡 했는데, 이천군이 꾸짖을 수가 없었다.[27]

명기 관홍장은 일찍이 사인 한주의 첩이 되어 딸 하나를 낳았지만
한주가 유배를 가고 가세가 기우는 바람에 몸을 이천군에게 의탁했다.
그러나 마음만은 오직 한주에게 두었다.[28] 관홍장에게 마음을 빼앗겨
이러한 정황을 알면서도 받아들인 이천군도 대단한 사람이지만 기녀로
서 마음을 준 사람을 잊지 않고 끝까지 기다렸던 사랑 또한 결코 흔치

---

27) 『어우야담』·「인륜편」, 110~112쪽.
28) 일찍이 전용오 교수는 『어우야담』에 실려 있는 기녀담이 20여 편이며 창기조에는
    정절녀와 관련된 이야기가 없다고 지적한 바 있다. 그러나 관홍장의 이야기는 기녀
    로서 정절을 지키고자 한 이야기라고 할 수 있다. (전용오, 앞의 책, 「어우야담을
    통해 본 기녀상」, 137~139쪽) 참조.

않은 경우라고 할 수 있다. 관홍장의 한주에 대한 절의는 한주가 자신에게 오지 말라고 꾸짖게 됨으로 인해 실현되지 못했고 기녀의 사랑이 지닌 한계를 드러내고 말았다. 이처럼 관홍장이 정인을 위해 오래도록 변치 않는 마음을 지니고 있었다면 황진이는 자유롭게 사랑하고 대담하게 행동한 기녀였다.

〈명기 황진이〉

① 송도에 이름난 창기 황진이가 있었는데, 여자이면서도 뜻이 크고 높았으며 호협한 기개가 있었다.

② 행실이 고상한 서경덕을 시험하려다가 실패했다.

③ 금강산이 천하 명산이라는 말을 듣고 이생이라는 재상가의 아들과 둘이서 유람을 떠났다가 1년 만에 돌아왔다.

④ 당대의 절창 선전관 이사종에게 반해 함께 6년 동안 살아야겠다고 하고 실제로 이사종의 집에서 생활비를 대며 첩으로 3년간 부모와 처자식을 돌보며 지냈다.

⑤ 이사종 또한 진이가 자신의 집을 돌보던 것처럼 3년간 돌보아 주었는데, 6년이 되자 진이가 업이 다했다며 떠나갔다.

⑥ 진이가 죽을 때 자신은 화려한 것을 좋아했다고 하며 큰 길 가에 묻어달라고 했다.

⑦ 임제가 평안도사가 되어 송도를 지나다 진이의 묘에 제를 올리고 조정의 비방을 입었다.[29]

황진이의 외모에 나타난 아름다움과 문학적 재능, 자유분방한 사랑의 추구는 그를 흠모했던 임제에 의해 주목 받게 되었다. 당대의 이름난 학자였던 서경덕을 시험하고 재상의 아들과 금강산을 유람한 것도

---

29) 『어우야담』·「인륜편」, 132~135쪽.

대단하지만 이사종과 6년이라는 시간을 정해 놓고 함께 산 것은 매우 특별한 경우라고 할 수 있다. 그러나 이러한 황진이의 행위도 첩으로서 짧은 인연에 만족할 수밖에 없는 고통이 내재된 삶이었다. 황진이가 절창 이사종을 선택해 주체적으로 사랑했듯이 성산월 또한 부를 잘 지었던 민제인을 사랑하여 3일이라는 짧은 시간을 함께 보냈다. 민제인의 「백마강부」는 성산월로 인해 널리 알려질 수 있었다.

〈민제인의 「백마강부」와 기녀 성산월〉

① 민제인은 젊은 시절 영민하고 용모가 빼어났는데, 「백마강부」를 짓고 스스로 자부했다.

② 선배에게 질정을 구했으나 차중을 매겨 매우 불쾌했다.

③ 숭례문 위에 올라가 부를 읊고 있는데, 당시 장안의 명기 성산월이 이 소리를 듣고 자신의 집으로 함께 가길 원했다.

④ 민제인과 사흘을 머문 후 성산월이 민제인이 지은 부를 적어달라고 하여 사인들의 모임에서 부르니 모두 감탄해 마지않았다.

⑤ 사람들이 어디서 절창을 얻어왔느냐고 하자 사실대로 말했다.

⑥ 이때부터 「백마강부」가 우리나라에 널리 퍼졌다.[30]

기녀들은 정상적인 가정을 꾸려갈 수 없었다. 그러나 그녀들이 진정으로 사랑한 대상을 통해 인간적인 삶에 대한 열망을 짐작해 볼 수 있다. 김칭은 비록 집안이 한미했으나 그를 만나 본 기생들은 하나같이 사랑하기를 주저하지 않았다. 기생이면서도 돈 많은 협사들을 멀리하고 그를 따른 배경에는 기녀들을 대하는 그의 남다른 태도가 있었다. 즉 기녀들은 진정으로 자신들을 아껴주는 사람을 사랑한 것인데, 이러

---

30) 『어우야담』·「인륜편」, 138~139쪽.

한 사정에는 기녀들의 애환이 고스란히 담겨 있다고 할 수 있다.

〈장안의 화류계를 좌우한 김칭〉

① 한양에 협사 김칭이 있었는데, 한미한 집안사람이었다.

② 그를 한번이라도 만난 기생은 모두 그를 평생토록 지극히 사랑했다.

③ 장안의 명기들이 서로 마음에 두고 있는 김칭을 만나고자 남산 성산대에서 성대한 연회를 베풀고 기다렸다.

④ 화려한 의복에 용모가 수려한 협사들이 십여 명 왔지만 오십여 명의 기녀들은 주인이 없어 음식도 들지 않았다.

⑤ 포시에 낡은 옷을 입은 사람이 나타나자 기생들이 모두 환호했는데, 그가 바로 김칭이었다.

⑥ 모든 기생들이 돌아가며 금잔에 술을 따라 김칭에게 권하니 화려한 옷을 입었던 협사들은 슬그머니 자리를 떠났다.

⑦ 이후 김칭의 서압을 받은 연회가 벌어지면 성중의 기생들이 달려오지 않는 이가 없었다.

⑧ 김칭이 죽음을 앞두고 협사들이 그 술수를 전수해 달라고 하자 종처럼 굴라고 했다.[31]

김칭처럼 자신들을 잘 대해 준 남성을 사랑한 기녀들도 있지만 일부 기녀들의 경우 죽어가면서도 자신이 한 때 사랑했던 사람의 여인으로 남고자하는 염원을 표출시킨 경우도 있다.

〈심수경과 선연동 기녀〉

① 상국 심수경이 직제학으로 있을 때 순무어사로 관서지방에 갔다가 평양에서 가까이한 기생이 있었다.

② 선연동은 여러 기생들이 묻히는 곳이었는데, 심수경도 기녀를 사랑

---

31) 『어우야담』·「인륜편」, 155~157쪽.

하여 이곳에 묻히고 싶다는 시를 지었다.

③ 후에 충청감사가 되었을 때 기녀가 권응인에게 가요축을 올리며 시를 청하자 선연동 안의 혼백일랑 되지 말라고 지어 주었다.

④ 상국이 이를 보고 권응인이 온 것을 알고 속히 모시도록 하여 오랜만에 만나게 된 것을 기뻐하는 시를 지었다.

⑤ 평양 기생이 친척에게 일러 자신이 죽거든 '직제학 심수경 첩의 묘'라고 써 달라고 했는데, 국법에 평안도와 함경도 사람들은 다른 곳으로 옮겨 살 수 없었기 때문이다.

⑥ 관서의 방백이 이에 대해 가련한 골짜기 풍류의 땅에 선생을 위해 죽지 않은 혼을 장사지냈다는 시를 지었다.[32]

심수경에 관한 이야기는 후대의 기녀담에서도 간혹 등장하는데,[33] 선연동에 살았던 한 기녀가 후일 상국이 된 심수경이 젊었을 때 한 약속을 바탕으로 죽으면서까지 그의 첩으로 남고자 한 것은 처절한 사랑의 표현이라고 할 수 있다.[34] 사랑할 때는 죽을 때까지 함께 하겠다고 약속했다가 떠나가면 기억조차 하지 않는 남자의 사람으로라도 남고 싶었던 기녀의 애절함이 드러나 있다.

2) 실리추구와 재치

기녀가 재물을 탐하는 것은 나이를 먹었을 때를 대비한다는 점에서

---

32) 『어우야담』·「학예편」, 333~335쪽.

33) 「簪桂逢重一朶紅」, 앞의 책, 『조선조문헌설화집요(II)』, 373쪽.

34) 『청구야담』에 실린 〈일타홍과 심희수〉의 이야기에 대해 이월영 교수는 여성의 신분상승 유형 중에서 '여성의 주체적인 무조건적 헌신으로 그 관계가 정립되는 이야기'라고 분석한 바 있는데, 이 이야기도 그런 유형에 가깝다고 할 수 있다.(이월영, 「야담집 소재 여성신분상승담 연구」, 『한국언어문학』 45, 한국언어문학회, 2000, 174쪽) 참조.

인지상정에 해당하는 측면이 있다. 그러나 당시의 명기에게 드리워진 재물에 대한 잣대는 사뭇 달랐음을 알 수 있다.

〈기생 가지의 가벼운 몸가짐〉

① 경성 북부에 장안 제일의 명창 가지가 있었다.

② 어느 날 저녁 길에서 오작인이 시체를 지고 가기에 얼굴을 가리고 외면하면서 "장안의 여자 중에 저런 종놈의 처가 되고 싶은 자가 있으랴?"라고 말했다.

③ 오작인이 이 말을 듣고 분노하여 훗날 의관을 빌려 입고 많은 재물을 빌려 가지를 찾아가니 가지가 이를 모른 채 4~5일 동침했다.

④ 오작인이 푸른색 보자기를 주고 떠나가기에 기쁜 마음에 열어보니 죽은 아기의 시체였다.

⑤ 이 소문이 퍼질까봐 받은 돈을 모두 돌려주고 관계를 끊었다.

⑥ 일찍이 중국 사람에게 들은 이야기 중에도 남경의 거지가 두건 뒤에 은 5냥을 꽂고 기생집에 들어가 숙박할 것을 요구하자 처음엔 화를 내다 은화를 보고는 함께 잠자기를 청하여 은화를 취하고 보냈다는 말이 있다.

⑦ 기생이 몸을 가벼이 하고 재화를 중히 여김은 천하가 똑같다.[35]

장안의 명기 가지는 남자의 외모만 보고 자신의 과오는 잊은 채 지나치게 재물을 탐했다는 측면이 있다. 그러나 재물은 누구에게나 필요한 것이라는 관점과 기생이 나이가 들면 의지할 것은 재물밖에 없다는 점에서 가지의 실리 추구는 어쩌면 당연한 선택이었다고 할 수 있다. 그러나 기녀의 삶이 지닌 속성을 부정하고 반가의 여인들과 같은 가치관을 적용하는 것은 모순에 해당한다. 양반들과 어울린다고 하여 결코

---

35) 『어우야담』·「인륜편」, 150~151쪽.

면천될 수는 없기 때문이다. 그럼에도 불구하고 기녀로서의 명성 때문에 드러내놓고 재물을 모을 수 없었던 상황을 통해 인간적인 삶에 대한 고통과 희구를 짐작해 볼 수 있다.

한편 기녀들은 간혹 짓궂은 고위 관리가 고압적인 태도로 던지는 질문으로 인해 곤경에 직면하기도 했다. 그러나 오히려 재치 있는 기녀는 탁월한 말솜씨로 관리의 허를 찌르거나 관리가 원하는 것을 재빨리 눈치 채 전화위복의 상황을 연출해냈다. 비록 짧고 순간적으로 이루어지는 대화지만 관리에게 주눅 들지 않고 또한 관리를 무안하지도 않게 하면서 흥을 돋우는 능력을 보여준 것이다. 기생 양대운이 공북루에서 관찰사 유근의 심정을 알아채고 응대한 것이 바로 그런 경우이다.

〈공북루의 주연과 홍난상의 시〉
① 유근이 충청도 관찰사를 지낼 때 여러 고을의 원과 공북루에 올라 연회를 베풀었다.
② 취흥이 한창 무르익을 때 갑자기 닭 우는 소리가 들렸다.
③ 유근이 밤이 새는 것이 싫어 무슨 소리냐고 묻자 기생 양대운이 백로 울음소리라고 답했다.
④ 유근이 그녀의 대답이 자신의 뜻에 맞음을 기뻐하여 민첩한 재주를 칭찬하고 좌중에게 시를 짓게 했다.
⑤ 문사인 홍난상이 문의현감으로 참여했다가 절구 한 수를 지었는데 마지막 구절에 '닭 울음을 백로의 울음이라 웃으며 말하네'라고 썼다.
⑥ 감사가 보고서 칭찬하니 일시에 회자되었고 이로 인해 마지막 구절을 시제로 삼아 시를 짓는 사람들이 많았다고 한다.[36]

---

36) 『어우야담』·「학예편」, 386~387쪽.

양대운이 유근의 의중을 곧바로 알아차린 점도 훌륭하지만 상황에 맞게 잘 응수했기 때문에 후일 시제로 널리 알려지게 되었다. 급박한 상황에서 양대운의 순발력은 큰 효과를 발휘했고 그 능력이 양반들에게 전파되었다. 이러한 순간적인 말솜씨는 무정가에게서도 나타난다.

〈유진동과 평양 기생 무정가〉

① 유진동이 감군어사가 되었을 때 평양 감사가 어사를 위해 부벽루에서 성대한 잔치를 열었다.

② 평양 기생들을 둘러보며 "평양 교방이 어느 해에 혁파되었는고?" 하고 물었다.

③ 아무도 말이 없는데, 무정가라는 기생이 나서서 "감군 어사님은 언제나 다시 세울런지요?" 하니 감사가 크게 기뻐하며 기생에게 후한 상을 내렸다.[37)

평양 기생이었던 무정가는 감군어사 유진동이 평양 교방이 언제 무너졌느냐고 떠보자 대담하게 감군어사는 무너진 교방을 언제 다시 세울 것이냐고 응수했다. 유진동의 능력을 한껏 추켜세우며 적절히 대처했기에 오히려 후한 상을 받았다. 위압적인 고위 관리의 질타 섞인 우문에 조금도 굴하지 않고 해학이 담긴 현답으로 맞선 무정가의 재치가 돋보인다.

한편 〈무정개의 언변〉은 무정개가 비록 기생이 되었지만 스스로 절의를 지키고자했음을 일깨우는 내용으로 되어 있다.

〈기생 무정개의 언변〉

① 평양 기생 무정개가 판서 유진동의 총애를 받았는데, 여러 읍에 그

---

37) 『어우야담』·「인륜편」, 149쪽.

녀를 데리고 갔다.

② 무정개가 전 남편의 노복을 만나 슬프게 우니 유진동의 노복이 책망
했다.

③ 무정개가 유진동의 노복을 사리를 모르는 자라며 자신이 절개를 지
킬 것이지만 다음에 불행히 다른 곳에 시집갔다 너를 만나게 된다면
열배는 슬프게 울 것이라고 했다.[38]

유진동의 노복은 무정개가 자신의 주인에게만 충실해 주길 바라고
있지만 무정개는 자신이 결코 신의 없는 가벼운 사람이 아님을 역설적
으로 드러내고 있다. 즉 함께 있을 때만 좋아했다가 후일 떠나가면 그
만인 평범한 기생과는 다르다는 점을 언변으로 강하게 인식시켜 노복
을 꼼짝 못하게 만들고 있다. 무정개는 기녀가 되어 신분이 하향된 처
지였지만 절개에 대한 의식만큼은 결코 낮아지지 않았다.

이와 같이 가무를 통해 여흥을 돋우는 것을 본분으로 삼았던 기녀들
이지만 식자층이었던 관료들과 충분히 대화할 수 있는 식견을 갖추고
있었다는 점에서 기녀의 위상이 잘 형상화 되어 있다.

Ⅲ. 맺음말

이상으로 『어우야담』에 수록되어 있는 기녀담을 텍스트로 삼아 작
가의 현실 인식에 따른 형상화에 대해 살펴보았다.

일찍이 유몽인은 〈창부의 삼공일여〉라는[39] 평에서 창부가 늙은 후
에는 세 가지 텅 빈 것과 한 가지 남는 것이 있는데, 세 가지 텅 빈

---

38) 『어우야담』·「인륜편」, 148~149쪽.
39) 『어우야담』·「인륜편」, 157쪽.

것은 재산과 몸, 명성이고 한 가지 남는 것은 달콤한 말솜씨라고 했다. 이는 조선시대 기생의 삶이 어떤 것인가를 단적으로 지적한 경우라고 할 수 있다.

『어우야담』에 실려 있는 기녀담은 28편인데, 인물담에 기녀에 관한 내용이 개입되었거나 기녀에 대한 짧은 언급이나 평결 등을 제외하고 본고에서 고찰한 것은 19편이다. 19편의 기녀담을 선행(先行)된 기녀 관련 연구를 바탕으로 분류해 보면 양반이 기녀에게 매료된 경우와 기녀가 인간적인 삶을 추구한 경우로 구분해 볼 수 있었다. 그리고 이를 좀 더 세분화하면 기녀에게 매료된 양반의 경우는 재물탕진과 망신, 위선과 질투로 형상화 되어 나타나고 기녀가 인간적인 삶을 추구한 경우는 절의와 사랑, 실리추구와 재치로 형상화 되어 있음을 알 수 있었다.

양반이 기녀에게 재물을 탕진한 이야기는 두 편인데, 두 편 모두 많은 재물을 잃고 이별하는 과정에 해학이 담겨 있다. 또한 기녀에게 망신당한 이야기는 주로 관료들과 관련된 것으로 기녀의 계략에 빠지거나 체면을 내세우다 기녀에게 웃음거리가 된 경우이다. 재물탕진이나 망신과 관련된 기녀담에는 양반들의 지나친 쾌락추구에 대한 경계의식이 내재되어 있다. 또한 양반들이 보여준 위선과 질투는 주로 가난하면서도 기녀를 취하는 상황에서 벌어지는 이야기로 양반의 체면을 손상시키는 이중적인 행동들에 대한 비판의식이 담겨 있다.

한편 기녀가 인간적인 삶을 추구한 이야기에는 천민이면서도 양반들과 어울렸던 특수한 존재의 애절한 삶이 반영되어 있다. 기녀가 절의를 지키거나 자유로운 사랑을 추구한 것은 당시의 현실을 고려할 때 매우 이례적인 경우에 해당하며 결코 오래도록 지속될 수 없는 한계를 지니고 있었다. 또한 재물을 통한 실리추구의 경우에도 의리를 중시하는 지배계층의 관념으로 인해 뜻을 이룰 수 없었다. 그러나 몇몇 기녀들의 경우 짓궂은 관리들의 고압적인 질문에 재치로 응수함으로써 문재를 뽐내고 여흥을 돋우거나 기녀의 정체성을 드러내기도 했다.

이와 같이 『어우야담』 소재 기녀담은 전적으로 작자인 유몽인의 시각이 반영된 것이다. 유몽인은 봉건사회의 모순된 현실을 직시하고 풍자와 해학을 통해 양반과 기녀의 삶을 형상화하여 후세에 대한 경계로 삼고자 했던 것이다.

『담원문록』 소재 인물전 연구

I. 머리말

일찍이 전에 대해서는 사마천의『사기』·「열전」이래 한자문화권에서 고유하게 발달되어 온 수사 양식 내지는 문학 장르로서, 한 인물의 일대기를 서술하면서 그것을 일정한 관점에서 포폄하는 것을 목적으로 한다고 정의 된 바 있다.[1] 이처럼 중국에서 사람의 일생을 기술할 목적으로 출발한 전문학은 우리나라로 전해지면서『삼국사기』·「열전」을 필두로 조선시대와 근대시기까지 꾸준히 이어져 왔다. 그리고 이러한 오랜 역사적 연원만큼이나 전문학에 관한 연구 또한 다양한 관점에서 진행되어져 왔다.[2] 그러나 한편으로는 사실의 나열과 획일적인 기

---

[1] 박희병,『한국고전인물전연구』, 한길사, 1992, 9쪽.

[2] 전문학에 관한 다양한 논의는 90년대 초반에 본격적으로 이루어졌다. 80년대에는 개념과 양식적 특징에 관한 연구가 산발적으로 이루어졌다면 90년대에는 타 장르와의 연관성을 검토하면서 다양한 관점에서 이루어진 바 있다.

　　고경식,「전의 유형고」,『경희어문학』6, 경희대국문과, 1983.

　　김균태,「전의 장르적 고찰」,『신호열선생고희기념논총』, 창작과비평사, 1983.

　　박희병,「조선후기「전」의 소설적 성향 연구」, 서울대박사논문, 1991, 7~454쪽.

　　정명기,「전과 야담의 엇물림」(1),『한국언어문학』33, 한국언어문학회, 1994, 219~234쪽.

　　조동일,『한국문학통사』3, 지식산업사, 1991, 80~86쪽.

　　조태영,「전계소설의 역사적 변모과정」,『고소설사의 제문제』, 성오소재영교수환력기념논총, 집문당, 1993, 233~248쪽.

술 방식이 단점으로 비쳐지는 경우도 있는데, 연암이 주장했던 법고창
신이라는 기술 관점에서 바라본다면 모든 인물전은 하나같이 중요한
가치를 지닌다고 할 수 있다.[3] 더욱이 조선후기의 작품들에 비해 아직
연구가 절대적으로 미흡한 상태로 남아있는 근대시기에 지어진 작품의
경우는 특별히 많은 관심이 필요한 상태이다.

　이와 같은 상황에서 마침 근대시기에 활동한 위당 정인보 선생이 지
은 인물전이 있어 주목된다. 본래 『담원문록』[4]에 수록된 전은 모두 여
섯 편으로 「나원학전」, 「민영달전」, 「이희원전」, 「박승익전」, 「석전상
인소전」, 「신국포가전」이 있다. 이 작품들 중에서 「신국포가전」은 영
남의 거창에서 약초를 캐고 약을 지어 주면서 일가를 이룬 신국포
(1851~1915)의 집안에 대해 짤막하게 기술한 가전이다. 그리고 「석전상
인소전」은 쇠퇴해 가는 한국 불교를 교화하는 데 힘쓴 박한영(1870~
1948) 스님의 삶을 일화를 중심으로 기술한 것이다. 이 두 작품은 가전
과 승전으로 전문학의 범주에 들기는 하지만 일반적인 인물전과는 작
품 성향에 차이가 있다. 이 둘을 제외한 네 편의 인물전을 검토해 보면
공통적으로 충과 효를 중시했던 유교적인 가치관과 위당의 살뜰함이
배어 있는데,[5] 하나같이 일제강점기라는 시대적 상황 아래 비극적으

　　주명희, 「『삼국사기』 열전의 소설사적 위상」, 위의 책, 405~420쪽.

3) 한시와 고소설에 있어 용사와 신의가 중요한 창작 기법이었듯이 전문학 또한 이
　 범주에 속해 있었다고 하겠다. (정출헌, 「고전소설의 '천편일률'을 패러디의 관점에
　 서 읽는 법」, 『국제어문』 38, 국제어문학회, 2006, 41쪽)

4) 『담원문록』은 연세대학교에서 후손이 소장하고 있던 수고본을 영인하여 1967년에
　 출판했는데, 2006년에 정양완 교수에 의해 번역본이 나왔다. 본 연구에서는 수고
　 본을 참고하면서 번역본을 텍스트로 삼았다. (『담원문록』, 정양완 역, 연세국학총서
　 67, 태학사, 2006)

5) 전과 소설의 장르 구분을 꾀하면서 작품의 유형을 인물과 서술형태로 제시한 바가
　 있다. (박희병, 앞의 책, 40~41쪽) 이에 따른다면 위당이 대상으로 삼은 인물들은
　 하나같이 충의전의 성향이 강하다고 하겠다. 그리고 서술형태는 삽화적 유형에 가

로 기술되어 있다는 특징이 있다. 이러한 특징은 이른 시기부터 우리 역사에서 산견되는 비극적 인물들의 결말과도 흡사한 경우라고 할 수 있다.[6] 즉 후삼국시대의 궁예와 견훤, 조선시대의 남이나 임경업, 김덕령, 근대시기 신채호의 일생처럼 성공하지 못하고 좌절된 인물들의 유형과 닮은 점이 많다고 할 수 있다.

주지하다시피『담원문록』을 지은 위당 정인보 선생은 우리 근대사에서 빼놓을 수 없는 뛰어난 문인이자 한학자였다. 그리고 강화학의 학맥을 잇는 사학자였으며 민족적 암흑기에 국학연구로 민족혼을 밝힌 선각자였다.[7] 이러한 그의 활동에 걸맞게『담원문록』또한 뛰어난 문재를 바탕으로 다양한 내용들을 담고 있는데[8], 그가 남긴 자료들이 방대함에도 불구하고 지금까지의 연구 결과는 만족할 만한 수준에 도달하지 못한 실정이다.[9] 그것은 위당이 6·25 때 피랍되면서 그의 활동

깝다고 할 수 있는데, 서술자의 개인적인 친분에 의해 주관적인 느낌이 많이 개입되면서 차이를 보이고 있다.

6) 비극적 인물의 유형을 여러 인물들의 일생에 적용한 연구는 졸저(『한국 전문학연구』, 보고사, 2006)에 자세히 다룬 바 있다. 비극적 인물의 유형은 일찍이 조동일 교수가 소설과 민담을 토대로 제시했던 귀족적 영웅 유형과 민중적 영웅 유형에 비해 신분은 귀족적이면서도 결과가 안타까운 죽음으로 귀결되는 것이 가장 큰 특징이라고 할 수 있다. (조동일,『한국설화와 민중의식』, 정음사, 1985) 참조.

7) 위당이 일본에 대해 얼마나 많은 원한을 품고 있었는지는 그의 담원이라는 호에서도 잘 알 수 있다. 본래 와신상담의 마음으로 담원(膽園)이라고 하고자 했으나 너무 노골적인 것 같아 담원(薝園)으로 삼았다고 한다. (정양완, 「그리운 아버지에 대한 편모와 문집에 나타난 몇몇 화제에 대하여」, 『어문연구』107, 한국어문교육연구회, 2000, 234쪽) 참조.

8)『담원문록』에는 행장과 전(傳)·제문·만사·묘비문·서(書)·서(序)·시·화제(畵題)·술회문 등을 비롯하여 역사적 시각을 피력한 글들이 실려 있다.

9) 위당에 관한 연구는 그동안 정양완, 심경호 교수에 의해 집중적으로 조명되어 왔다. 2000년 7월에는 문화인물로 선정되면서 학술발표회가 열려 폭넓게 다루어진 바 있다.
　오동춘,『위당시조 연구』, 한강문화사, 1990.

에 대한 역사적인 평가를 명확하게 내릴 수 없는 상황이 존재했고,[10] 특히 약 40년이라는 긴 시간이 흐른 최근에야 번역본이 나왔기 때문이다. 그러나 이러한 저간의 사정에도 불구하고 분명한 것은 우리의 근대 문학은 위당과 같은 인물이 있어 전통적인 문학의 기술 방식들이 고스란히 전해 내려올 수 있었다는 점이다. 이러한 점에 유의하면서 연구를 진행해 보고자 한다.

Ⅱ. 서사 구조와 기술적 특징

일반적으로 인물전은 대상 인물의 사후에 가까운 지인에 의해 지어지는 것이 관례였다. 그리고 대부분 출생, 선계, 출세, 성공, 업적, 처자손록의 과정을 중심으로 기술되면서 논평이 더해지기 마련이었다. 그러므로 조선후기와 근대의 사전에서는 행적을 중심으로 사소한 개인적인 친분과 함께 대상 인물의 능력을 두드러지게 표출시키는 경향이 나타나고 있다.[11]

박성수, 「위당의 상고사 연구」, 『어문연구』 107, 한국어문교육연구회, 2000, 248~258쪽.

정양완·심경호, 『강화학파의 문학과 사상(4)』, 한국정신문화연구원, 1999.

심경호, 「강화학과 담원 정인보」, 『어문연구』 107, 한국어문교육연구회, 2000, 259~285쪽.

정양완, 앞의 책, 「그리운 아버지에 대한 편모와 문집에 나타난 몇몇 화제에 대하여」, 230~247쪽.

정진석, 「정인보의 언론을 통한 민족정신 고취」, 『어문연구』 107, 한국어문교육연구회, 2000, 286~299쪽.

10) 이러한 점은 위당 사후 100년이 넘어서야 1990년에 문화훈장 독립장이 추증된 것만 보아도 알 수 있다. (국가보훈처의 공훈록과 독립운동사, 독립운동사자료집 등) 그리고 위당의 사학이 제대로 평가받지 못한 이유도 그의 피랍에서 기인되고 있다고 보았다. (박성수, 앞의 책, 258쪽)

위당이 지은 인물전의 대상들은 위당 자신과 특별한 교분을 나눈 사람이거나 일정 기간 동안 알고 지냈던 경우들이다. 특히 박승익을 제외한 나원학, 민영달, 이희원은 위당에 비해 나이가 훨씬 많았는데, 이들은 나이를 뛰어넘어 친분을 나눈 사람들이었다. 위당이 이처럼 세대를 뛰어넘는 년차와 다양한 삶을 살아온 사람들에 대해 기술할 수 있었던 것은, 전적으로 그가 지닌 문사로서의 뛰어난 자질과 능력에 있었다고 볼 수 있다. 그러나 한편으로는 인물전의 입전 취지라는 관점에서 볼 때 오히려 절친했기 때문에 폄의 관점보다는 포의 논리가 주류를 이루고 있음도 부인할 수 없는 사실이다. 즉 평소에 전으로 남길만한 친분과 의미를 지닌 사람이었다는 점에서 객관성보다는 다분히 주관적인 입장이 개입되었다고 볼 수 있다. 그러므로 위당이 입전 대상으로 삼은 인물들의 서사 구조를 살펴보면 구체적으로 그가 어떤 입장에서 기술했고 어디에 주안점을 두고 있는지 쉽게 파악해 볼 수 있을 것이다. 그동안 전의 고유한 기술 방식에 대해서는 여러 연구자들의 관점에 따라 다양한 논의가 이루어져왔는데, 그 중에서 이동근 교수가 전의 최대 형식으로 제시한 도입부-서두부-전개부-결말부-논찬부에[12] 어떻게 부합되고 있는지도 살펴보고자 한다.

---

11) 전은 사실의 기록이면서 동시에 작자의 의식에 따라 상상력과 행적의 재배열, 과장 등이 유기체적으로 결합된 창작물이라는 점이 중요하다. (이동근, 『조선후기「전」 문학연구』, 태학사, 1991, 102~107쪽. 장경남, 「임란 문학과 전」, 제41차 연구발표 대회, 한국고소설학회, 1998)

12) 전의 형식에 대해서 일부 논자들 간에 이견이 있어 왔다. 김균태는 도입부-전개부 -종결부로, 안병설은 서두부-행적부-평결부로, 조수학은 서두-본문-결말로, 주 명희는 가계·출생담-행적-몰-처자손록-평결로, 이동근은 도입부-서두부-전개 부-결말부-논찬부로 분류한 바 있다. (이동근, 위의 책, 16~17쪽 참조)

〈서사 구조〉

〈나원학전〉

가-1. 자는 염조(念祖), 명촌(明村) 나량좌(羅良佐)의 후손이다. 후대에 높은 벼슬을 한 사람이 없었다.

　2. 경기도 안성에서 태어나 젊어서 술로 재산을 날렸는데, 학문에 힘쓰면서 더욱 곤궁해졌다.

나-1. 강의가 꼼꼼했고 비록 가난이 눈에 띄었지만 당대의 영특한 인물이었다.

다-1. 하루 한 끼니를 못 먹건만 글소리는 맑았으며 새롭게 알아낸 것은 적어서 벽에 붙여놓고 마음에 안 들면 고치곤 했다.

　2. 죽던 해에도 공부를 쉬지 않았다.

라-1. 원학은 포부가 컸던 사람으로 늙도록 정진한 사람은 아마 원학 하나뿐일 것이다.

　2. 어진 것을 좋아하고 악을 지나치게 미워하였다. 집에서는 처자를 나무라고 벗과 사귀기를 힘썼으며 시비를 끝까지 가리기에 힘써 괴짜라는 소리를 듣게 되었다.

마-1. 원학은 구차하게 탐내는 적이 없어 아는 이가 쌀을 주어도 한 끼 거리라도 있으면 받지 않았다.

바-1. 마을 부잣집에서 원학을 맞아다가 손자를 가르치게 했는데, 나아질 기미가 없자 책 짐을 싸가지고 떠나 버렸다.

사-1. 원학은 널리 아는 것이 많았고 특히 훈고(訓詁)에 밝았다. 그리고 마마, 홍역의 의사 노릇도 잘했지만 아는 이가 없었다.

　2. 키는 보통 정도였지만 목소리는 카랑카랑하고 눈은 빛났으며 누런 콧수염은 숱이 적었다.

　3. 세상에 쓰였다면 절개를 지켜 국난에 목숨을 바쳤을 것이 분명하다.

아-1. 원학은 나라가 망한 지 이태(1912)만에 돌아가니 나이 예순셋이었다.[13)]

〈민영달전〉

가-1. 자(字)는 공무(公武), 명성황후 족형제(族兄弟)의 아들이다.

나-1. 젊어서 협기 있는 젊은이와 어울리기도 했지만 벼슬을 하면서부터 제법 겸양해졌다.

다-1. 한때 소리와 계집, 술에 빠진 적도 있었지만 남의 위급함을 잘 돌보아 주어 따르는 젊은 애들이 많았다.

라-1. 갑신정변 때 민승호의 양아들인 민영익(閔泳翊)을 구해 이름을 날렸는데, 이를 계기로 명성황후에게 인정을 받아 벼슬길에 나아가게 되었다. 바른 말을 곧잘 했다.

마-1. 궁중에 연회가 있어 음식이 올라오자 운현궁에 진상해야 한다고 말해 명성황후가 옳게 여겼고 이 일로 대원군이 기특하게 여겼다.

　2. 여성부원군(驪城府院君)의 묘를 개장하고 병조판서를 받으라고 하자 조정을 욕되게 할 수 없다며 사양하였다.

바-1. 오직 지략과 술수로써 사람들을 대했을 뿐 맞대놓고 업신여기지 않고 강제로 뇌물을 받아 위에 바치지는 짓도 못해 차츰 산직으로 밀려나 집에 있게 되었다.

사-1. 갑오년에 대원군이 실권을 잡자 마지못해 호조판서를 제수 받았는데, 능력을 발휘하여 대원군으로부터 칭찬을 받았다.

　2. 새로이 전횡하는 자들과 견주기 싫어 대원군에게 하직을 고했으나 놓아주지 않았다.

아-1. 윤기진(尹起晋)이 투서하여 모욕하자 재소(再疏)하곤 임금의 비답(批答)을 받지도 않고 가버렸다. 이 일로 통진(通津)으로 귀양 갔으나 곧 풀려났다.

자-1. 명성황후가 죽은 후에는 여러 벼슬이 내려졌으나 부임치 않았다.

　2. 나라가 기울자 일본이 영달에게 남작 벼슬 주었으나 완곡한 말로 물리쳤다.

---

13) 『담원문록』, 「나원학전」.

차-1. 벼슬을 그만둔 지 전후 삼십 년 넘어 세상을 떠났다.

카-1. 을미(1895) 이후 의병을 일으킨 많은 자들이 영달과 줄을 대었다. 일본인들이 지난날 영달의 행적으로 인해 황제와 연결될 줄로 의심하였으나 끝내 밝히지 못했다.

타-1. 세간을 팔아 상해로 갈 생각이었으나 섣달(1919.1.22)에 상황(上皇)이 돌아가시자 대상(大喪)을 치르게 되었다. 이때부터 병이 들었다.

파-1. 영달은 인보를 좋아했고 또 인보의 벗 홍명희(洪命憙)도 좋아했다.

하-1. 영달의 죽음을 듣고 슬퍼하는 이가 많았다.[14)]

〈이희원전〉

가-1. 고종 때 양산군수가 되었으나 성격이 고지식하고 간사한 무리들을 싫어하여 벼슬을 버렸다.

나-1. 고향으로 돌아온 뒤에 아래로는 백성들을 깨우치고 위로는 임금께 올곧음으로 간하자는 치란(治亂)에 대하여 연설을 하여 곤욕을 치르기도 했다.

다-1. 집이 몹시 가난했는데, 어머니께서 연세도 많고 병치레가 잦아 맛있는 음식으로 대접하지 못하는 것을 슬퍼했다.

라-1. 날마다 책방에서 많은 책을 사다가 팔아 그 이윤으로 어머니를 봉양하고자 했다.

마-1. 아흔 나믄 살 갑자년(1924)년에 어머니가 돌아가셨다. 이해 가을 희원도 세상을 떴다.

바-1. 희원의 집안은 대대로 역관이어서 조정의 일에 대해 많이 알았고 권세 있는 자들이 나라를 그르친 것을 분통하게 여겼다.

　2. 강직하여 할말은 하는 선비를 숭상하였는데, 당시의 이문정공 돈우(敦虞)에 관해 이야기하기를 좋아하였다.

---

14) 『담원문록』, 「민영달전」.

사-1. 희원이 죽기 몇 해 전에 일본 관청에서 책을 팔 때 옛날 대한 제국 벼슬아치가 고종에 대해 함부로 말하자 크게 꾸짖어 그 소리가 청사에 울렸다.

아-1. 의(義)를 좋아하고 배반을 미워함에 이른바 성현의 풍도가 있는 정직한 분과 희원이 가깝다고 할만하다.

자-1. 광무 갑진년(1904)에 일본공사가 일본인을 위해서 산택원야(山澤原野)의 개척권을 요구하자 희원이 정부에 글을 올렸다. 희원은 본래 글을 못하므로 이상설(李相卨)이 글로 옮겼다.[15]

〈박승익전〉

가-1. 자는 우삼(友三), 선대는 반남(潘南)이다. 집이 가난하였는데, 아버지 때부터 충북 청주에서 살았다.

  2. 어려서 행동은 민첩했지만 글을 이해하는 것은 굼떴다. 하지만 끝까지 노력하여 다 알아내곤 했다.

  3. 서울로 올라와서 공업전습소에 들어가 공부했는데, 집이 가난하여 친척집에 의지하여 살다 보니 갖은 고생을 다 했다.

나-1. 언젠가 일본인 교사에 대해 분노하여 동창들을 규합, 그들의 잘못된 실상을 연설하여 이름을 얻었다.

다-1. 학교를 졸업하고 대종교의 지도자들인 백순과 강우를 따라 연길현으로 갔다.

  2. 승익의 노력으로 마침내 북녘 땅에 학교를 세우고 대종교회의 지회와 분회도 없는 곳이 없었다.

라-1. 두어 해가 지나자 아버지가 편지로 승익을 자주 불렀는데, 부모를 못 잊는 마음과 서울에 가서 큰 부자를 움직일 생각에 집으로 왔다.

마-1. 기미년 봄에 충주에서 승익을 만났는데, 인보가 선산에 가는 길

---

15) 『담원문록』, 「이희원전」.

　　에 함께 배를 타고 가면서 형제의 우의를 맺었다.
바-1. 섣달에 서울서 보게 되었는데, 인보가 늦어질 것 같아 족형에게
　　　국가적으로 뛰어난 선비이니 잘 돌보라고 부탁하였다.
　2. 인보가 연희학교에 초빙되었을 때 승익은 먼저 동아강습소에서
　　　강의를 하고 있었는데, 낮에는 각자 일을 보고 저녁에는 달려가
　　　만나고 밤늦게 헤어졌다.
사-1. 승익의 대의를 위하는 사심 없는 마음에 감동되었다.
아-1. 대종교회를 맡은 지 두어 달 만에 서로 맞지 않아 그만두었다.
　　　집으로 돌아가려 할 때 강경(江景) 사는 친구가 달구지 하나를
　　　사준다고 하여 갔으나 거짓이었다.
자-1. 제천에서 한 달 정도 학생들을 가르치다 갑자년(1924) 여름에 부
　　　황이 나 죽고 말았다.
　2. 승익에게는 어린 아들 셋이 있다.[16)]

　위의 서사 구조를 살펴보면 하나같이 위당과 관련이 많았던 사람들
로 위당 자신이 평소 생각했던 느낌과 소회 등을 간결하고 절제된 방식
으로 전개하고 있음을 알 수 있다. 먼저 「나원학전」을 살펴보면 서사
구조의 가-1과 가-2가 서두부라고 할 수 있다. 서두부에서는 선대의
가계와 출생에 대해서만 간단히 언급하고 있는데, 나원학은 몰락한 반
가의 후예이며 젊은 시절에 술을 좋아하여 재산을 날렸다는 것뿐 다른
것은 알 수가 없다. 이것은 젊은 위당이 나이 많은 나원학을 알게 되었
기 때문에 자세히 알 길이 없었을 것으로 판단된다. 일찍이 위당이 20세
때 나원학은 예순셋의 나이로 세상을 떠났다. 그리고 나-1에서부터 사
-1까지가 전개부라고 할 수 있는데, 전개부에서는 사실과 느낌을 중심
으로 자신과의 관계까지 언급하면서 기술하고 있다. 즉, 나-1과 다-1,

---

16) 『담원문록』, 「박승익전」.

다-2, 다-3은 나원학의 학문적 재능을 설명한 것이며, 라-1은 정신적인 굳은 의지를 표현한 것이다. 그런데 라-2에서는 나원학의 단점이라고 할 만한 점을 지적하고 있어 관심을 끈다.[17] 나원학은 선비임에는 틀림없으나 악을 지나치게 미워하고 시비를 끝까지 가리고자 하는 끈질긴 성격의 소유자였다. 이런 이유로 인해 많은 사람들이 그를 오해하는 면이 많았다고 생각했다. 이것은 나원학에 대한 진솔한 기술 태도이자 한편으로는 그의 진실함을 전달하려는 의도가 담겨 있다고도 할 수 있다. 그리고 마-1은 나원학의 생활 철학을 드러내 주는 일화로 선비로서 재물에 기대 구차하게 살지 않고자 하는 의지를 반영한 것이다. 사-1에서 아-1까지는 나원학에 대한 평을 담고 있는 결말부라고 할 수 있는데, 이 부분에서는 직접 겪은 사실적인 것을 바탕으로 사람됨과 외모, 성격을 함께 다루고 있다. 여기에서 나원학의 부족한 점은 전개부에서 언급되었던 성격과 연계해서 생각해 볼 수 있다. 특히 결말부에서는 나원학의 애국심을 잘 드러내고 있는데, 이렇게 본다면 나원학은 몰락한 양반가문의 후예로서 학문에 대한 긍지를 갖고 있었고 가난하게 살았지만 자존심을 버리지 않았던 사람이라고 할 수 있다. 위당은 이러한 나원학의 삶을 높이 평가하면서 그의 삶에 드리워진 곤궁함과 세상에 쓰이지 못한 것들을 통해 비극성을 표출시키고 있다. 이러한 「나원학전」의 기술 태도는 전반적으로 비극적인 기조를 중심으로 포의 관점에서 단점까지 드러내어 사람됨을 객관적으로 부각시키고자 했다. 또한 기술형식은 일생을 크게 서두부, 전개부, 결말부를 중심으로 전개하면서 논찬에 관한 것은 라-1과 사-2처럼 결말부를 중심으로 전개부에서도 드러

---

17) 이러한 기술 태도는 변영만이 지은 「단재전」에서도 나타나고 있는데, 어디까지나 포(褒)의 관점에서 사람됨을 기술하고자 한 것이라고 할 수 있다. (졸고, 「단재전 연구」, 『한국어문학연구』 44, 한국어문학연구학회, 2005, 206쪽 참조)

내는 형식을 취하고 있다. 여기에서 주목되는 점은 형식에 얽매이기보다는 일화와 성격, 숨은 재능, 외모 등을 자연스럽게 세세히 언급하여 전 시대와는 사뭇 달라진 기술 태도를 보이고 있다는 점이다. 즉 전 시대의 작품들에 비해 일생 전개에 꼭 필요한 사항들은 포함하면서도 소재와 내용의 전개에서는 변화를 보이고 있다.

두 번째로「민영달전」은 군수 관호의 아들이자 명성황후 족형제의 아들인 민영달의 일생을 기술한 것으로[18] 위당이 26세 때 만나 7년간을 알고 지냈다. 위당이 26세 때 민영달은 60세였는데, 민영달은 명성황후가 득세하던 때에 활약한 관계로 여러 관직을 두루 역임할 수 있었다. 때문에 민영달에 관한 기술은 관직의 이동에 따른 내막이 일화와 함께 비교적 상세히 기술되어 있다. 그리고 〈수당 민영달을 슬퍼하는 글〉과 〈수당 민공을 합제하는 문장〉을[19] 지은 것으로 보아 둘 사이의 관계가 각별했던 것을 짐작해 볼 수 있다.「민영달전」의 서사 구조를 살펴보면 가-1은 서두부인데, 선대의 가계를 자세히 언급하지 않고 다만 누구의 아들이라는 간단한 인정기술에 그치고 있다. 그런 다음 바로 민영달의 사람됨을 언급하고 벼슬길에 나아가게 된 사정과 정가에서의 처신, 능력 등 전개부에 해당하는 내용을 나-1에서부터 파-1 걸쳐 설명해 놓았다. 전개부의 나-1과 다-1에는 협기가 많았던 젊은 시절과 한 때의 방탕한 생활을 그리면서 의협심이 많았음을 부각시키고 있다. 의협심은 민영달의 삶을 관통하고 있는 하나의 키워드라고 할 수 있는데, 이런 의협심으로 인해 그는 벼슬길에 나아가는 계기가 되었다. 라-1은 이러한 점을 잘 보여 주고 있는데, 분명한 것은 그가 황

---

18) 민영달의 행적은 다른 세 명의 인물들에 비해 잘 기록되어 있다. (『한국민족문화대백과사전』 8, 한국정신문화연구원, 1991, 759쪽)

19) 『담원문록』, 161~168쪽. 閔綏堂泳達 傷辭, 合祭綏堂閔公 文.

제와 황후의 앞에 나아가서도 더러 바른말을 하였다는 점이다. 그리고
마-1, 마-2와 바-1을 통해 정치적 이해관계에서도 온당한 처신과 바
르게 행동한 점을 부각시키고 있다. 민영달의 처세는 명성황후에 가까
운 사람이면서도 대원군에게 능력을 인정받는 계기가 되었고, 다른 한
편으로는 너무 청렴하게 살려고 했던 까닭에 배척을 당하는 원인이 되
기도 했다. 사-1과 사-2는 일처리 하는 능력이 대원군의 눈에 들어 대
원군이 실권을 쥐었을 때도 인정받았음을 나타내고 있다. 그러나 아-1
에서는 그의 진정성이 성급한 성격으로 인해 훼손되어 귀양을 갔다 풀
려난 사정을 밝히고 있다. 이것은 본인만 정직하면 된다는 생각이 오
히려 단점으로 지적된 사례라고 할 수 있다. 그리고 자-1은 명성황후
의 사후에 의리를 지킨 것이며, 자-2는 그가 어지러운 시대에 많은 관
직을 두루 거쳤고 능력을 인정받았지만 결코 일제에 동조하지 않은 뜻
있는 신하였음을 보여주고 있다. 많은 대신들이 일제에 의해 포섭되었
지만 민영달은 일제가 남작의 벼슬까지 주었으나 끝내 사양하고 받지
않았다. 이와 같은 일은 후에 역사적으로도 밝혀져 있는데,[20] 한규설,
유길준 등과 함께 일제가 수여한 작위를 거부한 것을 알 수 있다. 차-1
에서부터 마지막 하-1까지는 결말부인데, 이 중에서 차-1에부터 파-1
까지는 민영달의 죽음과 의병들을 힘써 돕다 고난을 당한 일, 세간을
팔아 상해로 가려고 했으나 상황이 돌아가서서 못간 사연, 위당과 홍
명희와의 개인적인 친분 등을 설명한 부분이고 하-1은 민영달에 대한
논평이라고 할 수 있다. 위당은 민영달이 비록 외척의 한 사람으로 크
게 출세했지만 바르고 의로운 일을 하고자 했으며, 의병들을 물심양면
으로 도운 뜻있는 신하였다고 보았다. 그러므로 민영달의 사람됨을 드

---

20) 이광식, 『일제침략사65장면』, 가람기획, 1996, 134~135쪽.

러내고 평함에 있어 자신과의 관계까지 언급함으로써 기술 태도가 변화되고 있음을 알 수 있다. 이러한 「민영달전」은 전체적으로 볼 때 전개부, 결말부, 간단한 서두부 및 논평으로 이루어져 있다.

세 번째로 「이희원전」은 성격이 강직하고 애국심이 투철했지만 가난하게 살다간 이희원의 일생을 다룬 것이다. 이희원은 위당이 32세 때이던 1924년에 작고했는데, 당시에 위당과 나이 차이가 많았던 것 같다. 「이희원전」은 다른 세 편의 인물전들과 달리 절친한 관계가 아니었는데, 서두부가 생략된 채 바로 전개부로 시작되고 있다. 가-1은 이희원이 양산 군수에까지 올랐으나 자신의 곧은 성격으로 인해 벼슬을 버린 사실을 설명하고 있다. 그러나 그가 스스로 벼슬을 버리기는 했지만 그만한 능력을 지닌 사람임을 알 수 있다. 그리고 나-1은 그가 비록 간사한 무리들을 싫어하여 벼슬은 버렸으나 고향에서 백성들을 일깨우다 곤욕을 당한 일을, 다-1과 라-1까지는 가난한 삶과 어머니에 대한 봉양 등을 다루고 있다. 그 다음 마-1부터 아-1까지는 결말부에 해당되는데, 희원의 죽음과 강직한 성품, 그리고 과거에 희원이 한 일들 순으로 서술하고 있다. 특히 결말부의 바-1은 처음부분인 서두부에 나올 법한 것으로 그의 가계가 대대로 역관이었음을 언급하고 있다. 이것은 의도적인 것이라기보다는 당시 희원의 마음을 표현하면서 자연스럽게 나오게 된 것으로 여겨진다. 위당이 볼 때 이희원은 효자로 불의한 자들과 타협하기를 꺼려했고 강직한 사람을 좋아했으며, 나라를 빼앗긴 것을 분통하게 여긴 사람이었다. 이러한 그의 성품이 아-1에 논평으로 나타나 있다. 자-1에서는 일본인이 산택원야의 개척권을 정부에 요구한 것에 대해서 거부할 것을 주장했다. 다만 이희원의 글쓰는 실력이 부족해 이상설이 이희원의 뜻을 대신 적어 정부에 올렸다. 그리고 정부에 올린 내용을 「이희원전」의 말미(末尾)에 실어 놓았다.

이와 같이 「이희원전」은 그의 부족한 점과 아울러 그가 국정을 염려하는 정도가 어떠했는지를 잘 나타내 주고 있는데, 세세한 일까지 언급하면서 전개부, 결말부, 간단한 논평 등을 포함시키고 있다. 그리고 결말부에서 간단히 서두부에 해당하는 내용들이 언급되고 있음도 확인해 볼 수 있었다.

마지막으로 「박승익전」은 대종교에 헌신했지만 가난한 집안 사정과 대종교 운영상의 갈등으로 밀려나 죽어간 박승익의 일생을 기술한 것이다. 「박승익전」의 서두부는 가-1에서 가-3까지인데, 몰락한 집안의 가계와 어려서의 행동, 어렵게 공부한 사정과 의로운 성정 등을 기술하고 있다. 그리고 나-1에서부터 차-1까지가 전개부인데, 전개부에서는 일본인 교사의 잘못을 규탄하는 연설을 하고 반일 투쟁에 나섰다 실패한 일화, 대종교에 몸담게 된 사연과 활약, 가난한 부모님을 모셨던 일, 위당과 형제의 의를 맺은 경위와 승익을 위당이 돌보아 준 일, 강의를 하면서 틈틈이 만난 일, 승익의 사심 없는 행동에 감동 받은 일, 승익이 친구에게 속은 사정 등의 순서로 기술되어 있다. 전개부를 살펴볼 때 박승익은 애국심이 강했기에 일본인 교사의 잘못을 규탄하고 또한 나라가 망하기 전에는 일본에 대항하기 위한 계획을 세우는 등 대범함을 보일 수 있었다. 박승익은 일찍이 학교를 졸업하면서 대종교에 몸담게 되었는데, 이때에도 강인한 의지가 있었기에 백순과 강우 같은 나이 많은 대종교 지도자들과 함께 험난한 고행 길을 헤쳐나갈 수 있었다. 그러나 교세를 키워나가는 과정에서도 효성이 지극하여 부모님을 저버릴 수 없었으며 위당과는 형제나 다름없는 의를 맺었는데, 라-1과 마-1이 이에 해당한다고 하겠다. 바-1과 바-2, 사-1은 위당 자신과 지내면서 있었던 일화들을 기술한 것으로 둘도 없는 친구 사이라는 것과 승익의 활동에 대해 설명하고 있다. 특히 사-1은 승익

이 대종교를 위하는 사심 없는 마음을 높이 산 것으로 승익의 행동에
대한 논평에 해당된다. 그리고 아–1은 승익이 강경에 사는 친구에게
속은 것으로 그의 순박함과 절박했던 사정을 함께 헤아려 볼 수 있다.
자–1, 자–2는 결말부로 승익이 제천에서 갑자기 죽은 사정과 그의 후
손에 대한 내용이다. 「박승익전」은 앞의 세 편의 인물전들에 비해 친
구를 기술하다보니 큰일을 이루지 못한 것을 애틋한 심정으로 전하고
있다고 할 수 있다. 이러한 「박승익전」은 전체적인 흐름으로 볼 때 크
게 서두부와 전개부, 결말부를 중심으로 이루어져 있으며 전개부에 논
평이 간단히 삽입되는 형태를 취하고 있다고 할 수 있다.

그럼 네 편의 인물전에 포함된 기술 형식을 인물별로 간단히 살펴보
면 다음과 같다.

작품 / 기술 형식	도입부	서두부	전개부	결말부	논찬부
나원학전		O	O	O	O
민영달전		O	O	O	O
이희원전			O	O	O
박승익전		O	O	O	

위에 나타난 기술 형식을 보면 「나원학전」과 「민영달전」은 도입부를
뺀 서두부와 전개부, 결말부, 논찬부가 대체적으로 잘 지켜진 것을 확
인해 볼 수 있다. 그런데 「이희원전」과 「박승익전」의 경우는 도입부와
서두부, 논찬부가 약화되어 있음을 알 수 있다. 도입부의 경우는 네 편
의 모든 작품에서 생략되어 있다. 이렇게 볼 때 행적에 해당하는 전개
부와 결말부를 큰 흐름으로 삼아 서두부와 논찬부를 간단히 제시하는
형태를 취하고 있다고 할 수 있다.

그러나 이러한 기술 형식은 반드시 일정한 순서에 의해 획일적으로

이루어진 것이 아니라 어떤 내용이 어느 부분에 해당된다는 것을 밝혀 놓은 것이다. 그리고 위당의 입전 태도를 보면 절친한 사이였던 만큼 개인적인 관계가 많이 개입되면서 전대보다 더 자유스러워졌다고 할 수 있다. 이것은 기존의 고답적인 기술 태도에서 많이 탈피한 경우라 고 할 수 있다.

Ⅲ. 국권침탈과 비극적 일생

19세기 말과 20세기 초는 우리 민족이 일찍이 경험하지 못한 전례 없이 숨 가쁜 격랑의 시기였다. 일본은 청나라를 누르고 조선의 내정 에 간섭하기 시작하였으며 수탈을 일삼았다. 결국 조선의 근대화 과정 은 자주적이지 못했고 외세에 의해 짓밟힌 불행한 상황에서 출발했 다.[21] 조선의 많은 인사들과 백성들이 죽음으로써 일제에 대항했지만 민족의 비극을 되돌려 놓기에는 역부족이었다. 이러한 시대적 상황은 조선의 모든 백성들에게 크나큰 영향을 미쳤으며 위당이 기술한 인물 전에도 고스란히 담겨져 있다. 그러므로 위당이 지은 네 편의 인물전 에 나타나는 비극적 성향은 우리 민족의 고난을 바탕으로 입전자인 위 당의 안목이 작용한 결과라고 할 수 있다. 다만 이러한 비극성이 각자 의 삶에 어떤 형태로 투영되어 있는지 살펴보고 전시대의 인물들을 중 심으로 선행된 비극적 인물의 일생 유형과 어떤 점에서 다르게 나타나 는지 규명해 보고자 한다. 먼저 선행된 연구에서 제시된 〈비극적 인물 의 일생 유형〉을 제시해 보면 다음과 같다.

---

21) 이기백, 신수판 『한국사신론』, 일조각, 1997, 349~381쪽.

〈비극적 인물의 일생〉

　가. 명문대가의 후손으로 태어났다.

　나. 탁월한 능력자로 성장했다.

　다. 능력으로 인해 죽음과 관련된 위기에 처해진다.

　라. 과업을 이룰 수 있는 사건과 함께 예언이 나타난다.

　마. 일정한 지위에 오른다.

　바. 위정자와의 내적 갈등이 표출된다.

　사. 패망의 예언과 함께 사건이 발생하여 비참한 최후를 맞는다.[22]

　먼저 「나원학전」을 보면 나원학은 신분이 고귀했다거나 재물이 넉넉했던 사람이 아니었다. 나원학의 삶을 위당이 쓸쓸함과 안타까운 심정으로 기술한 것은 지독한 가난도 가난이지만 무엇보다도 학문을 많이 했으면서도 민족적 수난기를 만나 세상에 쓰이지 못했기 때문이다. 즉 나원학은 가난한 선비로서 절의를 지키기는 했지만 결코 현실과 타협하지 못함으로써 곤궁하게 살아야 했다. 그리고 현실에 발 빠르게 대응하지 않았기에 그의 일생에는 비극적인 정서가 자리 잡게 되었다. 이러한 점은 나원학을 평한 위당의 말에서 잘 드러나고 있다.

> 　스승이 된 자가 그럭저럭 공부만 시키고 세월만 보내면 주인은 꼬박꼬박 봉급을 줄 것이므로 스스로 넉넉히 지낼 만 할 것이다. 그러나 원학은 글을 가르쳐도 보람이 없자 주인에게 붙여먹는 것을 부끄럽게 여겨 책 짐을 싸가지고 일어서 인사하고 떠나버렸다.[23]

　나원학은 밥을 굶은 일이 있어도 결코 자신이 할 일이 아니라는 판

---

22) 졸고, 「임병양란기 인물전의 비극성 연구」, 『한국전문학 연구』, 보고사, 2006, 40쪽.

23) 『담원문록』, 「나원학전」.

단이 서자 미련 없이 떠나 버렸다. 결국 세상에 쓰이지 못하고 죽고 말았다. 이러한 나원학의 삶을 비극적 인물의 일생에 대입해 보면 시대와 능력은 다르지만 대체적으로 (가)와 (나), (사)가 부합되고 있음을 알수 있다. 나원학은 몰락한 양반으로서 출중한 학문적인 능력을 갖추고 있었지만 시대적인 상황으로 인해 끝내 공부에만 힘쓰다 세상을 마쳤다. 여기에 비극성이 존재하게 된 원인이 있다고 하겠다.

두 번째로 「민영달전」을 살펴보면 민영달은 지략이 뛰어나고 처세를 잘했던 사람이라고 할 수 있다. 민영달은 마음먹기에 따라서는 세상과 타협하면서 호의호식 할 수 있는 위치에 있었다. 그러나 그는 그것을 모두 거부하고 급변하는 정세 속에서 두터운 민족애를 지니고 있었다.

> 지난날 권세나 사리를 도모했던 것을 한스럽게 여겨 스스로 사람 축에도 못 드는 것처럼 여겼다. 그러나 슬기로운 생각은 자욱이 맺혀 기회만 얻으면 보국해야지 하고 벼르고 있었다.[24]

> 을미(1895) 이후 의병을 일으킨 자들은 많이 멀리서 영달과 줄을 대었다.[25]

> 외간에서는 더러 영달은 살뜰한 신하라 무슨 연줄로라도 몰래 상감 침소와 통하리라 생각하였고 일본인들이 더욱 이를 의심하여 속속들이 들추어내느라 법석을 떨었다. 그러나 마침내 털끝 만 한 흔적도 찾아내지 못했다.[26]

---

24) 『담원문록』, 「민영달전」.
25) 『담원문록』, 「민영달전」.
26) 『담원문록』, 「민영달전」.

민영달은 암울한 시대에 오래도록 녹을 먹은 지난날의 잘못된 삶을 뉘우치고 나라를 구하고자 하는 의병들을 돕는 일에 매달렸다. 그러나 급박하게 돌아가는 정세를 홀로 감당하기에는 한계가 있었고 끝내 흥기하지 못하고 죽었다. 위당은 이것을 매우 안타깝게 생각했다. 따라서 민영달은 죽음은 개인의 비극이자 당시 우리 민족이 겪었던 총체적인 비극이라고 할 수 있다. 이러한 민영달의 삶을 비극적 인물의 일생에 대입해 보면 (가)와 (나), (라), (마), (바), (사)가 일치되고 있다. 민영달은 명성황후 족형제의 아들로서 집안이 좋았으며, 지략과 일처리에 있어 그 누구보다도 뛰어난 능력을 보였다. 그리고 병조판서와 호조판서, 내부대신 등을 두루 역임했다. 그러나 의리와 온당한 일처리를 중요하게 여기는 성격으로 인해 위정자와 내적 갈등이 빚어지기도 했는데, 끝내는 계속되는 일제의 감시 속에 의병들을 돕다 병이 들어 안타깝게 죽었다. 이러한 민영달의 일생 구조는 전대의 영웅다운 면모를 많이 지녔음을 드러내는 것으로 능력자로서 끝내 뜻을 이루지 못한 것에 가깝다고 할 수 있다.

세 번째로 이희원은 혼란한 세상에서도 제대로 된 정치를 실현해보고자 했던 사람이다. 그러나 그의 좋은 의도와는 달리 주변 사람들은 사리사욕에 눈먼 사람들로 가득 차 있었다. 이에 더 이상 벼슬을 해서는 안 되겠다는 생각에 그만두게 되었다.

> 희원은 본래 세상을 다스려 볼 뜻으로 벼슬길에 나아갔다. 그러나 간악하고 거염스러우며, 교활하고 못됐으며, 간사하고 아첨 잘하는 것들을 몸소 보게 되었으니, 대개 그가 한평생 미워하는 바가 모두 여기에 모여 있었다.[27]

---

27) 『담원문록』, 「이희원전」.

위당이 본 이희원은 성격이 강직하고 아래로는 백성들을 잘 다스리며 위로는 임금께 충성하고자 했던 충신에 가깝다고 할 수 있다. 그러나 썩을 대로 썩은 관리들에게 염증을 느꼈고 벼슬을 그만둔 뒤에는 나라가 기울자 정치를 바로잡고자 했으나 이룰 수 없었다. 이희원의 일생에 배어있는 비극적 정서는 바로 여기에서 잉태된 것이다. 이희원이 청렴한 관리로서 제대로 다스려보고자 했으나 스스로 포기해야 했고 쓰러져 가는 나라를 걱정했지만 결국 혼자의 힘으로 되돌리기에는 버거운 것이었다. 이러한 이희원의 일생을 비극적 인물의 일생에 대입해 보면 (가)와 (나), (마), (바), (사)가 부합됨을 알 수 있다. 대대로 역관을 지낸 가문이었지만 군수가 되었던 점을 고려해보면 중인계급에서 상승한 것을 알 수 있다. 그리고 벼슬을 버린 후에도 정부에 글을 올리는 등 국정에 적극적이었다. 끝내 자신이 원하던 바른 세상을 보지 못한 채 가난하게 살다가 생을 마쳤다. 「이희원전」은 비록 순서가 바뀌고 약화된 부분이 있지만 비극적 인물의 일생에 나타나는 특징이 많은 것으로 볼 때 비극의 정도가 짙다고 할 수 있다.

네 번째로 박승익은 한일병탄이 이루어지던 해에 반일 투쟁을 벌이려다 실패했는데, 그것은 그의 굳은 심지에서 나온 것이었다.

> 타고나기를 의기심이 많았다. 그 뜻은 맑고 빛나서 조국의 분통함을 생각하여 구차히 사는 것을 부끄럽게 여겼다.[28]

그리고 나라가 기울자 대종교회에 헌신했지만 대종교 지도자들은 자신들과 뜻이 맞지 않는다며 박승익을 멀리하기도 했고 이용하기까지 했다. 그러나 박승익은 부당한 처사에도 불구하고 대종교회를 위해 끝

---

28) 『담원문록』, 「박승익전」.

까지 헌신했는데, 남은 것은 지독한 가난과 친구의 배신뿐이었다. 위당은 그런 절망에 빠진 박승익의 심정을 이해해 주었다.

> "그대 마음에는 한 점 더러움도 없어 신명이 임하듯 하니, 내 비록 그대를 따르지는 않지만 그대의 속마음만은 아오."[29]

박승익은 1924년 여름 제천에서 얻은 부황으로 생을 마감했다. 이러한 박승익의 죽음은 더 없이 쓸쓸하게 느껴지는데, 위당은 박승익이 친구로서 대의를 위해 일하다 죽었기 때문에 비극을 강하게 표출시킨 것 같다. 이러한 박승익의 일생을 비극적 인물의 일생에 대입해 보면 (다)를 제외한 모든 항목에서 부합됨을 알 수 있다. 즉 박승익은 벼슬을 한 사람은 아니었지만 대종교회에 몸담게 되면서 능력을 발휘하고 일정한 지위에 올랐었다고 할 수 있다. 하지만 불행하게도 그들과 뜻이 맞지 않아 자신이 스스로 물러나 어이없게 죽었다. 이러한 이유로 비극적 인물의 일생 유형과도 부합되는 점이 상당부분 존재하게 되었다고 할 수 있다.

이와 같이 위당이 기술한 네 편의 인물전에는 각각의 작품마다 삶의 질곡에서 비롯된 비극성이 존재하는데,[30] 공통된 특징이라면 지독한 가난 속에서도 현실과 타협하지 않은 굳센 심성, 뛰어난 자질, 나라 잃은 슬픔과 극복의지 등을 꼽을 수 있다. 이들은 삶의 방식은 모두 달랐지만 한일병탄이라는 공통의 울분을 지니고 있었고 특별히 개인적인 영달을 안중에 두지 않았다. 이러한 이들의 삶을 선행된 비극적 인물

---

29) 『담원문록』, 「박승익전」.

30) 전설에 나타난 견훤 이야기의 경우 비극성이 상황보다는 존재적 특징에서 비롯되었다는 견해가 있어 주목된다. (조현설, 「견훤 이야기의 양상과 의미」, 『우리 역사 인물전승1』, 집문당, 1994, 258~259쪽)

의 일생 유형에 대입해 본 결과 약화된 부분도 있지만 부합되는 면이 많음을 알 수 있었다. 결국 이들의 일생에 드리워진 비극적 성향은 시대적 상황과 각자의 가치관에 바탕을 둔 현실인식의 결과물이라고 하겠다.

Ⅳ. 문학사적 의미

주지하다시피 고대에서부터 기록문학의 한 축을 담당해왔던 전문학은 근대시기로 이행되는 과정에서 상당히 위축되었다고 할 수 있다. 이러한 상황에서 우리 근대사에 큰 족적을 남긴 위당 정인보 선생이 남긴 네 편의 인물전은 그의 왕성했던 문학적 활동만큼이나 문학사적으로 중요한 의미가 있다고 생각된다.

위당이 활동했던 조선말기와 일제시대는 우리 민족이 일찍이 겪어보지 못했던 고난의 시대였으며 황현, 이준, 안중근 같은 많은 인사들이 죽음으로 항거하면서 울분을 삼켜야 했다.[31] 이러한 비참한 당시의 상황을 위당은 네 명의 각기 다른 인물들을 통해 담담히 보여주고 있는데, 그들이 모두 당시의 비중 있는 인사들은 아니었지만 절박한 시대를 살다간 인물들에 대한 흔치않은 기록이라고 할 수 있다. 이러한 점을 참고할 때 위당이 기술한 인물전은 문학사적으로 중요한 의미를 갖고 있다.

첫째, 기존의 전작품들이 고수해왔던 고답적인 기술 태도를 탈피하

---

31) 황현, 이준, 안중근은 우리 근대사에서 빼놓을 수 없는 인물들로 이들에 관한 전은 일찍이 창강 김택영의 문집인 『소호당집』에 실려 있다. 위당이 다룬 인물들과 함께 근대시기 인물전의 특징을 살펴볼 수 있는 경우라고 할 수 있다.

고 있다는 점을 들 수 있다. 대상 인물을 부각시키는 과정에서 일화 등
에 비현실적인 신비감을 개입시키던 종래의 작전 태도를 버리고 실재
했던 행적 위주로 진솔하게 기술하고자 했다.[32] 또한 일방적인 포의
관점이 아닌 부정적인 면까지 제시함으로써 나름대로 객관적인 태도를
유지하고자 했다. 그리고 두 번째는 한일병탄이라는 절박한 상황에 대
처했던 각기 다른 인물들을 다루고 있지만 그들의 일생에는 고대에서
부터 산견되는 비극적 인물형에 부합되는 특징들이 발견되고 있다는
점을 들 수 있다. 그리고 세 번째는 충과 효를 바탕으로 한 근대시기
인물전에 나타난 투철한 민족정신을 확인해 볼 수 있다는 점이다.

　위당은 인물들을 기술함에 있어 대상 인물이 지녔던 뛰어난 점과 함
께 자신의 가식 없는 느낌을 더해 간결하면서도 절제된 방식으로 전개
하고 있다. 그리고 기술 방식에 있어서도 기존의 작품들이 출생, 성장,
활약이라는 관점에서 취해왔던 선계, 출세, 성공, 업적, 처자손록, 사
후평가, 논찬 등의 관례화된 기술 형식을 따르지 않았다. 그리고 시대
적 위상에 걸맞게 신성성을 제거하고 실제 행적과 느낌을 중심으로 특
징적인 내용들을 제시해 놓고 있다. 또한 대상 인물을 논하는 것도 오
로지 포의 관점을 택하기 보다는 부분적으로 폄의 관점까지 가미시키
는 방법을 활용하여 객관성을 유지하고자 했다. 이러한 점은 한 사람
의 일생을 기술함에 있어 뛰어난 인물로 미화시키기보다는 제대로 알
리고자 하는 측면이 강하다고 할 수 있다. 이것은 전문학의 전통적인
기술 형식을 유지하면서도 새로운 방식으로 근대의 인물들을 형상화한

---

32) 『삼국사기』를 찬선한 김부식은 단재 신채호에 의해 사대주의자로 낙인찍힌 바 있
　다. 단재의 이러한 사관은 일정부분 근대시기 전작품에서 허구적이고 비현실적인
　내용들이 제거되는 계기가 되었을 것으로 추측된다.(정구복, 「김부식의 생애와 업
　적」, 『정신문화연구』 통권 제82호, 한국정신문화연구원, 2001, 3~4쪽)

사례라고 할 수 있다.

한편 네 편의 인물전에는 공통적으로 애틋한 비극적 정서가 나타나 있다. 이러한 비극성의 원인은 그들이 살았던 시대적 상황과 이를 극복하고자 하는 과정에서 비롯된 것이라고 볼 수 있다. 이들의 일생을 고대에서부터 산견되어 온 비극적 인물의 일생 유형에 대입해 보면 시대적 상황은 다르지만 부합되는 점도 많음을 확인해 볼 수 있다. 네 명의 인물들은 모두 이름난 집안의 후손이었으며 힘들었던 젊은 시절을 개척하고 자신이 이루고자 했던 목적을 위해 투신했지만 결국 뜻을 못 이루고 안타깝게 죽은 경우가 대부분이기 때문이다. 그리고 위당이 대상으로 삼은 인물들은 하나 같이 근대시기 전문학에 존재하는 강한 애국심을 지녔던 인물들의 전형이라고 할 수 있다. 나원학은 가난했지만 학식이 뛰어났던 선비로서 국가가 기울자 원통해 했으며, 민영달은 권세를 누렸지만 말년에 모든 부와 명예를 버리고 오로지 나라를 구하는 일에 매진했다. 그리고 이희원은 강직한 성품의 소유자로 비록 가난한 가운데 홀어머니를 정성껏 모시면서도 나라가 바로 서기를 원했다. 또한 박승익은 일제에 항거하다가 대종교회에 몸담아 큰 기여를 했으면서도 가난한 부모님을 봉양하다 쓸쓸히 죽어간 인물이다. 이들의 삶에는 유교적인 충의 가치관에서 기인된 투철한 민족정신이 잘 드러나 있는데, 위당은 이러한 애국심과 독립정신을 인물전에 고스란히 담아내고 있다고 할 수 있다. 이와 같이 위당의 전 작품들에 드러나는 특징은 우리 문학사에 존재하는 근대시기 전문학의 한 단면을 통찰해 볼 수 있다는 점에서 큰 의미가 있다고 사려된다.

Ⅴ. 맺음말

　지금까지 위당 정인보 선생의 문집인『담원문록』에 수록되어 있는
네 편의 인물전을 서사 구조와 기술상의 특징, 국권침탈과 비극적 일생,
문학사적 의미 등을 중심으로 살펴보았다. 위당 정인보 선생은 그의 삶
이 역동적이었던 만큼 다양한 글들을 남겼는데, 특히 네 편의 인물전은
한말과 일제시대를 배경으로 활동한 각기 다른 네 명의 인물들에 관한
기록이라는 점에서 매우 소중한 가치를 지니고 있다고 생각된다.

　『담원문록』에 수록된 네 명의 인물들은 평소 위당과 잘 알고 지냈거
나 친분이 각별했던 사람들이다. 비록 년차가 많이 나는 사람들이 대
부분이지만 진솔하면서도 애틋한 심정을 잘 전달해 주고 있다. 또한
평소에 잘 알고 지냈던 사정으로 인해 폄의 입장보다는 주로 포의 관점
을 취하고 있지만 객관적인 기술 태도를 유지하고자 노력했다. 그리고
기술 형식을 살펴보면 모든 작품들이 도입부를 제외한 서두부, 전개부,
결말부, 논찬부가 비교적 잘 포함시키고 있는데, 다만「이희원전」의
경우는 전개부가「박승익전」은 논찬부가 약화되어 있음을 확인해 볼
수 있었다. 아울러 전반적으로 볼 때 각각의 인물들이 지닌 사람됨은
물론 시대적 아픔까지 함께 담아내려고 노력한 점에서 위당의 깊은 민
족애를 느낄 수 있다. 이와 같은 기술상의 특징은 각각의 인물에 나타
난 서사 구조를 통해 더욱 명확하게 알 수 있다.

　나원학은 몰락한 양반의 후예로서 죽을 때까지 학문에 매진했지만
끝내 세상에 쓰이지 못하고 쓸쓸하게 죽어간 사람이다. 이런 나원학의
삶은 그의 현실과 타협하지 않는 강직한 성격과 시대적인 상황으로 인
해 비극성이 존재하게 되었다. 이를 선행된 비극적 인물의 일생 유형
에 대입해 보면 가문과 능력, 죽음 등이 부합되면서 비극성이 강하게

나타나고 있음을 알 수 있다. 다음으로 민영달은 명성황후의 후광으로 관직에 나아가 여러 직책들을 두루 역임한 인물로 의협심이 강해 따르는 사람도 많았고 수완이 좋아 대원군에게도 인정을 받을 수 있었다. 그러나 성격이 너무 급하고 부정한 것을 좋아하지 않아 피해를 보기도 했고, 말년까지 의병들을 돕는 일에 힘쓰다 결국 다시 흥기하지 못하고 죽었다. 이러한 민영달의 삶은 능력으로 인해 죽음과 관련된 위기에 해당하는 항목만 나타나지 않았을 뿐 전체적으로 비극적 인물의 일생 유형과 부합되는 점이 많다고 하겠다. 세 번째로 「이희원전」을 살펴보면 이희원은 고지식했지만 애국심이 누구보다 강했으며 간사한 무리들을 싫어하여 벼슬을 그만둔 사람이다. 나라를 걱정하는 것만큼이나 어머니에 대한 효성 또한 지극했는데, 불의한 세상과 타협하기를 꺼려했던 성격에서 비극성이 나타나게 되었다. 이러한 이희원의 삶을 비극적 인물의 일생 유형에 대입해 보면 민영달처럼 능력에 따른 죽음과 관련된 항목 외에는 잘 부합되고 있다. 끝으로 「박승익전」은 한 때 대종교회의 지도자로서 애국심과 효성이 지극했던 박승익을 기술한 것이다. 박승익은 대종교회에 헌신했지만 결국 대종교회의 탈퇴와 친구의 배신, 객지에서의 안타까운 죽음으로 인해 강한 비극성이 존재하게 되었다. 이러한 박승익의 일생은 모든 면에서 비극적 인물의 일생 유형에 가장 잘 부합된다고 하겠다. 이들의 삶에는 유교의 핵심이라고 할 수 있는 충과 효가 강하게 자리 잡고 있는데, 문학사적으로 보면 기존의 전작품들이 고수해왔던 고답적인 기술 태도를 탈피하고 있다고 할 수 있다. 그리고 고대에서부터 산견되는 비극적 인물형에 부합되는 특징들을 계승하여 비극성이 극대화 되고 있다고 하겠다. 또한 근대시기 인물전에 나타나는 투철한 애국정신을 확인해 볼 수 있다는 점에서 중요한 의미가 있다고 하겠다.

　이상으로 위당 정인보 선생의 문집인『담원문록』에 실려 있는 네 편
의 인물전을 고찰해 보았다. 이들 인물전을 통해 절박한 시대를 살다
간 사람들의 비극적인 삶은 물론 근대시기 전문학의 특징을 확인해 볼
수 있었다. 앞으로 근대시기 인물전에 대한 더 많은 연구가 진행되었
으면 한다.

「정평구전」연구

Ⅰ. 머리말

「정평구전」은[1] 전북 김제 출신으로 임진왜란 때 비거를 발명하여 왜적을 물리치는 데 공을 세운 정평구라는 인물을 대상으로 한 작품이다. 그런데 사실 정평구는 비거를 발명한 발명가로서의 명성보다도 해학과 골계가 내포된 재미난 이야기의 생산자이자 이인적인 행동을 한 인물로 더 잘 알려져 있다. 그리고 시기적으로 보면 조선후기에 활약한 한양의 정수동, 평양의 김선달, 경주의 정만서, 영해의 방학중 같은 건달형 인물들보다 앞서기 때문에 이들의 행적과 관련된 영향관계를 살펴 볼 필요성이 제기된다.[2] 또한 『구비문학대계』에 실려 있는 정평구에 관한 이야기들과 대조해 보면 많은 차이가 발견되고 있다. 그러므로 「정평구전」에 실려 있는 일화들과 『구비문학대계』에 실린 설화들의 관련성을 규명해 볼 필요가 있다고 생각한다. 아울러 '디지털김제문

---

1) 「정평구전」은 『유재집』의 맨 마지막 부분에 수록되어 있는데, 한자 수는 총 1,107자이다. 가로 11줄 세로 26자의 형태로 구성되어 있다. 「정평구전」이 실려 있는 『유재집』은 1988년 여강출판사에서 한문본이 간행되었으며 2000년 이회문화사에서 번역본이 출간되었다.(『유재집』, 여강출판사, 1998, 623~627쪽, 『유재집』, 박완식 역, 이회문화사, 2000, 663~667쪽) 본 논문에서는 두 책을 모두 참고하였다.

2) 임재해, 「건달형 인물 전설의 어긋난 행위에 갈무리된 근대성 읽기」, 『한민족어문학』 53, 2008, 211~212쪽.

화대전'에도 「정평구전」과 『구비문학대계』와 차이나는 이야기들이 존재한다. 이러한 점에서 볼 때 「정평구전」은 정평구 전승의 확장인 동시에 작가의 입전의도가 반영된 작품이라고 할 수 있다.

「정평구전」은 『유재집』에 실려 있는데, 전북 김제 출신으로 구한말에 태어나 근대를 살다간 유학자 송기면이[3] 남긴 문집이다. 정평구와 유재는 동향인이지만 생존 시기를 비교해 보면 400년이 넘는 시차가 존재한다. 유재 송기면은 근대 호남의 대표적인 유학자로 당대 문명을 떨치고 있던 석정 이정직을[4] 스승으로 삼아 부모님같이 섬겼으며, 간재 전우[5] 선생과는 사제의 연을 맺기도 했다. 유재 송기면은 실천을 중시하여 의를 모토로 고례를 회복시켜 꺼져가는 유학을 부흥시키고자 노력했다. 일제의 국권침탈과정을 지켜보면서 비록 능력은 있었지만 정치에 대한 뜻을 접고 향리에서 후학들을 양성하며 명철보신의 삶을 살았다.[6] 이런 유재가 다분히 비현실적인 정평구의 활약상을 인물전의 형식으로 남긴 데는 어떤 특별한 의미가 내포되어 있다고 할 수 있다.

그동안 정평구에 관해서는 그가 남긴 기이한 행적들이 인구에 회자되면서 주로 구전자료를 중심으로 선행 연구가 이루어져 왔다. 즉 전북지역에 전해오는 구전을 채록한 『한국구비문학대계』를[7] 바탕으로

---

3) 송기면에 대해서는 (김재룡, 「유재 송기면의 문학과 서도에 관한 연구」, 원광대석사논문, 1996, 1~15쪽)에서 자세히 고찰된 바 있다. 그리고 2010년 김제시에서 『우리고장인물사』를 디지털화한 '디지털김제문화대전'에도 수록되어 있다.('디지털김제문화대전', 김제시, 2010)

4) 석정 이정직에 대해서는 (구사회, 「석정 이정직의 고문론과 역대 문평」, 『어문연구』 118, 한국어문교육연구회, 2003, 138~142쪽) 참조.

5) 간재는 유재의 글씨에 대해 칭찬을 아끼지 않았다고 한다. 간재 전우에 대해서는 (김승현, 「간재 전우의 의리사상에 대한 일고」, 『유교사상연구』, 한국유교학회, 2006, 89~93쪽) 참조.

6) 『유재집』, 박완식 역, 앞의 책, 10쪽.

전승 양상과 인물형[8], 영웅적인 활약[9], 트릭스터 담의 관점에서[10] 고
찰된 바 있다. 하지만 전문학적 관점에서 연구가 진행된 적은 없었다.
이러한 저간의 정황을 고려하면서 정평구 전승의 양상을 살펴보고 서
사 구조를 중심으로 논의를 진행시키고자 한다.

Ⅱ. 정평구 전승의 양상

「정평구전」에는 정평구의 행적과 관련된 아홉 가지의 일화가 나타
나 있다. 이 이야기들은 인물전이 지어진 시기를 일제강점기라고 추정
해 볼 때 당시에 전해지던 이야기라고 할 수 있다. 아홉 가지 이야기를
내용에 따라 제시해 보면 다음과 같다.

> 〈일화〉–인물전
> ① 담배장수를 골려준 이야기
> ② 소를 밀도살 한 사람을 관리들로부터 구해준 이야기
> ③ 동네 사람들을 감쪽같이 속인 이야기
> ④ 아전을 골탕 먹인 이야기
> ⑤ 먹을 것을 구한 이야기
> ⑥ 맹인들을 골탕 먹인 이야기

---

7) 『한국구비문학대계』 5-2(전주시, 완주군 편), 한국정신문화연구원, 1981, 704,
   792쪽.
8) 이은숙, 「정평구 전승의 확대 양상」, 『국어문학』 35, 국어문학회, 2000, 218~223쪽.
9) 김월덕, 「전북지역 구비설화에 나타난 영웅인식」, 『구비문학연구』 4, 한국구비문
   학회, 1997, 301~304쪽.
   조동일, 『인물전설의 의미와 기능』, 영남대민족문화연구소, 1979, 293~294쪽.
10) 허정주, 「정평구 설화의 세계와 문화적 의미」, 『비교민속학』 41, 비교민속학회,
    2010, 387~412쪽.

⑦ 여관 주인을 골탕 먹인 이야기
⑧ 닭장수를 골탕 먹인 이야기
⑨ 청병 퇴치 이야기

위에 제시된 아홉 가지 일화들은 ① 자신의 이익 추구 ② 관리에 대한 조롱 ③ 자신의 능력 시연 ④ 외적 퇴치에 관한 이야기로 구분해 볼 수 있다. 그런데 2010년에 허정주 교수가 『한국구비문학대계』에 찾아 낸 정평구와 관련된 설화[11]를 보면 모두 27편이 존재한다. 물론 더 존재 할 여지를 남기기는 했지만 이 27편 중에 「정평구전」에 실려 있는 일화 들과 같은 내용은 불과 4편밖에 되지 않는다. 이를 분류해 보면 유형은 비슷하지만 내용은 전혀 다르다. 같은 내용에 해당하는 것은 외적퇴치 와 관련된 것이 3편이고 물건취득과 관련된 것이 1편이다. 허정주 교수 는 27편의 설화들을 네 가지 유형으로 분류해 제시했다.

〈설화〉-허정주 논문
① 트릭스터 출생담
② 해악징치 트릭스터담
③ 물건취득 트릭스터담
④ 외적퇴치 트릭스터담

그런데 문제는 이야기의 편수와 차이점도 중요한데, 「정평구전」에 실려 있는 이야기가 더 앞서 존재했을 가능성도 있다는 점이다. 물론 서로 다른 이야기가 많다는 점에서 반드시 그런 것은 아니지만 시기적 으로 볼 때 유재가 생존했던 때가 『구비문학대계』가 채록되던 때보다 훨씬 앞서기 때문이다. 만약 비슷한 이야기인데 배경이 다르거나 인물

---

11) 허정주, 위의 책, 「정평구 설화의 세계와 문화적 의미」, 2010, 396~403쪽.

에 차이를 보인다면 이는 시대적 특징을 찾아 고구해 볼 수 있다. 그러나 이야기가 중간에 단절되었는지 밝히는 것은 쉽지 않지만 인물전에 수록된 많은 이야기가 『구비문학대계』에 실린 이야기와 차이가 나는 것은 두 가지 점에서 생각해 볼 수 있다. 하나는 「정평구전」에 실린 이야기가 전해질 때 정평구에 관한 더 많은 설화들이 존재했는데, 사라지고 「정평구전」에 채록된 것만 남게 되었다. 그래서 후대에 『구비문학대계』에 나온 이야기와는 차이가 나게 되었다. 두 번째는 기존의 문헌설화나 항간에 떠돌던 보편적인 이야기가 정평구의 행적과 결부되면서 정평구의 이야기로 알려지게 된 경우이다. 그리고 이것이 「정평구전」에 채록되어 후대의 『구비문학대계』에 실린 이야기와 차이를 보이게 되었다. 두 가지 가정 중에서 필자는 후자가 더 타당하게 생각된다. 즉 「정평구전」에 실린 이야기는 오직 정평구에게만 국한되었던 것이 아니며 구전이나 문헌설화에 떠돌던 이야기와 정평구 이야기가 결부되면서 「정평구전」에 전적으로 정평구의 이야기처럼 남게 된 것이다. 그것은 「정평구전」에 실려 있는 '닭장수에게 잠시 말을 맡겼던 이야기'의 경우 한문본 소설 「임경업」전에도 이인 김경문이 행했다는 일화로 등장하기 때문이다.

그런데 「정평구전」에 실린 일화들과 『구비문학대계』에 실린 이야기들을 비교해 보면 큰 차이점이 발견된다. 즉 「정평구전」에는 음담에 해당하는 표현이 담긴 이야기, 풍수와 관련된 이야기, 탄생담, 결혼에 얽힌 이야기 등이 제외되어 있다. 이는 유학자로서 유재가 지니고 있던 일정한 의식이 반영된 결과로 생각된다.

여기에서 2010년에 나온 '디지털 김제문화 대전'을 살펴보면 약간 다른 이야기들이 실려 있다. 「정평구전」과 『구비문학대계』에는 없는 '당산에 쓴 명당' 이야기가 수록되어 있다. 이 이야기는 정평구가 가난한 선비의 발복을 위해 마을 당산에 묘를 쓴 기발한 방법이 제시되어 있다. 그리고 「정평구전」에는 청병을 퇴치한 이야기가 실려 있는데, '디지털김제문화대전'에는 '보물상자'라는 제목으로 왜병을 물리친 내용으로 되어 있다. 이는 역사적 사실을 고려해 볼 때, 왜병을 물리친 이야기가 설득력을 지니고 있는데, 유재의 다른 의도가 담겨 있는 것으로 생각된다. 그리고 「정평구전」에 실려 있는 후손이 제사를 소홀히 하여 혼난 이야기가 '디지털김제문화대전'에는 더 구체적으로 자세히 실려 있다. 그리고 비거에 대한 이야기가 '디지털김제문화대전'에만 실려 있는데, 이로 본다면 유재는 「정평구전」을 지으면서 이야기를 상당히 간략하게 제시하고자 한 것을 확인해 볼 수 있다.

이와 같은 정황을 고려한다면 유재가 지은 「정평구전」에는 설화에는 존재하지 않는 이야기들이 상당수 수록되어 있는 것을 알 수 있다. 또한 유학자의 가치관과 배치되는 내용들은 최대한 제외시키고 있으며 비현실적인 내용들이 포함되어 있지만 인물전의 기술방식에 부합되도록[12] 이야기를 간략히 제시하고자 한 흔적을 발견할 수 있다. 이는 근대 인물전인 「정평구전」이 지닌 가치이자 유재의 작전의식이 반영된 결과라고 할 수 있다.

Ⅲ. 서사 구조와 기술적 특징

대체로 인물전은 인정기술에 해당하는 출생과 선계, 활약을 담아내는 출세, 성공, 업적 등과 사후 집안의 근황을 나타내는 처자손록의 과

---

12) 인물전은 '인정기술-행적부-논찬'이라는 큰 틀을 유지하고 있으며 사실기록을 지향하고 있다.(박희병, 『조선후기 전의 소설적 성향 연구』, 성균관대학교출판부, 1993, 21~23쪽)

정을 중심으로 기술된다. 그리고 여기에 작자의 주관적인 논평이 보태어지는 것이 문형처럼 되어 있다. 이는 사마천이 지은 『사기』·「열전」의 구조를 분석한 결과에서도 잘 드러나고 있는데, 서두→선계→사적→종말→후계→평결의 구성을 보이고 있다.13) 그리고 이러한 흐름은 『삼국사기』·「열전」과 『고려사』·「열전」에도 반영되었으며, 전의 형식에 많은 변화가 나타난 조선후기에 입전된 사전류에서도 서두부→전개부→결말부→논찬부의 형식은 대체로 유지되고 있다.14) 흔히 인물전은 대상 인물의 사후에 주변에서 알고 지냈던 지인에 의해 기록 되는 것이 일반적이었다. 그러므로 근대 인물전은 전통적인 전의 양식적 특징을 고수하면서도 행적의 재배열, 과장 등이 유기체적으로 결합되면서 포의 관점이 작용했다.15) 이러한 점은 「정평구전」에서도 확인해 볼 수 있다. 인물전의 형식을 유지하고자 하면서도 오랜 시간이 지난 뒤에 입전되었던 관계로 사실 확인이 어려운 비현실적인 부분이 여과 없이 수용되어 있다.16) 즉 정평구라는 인물의 능력과 그가 보여 주었던 삶에 대한 회한이 작용하면서 항간에 떠돌던 전설 같은 이야기들이 상당수 그대로 개입되어 있다. 이는 사실을 중시하는 전문학의 특성에 비추어 볼 때 작가의 의도가 무엇인지 파악해 볼 필요성을 갖게하는 부분이라고 할 수 있다.

---

13) 김창룡, 『가전문학의 이론』, 박이정, 2001, 97~100쪽.

14) 이동근, 『조선후기 〈전〉 문학연구』, 태학사, 1991, 55쪽.

15) 졸고, 앞의 책, 「〈담원문록〉 소재 인물전 연구」, 11쪽.

16) 이러한 허구적인 내용의 수용은 일찍이 『삼국사기』·「열전」에서부터 비롯되고 있다.(조태영, 「전계 소설의 역사적 변모과정」, 성오소재영교수환력기념논총, 집문당, 1993, 237쪽)

I. 서사 구조 분석

작자의 관점에 따라 인물전의 내용 전개 방식에 약간씩 차이가 나듯이 이를 분석하는 연구자들의 관점 또한 다양하게 존재한다. 인물전의 전개 방식에 대해서는 여러 논의가 있어 왔는데,[17] 각각의 작품이 갖는 특징에 따라 차이가 날 수 있는 부분이다. 즉 대상 인물이 어떻게 살았는가에 따라 어떤 작품에서는 자세하게 기술된 부분이 어떤 작품에서는 약화되어 있는 경우가 존재할 수 있다. 그러므로 우선 전의 최대 형식으로 제시된 바 있는 이동근 교수의 전 형식에 맞추어「정평구전」을 분석해 보고자 한다. 그럴 경우 어떤 부분이 부합되고 어떤 부분이 약화되어 있는지 밝혀질 것이고 어느 부분을 더 드러내고자 했는가 하는 의도도 살펴볼 수 있기 때문이다. 「정평구전」의 서사 구조를 제시해 보면 다음과 같다.

〈서사 구조〉

가-1. 호남 김제 사람으로 천하를 평정한다는 뜻에서 평구라 불렸다고도 하며 평고창(平皐倉)이라는 창고지기에서 유래했다는 설도 있다.

2. 기변이 많고 힘이 셌으며 골계에 능했다. 또한 어려운 일도 잘 처리했고 거짓말을 잘해 믿게 만드는 능력도 뛰어났다.

나-1. 담배장수에게 담배를 얻어 피우려다 주지 않자 담배장수를 혼나게 한 후 달아났다.

2. 소를 몰래 잡은 사람이 피할 계책을 묻자 술 찌개미를 옷 속에

---

17) 김균태 교수는 도입부-전개부-종결부로 나누어 분석한 반면 안병설 교수는 서두부-행적부-평결부로, 조수학 교수는 서두-본문-결말로, 주명희 교수는 가계-출생-행적-몰-처자손록-평결로, 이동근 교수는 도입부-서두부-전개부-결말부-논찬부로 분류하여 제시한 바 있다.(이동근, 앞의 책, 17쪽)

넣고 달아나 단속하는 관리들의 시선을 끌어 구해 주었다.

3. 관아에서 창고의 쌀을 풀어 어려운 사람들을 구제한다고 알려
주어 동네 사람들을 속여 넘겼다.

4. 아전에게 절하다 코끝을 쳤는데, 아전이 멀리에서 절을 하고 오
라고 하자 다음부터는 이미 언덕에서 하고 왔다고 둘러댔다.

5. 먹을 것을 구하는데 마을에 남자들이 없자 부러진 바늘을 고쳐
준다며 떠들고 다녔다. 한 아낙네가 부러진 바늘을 갖고 오자 머
리를 가져오면 고쳐 줄 수 있다고 하며 그냥 떠나갔다.

6. 전주부에 사는 봉사들에게 술 한 잔을 하자고 약속했다. 그러나
줄 것이 없자 힘깨나 쓰는 봉사의 뺨을 때려 서로 싸워 그냥 돌
아가게 만들었다.

7. 서울 여관에 머문 뒤 돈을 주겠다며 주인을 데리고 동작진에 가
서 뛰어들어 죽은 척 도망쳤다. 다음에 그 여관을 찾아가니 주인
이 알아보자 쌍둥이 형님이 서울에서 돌아오지 않아 복수하러
왔다며 도리어 주인의 돈을 받아냈다.

8. 말을 끌고 서울에 갔는데 키우기가 어렵자 닭을 파는 사람에게
가서 닭 한 마리를 봉황이라고 하며 바꿨다. 그리고 돌아갈 때가
되자 닭 주인을 찾아가 뺨을 치면서 도둑놈이라고 하니 놀라 말
을 되돌려 주었다.

9. 계사년 진주 난리에 친구가 포위당하자 계략을 써서 함께 탈출
했다. 청병이 쳐들어 왔을 때 광주리를 가지고 청병들을 골탕 먹
여 많이 죽게 하였다.

다-1. 김제군 남쪽에 평구의 묘가 있는데, 자손들이 제사를 지낼 때 음
식을 불결하게 차리면 반드시 나쁜 일을 당했다.

라-1. 우리나라는 오로지 문벌을 높여서 인재를 쓰기에 천한 사람은
등용하지 않는다. 아, 슬픈 일이다.[18]

---

18) 『유재집』, 박완식 역, 앞의 책, 「정평구전」.

위의 서사 구조를 살펴보면 정평구가 행했다는 특이한 일화들을 중심으로 내용이 전개되어 있음을 알 수 있다. 먼저 조선후기 사전류를 대상으로 이동근 교수가 제시한 전의 형식에 대입해 보면 도입부는 주로 창작 동기나 입전의도 등이 나타나기 마련인데, 「정평구전」은 도입부에 해당하는 내용들이 결여되어 있다. 즉 자신이 왜 정평구에 대한 전을 짓는지 밝히지 않았다. 다만 평결 부분에 이에 해당하는 내용이 포함되어 있다. 인물전은 작자의 관점에 따라 형식이 다소 유동적일 수도 있는데, 『삼국사기』·「열전」은[19] 물론 조선후기 사전에 나타난 인물전의 기술형식에서도 벗어나 있는 것이다. 이처럼 입전의도가 평결부에 제시된 것은 매우 특이한 경우라고 할 수 있다. 다음으로 인정 기술에 해당하는 서두부는 가-1과 2인데, 정평구라는 사람의 이름이 어떻게 해서 평구로 불리게 되었는가와 그가 지닌 재능을 제시하는 것으로 되어 있다. 특히 거짓말을 잘 했다고 했는데 거짓말이라는 것은 유학자의 입장에서 볼 때 사욕을 채우기 위한 것일 수 있기 때문에 매우 조심스러운 부분일 수 있다. 하지만 이것은 정평구라는 사람이 지닌 특징에서 기인된 것으로 보인다. 사리사욕을 채우고자 한 것이 아니고 그저 먹고 살기 위한 방편이거나 남을 돕고 나라를 구하기 위한 행위에서 웃음이 개입되다보니 큰 문제로 인식되지 않은 것이다. 그의 거짓말은 일화에 나타나 있다. 일화들은 전개부에 해당하는 것으로 나-1에서부터 나-9까지 아홉 가지를 제시했다. 아홉 가지 일화는 그가 남긴 구체적인 행적이자 능력을 대변하는 것으로 내용이 매우 다양하다.[20] 그런데, 인물전의 행적이 모두 일화로 제시되어 있는 것은 매우

---

19) 주명희, 「『삼국사기』 열전의 소설사적 위상」, 『고소설사의 제문제』, 성오소재영교 수환력기념논총, 집문당, 1993, 409~410쪽.
20) 허정주, 앞의 책, 「정평구 설화의 세계와 문화적 의미」, 304쪽.

이례적인 것이다.[21] 아홉 가지 이야기를 구분해 보면 나-1과 2는 담배를 얻어 피우려다 실패하자 앙갚음을 한 것과 잘 얻어먹고 남을 위기에서 구해준 것으로 가난과 결부된 것이다. 나-3은 자신이 얼마나 남을 잘 속이는지 직접 보여준 것이다. 정평구의 활약을 익히 알고 있으면서도 궁금증을 갖고 있었던 동네 사람들에게 직접 시연을 해 보인 것이다. 다음으로 나-4는 권위적인 관리를 골려준 이야기로 힘없는 민중들에게 큰 공감을 줄 수 있는 이야기이다. 나-5는 배고픔을 해결하고자 하는 과정에서 남녀의 구별을 명확히 인지하고 있었던 부분으로 정평구의 남녀관을 엿볼 수 있다. 나-6과 7은 가난한 처지에서 배고픔과 잠잘 곳을 해결하기 위해 발휘된 재치이다. 궁지에 몰렸을 때 오히려 상대방을 궁지로 몰아넣어 벗어나는 방법을 보여주고 있다. 나-8은 한문본 소설 〈임경업전〉에도 등장하는 소재로 말을 잠시 보관하기 위해 꾀를 낸 것이며, 나-9는 청병(淸兵)들을 죽인 재치를 보여준 것으로 보통 사람과는 다른 그의 비상함을 드러낸 것이다. 계사년 진주 난리는 임진왜란 당시 진주성 전투를 지칭하는 것으로 여겨지는데, 이때 성주를 30리 밖으로 도피시켰다는 기록과 관련된 듯하다. 그리고 광주리로 청병들을 공격하여 몰살시킨 이야기는 '디지털김제문화대전'에는 〈보물상자 이야기〉로 수록되어 있다. 그런데 유재는 〈보물상자 이야기〉에 왜병으로 되어 있는 것을 청병으로 기록했다. 이는 얼핏 보면 왜병의 오기로 여겨지기도 하는데, 정평구가 활약했던 임진왜란 당시에는 조선을 돕고자 명나라 군대가 들어와 있었다. 그 후 병자호란부터 청나라 군대가 들어오기 시작했는데, 유재가 활동했던 근대에도 청나라군

---

21) 인물전을 '삽화적 유형'의 관점에서 파악한 경우에도 일화가 많이 개입되지는 않는다는 지적이 있다.(박희병, 앞의 책, 『조선후기 전의 소설적 성향 연구』, 44~45쪽 참조)

대가 들어와 있었다. 유재는 정평구를 내세우고 있지만 정작 구한말 청병들의 횡포를 지적한 것이 아니가 한다.

위의 서사 구조를 보면 일반적인 인물전의 기술 방식과 상당한 차이가 있음을 알 수 있다. 인물전의 전개부는 대부분 시간을 축으로 하여 대상 인물의 활약을 사실에 입각하여 전개하는 것이 일반적이다. 하지만 「정평구전」의 경우는 나-9를 제외하고는 그가 남긴 일화들을 중심으로 했기 때문이다. 일화들은 하나같이 언제 있었던 내용인지, 그가 몇 살 때 행한 일인지 구체적으로 알기 어렵다. 그리고 대부분 실제로 있었던 일이라고 믿기 힘든 이야기들이다. 또한 이미 다른 인물들의 행적에도 나타나는 똑같은 이야기가 개입되어 있다. 이는 당시 항간에 떠돌던 이야기들을 사실로 받아들여 그대로 기록한 결과라고 사려 된다. 그리고 불행한 시대적 배경과 개인의 고달픈 삶, 나라를 구하고자 하는 행위들을 나열하여 정평구의 탁월한 재능을 부각시키고자 한 것으로 보인다. 일제강점기라는 민족의 시련기를 겪으면서 유재는 자연스럽게 임진왜란 당시 활약상이 전해지는 정평구의 행적에 주목했을 것이다.

한편, 정평구는 비거를 개발한 인물로 알려져 있는데, 이와 관련된 구체적인 소재가 다뤄지지 않고 있다. 또한 결말부에서는 정평구의 후손에 대한 이야기를 하고 있으면서도 후손의 이름이 누구이고 어떻게 살았는지 전혀 나타나지 않는다. 다만 후손들이 정평구에 대한 예를 소홀히 할 수 없었다는 다분히 전설과 같은 이야기로 남게 된 점만을 부각시키고 있다. 정평구는 엄연히 실존했던 사람이며 다른 사람들보다 순간적인 판단력과 재치가 탁월했던 사람이다. 그러나 그는 죽어서도 후손들을 두려움에 떨게 할 정도로 영험함을 지닌 인물로 묘사되어 전설화 되고 있다. 이는 그의 행적이 후대에 영향을 미치고 있음을 암시하는 것으로 몸은 이미 죽었지만 그가 지녔던 능력은 결코 사라지지 않았다는 점을 암시한 것이다.[22] 비록 남이 장군이나 강감찬 장군의 경우처럼 신격화의 대상으로까지 발전되지는 않았지만 인물전설의 대상으로까지 인식되고 있음을 알 수 있다. 즉 전설의 서술 기법을 인물전에 수용한 결과라고 할 수 있다. 끝으로 논찬부는 작자의 입전취지를 담은 부분으로 유재는 정평구를 재미있는 이야기의 주인공이자 시대를 잘못 만난 불운한 존재로 묘사하고 있다. 이는 입전자가 비록 향촌에 묻혀 사는 유학자였지만 일제에 나라를 빼앗기게 되면서 정평구 같은 탁월한 인재를 통해 다시 독립이 되기를 바라는 심정이 담겨 있다. 하지만 봉건 체제 자체가 무너지는 것을 원한 것은 아니며 봉건체제 안에서 바른 정치가 구현되기를 갈망하고 있다.

이와 같이 「정평구전」의 내용을 조선후기 사전을 연구하면서 제시된 전의 최대 형식에 대입해 분석해 보면 도입부는 결여되어 있으나 서두부, 전개부, 결말부, 논찬부는 잘 지켜지고 있음을 알 수 있다. 다만 전개부는 일반적인 인물전들과 달리 일화 위주로 되어 있다. 그리고 조선중기의 정평구를 소재로 하고 있지만 정작 내용은 근대 건달형 인물의 행적과 흡사한 점이 발견되며 결말부에서는 전설화 경향이 나타나고 있음을 알 수 있다. 아울러 논찬부에는 근대 유학자의 위정자들에 대한 비판의식이 반영되어 있음도 확인해 볼 수 있다. 이는 정평구에 대한 포폄의 입장을 넘어 현실 정치에 대한 자신의 불만을 토로한 것으로 볼 수 있다.

---

22) 「정평구전」은 다분히 전설화 되는 경향이 나타나 있는데, 영험함은 설정되어 있지만 '아기장수 전설'처럼 사후에 구원자로 등장하는 것을 바라는 형태와는 다른 양상을 보이고 있다. 즉 정평구를 통해 사회의 개혁을 기대하기 보다는 교훈으로 삼고자 했다.(장장식, 「전설의 비극성과 상상력」, 『민속학회』 제14회 전국대회 발표요지, 1986, 507쪽)

2. 해학과 골계를 통한 능력의 표출

해학과 골계는 우리 문학의 다양한 장르에서 발견되는 흥미를 자아
내는 요소이다. 구전문학과 야담, 판소리계 소설은 물론 근대 소설 등
에서도 쉽게 확인된다. 국어사전에[23] 보면 해학과 골계는[24] 모두 웃기
려고 하는 익살스러움을 포함하고 있으면서도 골계는 교훈이 내재되어
있다는 점이 다르다. 그러나 사실 기록을 목적으로 하는 인물전에 해
학과 골계가 개입되는 경우는 흔치 않은 경우라고 할 수 있다. 간혹 대
상 인물의 탁월함을 드러낼 때 일화가 한두 편 개입되는 경우는 있지만
활약에 해당하는 전체 행적이 일화로 점철된 작품은 일찍이 없었다.
이는 일반적인 사람들이 국가에 공을 세워 뛰어난 공적을 남기고자 하
는 것과 달리 언변과 기지에 초점이 맞추어져 있었던 데서 기인된 것으
로 생각된다.[25] 그러나 그 언변과 기지는 얼핏 보면 단순히 자기의 앞
가림만을 위한 것 같지만 깊이 고구해 보면 큰 능력을 갖고 있으면서도
쓸 곳이 없어 그러한 행동을 하는 것처럼 느껴진다. 이런 이유로 인해
「정평구전」에 실려 있는 아홉 가지의 일화들은 하나같이 웃음을 자아
내고 있으면서 동시에 정평구의 능력을 표출시키는 역할을 하고 있다.
비록 조선후기의 예인이나 악사의 삶을 다룬 인물전들처럼[26] 특정한
분야의 확실한 하나의 재능을 지닌 것은 아니었지만 말 잘하고 순간적
인 기지가 탁월한 다재다능한 능력을 높이 평가한 것이다. 즉 주변 사

---

23) 『새우리말 큰사전』, 신기철·신용철 편저, 삼성출판사, 1991, 272, 3673쪽.
24) 골계는 웃음을 창출하는 것을 목표로 삼고 있는데, 웃음을 창출하는 핵심적인 서
 사 원리로 '반전'을 꼽을 수 있다.(한혜경, 「〈어유야담〉 소재 골계담의 웃음 창출
 기법과 의미」, 『고전문학연구』 17, 2000, 36~45쪽)
25) 건달형 인물의 특징이라고 할 수 있다.(임재해, 앞의 책, 「건달형 인물 전설의 어
 긋난 행위에 갈무리된 근대성 읽기」, 218쪽)
26) 박희병, 『한국고전인물전연구』, 한길사, 1992, 348쪽.

람들을 배꼽 잡게 만들 수 있는 일은 누구나 할 수 있을 것 같지만 재치 있게 즉흥적으로 대처하는 것은 결코 쉬운 일이 아닌 것이다. 정평구와 결부된 이야기들은 모두 반전에 해당하는 이야기들이 주류를 이루고 있다. 궁지에 몰려서도 이를 슬기롭게 헤쳐 나가는 지혜가 번득이는 내용들이다. 정평구는 가난했고 신분도 그다지 내세울게 없는 처지였기에 늘 먹을 것이 궁했다. 그래서 그가 보여준 익살스러운 이야기 속에는 무료로 배를 채우고 잠을 자는 이야기들이 많다. 얼핏 생각해 보면 현실성이 떨어지기도 하지만 이것은 그가 난세를 헤쳐 나가는 나름대로의 능력이라고 할 수 있다. 그리고 인색한 사람과 관리들을 골탕 먹인 이야기에서는 당시 민중들의 의식이 반영된 것으로 해학과 함께 통쾌함마저 느끼게 된다. 또한 청병을 물리친 이야기에서는 일개 이름 없는 백성으로서 구국을 위한 능력을 시현해 보였다는 점에서 놀랍기까지 하다.[27]

> 담배장수를 돌아보며 "아저씨! 아저씨!"라고 부르며 멀리 달아났다. 그러자 모내기하던 사람이 뒤따라오지 못하고 그 아저씨란 사람을 두들겨 패고 담배를 부수어 땅바닥에 내동댕이쳤다. 담배장수는 아무 말도 하지 못했다.[28]

> 관리들이 서로 눈짓을 하면서 멈추라고 고함을 지르자 마침내 한참동안 줄행랑을 치다가 잡혀주었다. 그 포대를 열어보니 술 찌꺼기였다. 관리들이 기가 막히고 성이 나서 말하기를 "이 술 찌꺼기를 가지고 무엇 때문에 도망했느냐?"고 하자 겁먹은 듯이 대답하기를 "밀주를 금한 명

령을 내린 것이 아닙니까?"하였다.[29]

담배장수는 인색한 사람이었다. 정평구가 담배 한 입만 빌리자고 하자 끝내 주지 않았다. 이에 마음이 상한 정평구는 주변 논에서 일하고 있는 아낙을 희롱하고 재빨리 도망치면서 담배장수를 자신과 같은 일행으로 불러 두들겨 맞게 만들었다. 자신의 욕구를 채우지 못한데서 비롯된 일이기는 하지만 인색한 담배장수를 즉흥적으로 골려주는 상황이 매우 이채롭다. 제 삼자의 힘을 빌려 자신의 서운한 감정을 푼 것이다. 그리고 소를 밀도살하는 것을 감시하던 관원들의 시선을 돌려 허탈하게 만들어 위기에서 벗어난 것은 오늘날의 입장에서 보면 일종의 웃음을 연출하는 개그처럼 느껴질 정도이다. 뒤쫓아 온 관원들에게 시치미를 뚝 떼면서 자신은 밀도살이 아니라 밀주를 단속하는 줄 알았다고 황당해 하는 대목은 어이가 없을 정도이다. 이러한 이야기에 담긴 상황들이 의미하는 것은 모두 그가 지닌 기지를 보여주는 것이라고 할 수 있다. 즉 미리 계획을 세운 것이 아니라 순간적인 판단과 재치로 문제를 해결한 것이다.

> 아전이 성을 내어 말하기를 "절을 할 적에 멀리 떨어져서 하라." 하였는데, 그 뒤로는 아전을 보고서도 절을 하지 않았다. 그러자 아전이 말하기를 "어째서 절을 하지 않는가." 하니 "멀리 떨어져서 절을 하라기에 저 언덕 위에서 절을 하였다."고 하였다.[30]

> 수많은 봉사들은 얼굴을 들어 먹을 때가 되기만을 기다리고 있었다.

---

29) 『유재집』, 「정평구전」 搜者目之 叱曰且止 遂胡行亂走移時 故被捉肬 其包 乃糟也 吃且怒曰 持此何逃 爲驚怯對曰 莫是酒禁否.

30) 『유재집』, 「정평구전」 吏呵曰 拜可稍遠 後見不拜 吏曰胡不拜 曰拜以稍遠爲禮 故 我來時 已拜於中路矣.

평구는 그 가운데 힘 있고 성질깨나 있는 봉사를 살펴 주먹으로 갑자기 그의 뺨을 치자, 그 봉사는 깜짝 놀라 일어나 성질내면서 흰 눈동자를 번득이며 핏발을 세우고서 지팡이를 들어 정신없이 휘두르며 성질내어 "이 어떤 나쁜 놈이냐!"라고 고래고래 소리를 질렀다. 좌우에서 그가 휘두르는 지팡이에 맞아 서로 엉켜 그릇은 사방으로 흩어졌고 봉사들은 모두 기분이 상해 일어남으로써 마침내 그들을 붙잡을 수 없었다.[31]

아전은 서민들에게 항상 군림하는 존재이다. 그런 아전을 말재간으로 보기 좋게 속여 넘긴 정평구의 행동은 많은 민중들에게 희열을 느끼게 하기에 충분하다고 할 수 있다. 이러한 정평구의 재치 있는 언변은 위태로운 상황을 타개하면서 오히려 상대를 무안하게 만드는 효과를 창출했다. 그리고 자신은 얻어먹기만 하고 줄 것이 없는 상황에서 앞을 못 보는 봉사들끼리 다투게 만든 것은 일견 쓸쓸함도 느껴지지만 배고픈 서민의 현실 극복이라는 문제와 맞물리면서 오히려 웃음을 자아내게 만들고 있다. 줄 것은 없고 이를 해결은 해야 하는 상황에서 나온 기발한 꾀는 정평구가 아니고서는 쉽게 연출할 수 없는 것으로 생각된다.

평구가 광주리 하나를 짊어지고 청나라 군사들이 보는 앞에서 오줌을 누면서 욕지거리를 하자 청나라 사람들이 뒤쫓아 왔다. 이에 광주리를 벗어놓고 달아나니 그 광주릴 여는 순간 벌들이 나와 청병(淸兵)들을 쏘아댔다. 또 다시 광주리를 짊어지고서 지난날처럼 욕을 하다가 내버려두고 달아나자 벌이 들었을까 의심하여 불태우니, 그 속에 있던 화약이 터져 가까이 있는 사람들이 모두 죽었다.[32]

---

31) 『유재집』, 「정평구전」 衆方仰面待食 平九察其中 健且桀驁者 猝張拳猛打其頰 瞽驚起大怒 白膜閃閃 欲赤取其杖亂揮 咆哮日 是甚惡漢 左右者 被其衝撞 互相振撥 器具縱橫四散 瞽皆敗興奮被起 竟往不得.

청나라 장수는 처음에 정평구를 대단한 인물로 판단하다가 정평구가 삿갓을 쓰고 있기 때문에 신분이 낮은 자라며 대수롭지 않게 여겼다. 청나라 장수의 입을 통해서도 신분에 대한 무시가 나타나는데, 이 또한 조선 사회의 신분제를 우회적으로 지적한 것이다. 광주리는 생활에 쓰는 사소한 물건이지만 이것을 활용해 청나라 군인들을 많이 죽게 만든 것은 분명 대담하면서도 비범한 발상이 아닐 수 없다. 물론 이것은 현실성이 많이 떨어지는 소재이지만 자라보고 놀란 가슴 솥뚜껑 보고 놀란다는 말처럼 청병들은 정평구에게 속고 또 죽을 수밖에 없었다. 정평구는 고도의 심리전에 밝았던 사람이기 때문이다. 이렇게 본다면 정평구는 국가적으로 닥친 위기를 타개할 기회를 얻지는 못했지만 상황과 심리를 십분 이용하는 능력이 탁월했던 사람이라고 할 수 있다. 그리고 그의 해학적인 행동은 민중을 대변하고 있으며 임진왜란이라는 전란에 노출된 서민들의 고달픈 삶을 드러내고 있다고 하겠다.

3. 좌절된 삶에 대한 회한과 비판의식

「정평구전」에는 좌절된 삶에 대한 회한의 정서가 내재되어 있다. 이러한 정서는 다양한 상황에서 잉태된 것인데, 전반적인 그의 행적과 논찬을 통해 확인해 볼 수 있다. 정평구는 가난했던 사람이다. 문벌도 낮았고 평구라는 이름도 창고지기에서 유래했을 정도이다. 정평구에 대한 행적을 담은 일화 아홉 편 가운데 가난과 연관된 것이 무려 일곱 편이나 된다. 하지만 이러한 가난 속에서도 정평구는 능력은 지니고 있으면서도 돈에 대한 집착은 보이지 않고 있다. 이것은 그가 지니고 있

---

32) 『유재집』, 「정평구전」 平九 背負一籠 向軍前 放溺戲辱 淸人追之 棄籠而走 開其
　　籠 有蜂亂出 螫人 又負籠 戲如前棄走 疑有蜂 焚之中 發火藥 近者皆斃.

던 의지와 무관하지 않다. 단지 돈을 들이지 않고 살아가는 방법을 찾을 뿐이며 그 과정에서 익살스러운 이야기들이 탄생하게 된 것이다. 즉 능력이 있으되 가난하게 살 수밖에 없는 것은 아이러니처럼 느껴진다.

여기에서 정평구의 좌절된 삶에 나타난 요인을 분석해 보면 첫째는 풍족하지 못한 시대에 태어난 어쩔 수 없는 가난의 굴레이다. 도망치고 속이고 구걸하는 정평구의 건달 같은 행위는 그가 가진 것이 전혀 없었던 데서 비롯된 것이다.

> 한 번은 길을 가다가 배가 고파서 마을에 들어가 먹을 것을 구하였지만 남자들과 말할 만한 사람이 없었다. 동네를 왜장치며 돌아다니기를 "부러진 바늘을 고친다." 하자 어린 촌 아낙네가 나와 바늘을 고쳐주기를 청하였다. 평구는 부러진 바늘을 보고서 말하기를 "그 머리를 가져오면 다시 이을 수 있다."고 하였다. 아낙네가 "없다." 하자 "훗날 다시는 버리지 말라." 하고서 떠나갔다.33)

> 한 번은 말을 끌고서 서울에 갔었는데, 말을 키우기가 어려웠다. 〈중략〉 "나에게 돈이 없으니 어떻게 하겠는가." 골똘히 한참 생각하다가 말을 가리키며 말하였다. "이 말과 바꿀 수 있겠는가."라고 하자 그 닭 장수는 일부러 사양하다가 마지못해 닭을 주고 그 말을 받았다. 평구는 마음속으로 웃으면서 저자를 두루 돌아다니면서 하루에 쌀 한 줌을 구해서 닭에게 먹이를 주었다. 고향으로 돌아갈 적에 닭을 안고서 말이 있는 집에 찾아와 주인을 부르니 그가 나오자 뺨을 치면서 말하기를 "내 멍청하기로 소니 네는 도둑놈이다. 너는 마땅히 법의 처벌을 받아야 한다." 하니 그 사람은 깜짝 놀라 말을 되돌려 주었다.34)

---

33) 『유재집』, 「정평구전」嘗路飢入村求食 無丈夫可接語 號于巷日 折頭針改造了 有村娥出 呼請 改餌訖集 破針視之日 取其頭來 將續之 對無 有戒 後更勿棄 逐謝去.

34) 『유재집』, 「정평구전」嘗牽馬至京難〈中略〉奈吾無錢 何沉思良久 指馬日 肯易此否 其人故斷之强而後 子鷄取其馬送之家 平九心笑之 周行市廛 日求米 一掬以詞鷄

정평구는 가난 때문에 여러 사람을 골탕 막이기도 하고 돈을 떼어먹고 도망쳤지만 결코 죄의식을 드러내지 않았다. 돌아다니면서 재간을 부려 먹고 자는 일들은 가난한 정평구에게는 대수롭지 않은 일상적인 일로 묘사되고 있다.[35) 닭 장수에게 자신의 말을 맡겼을 때도 닭 장수의 얄팍한 이속을 활용하여 자신의 말을 대신 먹여 키우게 한다. 그리고 돌아갈 때가 되자 잘못을 지적하며 윽박질러 다시 당당하게 말을 찾아갔다. 물론 이 이야기는 보통 비상한 사람이 아니라면 하기 힘든 일이다. 한문본「임경업전」에 등장하는 이인 김경문이 했던 방법과 괘를 같이 하는데,[36) 마치 가난을 즐기는 사람처럼 느껴지기까지 한다. 가난에 익숙해진 그의 행위는 의식주와 같은 기본적인 삶의 조건들을 충족시키기 위해 항상 고민하고 그 과정에서 주변 사람들과 얽히게 된다.

다음으로 정평구의 삶이 좌절된 것은 정평구 스스로도 밝혔고 유재도 논찬에서 지적했듯이 능력 있는 사람이 무능한 지배계층과 잘못된 제도로 인해 제대로 쓰이지 못한 것이다. 이는 어찌 보면 유재 자신이 유학자로서 불운한 시대를 만나 능력을 펼치지 못하고 향리에 묻혀 지낸 것과 무관해 보이지 않는다.[37) 그리고 한편으로는 향리에 묻혀 살았지만 인재를 제대로 발굴해 등용하지 못한 무능한 정치와 신분제의 폐단을 꼬집은 것으로 볼 수도 있다. 유재의 위정자에 대한 비판의식은 그가 지은 시와 부, 서에서도 확인된다. 매천 황현이 세상을 떠났을

及還抱鷄往馬家 呼主出 批其頰日我固愚矣 汝乃盜也 當抵法 其人憮然 還其馬.

35) 건달형 인물들에서는 가족을 부양하는 것도 나타나지 않는다.(조동일,『한국 설화와 민중의식』, 정음사, 1985, 324쪽)

36) 인물전에 이인설화가 개입된 양상은 (박희병, 앞의 책,『한국고전인물전연구』, 190~197쪽) 참조.

37) 작품에 등장하는 비극이 작가의 불운한 삶이 반영된 것이라는 시각은 일면 타당해 보인다.(김명순,『고전소설의 비극성 연구』, 창학사, 1986, 214쪽)

때 그가 지은 절명시에 차운하여 만사를 쓴 시 4편과 부(賦)인 〈만보〉, 송서경에게 답한 편지인 서(書)에 잘 나타나 있다.[38] 유재는 유학의 가르침대로 정치가 실현되지 않는 것을 토로했던 것이다.

> 평구가 일찍이 말하기를 "만일 나를 등용하여 준다면 사흘 만에 청나라 병사들을 말끔히 쓸어버릴 수 있다."고 하였다.[39]

> 하늘이 인재를 내려줄 때 귀천에 한계가 없다. 성깔이 사납고 방탕한 사람 또한 인재가 있으니 그들을 부리는 데 달려 있다. 〈중략〉 담을 쌓던 비천한 부설과 백정을 했던 태공을 벼슬에 등용함으로써 은나라와 주나라가 흥성하였다. 우리나라의 인재 등용을 이처럼 해서는 안 될 것이다.[40]

정평구는 비록 뛰어났지만 문벌이 낮은 자를 등용하지 않던 당시의 제도와 편견에 출세 길이 막히고 말았다.

> 낮은 문벌 ⇒ 뛰어난 재능 ⇒ 중용되지 못함(정치적 폐단) ⇒ 뜻을 펴지 못함

정평구는 문벌이 낮았기 때문에 좌절된 인물이다. 그의 행위는 다분히 이기적이지만 결과만 놓고 본다면 인물전에서 산견되는 비극적 영웅에[41] 가깝고 동시에 소설에서 발견되는 하층영웅[42]에 가깝다고 할

---

38) 『유재집』, 박완식 역, 앞의 책, 42, 48, 225쪽.
39) 『유재집』, 「정평구전」 嘗曰 若用我則 可三日 淸虜塵.
40) 『유재집』, 「정평구전」 天之降才 固不限於貴賤而 悍駕跅弛 亦在馭之而已 版築皷
   刀者 進而殷周興用人 不當如是 歟噫.
41) 졸고, 「임병양란기 인물전의 비극성 연구」, 우석대박사논문, 1997, 22쪽.

수 있다.

이러한 점에서 볼 때 일화에 나타난 정평구의 삶은 두 가지 측면에서 생각해 볼 수 있다. 정평구는 해학이 담긴 재미난 이야기를 생산하는 주체였다. 그러나 겉으로 드러난 웃음의 이면에는 암울한 시대의 고통 받는 민중의 모습이 투영되어 있다는 점이다. 정평구 자신이 재미난 웃음을 자아내는 탁월한 사람이었고 이를 기록한 유재 또한 희극적인 분위를 여과 없이 그대로 수용했지만 암울했던 시대에 대한 회한을 담아내고 있는 것이다. 두 번째는 뛰어난 인물을 정확히 알아보고 제대로 활용하지 못한 무능한 지배층에 대한 비판의식이다. 지배층의 무능은 곧 백성들에게는 비극이다. 가난과 전쟁이라는 당시의 고난과 역경으로부터 백성들을 구제하지 못한 것은 당시의 지배층이다. 일찍이 중국 당나라 때의 문장가 한유는 〈잡설〉에서 천리마가 그 능력을 알아보는 백락이 없어 마구간에서 일반 말들과 함께 죽어간다고 지적한 바 있는데, 정평구 역시 그가 지닌 재능에도 불구하고 그에게 주어진 신분과 알아주는 사람의 부재로 인해 크게 쓰이지 못함을 안타까워한 것이다. 이는 정평구의 개인의 문제이자 동시에 당시 조선 사회가 안고 있던 큰 폐단이었다. 유재는 이것을 비판하고 있는 것이다.

이렇게 본다면 정평구의 삶에 희극적인 요소는 결코 온전한 희극이 아니다. 즉 능력자의 좌절에 대한 회한과 무능한 지배층을 겨냥한 비판의식을 전제로 하고 있기 때문이다. 유재는 일제치하라는 절박한 상황에서 임진왜란 당시 뛰어난 능력을 제대로 발휘할 기회를 얻지 못한 정평구의 삶을 통해 근대의 위정자들을 일깨우는 메시지를 보내고 있는 것이다.

---

42) 신태수, 『하층영웅소설의 역사적 성격』, 아세아문화사, 1995, 11~19쪽.

Ⅳ. 맺음말

지금까지『유재집』에 실려 있는「정평구전」을 테마로 하여 전승 양상과 서사 구조와 기술적 특징을 중심으로 고찰해 보았다.

정평구는 전북 김제 출신으로 임진왜란 당시 비거를 발명한 발명가로 알려져 있다. 그러나 한편으로는 해학이 담긴 이야기의 생산자이며 이인적인 행동을 한 것으로 유명하다. 이런 정평구의 독특한 삶이 근대의 유학자였던 유재 송기면의 문집인「유재집」에 실려 있어 주목된다. 유재 송기면은 전북 김제 출신으로 석정 이정직과 간재 전우를 은사로 섬겼던 근대의 이름난 유학자였다. 이런 유재가 자신의 문집에 유일하게 남긴 인물전이 바로「정평구전」이다.

일반적으로 인물전은 김부식이 찬선한『삼국사기』·「열전」을 필두로 하여 조선후기를 정점으로 근대까지 명맥이 유지되어 왔다. 포폄의식을 기저로 하여 주변의 지인에 의해 입전되는 것이 상례였다. 그러나 지인에 의해 입전되다보니 포의 관점이 크게 작용했다. 이러한 특징을 바탕으로「정평구전」의 전개 방식을 분석해 본 결과 도입부를 제외한 나머지 부분들은 잘 갖추어져 있음을 알 수 있었다. 다만 서두부에 해당하는 입전취지가 논찬부에 나타나 있는 것과 활약에 해당하는 행적부분 전체가 일화를 중심으로 기술되어 있는 것이 매우 이례적이라고 할 수 있다. 인물전에서 입전취지는 서두부에 나타나는 것이 보통이며 일화는 대상인물을 드러내기 위해 한두 편 정도가 개입되는 것이 일반적이기 때문이다. 그리고 조선중기에 활동했던 정평구를 소재로 한 이야기들이 근대로 이어져 건달형 인물들의 행동에 구현되고 있음도 알 수 있었다. 아울러 결말부에서는 전설화 경향이 나타나고 있으며 허구적인 이야기를 작자의 의도에 따라 전문학을 통해 재구성하고 있음도 확인할 수 있었다. 아울러 논찬부에는 「정평구전」을 통해 능력 있는 인재를 차별 없이 등용하지 않는 현실정치에 대한 비판의식이 표출되어 있다.

한편 「정평구전」의 행적에 나타난 아홉 가지의 일화들을 분석해 보면 하나 같이 해학과 골계가 나타나는 것이 특징이다. 이러한 해학과 골계가 담긴 이야기는 정평구가 보여준 능력을 드러내는 소재로 작용하고 있다. 그런데 「정평구전」에 실려 있는 내용을 『구비문학대계』에 실려 있는 이야기들과 비교해 보면 대부분 서로 다른 이야기로 구성되어 있다. 이는 「정평구전」이 시기적으로 앞선다는 점에서 다양한 문헌들에 존재하는 이야기들을 수용했을 가능성이 존재한다. 또한 유학자의 가치관과 배치되는 비현실적인 내용들은 제외시키고 있으며 최대한 인물전의 기술 방식에 부합되도록 간략하게 제시하고 있음도 알 수 있다. 그리고 「정평구전」에는 전반적으로 좌절된 삶에 대한 회한의 정서와 비판의식이 내재되어 있다. 이는 능력은 있으나 가난하고 낮은 문벌로 태어나 중용되지 못한 데서 오는 안타까움에서 기인된 것이다. 이는 당시의 제도와 지배층의 무능에서 비롯된 것이다. 정평구와 같은 인재가 중용되지 못한 것은 국가적인 손실이자 결과적으로 당시 백성들의 비극이라고 할 수 있다. 이러한 정평구의 삶을 기록해 유재는 자신이 살았던 당시의 위정자들을 일깨우고 후세에 교훈으로 전하고자 입전한 것으로 여겨진다. 이러한 유재의 비판의식은 그가 지은 시와 부, 서에도 확인된다.

제 2 부

스토리텔링 · 문화콘텐츠

가전의 서사 구조와 스토리텔링

-「국성전」을 중심으로

Ⅰ. 머리말

한문학에 연원을 두고 있는 가전문학은 고려 말에 출현하여 근대에
이르기까지 우리 문학의 한 부분을 충실히 담당해 왔다. 실존했던 인
물의 생애를 다룬 인물전의 형식을 기저로 하고 있으면서도 의인화와
다양한 서술기법을 활용하여 독특한 픽션의 한 분야를 개척했다.[1] 본
논문은 이처럼 오랜 전통과 함께 독특한 문학 양식으로 자리 잡았던
가전을 텍스트로 삼아 문화콘텐츠[2]의 핵심이라고 할 수 있는 스토리텔
링의 기법으로 활용할 수 있는 방안을 모색해 보고자 시도되었다.

주지하다시피 문화산업이 미래의 성장 동력으로 떠오르면서 이를
반영하듯 문화콘텐츠분야에 대한 관심이 눈에 띄게 늘어나는 추세이
다. 그리고 이러한 현상에 발맞추어 콘텐츠의 중요한 축이라고 할 수
있는 스토리텔링에 대한 관심 또한 그 어느 때보다도 증폭되고 있다.

---

1) 가전의 개념과 형식에 대해서는 일찍이 서사증이 『문체명변』에서 언급한 내용을
   토대로 활발히 이루어져 왔다.(김창룡, 『가전문학의 이론』, 박이정, 2001, 88쪽. 안
   병렬, 『한국가전연구』, 이우출판사, 1986, 28~30쪽)
2) 문화콘텐츠의 개념에 대해서는 (이기상, 『콘텐츠와 문화철학』-「문화의 발전단계
   와 콘텐츠」, 북코리아, 2009, 47~55쪽)에 자세히 설명되어 있다.

이러한 점은 정부가 문화산업의 중요성을 인식하여 직접 콘텐츠와 관련된 여러 기관을 통합하여 한국콘텐츠진흥원을 설립하고 지자체들이 앞 다투어 스토리텔링 공모전을 개최하는 일련의 사실에서도 쉽게 확인된다.[3] 즉 문화콘텐츠가 21세기 국가의 성장 동력으로 떠오르면서 역사성과 함께 다양한 가치관에 바탕을 둔 원천적인 이야기들이 새롭게 조명되고 있는 것이다. 그리고 컨버전스 시대가 도래 하면서 한 편의 인지도 높은 이야기는 디지털미디어 장르의 기법에 의해 기획-제작-유통에 이르는 단계를 하나로 묶어 다양한 방식으로 새롭게 태어나고 있다. 예컨대, 작품성을 인정받았거나 발전 가능성이 엿보이는 이야기의 소재들은 소설, 동화, 만화, 드라마, 영화, 게임, 애니메이션, 광고, 다큐멘터리 등으로 재생산되면서 대부분의 문화산업에서 활용되는 놀라운 변화가 나타나고 있는 것이다. 이런 점에서 볼 때 스토리텔링은 문화콘텐츠를 한층 발전시키고 수많은 과거의 이야기들을 리소스로 활용할 수 있는 핵심 키워드라고 하겠다.

그러나 모든 이야기의 소재가 문화산업으로 연결되어 부가가치를 창출할 수 있는 것은 결코 아니다. 한 편의 스토리가 콘텐츠로서 다양한 산업으로 연결되기 위해서는 최소한 텍스트 상에 많은 독자층을 확보할 수 있는 내러티브적 특징을 지니고 있어야 한다.[4] 즉 이야기에 흥미를 불러일으켜 일정한 공감대를 형성할 수 있는 요소가[5] 있어야

---

3) 2009년 5월 7일 한국콘텐츠진흥원이 출범하였는데, 이는 콘텐츠 강국이 되기 위해서는 콘텐츠와 관련된 다양한 기관을 통합하여 시너지 효과를 낼 수 있어야 한다는 판단에 따른 것으로 여겨진다. 그리고 제주도, 충청남도, 청주시, 완주군 등 많은 지자체에서 스토리텔링 공모전을 개최하고 있다.(한국콘텐츠진흥원 홈페이지 참조)

4) 최예정·김성룡, 『스토리텔링과 내러티브』, 글누림, 2005.

5) 스토리텔링은 넓게는 문학적 상상력과 예술적 심미안, 공학적 기술까지를 아우르는 능력인데, 협의로는 재미와 감동을 만들어 내는 능력이라는 지적은 매우 적절해 보인다.(김의숙·이창식, 『한국신화와 스토리텔링』, 북스힐, 2008, 68쪽)

하고 이러한 요소들끼리의 유기적인 구성이 이루어져야 한다. 똑같은 소재를 가지고 스토리를 구성하더라도 결과는 천차만별인 경우가 이러한 사실을 입증한다.

그동안 스토리텔링과 관련된 연구는 기본적인 개념 정리와 함께 최근에 디지털 매체에 활용되는 다양한 성향을 반영한 디지털 스토리텔링에 대한 고찰을 중심으로 이루어져 오고 있다.[6] 그리고 직접 시놉시스를 구성하거나 다양한 캐릭터를 내세워 1차적인 이야기가 OSMU (One-Source-Multi-Use)로 운영될 수 있는 방안을 제시하는 데 초점이 맞추어져 왔다.[7]

이와 같은 스토리텔링 연구의 전반적인 흐름에서 반드시 생각해 보아야 하는 것이 「식객」이나 「대장금」, 「허준」처럼 한류를 이끌었던 작품들을 살펴보면 스토리에 시청자들의 이목을 집중시키는 특징적인 요소들이 내재되어 있다는 점이다. 이는 역사적으로 실재했던 사실들과 함께 작품을 이끌어 가는 중요한 사항에 해당한다. 이러한 관점에서 볼 때 가전 작품들 또한 원 소스의 제공은 물론 이야기를 박진감 있고 흥미롭게 펼쳐나가는 스토리 전개 방식에서 공통점을 찾아볼 수 있다. 그러므로 본고에서는 많은 가전 작품들이 존재하지만 우선 우리 주위

---

6) 류수열 외, 『스토리텔링의 이해』, 글누림, 2007.
　이인화 외, 『디지털스토리텔링』, 황금가지, 2003.
　정창권, 『문화콘텐츠 스토리텔링』, 북코리아, 2008, 36~38쪽.
　조은하·이대범, 『스토리텔링』, 북스힐, 2008.
　허만욱, 「문화콘텐츠에서의 디지털스토리텔링 양상과 방향 연구」, 『우리문학연구』 23, 2008, 301~302쪽.
7) 강명혜, 「고전시가와 스토리텔링」, 『온지논총』 16, 2007, 132~149쪽.
　안기수, 「영웅소설의 게임 콘텐츠화 방안 연구」, 『우리문학연구』 23, 우리문학회, 2008.
　함복희, 「설화의 문화콘텐츠화 방안 연구」, 『어문연구』 134, 한국어문교육연구회, 2007.

에서 흔히 애용되는 술을 소재로 한 「국성전」[8]을 텍스트로 삼아 이야
기를 이끌어가는 특징적인 요소들을 분석해 보고자 한다. 그리고 이를
오늘날 새롭게 부각되고 있는 스토리텔링에 활용할 수 있는 가능성을
탐색해보고자 하는 데 목적이 있다.

Ⅱ. 가전의 스토리텔링 양상

우리나라에서 가전은 대략 800년 정도의 역사를 지니고 있다.[9] 이처
럼 오랜 세월동안 사대부들을 중심으로 글쓰기가 지속되는 과정에서
하나의 전통적인 문학 양식으로 자리 잡게 되었다. 1960년대에 이르기
까지 매우 다양한 소재들을 대상으로 창작되어오다 한문학의 퇴보와
함께 이제는 더 이상 창작되지 않고 있다. 그리고 가전의 효시적인 작
품이 본고에서 다루어보고자 하는 「국성전」과 같은 계열의 술을 의인
화한 임춘의 「국순전」이다. 그리고 보면 과거 문인들에게 술은 매우 중
요한 위치를 차지하고 있었다고 생각된다. 물론 시대와 의식이 다르면
같은 장르의 소재라도 많은 차이를 보이듯이 「국성전」과 「국순전」에는
약 500년의 시차에 따른 서로 다른 특징이 숨어 있다.

가전은 소재적인 측면에서 볼 때 식물, 동물, 애완물, 술, 돈, 음식

---

8) 「국성전」은 17세기의 문인이었던 금곡 박상연의 작품으로 술을 의인화 하여 자신
  의 심정을 담아낸 작품이다. 「국성전」을 텍스트로 삼은 것은 술 의인화 가전들 중에
  서 가장 완결된 형태를 보이고 있기 때문이다. 즉 형식적인 측면과 심성을 결부시켜
  이야기를 진행하는 방식 등에서 술 의인화 가전의 전형처럼 여겨진다. (졸고, 「국성
  전 연구」, 『어문연구』 130, 한국어문교육연구회, 2006)
9) 우리나라 가전의 효시는 서하 임춘이 지은 「국순전」이고 최종 작품은 1960년대
  김두연이 남긴 작품들이다.(졸고, 「〈등자전〉과 〈박산화공행장〉 연구」, 『한민족문화
  연구』 26, 2008, 63~64쪽)

은 물론 심성에 이르기까지 수많은 작품들을 대상으로 창작되어져 왔
다. 그런데 오랜 세월을 거쳐 오면서도 '가전'이라고 불리게 된 중요한
특징은 전기적 구성을 중심으로 의인화시켜 이야기를 이끌어가는 방법
론에서 기인된 것이다. 그러나 각각의 작품들을 자세히 들여다보면 전
기성을 띤 가전의 특징적인 사항들을 갖추고 있으면서도 내용 전개에
있어서는 사뭇 다른 양상을 보이고 있다. 즉 어떤 경우에는 가전 작품
에 가전체소설[10]이라는 용어를 사용했던 점에서도 짐작해 볼 수 있듯
이 스토리 전개 방식에서 매우 창의적인 발상이 드러나는 기법들이 동
원되고 있다.

가전은 인물전을 모태로 출발했던 만큼 포폄의식을 기저로 하여 출
생, 성장, 활약, 사멸이라는 사람의 일생처럼 기술되는 특징을 지니고
있다. 즉 가전의 형식은 외형적으로 볼 때 주인공의 선조 및 출신을 소
개하는 선계와 주인공의 행적을 다룬 본전, 자손의 후일담을 다룬 후
계, 작자의 평을 붙인 평결 등으로 나누어진다. 이러한 형식을 띤 가전
을 정형가전이라고 부른다. 그리고 내적으로는 표제상의 참 주인공을
소개하는 서두, 주인공의 앞 선조에 대해 소개하는 선계, 정치적인 행
적 등을 기술한 사적, 주인공의 마지막을 다룬 종말, 주인공의 자손이
나 지손의 행적을 그린 후계, 작자의 평을 담은 평결의 형식으로 이루
어지는 것이 보통이다. 그러나 전개 과정이 반드시 일정한 것도 아니
고 이러한 형식으로 전개된다고 해서 틀에 박힌 작품이 양산되는 것도
아니다. 그리고 이야기를 시작하는 단계는 대부분 다루는 대상을 떠올
릴 수 있는 호칭을 비롯하여 조상들을 소개하는 것으로 시작되고 있지
만 내용의 전개나 결말은 작품에 따라 각기 다른 양상으로 나타난다.

---

10) 안병렬, 「가전체소설 작품 연구」, 『안동대학 논문집』 7, 1985, 71쪽.

즉 가전의 형식적 특징들은 서로 순차가 바뀌기도 하고 더러는 한 부분이 약화된 경우가 나타나기도 하지만 일반적인 문체에 따른 구성적 특징을 지키고자 했다. 여기에서 주목되는 것은 가전을 이끌어가는 기술 방식이다. 그동안의 가전 연구에서 중요시 된 것이 형식에 관한 것이었는데, 작품의 서사 단락을 중심으로 형식을 구분하여 작품을 분석해 왔다. 그러나 이야기를 직접 이끌어 가는 주된 서사적 요소 못지않게 중요한 것이 가전을 한 편의 이야기로 이끌어 가는 서사 진행에 수반되는 부수적인 서술기법이다.[11] 형식이 겉으로 드러난 뼈대라면 서술기법은 내재적으로 작품에 재미와 웃음을 자아내는 경우라고 할 수 있다. 즉 의인화된 소재를 중심으로 한 서두-선계-사적-종말-후계-평결의 일반적인 구성에서 이러한 구성들을 가능하게 만들고 있는 서술기법이 작용하고 있는 것이다.

1. 암시적 표현법과 전고의 활용

가전은 특정한 사물을 사람으로 의인화시켜 이야기를 전개하는 것이 특징이다. 그러나 단순한 의인화가 아니라 이야기의 소재에 부합되는 다양한 인물들과 이들을 드러내는 특징(캐릭터)이 등장하고 몇 가지 사건을 중심으로 이야기가 구성되기 일쑤이다. 때문에 가전 작품을 읽는 이들은 의인화의 대상이 지닌 속성을 어느 정도 알고 있을 때 쉽게 이해할 수 있고 작가의 숨은 의도를 발견하면서 재미를 배가시킬 수 있다. 더러는 가전을 작가의 박식함을 드러내는 통로 정도로 이해하는

---

11) 중심 사건을 서사의 핵으로 판단했을 때 이를 꾸미면서 뒷받침하는 것이 위성이라는 개념인데, 가전도 마찬가지이다. 뛰어난 주인공의 삶을 드러나게 하는 부수적인 서사들이 존재하는데, 이러한 것들이 이야기를 더 풍요롭게 만들고 있다.(최예정, 김성룡, 앞의 책, 『스토리텔링과 내러티브』, 133~136쪽 참조)

경우도 있는데, 이는 많은 문인들이 잘 알고 있는 이야기들을 적절히 활용하여 이야기를 해학적으로 표현하기 때문이다. 이처럼 작가가 자신의 역량을 총동원하여 이야기하고자 하는 소재를 다양한 속성과 상황에 빗대어 표현하는 암시적 표현에 주목할 필요가 있다. 예를 들면 김의 속성을 간파하여 한 장 두 장 세는 것으로 성을 삼아 주인공의 성을 장(張) 씨로 부르거나 끈으로 묶는 속성을 간파하여 자(字)를 속지(束之)라고 부른 것 등이 이에 해당한다. 또한 「천군전」에서 마음을 의인화하여 천군(天君)이라고 지칭하거나 영대(靈臺)라고 부르는 것이나 「죽부인전」에서 죽부인의 아버지를 왕대나무를 뜻하는 운(篔)으로 설정하는 것 등이 모두 이런 예이다. 그리고 진시황제나 한나라 고조 등 중국 역사에서 널리 알려진 인물들의 행적이나 경서에 등장하는 일화 등 전고가 다양하게 활용되고 있다. 이러한 전고는 이야기의 빌미이자 리얼리티적인 측면에서 기여를 하게 되는데, 이야기의 서두나 전개과정에 삽입되는 경우 한 결 같이 전체적인 이야기의 내용과 상황의 흐름에 부합되게 꾸며져 있다. 여기에서 원천소스는 의인화하고자 하는 직접적인 대상이고 작가가 구현하고자 하는 의미는 작가 자신이 세상에 대해 품고 있는 가치관을 드러내는 것이라고 할 수 있다. 즉 전자가 이야기의 실마리를 제공하고 의인화를 통해 내용을 이끌어 가는 역할을 한다면 후자는 겉으로 드러나지 않은 진정한 의미를 담고 있는 주제에 해당한다. 이처럼 가전의 스토리는 대부분 주인공의 행위를 중심으로 적절한 전고들이 곁들여지면서 이야기에 박진감이 더해지게 되었다. 이것은 1차적인 소재에 적합한 2차적인 이야기들을 결부시켜 새롭게 창작해 내고 있음을 의미하는 것인데, 대부분의 가전 작품들이 내용 전개에 있어 이러한 경향을 띠고 있다. 그리고 17세기 전후의 가전 작품들은 인물들 간에 갈등 양상이 존재하는 경우가 있고[12] 소설의 구성 방식처럼 인물과 사건이 유기적인 짜임새를 보이기도 한다.

그럼 술을 의인화한 「국성전」의 내용을 간략히 제시한 다음 이야기 전개에 영향을 미치고 있는 특징적인 서사들을 중점적으로 살펴보도록 하겠다.

「국성전」 개요

국성은 옹주사람으로 제나라의 맥구에서 태어났다. 태어날 때 어머니가 장경성에 대한 꿈을 꾸었는데, 태어나면서부터 기품이 있었다. 호관에서 가정을 이루었는데, 어릴 때부터 많은 사람들을 곧잘 취하게 했고 어진사람이나 어리석은 사람이나 가리지 않고 잘 어울렸다.

국성이 장성하자 그의 뛰어난 능력을 알아본 의적이 우 임금에게 천거했으나 절교를 당했다. 그러나 후일 우 임금의 손자 계 임금의 총애를 받았다. 국성이 술을 담는 연못을 팔 때는 여덟 마리의 소를 끌고 와서 했고 삼천배의 술을 마시고 놀다가는 결국 나라가 망하고 말았다. 그후 상나라 신 임금의 총애를 받았지만 결국 신임금도 나라가 망하고 말았는데, 결코 국성의 잘못이라고 말하지 않았다. 상나라가 망하고 나서 국성이 계의 여동생 희의 나라에서 흠뻑 빠지니 무왕이 경계의 글을 지었다.

춘추의 시대로 흘러들어가서는 漢고조가 천하를 통일하고 연회를 열 때 최고의 사랑을 받았으며 하동의 계포, 죽림칠현, 도연명, 강하신 씨, 필탁, 유령, 이백, 하지장, 황 공자 같은 이름난 사람들을 만나 교분을 나누었다. 이로 말미암아 국성의 명성이 천하를 적셨고 사람들이 국성의 도량에 크게 감복했다.

천군이 영대에 올라 군신들과 나라를 다스릴 때 진나라 백기가 40만

---

12) 「수호전」과 같은 심성 가전이 대표적이라고 할 수 있는데, 17세기 박상연이 지은 「해의국사」의 경우 이러한 특징이 잘 나타나 있다.(졸고, 「해의국사 연구」, 『한국언어문학』 62, 한국언어문학회, 2007)

의 병력으로 쳐들어 왔으나 국성이 가볍게 물리쳤다. 이로 인해 성안에 있던 사람들에게 큰 대접을 받으니 술로 근심을 털어낸 것이다.

국성이 돌아오니 천군이 교외에서 맞이하고 환백 장군 청주자사를 삼았다가 마침내 조병에 봉하니 환백이 양천 군수를 삼았다. 부와 권세를 누리면서 천자로 더불어 항상 시작과 끝을 함께 했다.

공을 이루고 물러나서는 하늘의 주성이 되었다. 국성이 호관을 나오자 이름이 천하에 가득했는데, 살아서는 세상에 더 없는 공을 이루고 죽어서는 하늘의 별이 되어 모든 사람들이 그를 인걸이라며 사랑했다.[13]

「국성전」은 맛 좋은 술을 원천소스로 하여 국성이라는 가공의 인물을 내세워 한 편의 이야기로 창작해낸 것이다. 서사의 핵심은 탁월한 능력을 지닌 국성이 자신의 능력을 마음껏 발휘한 후 이상적인 결말을 맺는 것이다. 「국성전」의 이야기 흐름을 보면 조상들의 내력과 국성의 태어남 → 성장하면서 지니게 된 능력 → 좌절을 겪음 → 국성과 어울려 계 임금과 상 임금의 나라가 망함 → 시공을 넘나들며 다양한 시인묵객들과 교류를 하며 그 능력을 인정받음 → 마음에 병이 생기자 국성이 물리침 → 장수로 봉해지고 부와 명예를 얻음 → 하늘의 주성이 되는 것으로 이야기가 전개되고 있다. 이는 형식적인 측면에서 일반적인 가전의 기술방식에 부합되는 흐름을 보여주고 있는데, 「국성전」은 술이라는 소재가 사람이 애용하는 음식이지만 그로 인해 생길 수 있는 일들을 다양한 상황을 설정하여 제시해 놓았다. 그러나 이면적으로는 작가가 자신의 의중을 드러내어 술의 잘못보다는 마시는 사람의 판단에 달려 있음을 설파하고 있다. 이는 작가가 의도한 포폄의식의 발로라고 할 수 있는데, 술은 적당히 마셨을 경우 사람의 몸과 마음을 안정되게 하

---

13) 『금곡집』 하권, 「국성전」.

고 건강에도 도움이 된다. 그러나 반대로 많이 마셨을 경우에는 몸과 마음을 망치게 된다. 그래서 예로부터 술에 대해서는 많은 사람들이 관대한 마음을 가지고 있었지만 결코 경계를 늦추지 않았다. 그러므로 술에는 항상 숱한 일화들이 개입되게 되었다. 또한 술은 모든 중요한 의식에 빠지지 않았던 것을 보아도 인간의 희노애락과 함께하는 대상이라고 볼 수 있다. 이렇다보니 술을 소재로 한 문학작품은 과거에서 끝난 것이 아니고 현재까지도 장르를 달리하여 이어지는 진행형이라고 할 수 있다.14) 술은 종류만 바뀌었을 뿐 여전히 음식의 한 부분을 차지하고 있기 때문이다. 이런 점에서 볼 때 술에 대한 우리 조상들의 관심이 얼마나 큰 것이었는지 단적으로 알 수 있다. 술을 소재로 한 가전 작품을 살펴보면 작가마다 약간씩 술을 바라보는 관점에 차이를 감지할 수 있는데, 대략 3가지 정도로 정리해 볼 수 있다. 이것은 술을 콘텐츠화 할 때 만들어볼 수 있는 시놉시스와 밀접한 관련을 지니는데, 첫째는 술을 아끼고 예찬한 경우, 둘째는 술을 경계하고 멀리하고자 한 경우, 셋째는 술은 잘못이 없고 사람이 문제가 있다는 시각이 그것이다.15)

여기에서 「국성전」에 나타난 서사 구조를 바탕으로 기술방식의 특징을 보면 원관념을 살짝 감추고자 암시적으로 빗대어 표현하기와 전고를 활용한 경험적 글쓰기 방식이16) 빈번히 활용되고 있다는 점을 알

---

14) 최근 일본 NTV에서 쿠와바라 죠야가 포도주를 소재로 연출했던 『신의 물방울』이 종영된 후 국내에서 만화책으로 출간되었다.(아기 다다시 글, 오키모토 슈 그림, 설은미 역, 『신의 물방울』, 학산문화사, 2009) 그러나 국내에서는 술을 전통적인 음식의 일종으로 콘텐츠화 하기 위한 노력들이 상대적으로 부족한 실정이다.

15) 술을 의인화한 가전으로는 「국순전」, 「국선생전」, 「국수재전」, 「환백장군전」, 「국청전」, 「국성전」, 「청주종사 환백장군 이공수성」 등을 들 수 있다.(졸고, 「창명 남선의 술 의인화 가전 연구」, 『한국어문학연구』 50, 한국어문학연구학회, 2008 참조)

16) 경험의 역할은 글쓰기나 독서에 있어 모두 중요하다고 할 수 있는데, 다른 사람이

수 있다. 이는 식자층들이 흔히 알고 있을 법한 이야기를 원소스에 결부시켜 이야기가 사실적인 것처럼 설득력을 띠면서 자연스럽게 전개되는 결과를 가져오게 만들었다. 소재와 관련된 다양한 이야기를 결부시키면서 이야기를 자신의 의도에 따라 창작해 내는 것이다. 그리고 가상의 선조나 원소스에 부합되는 이름이나 호 등을 창작해 내어 이야기를 시작하는 리얼리티를 자연스럽게 형성하고 있다.

> ㉠ 국성은 옹주사람으로 이름은 성이고 자는 청지다. 할아버지 이름은 양이고 아버지는 예인데, 아버지가 어머니 조씨와 제나라 맥구에서 살았다. 성은 호관에서 가정을 이루었다.
>
> ㉡ 일찍이 의적과 교분이 두터웠는데, 그가 국성을 우임금에게 천거했다. 그러나 우임금님은 국성을 등용하지 않았다. 우임금님에게 절교를 당했지만 국성은 부끄럽게 여기지 않았다.
>
> ㉢ 국성이 일찍이 술 담을 연못을 파는데 여덟 마리의 소를 끌고 와서 했다.
>
> ㉣ 춘추의 세상까지 흘러들어 종사에 쓰이기도 하고 제후들의 회맹의 자리에서도 사랑을 받았다. 다만 초나라의 굴원이만 절교를 했다. 그 후 하동의 계포, 죽림칠현, 도연명, 강하신 씨, 필탁, 유령, 이백, 하지장, 황 공자 같은 많은 사람들을 만나 교분을 나누었다.
>
> ㉤ 2년이 지나 천군이 군신들과 나라를 다스릴 강론을 할 때 애공이 도둑의 침입을 아뢰었다. 도둑의 수는 40만이고 장수는 진나라의 백기이며 격현에 근심의 성을 쌓아 병탄의 계획을 세우고 있다고 했다.
>
> ㉥ 환백 장군 청주자사를 삼았다가 마침내 조병에 봉하니 환백이 양천군수를 삼았다.

겪은 것을 글쓰기로 부각시킬 경우 공감대가 훨씬 크고 이해가 빠르다는 장점이 있다. 이는 독서의 경우도 마찬가지이다.(모티머 J 애들러·찰스 반 도렌, 오연희 옮김, 『논리적 독서법』, 예림기획, 1997, 188~189쪽)

㉠은 국성이 술이라는 것을 은연중에 제시하는 것으로 청지는 맑은 술을 뜻하는 것이다. 그리고 맥구는 술의 원료가 되는 보리를 나타낸 것이며 호관은 술을 담는 술병을 표현한 것이다. 이는 술과 관련된 소재들을 술 이야기를 기술하는 데 활용한 것으로 이름, 태어난 곳, 집 등을 암시적으로 표현한 것이라고 할 수 있다. 그리고 술이 만들어지는 원료가 풍부한 맥구라는 곳을 국성이 태어난 곳으로 설정함으로 인해 이야기가 자연스럽게 시작되는 효과도 함께 지니게 되었다. 이는 작가가 자신이 기술하고자 하는 술과 관련된 내용들을 독자들이 은근히 눈치 챌 수 있게 함과 동시에 선조들의 내력을 제시하여 리얼리티를 획득하고자 한 부분이다. 비록 가공의 픽션이지만 과거의 어느 시점에서 필요한 인물들을 적절히 취하여 문학 속에 존재하는 술과 관련된 계보를 잇고 있는 것이다. 다음으로 역사적으로 존재했거나 경서 속에 나오는 내용들, 즉 전고를 활용한 것인데, ㉡의 의적은 술을 처음 발명하여 우 임금에게 바친 인물로 술을 논할 때 빠질 수 없는 사람이다. 그리고 중국 고대의 전설상의 임금이라고 알려진 우 임금을 등장시켜 국성의 행동을 경계시키고 있다. 우 임금은 어진 정치를 펼쳤기에 그가 술로 나라를 망하게 할 수 없었다는 설정이 가능했던 것이다. 그리고 ㉢은 주지육림이라고 알려진 은나라 주왕과 관련된 역사적 기록을 전고로 활용한 것이다. 술을 많이 마시면 개인도 병들어 죽을 수 있지만 나라도 망할 수 있다는 것을 제시한 것이다. 물론 이와 같은 행위는 국성이 술이기 때문에 생긴 일처럼 느껴지지만 실제적으로 보면 사람들이 술을 지나치게 좋아하여 생긴 문제들이다. 이는 이규보가 지은 「국선생전」과도 주제적인 측면에서 서로 통하는 점이기도 하다.[17] ㉣은 국성이 술

---

17) 졸고, 앞의 책, 「국성전 연구」, 105쪽.

이기 때문에 시간의 벽을 뛰어넘어 한나라 고조가 나라를 세우고 축하하는 뜻 깊은 자리에 참여하기도 했지만 술을 좋아한 나머지 절제하지 못하고 망신을 당한 경우나 술을 적당히 즐겨 흥을 돋운 이들을 예로 든 것이다. ⑪은 임제가 지은 「수성지」처럼 심성을 의인화의 대상으로 삼은 것인데 진나라의 백기라는 장수의 고사를 들먹여 근심을 술로 치유하는 것을 말하고 있으며 ⑪은 술을 장수로 의인화시켜 맑은 술을 뜻하는 청주종사로 빗대어 나타낸 것이다.

이와 같이 소재를 암시적으로 표현하는 방법과 전고를 활용한 경험적 글쓰기 방식은 가전을 이끌어 가는 중요한 기술 방식이라고 할 수 있다. 그런데 문제는 중국에서 시작된 술과 관련된 소재들이 우리나라의 많은 술 이야기에도 상투적으로 쓰이고 있다는 점이다. 그러나 전고를 활용해 표현하는 방식은 현대적인 관점에서 보면 참신성이 떨어질 수도 있지만 과거에는 어떤 장면에서 어떤 내용의 소재를 적절하게 곁들일 수 있는가에 따라 문재를 가늠하곤 했다. 즉 식자층들이 많이 읽었을 내용을 거론하는 것은 이해를 돕는 것이고 여기에 기발한 발상이 새롭게 가미된다면 온고지신처럼 작용될 수도 있다고 여겼기에 용사처럼 활용됐던 것이다. 이는 과거 사대부들이 활용했던 것처럼 과거에서 뿌리를 찾아 작품에 당위성을 제공하고 소재가 지닌 특징을 드러내는데 현대의 많은 문학 장르에도 활용 가능한 기법이라고 하겠다.

2. 욕망의 표출과 환상

자크 라캉은 인간의 욕망이란 끝이 없는 것이기 때문에 죽어야만 사질 수 있다고 지적했다.[18] 그러나 인간은 누구나 일정한 욕망이 없이

---

18) 자크 라캉, 권택영 엮음, 『욕망의 이론』, 문예출판사, 1994.

는 살 수 없는 존재이며 문학은 현실에서 실현 불가능한 욕망을 환상적인 소재들을 동원하여 이를 가능하게 해 준다.

인간은 누구나 어떤 형태로든 욕망을 지니고 있다. 이 욕망은 다양한 방식으로 표출되는데, 대표적인 것이 바로 환상을 모토로 한 주인공의 특성(캐릭터)이다.[19] 권력에 대한 욕망, 부에 대한 욕망, 심지어선에 대한 욕망 등 그 양상도 다양한데, 「국성전」의 경우를 보면 한 나라의 최고의 신하가 되어 선망의 대상이 되는 것으로 욕망이 표출되고있다. 이는 작가가 처해있던 실제의 상황과도 밀접한 관련을 지니는데, 금곡 박상연은 17세기 남인 계열의 문인으로 숙종 때 노론의 핍박을받아 관직을 버리고 세상을 주유하다 경기도 양성에서 만년을 보낸 인물이다. 이런 작가에게 국성은 자신의 못다 이룬 관직에 대한 한을 대변하는 인물의 유형으로 설정되었다고 생각된다. 그러므로 국성은 술이지만 종착점은 백성들의 우러름을 받는 훌륭한 신하의 모습에 닿아있다.[20]

주인공 국성은 태어날 때부터 능력자로 태어나 많은 사람들의 사랑을 한 몸에 받았다. 물론 우 임금 같은 인물들에게는 절교를 당하지만사람의 마음을 달아오르게 하여 기분을 좋게 만드는 능력으로 인해 장수에 봉해지게 된다. 그리고 세상에 둘도 없는 위대한 인물이 되어 근심을 이기고 심지어는 하늘에서 술을 관장하는 별로 재탄생하게 되었다. 이는 작가가 지닌 욕망의 표출이자 작품에서 환상의 근간을 이루고 있다.

---

19) 앞의 책, 유수열 외, 『스토리텔링의 이해』, 105쪽.

20) 주인공 국성은 캐릭터가 신화적인 인물은 아니지만 그가 갖고 있는 능력은 당대 인물의 꿈을 형상화한 경우로 손색이 없다.(함복희, 앞의 책, 「설화의 문화콘텐츠화 방안 연구」, 153쪽)

㉠ 어릴 적에는 바탕이 순진하여 사람들의 마음을 잘 취하게 했다.

㉡ 장성해서는 맑고 사나운 기운이 있어 사람들이 모두 좋아했고 어진 사람이나 어리석은 사람이나 사귀는 정이 물과 같았다.

㉢ 국성이 대장군의 위엄으로 세 번 명령을 내리고 다섯 번 명령을 행하여 적을 물리치고 마침내 큰공을 이루었다. 성안에 있던 사람들에게 큰 대접을 받으니 술로 인해 근심을 털어낸 것이다.

㉣ 살아서는 세상에 더 없는 공을 이루고 죽어서는 하늘의 별이 되어 모든 사람들이 그를 사랑했다. 그는 인걸이라 하겠다.

「국성전」은 술을 의인화 한 것이지만 한 편의 짧은 영웅이야기를 읽는 것 같은 느낌마저 드는 것이 사실이다. 이러한 점은 무엇보다 국성의 능력과 매우 밀접한 관련이 있다. 국성은 술로서 세상을 평정했고 심지어 하늘의 별이 되는 영광을 누렸다. 이러한 국성의 영웅적인 캐릭터는 작품을 구성하는 토대인데, 계포나 필탁, 상나라 임금 등 술로 인해 패가망신한 인물들은 국성과는 반대에 해당하는 캐릭터들로서 국성의 행위를 드러내는 역할을 하고 있다. 그리고 사실적인 소재를 허구적인 스토리로 엮어가는 데 있어 주인공의 능력이 가미되면서 자유로운 구성이 펼쳐질 수 있다는 점이다. 시공을 초월하면서 그 누구와도 정답게 사귈 수 있다는 점과 구성원들의 문제를 가볍게 해결하는 뛰어난 능력이야말로 모든 사람들의 선망의 대상이다. 똑같은 재료를 가지고도 전혀 다른 맛의 결과가 나오는 것처럼 술이라는 한 가지 소재를 다루고 있지만 주인공의 활약에 따라 작품마다 전개방식과 결말은 사뭇 다를 수 있다. 이는 작가의 역량이라고 할 수밖에 없는데, 자신이 생각하는 술의 의미를 중심으로 스토리를 기획할 때 주인공의 능력이 그만큼 비중이 크다는 것이다. 즉 임춘의 「국순전」에서는 술로 설정된 인물들이 욕심으로 인해 불행한 결과들을 가져오지만 월등한 능력자들은 아니었다. 반면에「국성전」은 술의 좋은 점을 수용하여 가장 영예로운 결과를 만들어냈는데, 이때 가장 큰 역할을 한 것이 주인공의 능력이다. 국성은 술이면서도 문인적인 측면과 장수적인 측면을 모두 갖추고 있다. 즉 하나의 사실적인 소재를 토대로 전기적인 기술 방식을 통해 환상적인 한 편의 이야기를 창작한 것이다. 여기에 핵심적인 역할을 하는 것이 바로 주인공이 지닌 능력인 것이다.

이러한 주인공을 통해「국성전」에서 표출되는 이상적인 신하의 모습은 대체로 왕의 총애를 받는 것과 문인으로서 이름난 문인들과 교류하는 것, 부자가 되는 것, 큰 공을 세워 천자와 같은 권세를 누리는 것이다.

> ㉠ 우임금님에게 절교를 당했지만 국성은 부끄럽게 여기지 않았고 후에 우임금님의 손자인 계의 총애를 얻었다.
> ㉡ 한나라 고조가 천하를 통일하고 철후와 제장으로 남궁에서 연회를 열 때 국성이 받들었는데, 최고의 사랑을 받았다.
> ㉢ 당나라에 이르러서는 이백과 하지장을 만나 즐겼는데, 만년이 되도록 알아주는 정을 맺었다.
> ㉣ 국성이 강하 신 씨로 더불어 두터운 정을 맺고 그 집에 살면서 천금의 부를 이루게 해 주니 신씨가 그 은혜를 감사히 여겨 황학루를 세웠다.
> ㉤ 부와 권세를 누리면서 천자로 더불어 항상 시작과 끝을 함께 했다.

신하로서 이보다 더 큰 즐거움과 영광은 없을 것이다. 그러나 한편으로 생각해 보면 스스로 임금이 되고자 하지 않았다는 점에서 군신의 도리에 입각한 욕망의 표출이라고 하겠다. 그런데 이러한 욕망의 표출은 환상적인 상황이 가미되면서 더욱 더 뚜렷하게 드러나고 있다.「국성전」에 나타난 환상적인 부분을 제시해 보면 다음과 같다.

  ㉠ 어머니 조씨가 장경성에 관한 꿈을 꾸고 성을 낳았다.
  ㉡ 삼천배의 술을 마실 적에는 북을 치며 즐기다 마침내 나라가 망하고 그 종족도 망하였다.
  ㉢ 국성이 대장군의 위엄으로 세 번 명령을 내리고 다섯 번 명령을 행하여 적을 물리치고 마침내 큰 공을 이루었다.
  ㉣ 전쟁에서 이기고 성안에 있던 사람들에게 큰 대접을 받으니 술로 인해 근심을 털어낸 것이다.
  ㉤ 죽어서는 하늘의 별이 되어 모든 사람들이 그를 사랑했다.
  ㉥ 춘추의 시대로 흘러들거나 많은 문사들을 차례로 만나는 것.

「국성전」에서 환상은 다분히 꿈과 관련되면서 양적으로 많은 것과 현실에서는 오래 걸릴 일을 쉽게 해결하는 것, 뜻밖의 것으로 문제를 해결하는 것, 선망의 대상이 되는 것, 시대를 자유재자로 넘나드는 것 등으로 나타나 있다.[21] 꿈은 신화시대를 이어 인간의 능력을 출생에서 드러내 주는 역할을 하는데, 국성은 어머니가 꼬리가 긴 장경성에 관한 꿈을 꾸고 잉태되어 능력이 예견되었다고 볼 수 있다. 이는 환상적 요소로 능력이 예견된 것이다. 그리고 술을 많이 마신다고 하지만 삼천배의 술을 마신다는 것은 쉽게 상상하기 힘든 일이다. 이는 은나라 주왕의 전례를 답습한 것이지만 최고의 술이라는 상황에 맞게 차용한 것이다. 그리고 장수로서 부하들을 잘 통솔하고 적을 물리침이 그 어떤 것보다도 빠르게 끝나고 있다. 오히려 너무 싱거울 정도로 표현되어 되어 있는데, 전쟁에서의 승리 또한 빠름에서 환상적 상황이 묘사

---

21) 한국 문학사에 등장하는 환상의 특징에 대해서는 (최기숙, 『환상』, 연세대학교출판부, 2007, 45~57쪽)에서 확인해 볼 수 있다.

되고 있다.

한편 국성은 술이었기 때문에 사람들의 마음을 기쁘게 할 수 있는 자질을 지니고 있었는데, 그런 그가 장수와 문인의 힘으로도 할 수 없는 근심을 털어낸 것은 오직 그만이 할 수 있는 것이었다. 강하신 씨에게 천만금을 벌 수 있게 해준 것이나 여러 문인들과 어울리다 장수가 된 것 등은 모두 주인공 국성이 상황에 따라 잘 변신하기 때문이다. 이러한 주인공의 변신은 능력의 표출이자 우리 문학에 등장하는 전통적인 화소라고 할 수 있다. 그리고 술로 태어나 죽어서 하늘의 별로 재탄생한 것은 마치 해와 달이 된 오누이처럼 현실과 이상이 결합된 환상적인 설정이다. 또한 시대를 뛰어넘어 많은 이름난 사람들과 교류하는 것은 시공을 초월한 것으로 문인이라면 한 번쯤 현실에서 꼭 이루어보고 싶은 것일 것이다. 중국 역사에 등장하는 고대의 임금들로부터 장수, 시인묵객 등 술과 관련된 일로 유명했던 사람들과 이야기의 흐름에 맞게 적절히 끌어들인 인물들과의 조우는 작가가 상상력 안에서 획득하고자 한 역사의 부분들이다. 이러한 점들이『국성전』을 신비롭게 구성하는 역할을 하고 있다.

이처럼 캐릭터의 활약을 중심으로 욕망이 표출되고 환상이 가미된 스토리 전개는「국성전」의 주제와 연관되면서 이야기를 박진감 넘치고 흥미롭게 구성하는 중요한 요소라고 할 수 있다.

Ⅲ. 새로운 스토리 창작의 활용 가능성

오늘날 스토리텔링은 과거의 수많은 이야기들을 현대적인 관점으로 새롭게 재탄생시키는 계기가 되고 있다. 스토리텔링을 일러 모든 사건

의 종합체이며 모든 문화콘텐츠 산업의 근원을 형성한다고 지적한 것
은 이러한 현상을 단적으로 지적한 경우라고 할 수 있다.[22]

　그러나 스토리텔링을 논하면서 서사의 어떤 특징들이 이야기를 이
끌어 가는 중요한 요소로 작용하는가에 대한 논의는 부족한 것 같다.
이런 점에서 볼 때 오늘날 가전은 더 이상 현재진행형인 장르는 아니지
만 하나의 소재를 중심으로 다양한 2차적인 이야기들을 끌어들여 자신
의 생각을 새롭게 재구성한다는 점에서 취할 점이 많다고 생각된다.
그렇기 때문에 가전의 기술 방식은 다양한 스토리 창작에 시사하는 바
가 크다고 할 수 있다. 스토리텔링은 유기적인 짜임새보다 각각의 플
롯들이 작가가 의도하는 이야기에 적절히 기여하면 그만일 수도 있다.
이러한 현상은 짧은 시간에 메시지를 전달하는 속성을 지닌 디지털스
토리텔링의 경우 더욱 더 그러할 수 있는데, 이럴 경우 문학적 상상력
에 기반을 둔 내용들이 핵심적인 서사에 가려 크게 조명되지 못할 수도
있다. 그러나 정작 중요한 문제는 원천소스를 많은 사람들이 관심을
끌 수 있는 이야기로 재구성하는 것이다. 여기에 문학적 상상력에 기
반을 둔 스토리텔링의 역할이 필요한데, 이것이 이루어졌을 때 다양한
콘텐츠로 확장되어 활용 될 수 있을 것이다.

　17세기의 가전 작품인 「국성전」을 중심으로 스토리텔링에 활용될 수
있는 요소를 분석해 본 결과 암시적으로 표현하기와 전고의 활용, 주
인공의 다양한 능력과 환상적인 요소의 결합이라는 특징을 발견할 수
있었다. 암시적으로 표현하기는 대상이 지닌 본질적인 측면을 고려하
여 위상에 맞게 적절한 표현법을 찾은 결과라고 할 수 있다. 사람들이
마시는 술을 오늘날과 같이 소주, 맥주, 양주, 막걸리 하는 식으로 표

---

22) 안기수, 「영웅소설의 게임 콘텐츠화 방안 연구」, 『우리문학연구』 23, 우리문학회,
　　2008, 115쪽.

현하는 것보다 훨씬 미학적이면서도 표현하고자 하는 본질을 쉽게 짐작할 수 있게 해준다. 이러한 가전의 은근히 빗대어 표현하는 기법은 스토리텔링에 있어 등장인물들의 이름과 특징을 좌우하는 요소로 활용될 수 있을 것이다. 다음으로 전고의 활용을 들 수 있다. 「국성전」에는 술과 연관된 과거의 인물들과 그들에 얽힌 이야기들이 종종 등장한다. 이는 새로운 술 이야기에 이전의 널리 알려진 이야기들을 가미시키는 것인데, 이야기를 진행해가는 꺼리이자 많은 사람들이 알고 있는 이야기를 들먹임으로 인해 작가의 의도를 쉽게 전달할 수 있는 특징을 지니고 있다. 즉 술 이야기와 관련된 전고처럼 어떤 한 편의 이야기를 창작할 때 인물이나 사물의 과거 이력을 표현할 때 더 없이 좋은 방법이다. 드라마 「대장금」에서 장금의 어머니가 과거 궁중의 수라간에서 일했던 것은 장금을 수라간 최고 상궁으로 만드는 데 좋은 빌미가 되고 있다. 이는 원천소스에 이력을 부여하여 허구적인 이야기에 역사성과 진실성이 개입되는 것처럼 설득력을 갖추게 만드는 것이다.

　다음으로 주인공의 능력을 들 수 있다. 영웅 소설과 마찬가지로 가전의 주인공 역시 탁월한 능력을 지닌 캐릭터로 그려지고 있다. 이는 이야기라는 가상의 공간에서 탁월한 주인공을 통해 현실에서는 불가능한 것을 성취하는 것이다. 그리고 주인공의 능력은 다양한 시련과 욕망의 성취로 표출되는데, 이는 작가의 삶과도 밀접하게 관련되어 있다. 「국성전」의 주인공 국성은 맛좋은 술이지만 술이 지닌 속성을 통해 다양한 인물들과 교류하며 문인으로 장수로, 상인의 모습 등으로 변신을 거듭하며 제시된다. 변신을 수반한 주인공의 능력은 대부분의 이야기에서 필수적인 사항인데, 욕망을 달성하게 되면 해피엔딩이지만 그렇지 못하면 시시한 이야기가 된다. 그러나 주인공의 능력은 반드시 작가가 의도하는 전반적인 이야기의 흐름에 걸맞기 마련이다. 만약 일지

매의 주인공이 고전적인 무기보다 현대의 비대칭적인 무기를 즐겨 사용하게 된다면 그는 이미 식상한 능력자이며 이야기가 전혀 다른 의미로 변질되면서 흥미를 끌지 못할 수도 있다. 따라서 주인공의 능력은 이야기의 시대적 상황과 내용의 설정에 따라 제약적인 측면이 발생할 수 있다. 이는 과거와 현재를 넘나드는 스릴러물이라도 마찬가지이다. 작품에 어울리는 적절한 주인공의 능력이 필요하다. 끝으로 이야기를 박진감 넘치고 신비롭게 표현하는 환상적 요소를 들 수 있다. 환상은 언어로 구사되지만 느낌은 당연히 감성의 영역이다. 문학에 등장하는 환상은 고대 신화에서부터 비롯되지만 가전 역시 개인의 창의적인 사고의 발로이다 보니 환상적인 내용들이 많이 가미되어 나타난다. 환상은 주인공의 능력과 맞물리면서 탄생담, 활약, 죽음 등에 영향을 미치고 있는데, 「국성전」은 주로 출생과 활약, 죽음에 나타나 있다. 이러한 환상적인 표현은 과거의 이야기를 현대에 활용함에 있어 반드시 갖추어져야할 요소이다. 환상이 결여된 문학은 그저 기록으로 남을 뿐 감동을 줄 수 없다. 만약 『해리포터』 시리즈나 『반지의 제왕』에서 환상을 제거시킨다면 이야기 자체가 의미가 없듯이 환상을 얼마나 잘 가미시키느냐가 작품의 성패를 좌우한다고 할 수 있다.

이와 같이 가전에서 주로 사용된 암시적 표현법과 전고의 활용, 주인공의 탁월한 능력과 환상성의 유기적 결합은 최근 새롭게 부각되고 있는 다양한 장르의 스토리텔링에 활용될 수 있는 여지가 크다고 하겠다.

Ⅳ. 맺음말

이상으로 술을 의인화한 「국성전」의 서사 구조를 분석하여 스토리텔링에 효과적으로 활용될 수 있는 몇 가지 특징들을 검토해 보았다.

주지하다시피 가전은 특정한 소재를 의인화하여 이야기로 창작해 온 전통적인 글쓰기 방식이라는 점에서 오늘날 새롭게 부각되고 있는 스토리텔링 기법에 시사하는 바가 크다고 할 수 있다. 스토리텔링도 이야기의 핵심이라고 할 수 있는 원천 소스를 중심으로 독자들의 관심을 끌 수 있는 창의적인 내용으로 전개되기 때문이다. 그리고 스토리텔링은 단순히 한 편의 이야기로 끝나는 것이 아니라 다양한 멀티미디어로 활용되어 문화콘텐츠의 근간을 이룬다는 점에서 매우 중요한 위치에 있다고 볼 수 있다. 그런데 한 편의 스토리가 많은 사람들에게 흥미를 끌기 위해서는 서사 진행에 따른 다양한 기법들이 요구되는데, 술을 의인화한 가전인 「국성전」에서도 이러한 실마리를 발견할 수 있었다.

본고에서 텍스트로 삼은 「국성전」을 분석한 결과 스토리텔링에 활용될 수 있는 기법으로 대략 네 가지 정도를 꼽을 수 있었다.

첫째, 대부분의 가전에서 활용되고 있는 특징으로 처음 부분에서 선조의 내력과 다루고자 하는 대상을 설명할 때 주로 활용되고 있는 암시적 표현 방식이다. 이는 직접 다루고자 하는 대상이 「국성전」처럼 술인 경우 단순히 술이라고 지칭하지 않고 술의 종류와 맛의 탁월함 등에 따라 부르는 이름과 사는 곳, 태어난 곳, 조상의 이름 등에서 이러한 방식을 활용하고 있다. 이는 의도적으로 암시적인 수법을 써서 대상을 빗대어 드러내고자 한 것이다.

둘째, 가전의 전통적인 기술 방식이라고 할 수 있는 전고의 활용을 들 수 있다. 전고는 역사서나 경서에 나와 있는 특정한 사건이나 이야기들을 이르는 것으로 일정한 소재를 이야기로 창작할 때 소재에 어울리는 역사 속의 이야기들을 차용하여 새롭게 창작하는 것이다. 술 이야기를 창작하면서 술을 처음 발명한 의적이라는 사람을 등장시키기도 하고 주나라 탕왕 때 있었던 주지육림이라는 고사를 활용하는 것 등이 모두 이에 해당한다.

셋째, 다양한 능력을 지닌 주인공을 들 수 있다. 가전에서 주인공은 이야기를 이끌어가는 주체인데, 「국성전」의 주인공인 국성은 세상에서 가장 맛좋은 술이었기 때문에 역사적으로 이름난 문인들과 어울리기도 하고 뛰어난 장수가 되어 근심의 성을 쌓은 도적들을 물리치기도 한다. 가전의 주인공은 절대적인 능력을 지닌 캐릭터로서 다양한 변신을 시도하며 작품 전반을 리드한다.

넷째, 환상적 요소이다. 환상은 주인공의 능력과 결부되면서 작품에 신비감을 부여하고 흥미를 느끼게 하는 요소들이다. 주인공의 활약에서 시공을 초월한다든가 죽어서 하늘의 별이 되는 것, 모두가 두려워하는 적을 단숨에 물리치는 전술 등은 모두 환상성에서 기인한 것이다. 환상성은 픽션 문학의 대표적인 특징이라고 할 수 있는데, 가전 또한 픽션이기 때문에 환상성이 깊이 개입되어 나타나는 것이다.

이와 같은 특징들이 가전에 개입되면서 한 편의 독특한 이야기를 완성해 내는 데 기여하고 있다. 이러한 요소들은 가전의 서술기법이 현대에 한 편의 이야기를 창작하는 데 있어서도 활용될 수 있는 가능성을 보여준 것이라고 할 수 있다. 이러한 가전의 글쓰기에 나타난 특징들을 스토리텔링에 접목하여 활용한다면 분명 도움이 될 것으로 생각한다.

근대 역사소설의 스토리텔링 양상 연구
-「남이장군실기」를 중심으로

Ⅰ. 머리말

사람들이 역사소설을 즐겨 읽는 이유는 무엇일까? 이러한 물음에 대한 답은 여러 가지가 있을 수 있지만 무엇보다 역사적 사실에 내재되어 있는 진실성과 허구적 개연성에서 느끼는 재미라는 특징을 꼽을 수 있다. 이러한 재미는 예나 지금이나 독자들에게 읽을 맛을 느끼게 하는 원천인데 역사소설에 내포된 재미는 여러 가지 요소에 의해 결정된다. 그리고 재미는 이야기 창작이라는 측면에서 스토리텔링과도 밀접하게 연관되어 있다. 즉 한 편의 이야기는 스토리텔링이 잘 이루어졌을 때 흥미와 감동을 느낄 수 있으며[1] 일정한 내러티브적 특징이 내포되어 있을 때 많은 독자를 확보할 수 있기 때문이다.[2] 이러한 점에 착안하여 본 논문은 근대에 창작된 역사소설 중에서 「남이장군실기」[3]를 대상으로 독자들에게 흥미와 감동을 느끼게 했던 스토리텔링[4]의 특징적인

---

1) 김의숙·이창식, 『한국신화와 스토리텔링』, 북스힐, 2008, 68쪽.
2) 최예정·김성룡, 『스토리텔링과 내러티브』, 글누림, 2005, 60~127쪽.
3) 「남이장군실기」, 구활자본 『고소설전집』 제2권, 인천대민족문화연구소, 1984.
   「남이장군실기」는 1926년 덕흥서림에서 출간되었으며 작자가 장도빈으로 되어 있다.
4) 스토리텔링의 범주는 대략 3가지로 구분해 볼 수 있는데, 소설, 드라마, 캐릭터

요소가 무엇인지 밝혀보고자 한다.

주지하다시피 남이 장군은 27세라는 젊은 나이에 병조판서에 발탁되었지만[5] 유자광의 모함으로 억울하게 죽임을 당했다. 이러한 남이 장군의 짧지만 영웅적인 삶은 그동안 설화문학을 중심으로 꾸준히 조명되어 왔으며[6] 역사적 사실을 토대로 비극적인 영웅의 일생이라는 관점에서 고찰된 바 있다.[7]

「남이장군실기」는 남이 장군 사후 약 460년이라는 오랜 시간의 벽을 뛰어넘어 역사소설로 재탄생했다. 위대한 인물에 대한 각색은 시간의 흐름을 얼마든지 뛰어넘어 존재할 수 있지만 소설 「남이장군실기」가 창작된 것은 결코 우연처럼 여겨지지 않는다. 그것은 작품에 3·1운동의 실패 후 식민치하라는 암울한 시대적 상황에 직면했던 독자들의 심정이 크게 반영되어 있기 때문이다. 즉 근대에 출간된 약 250여 종에 이르는 구활자본 소설 가운데 「남이장군실기」도 포함되어 있는데, 이는 당시 영웅에 대한 희구가[8] 강했던 독자들의 취향을 고려한 출판

등을 포함하는 엔터테인먼트 스토리텔링과 축제, 다큐멘터리 등을 포함하는 인포메이션 스토리텔링, 그리고 광고, 디자인 등을 대상으로 하는 기타 스토리텔링이 그것이다. 「남이장군실기」는 엔터테인먼트스토리텔링에 해당하는데, 스토리텔링의 창작 방법론적으로 보면 고전을 활용한 각색스토리텔링에 해당한다고 볼 수 있다.(정창권, 『문화콘텐츠 스토리텔링』, 북코리아, 2008, 38~54쪽)

5) 남이 장군이 젊은 나이에 병조판서에 발탁된 것은 분명 탁월한 능력을 인정한 것이겠지만 믿을 만한 일가친척을 조정에 배치하여 나라를 이끌어 가고자 한 세조의 국정철학도 일부 작용한 것으로 보인다.(『이조실록』, 「세조실록」 제46권, 여강출판사, 1993, 177쪽)

6) 오세길, 「남이 장군설화 연구」, 『민속학연구』 5, 국립민속박물관, 1998, 177~193쪽.

7) 졸고, 「남이전 연구」, 『어문연구』 108, 한국어문교육연구회, 2000, 98~99쪽.

8) 「남이장군실기」가 「임경업전」과 같은 작품에 비해 많이 팔리지는 않지만 역사에 해박한 전문가가 일정한 목적의식을 띠고 창작되었다는 점이 이러한 것을 대변한다고 볼 수 있다.(조동일, 『한국문학통사』 4, 지식산업사, 1990, 335쪽)
  김용덕, 「전기소설의 통시적 고찰」, 『고소설사의 제문제』, 집문당, 1993, 292쪽.

업자들의 상업주의적 안목이 작용한 결과라고 할 수 있다. 이러한 점에서 볼 때 소설「남이장군실기」는 오늘날 스토리텔링 창작에 시사하는 바가 크다고 할 수 있다. 시대에 부흥할 수 있는 인물을 택해 독자들의 취향을 고려하여 흥미롭게 창작하는 것이 스토리텔링의 전제이기 때문이다. 이러한 경향은 일찍이 1964년이라는 시대적 상황에서 남이장군이라는 영화가 제작되어 상영된 경우에서도 엿볼 수 있다.[9]

앞으로 다가올 미래 사회는 문화산업이 각광받는 시대가 될 것이다. 따라서 독작들의 관심을 끌 수 있는 다양한 스토리텔링 방식과 원천적인 소재들이 절대적으로 필요하다. 특히 역사적으로 실존했던 인물을 소재로 한 스토리텔링은 우리의 문화 환경에서 여전히 매력적이며 꾸준히 한류의 한 축으로 이어져 성공할 가능성도 높다. 이는 기존의「대장금」이나「허준」,「선덕여왕」[10] 같은 실존 인물들을 대상으로 콘텐츠화에 성공한 선례가 증명해 주고 있다.

그러므로 본고에서는 근대 역사소설인「남이장군실기」를 텍스트로 삼아 서사 구조에 나타난 스토리텔링의 양상을 살펴보고 새로운 스토리 창작에 활용될 수 있는 가능성을 탐색해 보고자 한다.

이승윤, 『근대 역사담론의 생산과 역사소설』, 소명출판, 2009, 62~65쪽.

9) 영화 〈남이장군〉, 안현철 감독, 한국예술영화사, 1964.

10) 2009년에 MBC에서 방영된 드라마「선덕여왕」의 경우 상당히 높은 시청률을 보였는데, 그 원인을 고대 영웅이야기의 서사 구조와 뚜렷한 선과 악의 대립 구조에서 찾은 바 있다. 즉 '이야기의 힘'이 성공의 비결이었다는 지적이 있는데, 여성을 주인공으로 한 스토리텔링의 한 방향을 보여주었다고 하겠다.(매일 경제, 「선덕여왕', 역경 딛고 있어서는 영웅이야기 통했다」, 2009년 6월 10일자 기사 참조)

Ⅱ. 「남이장군실기」의 스토리텔링 양상

역사적으로 큰 족적을 남긴 인물들은 시공을 뛰어넘어 리메이크의 대상이 되곤 한다. 그리고 과거 문학 작품 속의 주인공들은 더 이상 상상 속에만 머물지 않는다.[11] 부가가치를 생산할 수 있는 콘텐츠로 개발될 가능성을 모색하게 되면서 현대사회에 재등장하게 된 것이다. 그러나 이러한 현상은 어디까지나 이야기하기, 즉 스토리텔링에 바탕을 두고 있다. 스토리텔링을 일러 모든 사건의 종합체이며 모든 문화콘텐츠 산업의 근원을 형성한다고 한 지적은 이를 잘 대변한다.[12] 사람들은 끊임없이 이야기를 갈구하고 생산하는 삶을 지속해 왔다. 그러므로 과거의 군담소설에 등장하던 만인을 구한 영웅은 오늘날에도 여전히 선망의 대상이며 다양한 콘텐츠로 부활하고 있다.

주지하다시피 소설은 허구를 전제로 하여 인물, 사건, 배경이 주된 요소로 작용한다. 그러나 똑같은 소재를 가지고 작품을 창작하는 경우에도 다양한 관점과 구성의 차이로 인해 서사에 많은 차이가 날 수 있다. 이는 역사 인물을 소재로 한 스토리텔링의 경우 모티브와 소재, 테마, 스토리, 플롯, 구성 등이 핵심적인 요소로 작용한다[13]는 지적에서도 확인 된다. 물론 「남이장군실기」도 이와 같은 주장에서 자유로울 수 없다. 남이 장군과 관련된 문헌기록과 담론들에 존재하는 특징들이 적절히 배합되어 새로운 스토리 탄생의 근간이 되었기 때문이다. 즉

---

11) 강명혜, 「고전시가와 스토리텔링」, 『온지논총』 16, 2007, 132~149쪽.
　　함복희, 「설화의 문화콘텐츠화 방안 연구」, 『어문연구』 134, 한국어문교육연구회, 2007, 152~156쪽.
12) 안기수, 「한국 영웅소설의 게임 스토리텔링 방안 연구」, 『우리문학연구』 29, 2010, 우리문학회, 72쪽.
13) 김대웅, 「원 소스 멀티 유즈 문화콘텐츠의 스토리텔링 구조 비교분석」, 경성대석사논문, 2005, 17~18쪽.

개연성이 가미된 치밀한 구성과 독특한 캐릭터, 러브스토리, 인물들 간의 갈등에 의한 모함과 환상이 가미된 사후의 복수 등이 어우러져 흥미 넘치는 이야기로 창작되었기 때문이다. 이러한 점에 유의하면서 「남이장군실기」에 나타난 서사 구조를 바탕으로 스토리텔링의 양상을 살펴보고자 한다.

1. 문헌기록을 활용한 개연적 구성

소설 「남이장군실기」는 태종과 원경왕후가 4녀인 정선공주의 혼사를 논의하는 것으로 시작되고 있는데, 이는 자연스럽게 독자들의 관심을 끌어들이면서 남이의 이야기로 접어들기 위한 의도된 플롯이라고 할 수 있다. 그런데 이러한 소설의 설정에는 일정부분 실재했던 여러 문헌에 전하는 역사적 사실과 있을 법한 개연적인 허구가 함께 개입되어 있다. 물론 역사적 사실과 개연적 허구 사이에는 독자들이 쉽게 빠져들 수 있는 치밀한 사건들이 존재한다.

남이 장군에 대한 문헌기록 중에서 공식적인 관(官)의 기록은 『세조실록』과 『예종실록』에[14] 나와 있다. 그리고 남이의 옥사와 관련된 내용은 정조 때 이긍익이 지은 『연려실기술』에[15] 실려 있으며, 남이의 일생을 인물전으로 기술한 경우도 『국조인물지』에 「남이전」[16]으로 전해오고 있다. 우리가 일반적으로 알고 있는 남이 장군에 대한 역사적 행적은 주로 이런 문헌들을 토대로 정리된 것이다. 남이 장군에 대해 기록하고 있는 문헌들은 국가에서 펴냈다는 점과 개인이 저술했다는 점, 특정한 시각이 작용했다는 점 등에서 각각의 저술 의도와 깊이에

14) 앞의 책, 『이조실록』.
15) 『연려실기술』 국역, 민족문화문고간행회 제6권, 1986.
16) 『국조인물지』(이상은 편), 한국역대인물전집성 제1권, 민창문화사, 1990.

차이가 있다. 그러나 남이라는 인물의 삶을 서로 다른 각도에서 기록
하고 있다는 공통점이 존재한다. 그런데 특이한 점은 소설에서는 왕조
실록에 실려 있는 남이에 대한 부정적인 내용은 반영시키지는 않고 있
다는 점이다. 그리고 「연려실기술」은 기사본말체로 기술되어 있는데,
실록에는 나와 있지 않은 남이와 관련된 내용들이 실려 있다.

> ◇ 세조께서 그를 벼슬 등급을 뛰어 병조판서로 임명하였더니, 〈당시
> 세자이던〉 예종은 그를 몹시 꺼리었다.
> ◇ 일찍이 권람의 딸이 있어 사위를 고르는데, 남이가 청혼을 하였다.
> 권람이 점장이에게 점을 치게 하였더니 점장이는 "이 분은 반드시 나이
> 젊어서 죽을 것이니 좋지 못합니다." 하였다. 자기 딸의 수명을 또 보게
> 하였더니 "이 분의 수명은 매우 짧고 또 자식도 없으니, 그 복만 누리고
> 화는 보지 않을 것이므로 〈남이〉를 사위로 삼아도 무방합니다." 하였
> 다. 권람은 그 말에 따랐다.
> ◇ 남이가 문에 들어가니 분 바른 귀신은 낭자의 가슴을 타고 앉았다
> 가 남이를 보자 즉시 달아나니 낭자는 일어나 앉았다. 남이가 나오니
> 낭자는 다시 죽었다가 남이가 들어가니 되살아났다. 남이는 "어린 종이
> 가져온 상자 속에는 무슨 물건이 있었더냐?" 하니 "홍시(紅柿)가 있었
> 는데, 낭자가 이 감을 먹다가 숨이 막혀서 넘어졌던 것입니다." 하였다.
> 남이는 그가 본대로 상세히 말하고 귀신 다스리는 약으로 치료하니 살
> 아났다.[17]

『연려실기술』에는 남이의 호방한 기상과 죽음과의 연관성, 결혼에
관련된 내용들이 유기적으로 기술되어 있다. 특이한 것은 예종이 세자
때부터 남이를 시기하였다는 대목이다. 즉 남이는 귀골이 장대하고 힘

---

17) 앞의 책, 『연려실기술』.

이 세며 무예에 출중해 부왕인 세조에게 총애를 받았는데, 자신은 사랑을 받지 못해 질투했다는 것이다. 그러나 『세조실록』과 『예종실록』을 보면 예종은 영민했고 글을 좋아해 공부를 열심히 했으며 특별히 몸이 허약했다는 내용은 나오지 않는다. 예종은 세조의 죽음을 슬퍼한 나머지 이것이 병이 되어 죽었다고 기록되어 있다.[18] 왕조실록과 「연려실기술」의 기록이 다른 것이다. 이는 「연려실기술」이 부정적 기술과 긍정적 기술을 모두 수용한 결과라고 할 수 있는데, 실록에 비해 허구가 개입되어 있을 가능성이 많다. 그리고 소설은 이런 『연려실기록』의 입장을 수용하여 남이와 예종의 불편한 관계 설정에 활용하고 있다. 또한 결혼에 얽힌 이야기와 귀신을 알아봤던 능력은 후일 그의 능력과 짧은 삶을 민간신앙과 결부시킨 결과로 여겨지는데, 이 부분도 소설에 그대로 수용되었다. 이 외에 옥에서 취조를 받은 내용 등은 왕조실록의 기록과 문헌이 비슷하다. 다음으로 『국조인물지』에 실린 「남이전」의 내용을 살펴보면 실록의 기록과 같이 가문에 대한 내력과 『연려실기술』에 실린 분면 귀신을 알아본 내용, 권람의 딸과 결혼에 이른 내용 등이 그대로 수용되어 있다. 포폄의식을 기저로 하여 사실을 기록해 후대에 전하는 것을 목적으로 하는 인물전에도 믿기 힘든 결혼에 관련된 일화가 삽입된 것은 아이러니라고 할 수 있다. 이는 남이의 능력을 드러내기 위해 활용된 것으로 판단된다. 다만 실록의 기록이나 『연려실기술』에 비해 남이의 체격이 크고 훌륭하여 얽매임이 없었다는 것과 마지막에 점쟁이가 권람의 딸과 남이의 미래를 예견한 것이 정확히 들어맞았다는 평결 정도가 다를 뿐이다. 이 부분도 소설에 고스란히 반영되어 있다.

---

18) 앞의 책, 『이조실록』, 「예종실록」 제8권, 415~416쪽.

  그럼 소설 「남이장군실기」의 서사 구조에서 위에 언급한 문헌기록과 중복되는 부분을 정리해 보면 다음과 같다.

  1. 남이의 아버지인 휘와 태종의 4녀인 정선공주가 결혼함-부부 금슬이 좋아 태종이 남휘에게 의산군으로 봉하여 줌.(「전」의 가계를 기술하는 방식과 비슷함)
  2. 남이가 유복자로 명문가에서 태어남-크게 잘났음으로 공주가 기뻐하여 이름을 이라고 지어줌.
  3. 남이의 성장 과정(「전」의 내용이 확장됨)
  ① 다섯 살에 어른을 공경할 줄 알며 힘이 세어 큰 돌을 굴림.
  ② 일곱 여덟 살에 활을 만들어 활쏘기 공부를 하며 날쌘 말을 타고 다니며 늘 대장이 됨.
  ③ 여덟 살에 글을 배우니 많은 공자들이 따라오지 못함. 세종이 태종의 외손으로 태어난 것을 한탄함.
  ④ 열넷에 시서백가를 통달함, 힘이 세고 무예가 출중하여 칼과 활을 쓰는 솜씨가 천하 제일임.
  ⑤ 열여섯에 소년 무사의 위엄이 갖춰짐. 영웅호걸의 기상이 있었음.
  4. 남이의 결혼-혼인을 원한 집안은 많았으나 모두 물리침, 세조가 연회를 베풀 때 어머니 정선공주가 남이를 데리고 들어감.(『연려실기술』에 나온 혼담 이야기 개입)
  5. 권람의 딸이 남이를 본 후로 상사병이 생김.(남이가 귀신을 보고 권소저를 살려내는 『연려실기술』의 내용과 「전」의 분면 귀신 이야기가 개입됨)
  6. 이시애의 난에서 공을 세움.(『실록』의 기록이 개입됨)
  7. 오랑캐 왕 이만주를 죽이고 건주위를 공략함.(『실록』의 기록이 개입됨)
  8. 선춘령에 조그만 성을 쌓고 비를 세움.(『연려실기술』의 〈북정가〉 개입됨)

9. 남이의 죽음.

① 유자광은 본래 남이의 위인과 권세가 자기보다 나음을 보고 항상 그를 시기하여 쓰러트리고자 함.

② 유자광이 자신의 첩의 딸을 남이에게 시집보내려다 실패하여 원망함.

③ 예종에게 남이를 모함.(『실록』 및 『연려실기술』, 「전」의 내용이 개입됨)

10. 남이의 어머니 정선공주가 왕후 한 씨를 통해 예종에게 남이의 무죄 방면을 청하였지만 실패함.(『연려실기술』의 〈북정가〉 개입됨)

11. 남이의 복수와 예종의 죽음—남이가 죽은 날 밤에 예종의 꿈에 나타나 무죄라 주장함. 남이의 죽은 혼이 와서 침노하여 점점 마음이 놀래 병이 되어 이해 11월에 예종이 죽음.[19]

소설은 남이의 부모가 결혼하게 된 배경을 시작으로 탄생과 활약, 죽음, 사후의 무죄 주장으로 인한 예종의 죽음으로 전개되어 있다. 기존 문헌기록에 실린 내용들을 패러디하면서[20] 마치 모든 내용이 사실에 기초한 것처럼 치밀하게 기술해 놓았다.

이러한 소설의 내용을 분석해 보면 『왕조실록』과 『연려실기술』, 「남이전」에 실려 있는 내용이 개입된 부분이 11개 단락 중에서 무려 8개 항복에 이른다. 이것은 기존에 널리 알려진 문헌기록을 최대한 활용해 스토리가 형성되었음을 입증하는 것으로 전기소설적인[21] 성향을 띠게

---

19) 소설 「남이장군실기」.

20) 정출헌, 「고전소설의 '천편일률'을 패러디의 관점에서 읽는 법」, 『국제어문』 38, 국제어문학회, 2006, 79쪽.

21) 조선후기에 한글로 쓰여진 군담소설의 경우 그 성향에 따라 창작군담, 역사군담, 번안군담으로 분류한 경우가 있는데, 「남이장군실기」의 경우 역사적 사실을 소재로 했다는 점에서 역사소설이다. 그리고 실존했던 남이라는 인물의 삶에 허구가 가미되어 전기소설이의 성향도 지니게 되었다고 하겠다.(서대석, 『군담소설의 구조와

된 이유이기도 하다. 그러나 역사소설은 어디까지나 사실에 의지하고
있지만 허구 지향적이기 때문에 실재와는 많은 차이가 나게 마련이다.
이는 남이 장군과 성향이 비슷한 「임경업전」 같은 작품에서도 확인된
다.[22]

소설의 단락 1은 남이의 부모가 결혼한 것은 고귀한 가문의 결합이
며 이는 남이의 출생이 갖는 신분상의 특징임을 부각시킨 것이다. 다
만 태종과 원경왕후의 혼담에 대한 화기애애한 대화로 이야기의 빌미
를 삼고 있다는 점이 다를 뿐이다. 그리고 2번 항목은 남이의 이름을
짓게 된 동기를 밝힌 것으로 글자의 뜻에 기댄 온전한 허구이며 3번
항목은 인물전에 실려 있는 남이에 대한 신체적인 평가를 세부적인 나
이를 제시하면서 구체화를 꾀한 과장된 부분이다. 다음으로 4, 5, 6,
7, 8번 항목은 남이의 혼인과 결혼에 얽힌 이야기, 활약에 관한 내용으
로 실록과 『연려실기술』의 내용을 토대로 좀 더 박진감 넘치게 허구적
으로 확장시킨 것이다. 그리고 9번 항목은 남이의 모함에 관한 것으로
평소 유자광과의 관계가 악화되었던 원인과 모함 사이의 인과 관계를
문헌 기록을 토대로 현실감 있게 꾸며놓았다. 즉 유자광의 청혼을 남
이가 거절하자 미워하는 마음이 생긴 것으로 설정했다. 항목 10번은
남이의 어머니가 남이의 방면을 위해 노력한 부분으로 허구이지만 현
실에서 있을 수 있는 일을 자연스럽게 개입시킨 것이다. 마지막으로
단락 11번은 남이가 억울하게 죽은 것과 예종의 죽음을 연결시킨 것이
다. 이렇게 볼 때 이야기의 시작과 전개는 「전」의 기술 방식을 차용했
고 사실적 활약은 「실록」의 기록을, 결혼담과 죽음은 「연려실기술」의

배경』, 이화여대출판부, 1985, 11쪽, 앞의 책, 김용덕, 「전기소설의 통시적 고찰」,
1993, 286쪽)

22) 「임경업전」, 구활자본 『고소설전집』 제30권, 인천대민족문화연구소, 1984.

내용을 반영했음을 알 수 있다.

이와 같이 소설은 문헌기록에 존재하는 소재들을 활용하여 사실과 허구가 분간되기 힘들만큼 실감나게 기술해 놓았다. 그러나 단순히 역사적 사실만을 차용한 것이 아니라 일정한 상상력이 가미되면서 남이라는 인물을 기존의 문헌기록과는 차원이 다른 인물로 형상화시키고 있다. 문헌기록을 수용함으로써 주인공이 역사적으로 간직한 이미지를 크게 훼손시키지 않으면서도 당시 독자들의 관심을 끌 수 있도록 이상적인 인물로 탈바꿈시켜 놓은 것이다.[23]

2. 캐릭터와 러브스토리의 형상화

남이 장군은 그의 삶에 나타난 이력만큼이나 독특한 캐릭터를 지니고 있다. 왕실의 외손이라는 신분에 걸맞게 어려서부터 무예와 글공부에도 타고난 재능을 보였고 우여곡절 끝에 사랑하는 여인과 결혼하게 되면서 완벽한 영웅의 조건을 갖추게 되었다. 이러한 주인공의 능력과 러브스토리는 스토리텔링의 중요한 요소인데, 소설 「남이장군실기」는 이야기의 대부분을 남이의 능력을 바탕으로 한 활약과 운명적인 사랑에 할애하고 있다. 다만 결혼에 이르는 과정이 매우 독특한데 이는 캐릭터에 일정한 이미지를 부여하는 효과로 작용 한다고 볼 수 있다.

남이 장군에게 부여된 능력은 크게 두 부분으로 나누어 검토해 볼 수 있다. 성장기부터 무과에 급제하기 전과 무과에 급제하여 장군이 되어 전쟁에 참여하게 되었을 때이다. 태어나서부터 어린 시절을 보내는 동안에 나타난 남이의 능력은 다음과 같다.

---

23) 김용범, 「실존인물의 소설화과정 연구」, 『한양어문연구』 9, 한양어문학회, 1991, 215쪽.

◇ 태어나서부터 얼굴이 영특하고 울음소리 크며 눈을 뜸에 그 눈에 번갯불 같은 빛이 있으며 골격이 매우 장대하더니 나이 점점 자람에 그 숙성하기 짝이 없었다.

◇ 열네 살에 이미 시서백가를 배워 다 통달하므로 글공부는 그것으로써 〈중략〉 말 잘 타고 활 쏘고 병법에 무소불통하여 혼자 능히 천 사람을 당하며, 그 날램은 천하에 제일이라. 여러 사람들이 다 그 재주를 칭찬하고 그 위풍을 무서워하더라.

◇ 남이 이제는 열여섯이 되었다. 그 빛난 얼굴 무서운 눈 크고 웅장한 체격에 은비늘 달린 전복을 입고 나는 듯한 말에 올라 어깨에 화살을 메이고 허리에 장검을 차고 말을 몰아 나갈 때에는 보는 사람마다 다 소년 무사의 위엄에 놀래더라.[24]

남이는 16세가 되면서 모든 능력이 갖춰진 영웅의 모습으로 그려지고 있다. 그리고 이렇게 갖춰진 능력은 장수로서의 자질에 초점이 맞춰져 있으면서도 인간으로서의 됨됨이와 학문에 대한 자질까지 완벽하게 갖추어져 있음을 시사하고 있다. 싸움에 능한 장수이자 윤리도덕과 학문에도 통달한 유교에서 중시하는 가장 이상적인 장수형 캐릭터로 형상화 된 것이다.[25] 즉 명문가에서 태어나 고귀한 신분을 지녔고 어려서부터 힘과 무예, 학문을 쌓은 완벽한 영웅의[26] 모습으로 변모가 이루어진 것이다. 다만 한 가지 단점이라면 편모슬하에서 성장한 것인데, 이러한 사정은 구체적으로 언급되어 있지 않다. 이것은 소설의 작

---

24) 소설 「남이장군실기」.

25) 주인공의 능력을 통한 이상적인 인물의 형상화는 가전의 주인공과 흡사하다.(안기수, 『영웅소설의 수용과 변화』, 2006, 319~320쪽, 졸고, 「가전의 서사 구조와 스토리텔링」, 『한민족문화연구』 30, 2009, 21쪽)

26) 조동일, 「영웅의 일생 그 문학사적 전개」, 『동아문화』 10, 서울대 동아문화연구소, 1971, 169쪽.

자가 남이라는 인물에 대한 기술 태도를 엿볼 수 있는 부분이다. 남이의 능력은 이시애의 난과 건주위 공략에서 유감없이 발휘되는데, 성장 과정에서 드러난 남이의 능력은 첫째 일반 사람들과 큰 차이를 가지고 있다는 점을 부각시킨 것이며 두 번째는 싸움에만 능한 장수와는 다른 문무가 겸비된 장수형 관료를 표방한 것이라고 할 수 있다. 대체적으로 캐릭터는 성향에 따라 다양한 변신이 이루어질 수 있는데, 장수형 인물의 경우 타고난 능력과 수련, 활약에 큰 영향을 받는다. 이러한 관점에서 볼 때 남이의 능력은 유교에서 중시하는 충에 가장 부합되는 관료의 모습으로 존재하며 이시애의 난과 건주위 정벌을 통해 그 능력이 유감없이 발휘된다.

> ◇ 이때 남이는 선봉대장으로 군사 삼만 명을 거느리고 강순, 어유소와 함께 주야배도하여 빨리 달려가 함경도에 들어가니 함흥에 있던 적병이 도망하여 북쪽으로 가거늘 남이 무리 더욱 군사를 몰아 홍원에 다다르니 적병이 많이 모여 막아 싸우거늘 남이의 무리 군사를 지휘하여 적병을 시살할 때 남이 칼을 빼어 적장을 치매 적장의 머리 추풍낙엽 같이 떨어지는지라.

남이의 활약은 이시애의 난에 선봉대장으로 참여하면서 빛을 발하기 시작한다. 이시애의 난에 큰 공을 세운 남이를 세조가 치하하면서 적개공신 1등에 봉한다. 그리고 어유소 장군과 함께 북쪽을 자주 침공하는 여진을 쳐 건주위를 회복하게 되면서 남이의 대외적인 활약은 정점에 이른다. 물론 남이가 두 번의 전쟁에 참여하여 승리하게 된 배경에는 타고 난 무인으로서의 실력과 적의 허를 찌르는 병법을 익혔던 데 있었다. 즉 자신이 갈고 닦은 것을 유감없이 발휘하여 이름을 떨치게 되었는데, 남이에게 대항할 수 있는 상대가 더 이상 보이지 않는다. 활이면

활, 칼이면 칼, 말 타기면 말 타기 등 모든 조건이 충족된 환상적인 존재로 묘사되고 있는 것이다. 즉 소설 주인공으로서의 남이는 장수중에 가장 뛰어난 장수라는 전형적인 캐릭터로[27] 형상화 되고 있다.

한편 남이는 권소저와의 아름다운 사랑도 이루어 냈다. 남이의 결혼과 관련된 내용을 보면 다소 초인적인 능력이 등장하는데, 이 능력이 결혼에 이르는 계기가 되었다.

남이는 세조가 베푼 연회에서 권소저를 처음 보는 순간 사랑하는 마음이 생겼다. 권소저 또한 남이를 처음 보는 순간 깊은 연모의 정이 싹텄다. 남이와 권소저의 사랑은 어쩌면 운명적이라고 할 수 있는데, 권소저는 남이라는 인물을 드러내는 보조적 인물에 해당한다. 혼담에서 중요한 요소였던 사주가 둘 사이의 걸림돌이 되었는데, 혼담에 관련된 소재는 『연려실기술』과 「남이전」에도 실려 있다. 다만 소설에서 이를 활용하여 좀 더 장황하게 확장시켜 놓았다.

　◇ 최진사 가로되 이 사람이 본래 귀한 집안에서 나고 또 이 사람의 위인이 매우 훌륭하겠으나 다만 이 사람이 매우 단명하여 삼십 이내에 죽을 터이오니 어찌 그런 사람하고 혼인하시리까? 하거늘 권정승이 한탄을 말지 아니하여 가로되 내가 딸을 위하여 사위를 구하던 중에 가장 좋은 사람을 만났다고 생각하였더니 이제 진사의 말이 그러하니 어찌 불행이 아니리오.[28]

사람의 운명은 알 수 없는 것이지만 단명하리라는 예언은 퇴혼을 할 수밖에 없는 심각한 상황을 불러왔다. 혼담이 잘 진행되는 줄 알고 있

---

27) 류수열 외, 『스토리텔링의 이해』, 글누림, 2007, 95~97쪽.
28) 소설 「남이장군실기」.

던 권소저는 뜻밖의 퇴혼이라는 상황에 봉착하자 그만 마음에 큰 병이 생겼다. 남이는 권소저가 죽을병에 걸렸다는 전갈을 받고 그 길로 여종을 따라 나선다. 하지만 목숨을 걸만치 복잡할 것 같던 문제는 의외의 사건으로 인해 쉽게 해결의 실마리를 찾게 된다.

> ◇ 권정승이 놀라 반기며 남이더러 물어 가로되 네 무슨 재주 있어 능히 이렇게 죽었던 사람을 살려내기 여러 번 하는고. 남이 여쭈어 가로되 그는 다름 아니오라 제가 매번 이 댁에 와본즉 한 무서운 마귀 있어서 소저의 두 팔을 붙잡고 정신을 빼앗는 고로 제가 들어와 소리를 치면 그 마귀 달아나오니 그러하여 소저 다시 살아났나이다 하더라.[29]

전통사회의 관습인 사주팔자의 벽을 두 사람의 운명을 건 간절한 마음과 신이한 능력으로 무너트리는 과정은 실로 환상적이다.[30] 남녀 간의 사랑은 많은 드라마와 영화 등에서 자주 접하게 되는 흔한 소재이지만 남이와 권소저 만큼 치열하지는 않았을 것이다. 권소저는 세 번씩이나 죽음을 경험했고 남이는 이를 매번 살려냈기 때문이다. 남이가 권소저를 세 번씩이나 살려낸 후 권정승이 남이의 능력에 놀라 사위를 삼고 싶었으나 단명한다는 것 때문에 못하겠다는 말을 전한다. 이때 남이는 권정승에게 딸의 사주도 볼 것을 제안하고 사주장이를 만나서는 권소저와 혼인을 할 수 있게 해달라고 부탁한다.

> ◇ 최진사 권정승의 기별을 듣고 곧 떠나와 권정승의 집을 향하는 중로에 남이와 서로 만났다. 남이 최진사더러 권소저의 이야기를 일일

---

29) 소설 「남이장군실기」.
30) 이러한 신이한 이야기는 한자문화권에 존재하는 환상이라고 할 수 있다.(최기숙, 『환상』, 연세대학교출판부, 2007, 8쪽)

이 하고 아무쪼록 권소저가 단명하다고 하여 혼인되게 하여 달라고 부
탁하니 최진사 허락하더라.

남이는 걸림돌이 되었던 사주라는 장애물을 지혜롭게 해결하고 아
름다운 여인과 결혼하게 되면서 듬직하고 멋진 남자의 이미지도 지니
게 되었다. 이들의 혼담이 이루어지는 과정에 내재된 운명적인 사랑의
소재가 남이라는 인물을 좀 더 구체적으로 드러내는 역할을 한 것이다.

이와 같이 남이가 보여준 탁월한 능력과 활약, 권소저와의 아름다운
사랑이야기기는 세부적인 사건과 일화 등이 결합되면서 소설을 재미있
게 이끌어 가는 핵심적인 요소로 작용하고 있다. 이는 오늘날 스토리
텔링의 필수적인 소재이자 문화콘텐츠에 적극 활용해 볼 수 있는 꺼리
이다. 또한 능력과 사랑이라는 소재의 이면에는 유교에서 중시하는 충
과 열의 관념을[31] 문학적으로 형상화시켜 당시의 시대정신에 부응하
고 있음도 유추해 볼 수 있다.

3. 모함과 복수에 의한 갈등의 표출

소설 속에는 인물들 간의 갈등관계가 존재하기 마련인데, 「남이장군
실기」에서는 모함과 복수로 표출되어 있다. 그리고 선한 존재와 악한
존재로 대치되면서 긴장감이 고조되고 있다. 일반적으로 많은 사람들
의 뇌리에는 옳은 일을 하고 바르게 산 선한 인물이 잘 될 것이라는
기대감이 존재한다. 그러나 세상일은 그렇지 못할 때가 있어 충격적이

---

31) 근대 역사소설이 서사적 유형화를 통해 재생산한 역사 의미는 유교적 세계, 즉
주자학의 범주에서 구축된다는 지적은 타당해 보인다. 그러므로 「남이장군실기」에
나타난 남이의 영웅적 캐릭터나 권소저의 남이에 대한 지순한 사랑 또한 유교에서
중시한 충과 열을 반영한 결과라고 하겠다.(송기섭, 「근대 역사소설의 서사적 조건」,
『어문학』 85, 2004, 371쪽)

다. 남이 장군처럼 타고난 능력과 큰 공(功)을 이루고도 어느 날 갑자기 누명으로 죽음을 맞은 것이 그런 예이다. 죽음의 원인이 쉽게 납득하기 어려운 상황이었기 때문에 비극적 죽음에 대한 안타까운 마음과 죽음으로 몰아간 대상에 대한 민중들의 원망은 극에 달할 수밖에 없다.

소설에서 남이 장군의 죽음과 관련된 내용은 인과관계를 바탕으로 시간순서에 따라 재구성한 형태를 취하고 있다. 즉 "예종이 세자 때부터 남이를 미워함→유자광이 남이가 어머니인 정순공주와 사통했다고 모함함→예종이 유자광의 무고를 받아들여 남이를 잡아들임→혜성을 빌미로 역적으로 몰아 죽이고자 함→남이에 대한 고문→허종의 무고 주장→남이가 강순도 함께 모의했다고 주장→예종이 남이의 역모에 대해 유자광에게 재차 확인하자 〈북정가〉를 들먹이며 오래전부터 계획되었다고 주장함→남이의 죽음"에 이르는 일련의 과정으로 나타나 있다. 예종은 남이를 미워하는 존재이며 유자광은 그런 예종에게 남이를 참소하는 존재이다. 그러나 남이에게는 그것을 막을 힘이 없다. 소설은 남이에 대한 무고와 비극적 죽음, 무고를 보고도 구원하지 않는 자 사이의 관계를 독자들이 납득할 수 있는 전후 사정들을 동원하여 치밀하게 배치해 놓았다. 문헌기록에는 없는 허구적인 내용들이 첨가되면서 독자들로 하여금 모함으로 인해 남이가 죽게 된 과정이 나름대로 설득력을 얻게 만든 것이다.

> ◇ 중매가 돌아가 자광에게 남이의 말을 고하며 가로되 남이 매우 냉담하여 조금도 감사히 생각하는 빛이 없더이다 하니 자광이 그 말을 듣고 생각하되 아마 남이 자기의 간사함을 미워하여 혼인을 거절한 것이라 하고 깊이 원망하더라.[32]

---

32) 소설 「남이장군실기」.

유자광은 역사에서 간신으로 평가된다. 그러나 실록을 보면 세조 때까지만 해도 유자광의 간사함은 나타나지 않는다. 이시애의 난이 일어났을 때 유자광은 갑사라는 직책에 머물러 있었는데, 세조에게 이시애의 난을 진압하는 총대장 구성군 준이 서둘러 공격해야 한다는 취지로 올린 글로 인해 총애를 받게 되었다.[33) 신숙주는 유자광의 문장력이 형편없다고 폄하하기도 했지만 사리분별력과 정황 파악이 뛰어났던 것이다.[34) 결국 세조 때 겸사복장에 올랐고 예종 때는 무령군에 제수되었다. 세조에게 자신의 뜻을 드러내어 출세에 대한 욕망을 실현한 것이다. 그러나 결과적으로 예종 당시에 유자광의 고변으로 남이가 죽게 되면서 개인적인 미움 때문에 유자광이 모함하여 남이를 죽게 했다고 설정한 것이다. 이런 사정에 의해 소설에서 남이는 흠잡을 데 없는 영웅이면서도 억울하게 죽은 선한 존재로, 유자광은 모든 능력이 제거된 채 사욕에 힘쓰고 위대한 영웅이자 충신을 역적으로 몰아 죽인 악인의 표상으로 자리하게 되었다.[35) 이는 남이를 한껏 드러내고 상대적으로 유자광을 깎아내리기 위한 작가의 설정으로 볼 수 있다. 그러나 유자광은 악인으로 설정되어 있지만 그에 대한 직접적인 징벌은 어디에도 보이지 않는다. 이는 역사적 사실을 완전히 허구화하는 데 한계가 있음을 드러낸 것이다. 다만 남이를 죽음에 이르도록 하는 과정에 충신을 죽음으로 몰아넣은 용서할 수 없는 존재라는 원망만이 담겨 있을 뿐이다. 남이의 죽음과 관련된 책임의 화살은 어디까지나 국정의 최고 책임자였던 예종을 행해 있다. 이는 무능한 왕에 대한 복수의 한 형태

---

33) 앞의 책, 『이조실록』, 「세조실록」 42, 171~172쪽.

34) 위의 책, 『이조실록』, 「세조실록」 45, 40쪽.

35) 유자광의 악인적 성향은 출세에 대한 욕망에서 찾을 수 있다.(앞의 책, 류수열 외, 『스토리텔링의 이해』, 178~180쪽)

라고 할 수 있다. 그리고 유자광이 남이를 처음에 대역죄인으로 고변한 원인이 어머니인 정순공주와 사통했다는 것이다. 모자간의 사통은 유교를 숭상했던 조선의 이념과 정면으로 배치되는 것이다. 그러므로 왕실의 체면 때문에 예종은 죄목을 바꿀 수밖에 없었다.

◇ 예종이 가로되 물론 남이를 죽일 터인데 그러나 그 사실대로 죄를 발각한다면 왕실의 수치요 나라의 욕이 되니 그것을 어떻게 묘하게 처리할 도리가 없겠느냐? 자광이 가로되 원래 남이는 죽을죄가 여러 가지 올시다.[36]

예종은 단순히 유자광의 말만 듣고 모든 것을 처리하고 말았다. 『왕조실록』에는 남이가 탁문아라고 하는 애첩이 있었으며 어머니의 말을 매우 어렵게 여겼다는 대목이 나온다.[37] 이런 것을 종합해 볼 때 유자광의 고변은 현실적으로 설득력을 잃게 된다. 하지만 소설에서는 이런 허구를 개입시켜 남이와 유자광의 대치가 구혼이 깨진 것에 있음과 함께 유자광을 윤리의식을 무시한 악인으로 전락시켜 놓았다.

결국 충신인 남이의 억울한 죽음은 간신 유자광의 모함 때문이며 무능했던 왕이 그 대가로 벌을 받게 됨으로 인해 조금이나마 해원이 이루어지게 설정해 놓았다.[38] 남이의 복수는 사후에 이루어지는데, 예종에 대한 단죄는 환상성이 개입된 꿈을 통해 이루어지고 있다. 군왕이었기 때문에 남이의 혼령에 시달려 자연사한 것으로 설정한 듯하다. 만약

---

36) 소설 「남이장군실기」.
37) 앞의 책, 『이조실록』, 「예종실록」 제2권, 197~198쪽.
38) 대부분의 이야기가 행복한 결말을 보이는 데 반해 「남이장군실기」는 비극적으로 귀결된다. 이는 민담의 원형과 닮아 있기는 하지만 결코 흔한 유형이 아닌 것이다. (이인화 외, 『디지털스토리텔링』, 황금가지, 2003, 122~125쪽)

군왕을 직접적으로 징벌했다면 이는 진짜 역모가 되기 때문이다. 예종의 죽음에서 많은 독자들은 일종의 희열을 느낄 것이다. 하지만 예종이 죽었다고 해서 남이의 억울한 죽음에 대한 원망이 모두 해소될 수 있는 것은 아니었다. 나라를 구한 충신이자 영웅이었던 남이가 간신의 무고를 극복하지 못하고 죽게 됨으로 인해 이야기의 결말에 강한 비극성이 존재하게 되었다. 이처럼 뛰어난 영웅이 모함으로 인해 죽게 되고 원한을 갖는 복수이야기의 형태는 시대를 넘어 현대에도 슬픔과 아쉬움을 불러일으키는 소재임이 분명하다. 다만 영웅의 비극적 죽음과 사후에 이루어지는 복수의 형태는 흔치 않은 경우라고 하겠다.

Ⅲ. 새로운 스토리 창작에 활용 가능성

과거의 일정한 역사적 사실에 기반을 둔 영웅이야기는 디지털로 대표되는 21세기에도 여전히 건재를 과시하고 있다. 이러한 현상은 영상 매체의 눈부신 발전에 힘입은 것으로 영웅이야기는 드라마와 영화, 게임 등 다양한 장르로 영역을 확대해 가고 있다. 그러나 과거와 차이점이 있다면 영웅의 독특한 행적을 시대의 흐름에 따라 적절하게 변화시켜 공감을 유도하고 있다는 점이다. 그리고 수백 년의 시차에도 불구하고 계속해서 많은 사람들의 이목(耳目)을 집중시킬 수 있는 것은 탄탄한 스토리텔링의 특징들이 내재되어 있기 때문이다.

주지하다시피 이야기가 독자들로부터 꾸준한 관심을 이끌어 내기 위해서는 원소스(one-sauce)에 특수성과 보편성은 물론 친숙함이 필수적이라고 할 수 있다. 때로는 친숙함이 식상하게 비춰질 수도 있지만 일정한 역사적 배경을 갖고 있는 익숙한 이야기는 조그만 변화에도 큰 매력을 느끼기 때문이다. 일예로 숙종과 장희빈에 얽힌 이야기는 수없이 되풀이 되고 있지만 매번 큰 관심을 끌고 있는 것은 친숙한 이야기에 특수성과 보편성이 존재하기 때문이다. 지체 높은 왕과 지체 낮았던 후궁의 사랑이라는 점에서 매우 특별하지만 인간의 사랑이 어떠해야 하는가를 제시한다는 점에서는 보편적이라고 할 수 있다.

이와 같은 점에서 볼 때 소설 「남이장군실기」는 독특한 남이 장군의 일생을 원소스(one-sauce)로 하여 근대라는 시각에서 각색한 것이다. 이러한 작품에 내재되어 있는 스토리텔링에 활용된 방식들은 오늘날 새로운 역사소설의 창작은 물론, 다양한 콘텐츠로 거듭날 수 있는 가능성이 존재한다.[39]

먼저 소설 「남이장군실기」는 다양한 문헌기록에 실려 있는 소재들을 최대한 수용하면서 개연적인 이야기를 개입시켜 흥미를 유발시키고 있다는 점이다. 물론 이러한 문헌기록을 활용한 허구적 구성은 단순히 역사적 사실을 패러디하는 데 그치지 않고 주인공의 모습을 시대가 요청하는 이상적인 인물로 형상화하는 데 목적이 있다. 즉 기존에 주인공에게 각인된 이미지를 뒷받침 할 수 있는 일화 등이 가미되면서 더 박진감 넘치는 상황이 연출되는 것이다. 이것은 캐릭터의 능력과 활동 등이 무한히 확장될 수 있음을 의미하는 것으로 오늘날의 역사인물을 주인공으로 한 드라마나 영화 등에서 응용할 수 있는 방법이라고 할 수 있다. 다만 근대에는 일정한 역사적 사실을 고수하고자 하는 경향 나타났지만 현대에는 이러한 경향에서 한결 자유로워졌고 작품을 기획하는 폭이 훨씬 넓어졌다고 할 수 있다.

다음으로 뛰어난 능력을 바탕으로 한 주인공의 활약과 아름다운 사

---

39) 김종군, 『고전문학과 문화콘텐츠』, 문학과 치료, 2009, 322~324쪽.
  앞의 책, 안기수, 「한국 영웅소설의 게임 스토리텔링 방안 연구」, 92쪽.

랑을 통해 이상적인 캐릭터로 형상화한 것이다. 「남이장군실기」는 역사 소설이지만 특정한 사건에 초점을 맞추기 보다는 남이라는 인물이 지닌 환상적인 능력에 초점이 맞추어져 있다. 소설 속의 주인공 남이가 지닌 캐릭터는 문무를 겸비한 이상적인 무인형 관료라고 할 수 있는데, 그의 능력은 그 누구도 능가할 수 없는 완벽에 가까운 형태로 묘사되어 있다. 이는 많은 영웅소설의 주인공에게서 쉽게 확인되는 요소이다. 그리고 남이는 무인이었기 때문에 다소 거칠고 활달한 느낌일 수도 있는데, 권소저와의 사랑을 통해 인간적이며 끝까지 최선을 다하는 멋진 이미지를 지닌 캐릭터로 탈바꿈 되었다. 이러한 캐릭터가 지닌 탁월한 능력과 아름다운 사랑은 스토리텔링을 이루는 근간이라고 할 수 있다.

끝으로 모함과 사후의 원한을 푸는 복수는 사극과 영화, 만화, 애니메이션 등에서 다양하게 적용될 수 있는 콘텐츠 요소이다. 남이는 충신이자 흠잡을 데 없는 인물로 그려져 있으며 유자광은 인간성이 의심스러운 속 좁은 간신의 모습으로 그려져 있다. 선한 인물과 악한 인물의 대결구도는 이야기 전개에서 필수적인 요소인데, 소설은 현실에 존재했던 남이의 부정적인 면과 유자광의 긍정적인 면은 모두 제거한 채 선악이라는 특징에 충실한 인물형으로 설정해 놓았다. 즉 악인은 선한 자를 모함하고 선인은 죽어서라도 원한을 갚는 스토리는 오랜 시차에도 불구하고 강한 인상을 남기는 극적 요소라고 할 수 있다. 그러므로 악인의 모함에 의한 비극적 죽음은[40] 슬픔을 고조시키며 사후에 이루어지는 복수는 원한의 해결이라는 점에서 후련함을 느끼게 한다. 이러한 모함과 사후에 이루어지는 복수는 오늘날에도 다양한 콘텐츠에서

---

40) 김관웅, 「고소설에서 보여지는 비극적 요소에 대하여」, 『고소설사의 제문제』, 집문당, 1993, 118쪽.

활용될 수 있을 것이다.

Ⅳ. 맺음말

이상으로 근대 역사소설인 「남이장군실기」의 서사 구조를 분석해 스토리텔링의 양상을 살펴보고 새로운 스토리 창작에 활용될 수 있는 가능성을 언급해 보았다.

본고에서는 소설 「남이장군실기」가 근대에 창작되었지만 많은 사람들의 주목을 받았던 이유를 스토리텔링의 양상에서 찾아보고자 했다. 한 편의 이야기가 흥미를 끌기 위해서는 일정한 서사적 특징을 지니고 있어야 하는데, 「남이장군실기」에도 이러한 점이 발견되는 것이다.

본고에서 텍스토로 삼은 소설 「남이장군실기」를 분석한 결과 오늘날의 스토리텔링 환경에 활용할 수 있는 요소는 대략 세 가지 정도이다.

첫째, 역사적 사실을 활용한 개연적 구성이다. 소설 「남이장군실기」에는 『왕조실록』과 『연려실기술』, 「남이전」에 실린 부분이 11개의 서사 단락 중에서 무려 8개나 연관되어 있다. 물론 각 문헌들의 기술적 관점에 차이가 있지만 이런 문헌기록의 내용에 상상력이 가미되어 현실과는 다른 이상적인 인물로 그려지고 있다. 다만 역사적 사실을 완벽히 뛰어넘지 못한 면이 존재하지만, 개연적인 허구를 개입시켜 독자들의 관심을 끌 수 있는 좋은 스토리 창작 방법의 하나라고 하겠다.

둘째, 캐릭터와 아름다운 사랑의 형상화이다. 영웅이라면 누구나 위상에 어울리는 능력을 지니고 있게 마련인데, 남이의 캐릭터는 문무를 겸비한 무인형 관료의 전형이라고 할 수 있다. 남이의 능력은 그 누구도 따를 수 없는 환상적인 것으로 이는 두 번의 전쟁에서 유감없이 발휘된다. 그리고 권소저와 결혼에 이르는 아름다운 사랑 또한 전통사회의 관습을 극복하면서 남이라는 인물의 이미지와 작품의 흥미에 크게 기여했다. 이러한 주인공의 능력과 아름다운 사랑은 스토리텔링의 근원적인 요소라고 할 수 있는데, 역사소설에서도 잘 구현되고 있는 것이다.

셋째, 모함과 복수에 의한 갈등의 표출이다. 소설에서 남이는 충신이자 선한 인물이며 유자광은 간신이자 악인으로 설정되어 있다. 그러나 결과적으로 선악의 대결에서 선한 사람에 해당하는 남이가 죽게 됨으로써 패배했다고 할 수 있는데, 사후에 꿈을 통해 모함에 대한 복수가 이루어진다. 이러한 모함과 복수의 설정은 흔치 않은 것으로 사극 등에서 활용될 수 있는 소재라고 할 수 있다.

오늘날 스토리텔링을 일러 흔히 문화산업을 활성화시키는 문화콘텐츠의 꽃이라고 부른다. 이처럼 스토리텔링이 중요해진 시점에서 「남이장군실기」가 비록 근대에 창작된 소설이지만 분명 오늘날의 관점에서 볼 때 다양한 콘텐츠로 활용될 수 있는 가능성을 내포하고 있다고 하겠다.

김 의인화 가전의 문화콘텐츠화 방안 연구

I. 머리말

「해의국사」는[1] 17세기 문인인 금곡 박상연이 창작한 가전으로 김을 소재로 의인화한 최초의 작품이다. 본 논문은 「해의국사」와 같은 가전 작품들이 문화콘텐츠로 개발될 수 있는 가능성을 모색해 보고 「해의 국사」를 대상으로 문화콘텐츠화 방안을 제시해 보기 위해 시도된 논문이다.

주지하다시피 정보통신기술의 발달에 힘입은 문화산업이 21세기 새로운 성장 동력으로 부상하면서 문화콘텐츠가 주목받고 있다. 문화콘텐츠는 하나의 소스를 토대로 다양한 매체로 활용되는 '원소스 멀티유스'의 특징을 지니고 있기 때문에 창의성과 감수성을 필요로 하며 모든 매체는 유기적으로 작용한다.[2] 특히 디지털미디어의 등장에 따른 패러다임의 변화는 그동안 많은 사람들의 관심에서 벗어나 있던 고전문

---

1) 「해의국사」는 『금곡집』에 실려 있던 작품으로 『춘강수필』에서 처음 언급된 이후 2007년 논문으로 발표되었다. (유재영, 『춘강수필』(춘강유재영박사화갑기념문집간행위원회), 이회문화사, 1992, 614쪽, 졸고, 「〈해의국사〉 연구」, 『한국언어문학회』 62, 2007, 318~333쪽)

2) 이찬욱, 「고전문학과 문화콘텐츠의 연계방안 연구」, 『우리문학회』 18, 2005, 235쪽.

학을 문화콘텐츠의 원천자료로 새롭게 인식시키는 계기가 되고 있다.

일찍이 가전은 중국에서부터 비롯되었는데, 우리나라에서는 고려시대 서하 임춘의 「국순전」을 필두로 조선후기까지 약 800년 동안 30여명의 작가에 의해 대략 40편 이상의 작품이 출현했다고 알려져 왔다.[3] 가전은 주로 지배계층에 해당하는 관리들이나 사대부들에 의해 창작되었기 때문에 소재 또한 그들이 즐겨 애용했던 애완물이나 동·식물, 마음, 음식, 성기, 돈 등으로 다양하다.[4] 그리고 가전은 인물전의 영향하에서 태동되었던 관계로 구성방식은 인물전을 답습하고 있으면서도 그 내용은 이중구조에 따른 풍자를 위주로 하여 허구적으로 꾸며진다는 특징을 지니고 있다. 이러한 가전의 기술방식은 오늘날과 같이 스토리 창작에 대한 관심이 강하게 대두되던 시대는 아니었지만 자신의 현달을 드러내거나 웃음을 창출하는 통로로써 활용되었다. 즉 스토리텔링이라는 명칭이 존재하지 않았을 뿐 이미 스토리텔링을 통해 문화콘텐츠화를 시도한 경우에 해당한다고 할 수 있다. 이러한 측면에서 볼 때 가전이 문화콘텐츠로 개발될 수 있는 충분한 조건을 갖추고 있음에도 불구하고 가전을 활용한 문화콘텐츠화에 대한 연구는 아직 미진한 편이다.[5]

---

3) 1980년대에 기존에 발굴된 가전 작품을 검토했을 때 40편 정도였으나 그 후 계속 발굴되어 현재는 약 70여 편에 이르고 있다.(안병렬, 『한국가전연구』, 이우출판사, 1986, 114쪽)

4) 김창룡 교수가 펴낸 『한국의 가전문학』 上·下에 실려 있는 작품들과 근자에 필자가 발굴한 5편 등을 종합해 보면 가전 작품은 무려 70편에 육박한다. 그러나 아직도 발굴될 여지가 있다. 현재 밝혀진 가전을 종합해 보면 소재로 삼은 대상은 32종류인데, 衣食住에 해당하는 것은 술과 김, 게 정도이다.(김창룡, 『한국의 가전문학』 上·下, 태학사, 2006)

5) 졸고, 「가전의 서사 구조와 스토리텔링」, 『한민족문화연구』 30, 한민족문화학회, 2009, 5~31쪽.

「해의국사」는 금곡 박상연이 정치적인 이유로 서해안인 부안과 영
광지역에 머물렀을 때 지어진 것으로 추정되는데,[6] 김을 의인화 하면
서 스토리에 일정한 서사적 특징과 의미를 담아내고 있다. 즉 탁월한
능력을 지닌 주인공을 중심으로 다양한 전고와 환상성을 가미해 일정
한 주제를 구현해 내고 있는 것이다.

이와 같이 김은 가전의 소재로 등장할 만큼 특산물로서 우리나라 서
남해안 지방에서 차지하는 위상이 자못 크다고 할 수 있다. 그러나 오
늘날 김을 상품화한 제품들을 보면 단순히 '맛있다', '좋다', '전통이 담
겨 있다'는 것을 부각시키는 정도에 그치고 있다. 이러한 상황에서 김
의인화 가전을 원천자료로 활용하여 문화콘텐츠로 개발한다면 가전 작
품에 대한 관심은 물론 제품 홍보와 지역 경제를 활성화시킬 수 있는
단초가 될 것이다.

Ⅱ. 가전의 문화콘텐츠화 가능성

우리에게 있어 문화 산업은 '한류'라는 명칭이 지닌 상징성에서도 확
인되듯이 문화를 상품화하여 '문화 = 상품 = 돈'이라는 등식의 성립을
가져왔다. 그러나 문화를 상품화하는 데는 많은 원천자료들이 확보되
어야 한다. 지금까지 문화를 산업화하는 과정에서 몇몇 주목할 만한
시도들이 이루어져 왔는데, 그 일례가 바로 문학을 콘텐츠화하여 문화
콘텐츠로 개발을 시도한 경우들이다. 객관적으로 볼 때 모든 장르의
문학은 문화콘텐츠로 개발될 수 있는 개연성이 존재한다. 드라마로 널

---

6) 『춘강수필』에 박상연의 행적이 기술되어 있는데, 서해안 지역에 잠시 머물렀던
   내력이 언급되어 있다.(유재영, 앞의 책, 『춘강수필』 참조)

리 알려진 「서동요」나 「허준」 같은 작품들도 설화와 역사적 기록에 근
거한 문학에 뿌리를 두고 있으며 영화와 드라마로 자주 리메이크 되는
「홍길동전」 또한 고소설이 모태이다. 고전문학을 콘텐츠화하기 위해서
는 현시대와 들어맞는 코드를 찾아내는 것이 전제되어야 한다. 수백
년의 세월을 뛰어넘어 오늘날의 대중들과 친밀하게 소통되는 이야기들
속에는 분명 진한 감동을 불러일으키는 특징적인 요소가 존재하기 때
문이다. 그러므로 현대의 대중들에게 고전 작품이 새롭게 다가가기 위
해서는 흥미를 이끌어 낼 수 있는 요소와 함께 삶과 밀접한 연관성 등
이 적극적으로 고려되어야 한다.[7]

그동안 축적된 향가와 고소설, 야담, 시가 등의 문화콘텐츠화에 대
한 방안들을[8] 살펴보면 문학 작품을 원천자료로 삼아 현대적인 트랜드
가 반영된 다양한 콘텐츠로 개발을 시도했다는 점을 확인해 볼 수 있
다. 그러나 이론과 실제의 간극으로 인해 아직은 결과가 만족스럽지
못한 측면이 있는데, 이것은 앞으로 연구가 진행되다보면 해결될 문제
로 생각한다. 그런데 다양한 장르의 문학 작품이 문화콘텐츠의 소재로

---

7) 허영진·이찬욱, 「TV 드라마 콘텐츠의 스토리텔링 활용 전략에 대한 연구」, 『어문
논집』 45, 중앙어문학회, 2010, 358쪽.
8) 안기수, 「한국 영웅소설의 게임 스토리텔링 방안 연구」, 『우리문학연구』 29, 우리
문학회, 2010, 67~98쪽.
이명현, 「이물교혼담에 나타난 여자요괴의 양상과 문화콘텐츠로의 변용」, 『우리
문학연구』 21, 우리문학회, 2007, 139~170쪽.
이찬욱, 「시조문학 텍스트의 문화콘텐츠화 연구」, 『우리문학연구』 21, 우리문학
회, 2007, 171~192쪽.
조은하·이대범, 『한국신화의 스토리텔링』, 북스힐, 2008, 73~74쪽.
함복희, 「향가의 문화콘텐츠화 방안 연구」, 『우리문연구』 24, 우리문학회, 2008,
133~168쪽.
_____, 「가사의 대중적 소통 방안 연구」, 『어문연구』 36, 한국어문교육연구회,
2008, 129~155쪽.

활용되고 있지만 가전을 논의로 삼은 경우는 극히 적은 편이다.

　가전 작품의 서사 구조를 분석해 보면 주로 고대 중국의 역사 기록과 경서의 내용을 배경으로 주인공이 탁월한 능력을 펼치는 것으로 묘사되어 있다. 주인공의 능력은 조상의 내력에서부터 은근히 제시되며 탄생과 동시에 실제적인 행동으로 발현된다. 이는 술을 의인화 한 임춘의 「국순전」이나 이규보의 「국선생전」, 꽃을 의인화 노긍의 「화사」, 심성을 의인화 한 김우옹의 「천군전」, 임제의 「수성지」 등 대부분의 작품에서 확인된다. 그리고 가전은 하나의 대상물을 소재로 하여 한 편의 이야기가 창작된 경우도 있지만 여러 명의 작가가 각각의 관점에서 작품화한 경우도 존재한다.[9] 즉 술이나 꽃은 오랜 세월동안 여러 작가에 의해 창작된 소재인데, 일종의 패러디 현상이라고 할 수 있다. 마치 한시에서 용사에 해당하는 원작을 패러디하여 새로운 느낌의 작품을 창작하는 것이 관례화 되었던 것과 같은 맥락이라고 볼 수 있다.[10] 이러한 기술적 특징을 지닌 가전의 내용을 살펴보면 이야기의 흐름이 대체로 인물전과 같이 출생→활약→사멸을 중심으로 서두→선계→사적→종말→후계→평결의 과정으로 세분화 되어 있다.[11] 이는 가전이 갖추고 있는 글쓰기의 규범과 같은 것으로 소설처럼 인물, 사건, 배경을 중심으로 하면서 이야기의 시작과 전개, 결말이 충실히 구현되고 있는 것이다. 이를 간략히 제시해 보면 다음과 같다.

---

9) 가전의 소재가 된 32개의 대상물 중에 하나의 소재에 한 편의 작품이 존재하는 것은 15편이며 나머지 17편은 모두 두 편 이상이다. 가장 많이 다루어진 소재는 술과 꽃인데 술은 8편이고 꽃은 6편이다.

10) 정출헌, 「고전소설의 '천편일률'을 패러디의 관점에서 읽는 법」, 『국제어문』 38, 국제어문학회, 2006, 35~63쪽.

11) 졸고, 앞의 책, 「가전의 서사 구조와 스토리텔링」, 10~11쪽.

이야기의 흐름(일반)	출생	활약	사별
가전의 구조(분절)	서두, 선계	사적	종말, 후계-평결
가전의 내용(구체화)	서두-주인공 소개 선계-조상의 내력	주인공의 정치적 행적 등	종말-주인공의 최후 후계-주인공의 후손 평결-작가의 총평

　가전은 하나의 사물을 의인화시킴에 있어 그 사물이 지닌 속성과 부합되는 특징을 바탕으로 인물을 창조해 낸다. 그리고 주인공의 활약에 관련된 부수적인 인물들이 무수히 등장하며 시간과 공간의 이동이 매우 자유롭다. 몇 백 년의 세월을 뛰어넘는 것은 다반사일 정도이다. 또한 주인공의 활약에 따른 사건이 등장하는데, 술을 의인화한 「국성전」의 경우 국성이라는 탁월한 능력을 지닌 인물이 등장하면서 이야기가 시작된다. 그리고 국성과 수많은 인물들 간의 교류가 이어지면서 술과 얽힌 사연이 펼쳐지고 여기에서 시공을 뛰어넘는 서사 라인이 형성된다. 결국 술로 근심을 달래는 단락에서는 마음과 근심 사이에 전쟁이 벌어지고 맛좋은 술인 국성의 도움으로 전쟁에 승리하는 구조로 되어 있다. 이는 맛좋은 술로 근심을 잠재울 수 있다는 것을 드러내기 위해 구상 단계에서부터 환상적인 상황의 설정과 시공을 초월한 자유로운 이동, 탁월한 능력을 지닌 주인공의 활약, 전고를 바탕으로 한 부수적인 인물들의 등장, 사건의 치밀한 구성 등이 가전의 전개방식에 맞게 고려된 결과라고 할 수 있다.[12]

　이와 같이 가전의 기술방식과 특징을 고려할 때 가전 작품을 원천자료로 삼아 문화콘텐츠로 개발하는 것은 얼마든지 가능한 일이라고 할 수 있다. 다만 작품의 스토리가 너무 짧거나 논찬 위주로 되어 있는 경

---

12) 가전의 서사 구조에 나타난 스토리텔링의 특징은 「국성전」을 중심으로 (졸고, 위의 책, 「가전의 서사 구조와 스토리텔링」) 한 차례 고찰된 바 있다.

우, 소재가 오늘날과 부합되지 않는 경우에는 불가능할 수도 있다. 가전의 주제를 부각시켜 교육적인 측면에서의 스토리텔링을 기획할 수도 있고 이야기 속의 특정한 소재를 부각시켜 소비자들에게 인식시키는 광고스토리텔링도 상정해 볼 수 있다. 또한 문학적인 측면에서 패러디를 활용하는 것도 가능하다. 그리고 의인화 되는 주인공의 대부분이 훌륭한 가문의 후손이며 탁월한 능력의 소유자라는 점에서 캐릭터로 개발할 수도 있다.13) 다만 가전은 고전소설처럼 결말이 항상 행복이 아닌 비극에 해당하는 경우가 존재하는데, 이는 게임콘텐츠 같은 경우에 활용한다면 더 흥미진진한 스테이지를 창출해 낼 수 있기 때문에 오히려 긍정적이다.

오늘날 문화산업은 정보통신의 발달에 따른 매체의 변화에 의해 빠른 변화를 보이고 있다. 그러므로 가전 작품들을 문화콘텐츠로 개발하는 것은 의지와 시간에 따른 문제라고 생각한다.

Ⅲ. 김 의인화 가전의 문화콘텐츠화 방안

「해의국사」는 '김'을 의인화한 최초의 작품이면서 동시에 '김'을 소재로 독특하면서도 흥미 있는 이야기로 구성을 꾀했다는 특징을 지니고 있다. 재미라는 것은 읽는 대상이 누구냐에 따라 달라질 수 있는데, 「해의국사」를 원천자료로 삼아 콘텐츠화하기 위해서는 우선적으로 서사 구조를 살펴볼 필요가 있다. 그러므로 먼저 소설의 구조를 플롯에 따라 분석할 때 흔히 사용되는 '발단→전개→위기→절정→결말'의 구성에 맞춰 「해의국사」의 서사 구조를 제시해 보고자 한다.14)

---

13) 유수열 외, 『스토리텔링의 이해』, 글누림, 2007, 77쪽.

【플롯】	【내용】

발단 　① 해의국(海衣國)은 서남 큰 바다 가운데에 있는데, 땅의 넓이
　　　가 구만여 리로 천지처럼 광활하다. 천자의 성은 장(張)씨,
　　　이름은 첩(貼), 자는 속지(束之)인데, 자칭 짐(朕)으로 태고
　　　적 혼돈씨의 후예이다.

　② 장씨는 대대로 하빈(河濱)에 살았는데, 혼돈의 일을 수행하
　　　여 십 대를 넘어 첩에 이르렀다. 첩이 어려서 어머니 박씨
　　　가 수렴청정을 하다가 자라자 정사를 돌려주어 첩이 천자
　　　가 되었다. 짐 천자는 현묵(玄黙)은 숭상하나 예절은 침중
　　　하지 못했는데, 어려서부터 황제의 후손으로서 자긍심이
　　　많았다.

　③ 서남의 바다에 도읍을 정하면서 물(水)을 으뜸으로 삼고 검
　　　은 색을 숭상하며 여섯 숫자로 기원을 삼았다. 곤룡포를 입
　　　고 면류관을 썼는데, 이때부터 짐 천자의 영향이 사해에 미
　　　치지 않은 곳이 없고 이름이 널리 퍼졌다. 진시황과 함께
　　　나라를 세워 해의(海衣)라고 불렸는데, 이때부터 해의를 짐
　　　이라고 칭하게 되었다. 서시가 불사약을 구하러 갈 때 함께
　　　가서 동해에서 놀았다는 진(秦)나라의 기록이 있다.

전개1 　① 짐 천자에게는 감태(甘苔)라는 재상과 곽동(藿同)이라는 장
　　　수가 있었다.

　② 왕망이 납일에 초주를 올리면서 독을 넣어 짐이 죽자 사람들
　　　이 혹 짐(朕)과 짐새의 짐(鴆)이 음이 같아 짐을 의심했다.

　③ 짐 천자가 일찍이 '유연(流連)으로 나라를 잃고 연안(宴安)
　　　으로 목숨을 잃는다.'라는 소동파의 시를 읊조렸는데, 이를
　　　거울삼아 태만한 것이 없었다.

---

14) 플롯의 구조에 대해서는 (현길언, 『한국소설의 분석적 이해』, 문학과 비평사, 1990,
　　136~137쪽) 참조.

전개2-위기

① 진(晉)나라 시절에 강동왕 하순이 있었는데 부추김으로 반란을 일으켰다.

② 하순은 청태를 재상으로 삼고 짐 천자의 연호를 받들지 않으면서 자칭 대택황제라 했다. 그리고 이름도 순우연(淳于淵)으로 바꾸고 연호도 순(淳)으로 고쳤다.

③ 변방 신하 백빈이 달려와 짐 천자에게 하순(夏蕈)이 반란한 사실을 알렸다.

④ 승상 감태가 소식을 듣고 짐 천자의 젓가락을 빌려 전쟁 계획을 세웠다.

⑤ 곽동을 복파장군으로 황각(黃角) 청각(靑角)을 좌우 종사관으로 삼았다. 그리고 다사마(多士麻)를 표고장군으로 우모(牛毛)를 전봉도독으로, 고발(高勃)을 후장군으로, 갈발(葛勃)로 기병을 삼았다. 이때 곽동이 가사리(佳士里)를 기실 참군으로 삼으니 이가 곧 수염이 아름다운 염참군(髥參軍)이다.

절정 ① 짐 천자가 부평초를 세객으로 삼았는데, 돌아와서 강동 땅이 작지만 험하고 장강이 있으니 서둘지 말라고 보고했다.

② 짐 천자가 부평초에게 하순의 장수들인 문조(文藻)와 도아리(都阿里), 대아리(大阿里), 미나리에 대해 듣고는 걱정 없다며 공격을 명했다.

결말 ① 목앵(木罌)으로 군대를 실어 강동 땅에 들어가 배수진을 친 하순의 군대를 크게 이겼다. 짐 천자가 성대한 잔치를 베풀고 공훈에 따라 분모(分茅)를 나누어 주었다.

② 강동의 망한 태부 장한을 짐 천자가 초빙하고자 했으나 거절하고 떠나갔다. 이 해에 강동이 완전히 망했다.

③ 건봉 말년에 짐 천자가 어부의 손에 죽어 초상 때 먹는 반찬이 되었다. 황태자 세모(細毛)가 있었으나 아직 어려서

삭발하고 스님이 되었다.
④ 나라에서 자손에게 제수하여 중국 각지에 퍼지게 되었고
   이때부터 진시황과 같이 짐이라고 불러도 참람(僭濫)으로
   여기지 않았다.[15]

「해의국사」가 흥미를 끄는 것은 몇 가지 특징에서 비롯된다. 첫째, 김이 탄생한 시대를 신화시대로 설정하여 환상적인 분위기를 연출한 점, 둘째, 구개음화 현상에 착안하여 김을 짐으로 부르는 전라도 방언을 활용한 점, 셋째, 김이 생산되는 지역에 어울리는 서남해를 배경으로 하면서 주인공을 천자로 설정한 점, 넷째, 고대 중국의 역사를 바탕으로 바다와 민물에 사는 식물들 사이의 전쟁을 통해 긴장을 극대화한 점, 다섯째, 짐 천자가 세상을 떠난 후에 김이 세상에 널리 퍼지게 되었다는 발상의 전환 등을 들 수 있다. 「해의국사」가 지니고 있는 이러한 특징들은 스토리텔링의 중요한 가치라고 할 수 있다. 스토리텔링의 소재로서 고전시가가 갖고 있는 가치를 연구하면서 제시된 것도 보편성과 환상성, 반전 등의 요소이기 때문이다.[16]

「해의국사」의 주인공인 짐 천자는 장 씨의 후손으로 그의 조상들은 세상이 시작되던 혼돈의 시대부터 존재해 왔기 때문에 신비로움이 느껴진다. 그런데 짐 천자의 탄생은 진시황제의 등극과 매우 밀접한 연관성을 갖고 있다. 진시황은 어려서 임금에 올랐으나 재상 여불위와 어머니인 조희가 수렴청정을 했으며 물을 으뜸으로 삼아 검은 색을 숭상했다. 그리고 불사약과 관련된 것도 역시 진시황의 오래 살고자 한 염원에서 비롯된 것이다. 즉 짐 천자의 탄생을 진시황제의 삶에 빗대

---

15) 『금곡집』 하권, 「해의국사」, 1976.
16) 이명현, 「문화콘텐츠 스토리텔링 소재로서 고전시가의 가치」, 『우리문학연구』 25, 우리문학회, 2008, 96쪽.

어 영웅으로 표현한 것이다. 영웅의 특징을 지니고 있는 짐 천자에게
는 뛰어난 신하들이 있었는데, 그들이 바로 재상 감태와 장수 곽동이
다. 이들은 모두 바다에서 나는 식물들을 의인화한 것으로 한나라 고
조가 초패왕 항우와 전쟁을 벌일 때 있었던 이야기를 소재로 차용하여
전쟁을 지휘한다.

　한편 전라도에서는 오래 전부터 김을 짐으로 발음하는 구개음화 경
향이 있어왔는데, 이를 응용하여 김을 천자로 설정할 때 짐 천자라고
발음한 것이다. 짐은 임금이 스스로를 지칭할 때 쓰던 용어인데, 해의
를 짐이라고 칭하게 되었다는 말이 바로 이것이다. 그런데 이 짐이라
는 말은 자못 전설상의 새로 알려진 짐새와 음이 같아 짐 천자가 오해
를 사는 일이 있었다고 설정했다. 왕망은 중국 전한 때의 인물로 자신
이 옹립한 평제를 독살하고 스스로 신나라를 세웠다. 왕망이 평제를
독살할 때 사용된 것이 짐새의 독이라는 데 착안하여 음이 같은 짐 천
자를 의심했다고 설정한 것이다. 이는 진시황제를 옹립한 여불위가 죽
을 때 짐새의 깃털을 술잔에 적신 후 마시고 죽었다는 이야기와도 일맥
상통하는 소재이다. 그리고 짐 천자가 다스리는 나라에 반란이 일어났
는데, 전쟁을 통해 긴장을 극대화시키면서 바다 식물의 탁월함을 드러
내는 역할을 하고 있다. 이러한 전쟁의 설정은 고대 중국의 실재했던
역사적 사실을 새롭게 각색한 것이다. 그리고 김이 오늘날과 같이 많
이 퍼지게 된 것은 짐 천자가 강동을 평정하고 공훈을 나누어 준 후
바다에서 놀다가 그만 어부의 손에 잡혔기 때문이다. 이는 일종의 역
발상에 해당하는 것이다. 짐 천자가 어부에게 잡힌 곳이 사구평대인데
이는 진시황제가 죽은 장소와 같은 설정이다. 짐 천자가 세상을 떠난
것은 바다 세계에는 슬픈 것이지만 오히려 인간에게는 먹을거리를 제
공해 주는 계기가 되었다. 그리고 고기를 멀리 했던 스님들의 반찬으

로 애용되었는데, 짐 천자가 세상을 떠남으로 인해 해의국은 사라졌지만 김으로 다시 탄생하게 된 것이다. 「해의국사」는 김을 천자로 삼아 일정한 플롯이 설정되고 서사 진행을 통해 사람들이 먹는 김으로 출현하게 된 유래를 설명하고 있다. 비록 결말은 비극적이지만 인물, 사건 배경을 통해 일정한 스토리를 갖추고 있는 작품이라고 할 수 있다.

1. 스토리텔링

모든 문화콘텐츠는 스토리텔링으로 통한다고 해도 과언이 아니다. 그만큼 스토리텔링이 갖는 위상이 크기 때문인데, 스토리텔링을 일러 모든 문화콘텐츠의 핵심이라는 지적이 이를 잘 대변해 주고 있다.[17] 「해의국사」를 활용한 스토리텔링은 다양한 분야에서 이루어질 수 있는데, 본고에서는 김을 지역 특산물로 홍보하기 위한 가상의 광고라는 측면에서 스토리텔링을 제시해 보고자 한다. 현재 김이라는 상품을 생산해 내는 지역이나 회사가 한둘이 아니라는 점에서 단순히 김이 지닌 장점을 알리기보다는 생산된 지역과 더불어 상품 판매의 우위를 점유하기 위한 각색스토리텔링이 바람직하다고 생각된다. 소비자들에게 자사의 상품을 더 많이 판매하기 위해서는 품질과 이미지에 대한 호감도가 좋아야 함은 필수적이라고 할 수 있다. 이런 점에서 본다면 「해의국사」가 전라도 부안과 영광지역과 연관성이 많은 만큼 이 지역의 제품을 대상으로 설정하는 것이 적합하다고 생각한다.

「해의국사」를 원텍스트로 삼아 특정 지역의 특정 김 제품을 판매하기 위한 스토리텔링이 구상될 경우 먼저 신화적 세계의 설정을 모토로 한 김의 역사성을 부각시킬 수 있다. 그리고 김이 세상에 출현하게 된

---

17) 안기수, 앞의 책, 「한국 영웅소설의 게임 스토리텔링 방안 연구」, 115쪽.

계기를 노출시켜 단순히 바다에서 나는 식물이 아니라 바다를 지배했던 천자의 후손에서 유래된 것임을 떠올리게 할 수도 있다. 또한 김이 서남해안 지역에서 많이 생산된다는 점에서 짐 천자가 다스리던 청정한 바다를 배경으로 한 해수욕장을 관련지어 광고할 수도 있다. 아울러 단순히 김을 하나의 동일한 상품으로만 개발할 것이 아니라 세대에 따른 맛의 차이를 염두해 두고 첨가물에 따른 상품 개발이 이루어질 수도 있기 때문에 이를 스토리텔링으로 구성할 수도 있다. 그러므로 시각적으로 제품을 제시하면서 장점을 부각시키는 것이 당면과제이다. 그러나 스토리텔링은 제품을 판매하는 것을 목적으로 하는 것은 똑같지만 좀 더 감성에 기댄다는 특징이 있다. 스토리텔링을 통한 광고가 때로는 제품을 직접 보여주며 판매하는 것보다 더 큰 성과를 거둘 수 있는 것도 이런 이유 때문이다.

가끔 아이들이 어떤 제품의 이름이나 전화번호를 무의식중에 흥얼거리는 것을 발견할 때가 있다. 그 제품을 사용하는 연령대도 아니고 자신과 큰 연관이 없는데도 노래를 하거나 박자에 맞춰 고개를 흔든다. 이는 방송매체를 통한 스토리텔링의 결과라고 할 수 있다. 제품을 음악에 실어 특정 전화번호를 제시한다거나 익숙한 곡에 가사를 바꿔 제시하는 것도 모두 이에 해당한다. 이처럼 스토리텔링을 활용한 상품 광고에서 적절히 활용할 수 있는 것이 「해의국사」와 같은 원천자료라고 할 수 있다. 주로 TV와 인터넷을 고려하여 「해의국사」를 원천자료로 한 스토리텔링의 예를 제시해 보면 다음과 같다.

원천자료: 「해의국사」
〈예 1〉
김 제품광고: 대상-30~60대

스토리텔링의 특징: 서해안 지역 바다의 특성을 중심으로 역사성과 감성 자극.

시놉시스:

(김을 채취하는 어부와 맑고 깨끗한 바다가 배경으로) ○○김은 자욱한 연기와 뜨거운 불길이 세상을 지배하던 태초부터 깊고 깊은 서해 바다 해·의·국에서 태어났습니다. 드넓게 펼쳐진 해안과 반짝이는 조개, 고운 갯벌의 영양분을 먹고 자란 ○○김, 삼면이 바다이지만 오직 청정한 서해안에서만 자라는 특성 때문에 오늘도 ○○김을 채취하는 ○○지역 어부의 손길은 즐겁기만 합니다. (제품을 직접 들고) 서해 바다에서 건강하게 자란 ○○김을 푸근한 ○○지역의 인심을 담아 여러분께 올립니다. ○○김, 많이 사랑해 주세요.(진정성 있는 목소리가 중요)

〈예 2〉

김 제품광고: 대상-어린이와 청소년

스토리텔링의 특징: 김이 탄생하게 된 사연을 중심으로 발랄하면서도 재미있게. 어른들이 먹는 김과 차별화 시도.

시놉시스:

(제품을 들고 어린이들이 좋아할 타입의 목소리로 진행한다) 여러분! 오늘은 우리가 즐겨 먹는 김이 어떻게 해서 우리 식탁에 오르게 되었는지 한번 알아볼까요? 옛날하고도 아주 오랜 옛날, 전라도 ○○지역이 위치해 있던 서남해에 짐 천자가 살았다고 합니다. 그런데 이 짐 천자가 그만 어부의 그물에 걸려 죽게 되면서 김이 되었다고 하네요. 어부들은 김을 채취해 처음에는 못 먹는 것인 줄 알고 버렸다고 합니다. 그런데 기근이 심하게 들었던 어느 해, 바위 위에 버리듯이 놓아 둔 김에서 고약한 냄새가 사라지고 구수한 냄새가 풍겨오더래요. (직접 냄새를 맡는 것처럼 행동하며) 그래서 한 어부가 이것을 맛보게 되었고 오늘날 우리들의 사랑을 받고 있는 ○○김이 되었다고 합니다. 소금의 양을 절반으

로 줄여 짠 맛 대신 고소한 향이 느껴지는 ○○김, 치즈에 싸먹어도 더욱 맛있습니다. ○○김 먹고 건강하게 자라세요. (제품 제시)

김은 서남해가 원산지이기 때문에 충청남도와 전라북도, 전라남도의 바다에서 주로 생산된다. 청정한 자연 조건을 지닌 지역적 특성을 함께 제시할 필요가 있다. 지금 판매되는 맛김에도 더러 원산지를 명기한 경우를 볼 수 있는데, 이러한 이유도 청정지역에서 생산된 것이 중요하다고 판단했기 때문이다. 그런데 더욱 중요한 것은 김을 소비하는 주 대상이 어떤 연령대인가를 정확히 파악하는 것이다. 그리고 김은 단순히 구워서만 먹지 않고 풀어서 국을 끓일 수도 있고 가루를 내어 양념으로도 쓸 수도 있으며 볶아서 자반으로 만드는 등 그 쓰임새가 다양하기 때문에 이러한 점이 고려되면 더 구체적인 상품광고가 등장할 수 있다.

문학과 지역의 연계는 현재 강원도 춘천에서 소설가 김유정을 소재로 개최되는 행사에서도 알 수 있듯이 앞으로 활발히 진행될 가능성을 지니고 있다. 특정한 소재를 대상으로 한 가전의 경우 상품 광고와 직결시킬 수 있고 또한 낙후된 지역의 관광산업을 활성화시킬 수 있다는 점에서 긍정적이라고 할 수 있다. 그리고 「해의국사」의 스토리를 아이들의 수준에 맞게 상상력을 가미해 동화스토리텔링으로 제시할 수도 있고[18] 원작을 더 깊이 이해할 수 있도록 하는 패러디를 활용한 스토리텔링도 시도해 볼 만하다.

---

18) 동화로 스토리텔링을 하기 위해서는 상상력이 전제되어야 한다.(조은하·이대범, 『스토리텔링』, 북스힐, 2008, 292~303쪽)

2. 캐릭터

캐릭터는 스토리텔링과 매우 밀접한 관련을 지니고 있다. 그리고 제품을 하나의 이미지로 표현하는 것은 매우 중요한 문제인데, 제품에 어울리는 캐릭터의 개발은 제품 판매와 직결된다는 점에서 신중을 기하지 않을 수 없다. 일찍이 어린 아이들이나 청소년을 대상으로 개발된 '뽀로로'나 '뿌까' 같은 경우가 국산 캐릭터로 성공을 거둔 대표적인 예라고 할 수 있다. 이런 경우는 캐릭터를 먼저 개발하고 뒤에 제품으로 활성화시킨 경우이다. 만화, 애니메이션 등으로 제작되거나 청소년들이 주로 이용하는 가방이나 학용품 같은 물건에 캐릭터를 부착하여 부가가치를 올리고 있다. 그러나 이런 방식과 반대로 제품을 생산하면서 동시에 캐릭터 개발이 이루어지는 경우가 대부분이다. 그리고 흥행에 성공한 만화 영화의 경우 작품에 등장하는 주인공이나 적대자의 캐릭터가 절대적인 영향을 미치게 된다.[19] 물론 김의 경우에도 상품화하면서 구운 김을 그대로 포장지에 인쇄하여 사진을 캐릭터로 대체하거나 지체 높은 양반들이 먹었던 것을 부각시켜 쉽게 먹을 수 없는 귀한 음식이라는 것을 강조하여 상호로 정한 경우도 있다. 그리고 지도를 캐릭터와 상품명으로 사용한 경우 등 다양한 방법들이 동원되고 있다. 그런데 이러한 방법들도 제품의 인지도를 제고시키는 데 기여하고 있지만 김도 그 쓰임에 따라 김밥용이 있고 맛김, 구이용 김 등으로 다양하듯이 캐릭터도 세분화해서 개발한다면 더 설득력을 지닐 것으로 판단된다.

현재 국내에서 생산·판매되는 제품의 경우 대기업의 로고처럼 캐릭터를 가지고 있는 제품들이 의외로 적은 편이다. 본고에서는 「해의국

---

19) 이인화 외, 『디지털스토리텔링』, 황금가지, 2008, 130~134쪽.

사」의 이미지를 통해 김 제품에 대한 캐릭터를 구상해 보는데 초점이 맞추어져 있다.[20] 김은 김밥을 통해서도 알 수 있듯이 어린아이에서부터 어른들까지 자주 먹는 음식이고 친근한 대상이다. 김과 관련된 캐릭터가 필요한 이유가 여기에 있다.

「해의국사」를 원천자료로 김에 대한 캐릭터를 구상할 경우 주인공인 짐 천자의 특징을 고려해 보아야 한다. 우선 짐 천자는 신분이 만인의 으뜸인 천자이자 영웅으로 설정되어 있다. 그러나 현묵은 숭상하나 예절은 침중하지 못하다고 했다. 이는 김이 서해 바다에서 생산되는 으뜸 상품이지만 무게가 가벼움을 빗댄 것이다. 캐릭터는 다분히 스토리에 따라 가변적인데,[21] 짐 천자 또한 마찬가지라고 할 수 있다. 그리고 육식을 금하는 스님들이 즐겨먹었던 점에서 영양가 많고 오래 먹어도 질리지 않는 특징을 지니고 있다고 할 수 있다. 또한 사람됨이 천박했지만 청렴하고 욕심이 적었던 점에서 비록 채취할 때 냄새도 많이 나고 작은 조개 등이 함께 섞여 딸려 오기도 하지만 깨끗한 음식이라는 점을 드러낼 필요가 있다. 이렇게 본다면 높은 신분, 풍부한 영양, 고소한 맛, 깨끗한 품질 등이 캐릭터 개발에 적극 반영되어야 한다. 아울러 세부적으로 김을 드러낼 수 있는 모양과 색, 크기 등이 고려되어야 한다. 짐 천자가 자긍심이 많았던 점에서 이미지를 밝게 가져가면서 신분을 강조하는 동시에 김이라는 것을 드러낼 수 있는 것이라야 할 것 같다. 이러한 특징들을 종합적으로 고려하여 캐릭터를 제시해 보면 다음과 같다.[22]

---

20) 스토리텔링을 통해 캐릭터를 개발할 때 고려해야 할 사안에 대해서는 (이인화 외, 위의 책, 『디지털스토리텔링』, 112쪽) 참조.

21) 유수열 외, 앞의 책, 『스토리텔링의 이해』, 90쪽.

22) 아래에 제시된 캐릭터들은 선문대학교 문화콘텐츠학과에서 강의할 때 수업에 참여했던 학생들의 생각이 일부 반영되었음을 밝혀둔다.

캐릭터 1　　　　　캐릭터 2　　　　　캐릭터 3

〈캐릭터 1〉은 김나라를 배경으로 천자의 모습을 형상화해 본 것이다. 김이라는 것을 떠올릴 수 있게 짐 천자의 머리와 옷, 주변에 김이라는 것을 느낄 수 있게 배치했다. 그리고 아이들과 청소년들이 호감을 가질 수 있는 밝은 웃음을 머금은 인물형상을 캐릭터로 설정해 보았다. 캐릭터에 입혀져 있는 옷에 김의 모습을 스케치하거나 김을 드러낼 수 있는 소재를 첨가한다면 더 확실한 캐릭터가 될 것이다. 다음으로 〈캐릭터 2〉는 「해의국사」 이야기를 오늘날의 꽃미남으로 설정, 캐릭터화를 시도한 것이다. 이 경우에도 김이라는 것과 천자라는 신분을 드러내기 위해 머리에 왕관과 같은 상징물을 부착시켰다. 대개 김은 사각의 형태로 만들어진다는 점을 고려하여 각이 지게 만들었으며 바다에서 자란다는 느끼게 하기 위해 주 캐릭터 주변에 김이 자라는 모습을 배치했다. 마지막으로 〈캐릭터 3〉은 「해의국사」에서 첫 글자인 바다 '해' 자와 두 번째 글자인 옷 '의' 자를 고려하여 김으로 표현해 본 것이다. 바다를 떠올릴 수 있는 색을 칠하고 물임을 알 수 있도록 물방울 모양을 제시했다. 또한 머리에는 조개껍데기를 연상시키는 모자를 씌우고 밝은 미소를 지어 호감을 나타내도록 형상화 했다. 김을 먹으면 건강해지고 힘이 난다는 것을 표현하기 위해 사람의 팔과 다리를 제시했다. 아울러 몸통부분에 김이라는 것을 알 수 있도록 김을 떠올릴 수 있는 모양을 그려 놓았다. 눈썹이 몸통 밖으로 나와 있는데, 이는 나이를 많이 먹었다는 것을 고려한 것이다. 현재 판매되는 맛김에도 〈캐릭터 3〉과 비슷한 설정이 있긴 한데, 색상과 모습이 김의 이미지와는 거리가 있게 느껴진다. 이는 김을 소재로 한 캐릭터 개발이 아직은 초보적인 수준이라는 것을 보여주는 것이다. 이러한 캐릭터들은 「해의국사」의 내용을 바탕으로 구상해 본 것인데, 이 외에도 다양한 상황에 맞는 캐릭터의 변형이 이루어질 수 있다.

3. 광고 및 교육용 만화

도로를 달리다보면 커다란 입간판에 등장하는 광고를 자주 접하게 된다. 또한 기차를 타거나 버스를 타더라도 잡지나 신문, TV, 라디오 등을 통해 상품을 광고하는 다양한 시도들을 볼 수 있다. 이처럼 광고는 온라인과 오프라인에서 동시에 이루어지는 경우가 많은데, 눈으로 보는 시각에 의존하는 것과 보고 들으면서 이미지를 떠올리게 하는 방법들이 동원된다. 이는 스토리텔링과 캐릭터가 광고의 중요한 요소라는 것을 반증하는 것이다. 즉 '스토리텔링은 브랜드와 고객과의 관계를 친화적으로 하는 데 긍정적인 영향을 주며 이러한 관계를 기본으로 한 내러티브의 형성은 고객을 즐거운 경험으로 이끌고 친밀감을 줄 수 있다'는 지적은 일견 타당해 보인다.[23] 그러므로 「해의국사」와 같은 원천자료를 토대로 광고를 기획할 경우 스토리텔링과 캐릭터를 적극적으로 활용한 광고를 고려해야 한다.

---

23) 김은혜, 「스토리텔링(Storytelling)광고에 관한 연구」, 이화여대석사논문, 2004, 12쪽.

 김을 소재로 한 다양한 상품들이 개발되고 있는데, 김을 과자에 접
목한 상품을 광고할 경우 상품을 포장하는 포장지에 응용할 수 있는
광고를 제작해 보는 것도 가능하다. 스토리텔링을 통해 과자제품을 소
비하는 소비자들의 가장 가까운 곳에서 감성을 자극하는 상품 광고를
하는 것이다. 스토리텔링을 통한 감성 광고의 필요성과 효과는 명품으
로 유명한 루이비통의 베르나르 아르노 회장이 말한 "우리는 꿈을 판
다."는24) 말에서도 짐작해 볼 수 있다. 김 제품을 광고할 경우에도 이
러한 방법들이 동원될 수 있다.

 그러나 우리나라에서 생산된 제품의 경우 포장지를 살펴보면 대부분
스토리텔링을 활용한 마케팅이라고 할 만한 요소를 발견할 수 없다. 어
쩌다 작은 포장지를 덮고 있는 큰 상자에 작은 글씨로 제품을 소개하는
글이 있기는 하다. 그러나 지역에서 생산되는 특산물 같은 경우를 제외
하면 성분 분석을 적어 놓은 것이 대부분이다. 그 만큼 상품을 기획할
때 스토리텔링이 전혀 고려되지 않고 있는 것이다. 단지 제품의 명칭과
장점을 부각시킨 표어 수준의 문구가 전부이다. 그러나 일본의 경우를
보면 우리와 전혀 다른 제품 광고의 특징을 목격할 수 있다. 작은 과자
하나에도 제품이 생산된 유래와 함께 회사의 명칭이 기재되어 있다.

〈일본 과자 제품의 예〉

---

24) 김민주, 『성공하는 기업에는 스토리가 있다』, 청림출판, 2003, 159쪽.

「해의국사」를 소스로 하여 직접 제품 광고를 기획하게 된다면 김의 유래가 담긴 「해의국사」의 내용을 간략하게 스토리로 제시하고 상호를 기재하는 방법을 적용해 볼 필요가 있다. 그리고 캐릭터는 뒷면에 제시하거나 약간 연한 색을 입혀 배경으로 처리한다면 시너지 효과를 기대할 수 있을 것이다.

〈○○김의 유래〉

　서해안 ○○지역에서 생산되는 ○○김은 깊고 깊은 서해 바다 해·의·국에서 비롯되었습니다. 해의국은 짐 천자가 다스렸던 서남해의 바다로 태초에는 서해바다를 김이 다스렸다고 합니다. 그러나 안타깝게도 짐 천자가 죽게 되자 후손들이 흩어져 살게 되었는데, 그들이 오늘날 우리가 먹는 ○○김의 시초가 되었다고 합니다. ○○김에는 태초의 신비와 ○○지역 푸른 바다의 영양이 가득 담겨 있습니다.

　그동안 광고는 산업디자인 전공자나 광고홍보 전공자, 그래픽디자이너의 영역이라고 인식되어 왔다. 그러나 이제는 이들 분야와 문학 연구자가 함께 머리를 맞대야 할 시점이 도래하고 있다. 즉 문학적인 상상력과 기술의 접목이 필연적인 시대가 되어 가고 있는 것이다.

　다음으로 「해의국사」의 스토리텔링과 캐릭터를 활용하여 만화로 제작, 김 의인화 가전을 학생들에게 제시한다면 가전 작품에 대한 이해와 함께 제품에 대한 호감이라는 두 가지 목적을 달성할 수도 있을 것이다. 만화는 오랜 세월 동안 사람들의 사랑을 받아왔다. 일찍이 술을 소재로 TV에서 방영한 것을 만화로 만들었던 『신의 물방울』 같은 작품들이 술에 대한 이해를 높이고 만화로서의 성공을 가둔 사례가 이를 증명하고 있다. 만화도 다양한 분야에 접목될 수 있는데, 교육 현장에서 가전을 설명할 때 「해의국사」를 소재로 한 만화를 활용 할 수 있다. 만화는 특성상 읽는 내용보다 눈으로 보는 부분이 월등하기 때문에 짧은 시간 내에 좋은 효과를 거둘 수 있다는 장점이 있다. 다만 앞서 제시한 스토리텔링과 캐릭터가 탄탄할 때 만화도 안정적으로 자리를 잡을 수 있다. 최근 초등학생들에게 큰 인기를 끌고 있는 '학습만화시리즈'나 예림당에서 펴낸 'Why?' 시리즈는 가전을 만화로 제시할 때 어떤 관점에서 임해야 하는지 보여주는 좋은 사례라고 할 수 있다. 「해의국사」를 동화로 스토리텔링 한 내용을 만화로 만들 수도 있고 간단하게 김 제품을 선전할 때 짐 천자의 캐릭터를 주인공으로 내세워 관심을 유도할 수도 있다. 이때는 공간을 고려하여 4컷이나 8컷 정도로 짧게 구상하면 될 것이다. 중요한 것은 스토리의 방향에 따라 만화의 방향이 달라진다는 점이다. 이야기의 전개는 크게 순차적 구조, 계층적 구조, 유기적 구조로 나뉘는데, 이를 활용한다면 컷의 변화가 매우 다양해 질 수 있다.[25] 만화는 가전 작품의 내용을 대중들에게 널리 알리고 제품을 홍보할 수 있는 좋은 통로의 하나라고 할 수 있다.

Ⅳ. 맺음말

이상으로 가전의 문화콘텐츠화에 대한 가능성과 김 의인화 가전인 「해의국사」를 텍스트로 삼아 문화콘텐츠화 방안을 살펴보았다.

주지하다시피 가전은 오랜 세월 동안 우리 문학의 한 분야를 담당해

---

25) 조명환, 「한습만화 스토리텔링에 관한 연구」, 숙명여대석사논문, 2007, 35~38쪽.

왔으며 선인들의 사유방식과 문화적 특징들을 충실히 전달해 왔다. 그러나 오늘날 고전문학이 암담한 현실의 벽에 부딪쳤듯이 가전 또한 많은 대중들에게서 점차 멀어져 가고 있다. 이러한 상황에서 가전 작품을 21세 문화산업의 핵심이라고 할 수 있는 문화콘텐츠에 접목시키는 것은 필연적인 결과라고 할 수 있다.

일찍이 가전은 인물전의 영향하에서 태동되었기 때문에 형식은 인물전의 양식을 따르면서 내용은 허구적으로 꾸며진다는 특징이 있다. 그리고 고대 중국의 역사와 경서의 내용을 토대로 의인화한 대상을 '발단-전개-위기-절정-결말'의 과정으로 엮어낸다고 할 수 있다. 즉 의인화 된 대상을 출생→활약→사멸을 중심으로 서두→선계→사적→종말→후계→평결의 과정에 따라 기술하고 있는 것이다. 가전은 특정한 소재를 대상으로 하고 있기 때문에 대상에 따라 스토리텔링과 캐릭터 개발이 용이하고 이를 광고로 활용하거나 교육에 접목시키는 것도 가능하다. 다만 중요한 것은 오늘날의 대중들이 공감할 수 있는 트랜드를 찾아 이를 콘텐츠화 하는 것이다.

「해의국사」는 김이 주로 서남해에서 생산된다는 점을 활용하여 이야기로 창작한 경우이다. 김이 전라도에서는 구개음화현상에 의해 짐으로 발음된다는 점에 착안하여 주인공인 김을 짐 천자로 설정했다. 또한 오랜 시간의 흐름을 이용한 신비로운 분위기를 연출하고 있으며 중국의 역사서와 경서에 등장하는 수많은 전고와 서해 바다를 다스렸던 천자가 죽어 우리가 먹는 김이 되었다는 역발상 등을 통해 흥미를 이끌어 내고 있다. 이러한 「해의국사」를 원천자료로 삼아 스토리텔링과 캐릭터, 광고 및 교육용 만화로 제작하는 방안을 제시해 보았다.

스토리텔링은 다양한 발상에서 이루어질 수 있는데, 본고에서는 가상으로 김 제품을 홍보하는 시놉시스를 제시해 보았다. 이외에도 동화

스토리텔링을 비롯한 다양한 스토리텔링이 가능할 수 있는데, 주로 각색스토리텔링이 적합할 것으로 생각된다. 다음으로 캐릭터는 스토리텔링을 전제로 김이 지닌 속성을 고려하면서 세 가지의 경우를 제시해 보았다. 김이 지녔던 천자라는 신분과 밝은 성격, 「해의국사」에서 해의에 해당하는 글자를 형상화, 오늘날 청소년들에게 인기 있는 꽃미남을 등장시켜 캐릭터로 창조해 보았다. 그리고 광고를 통해 김 제품을 홍보할 때 단순히 김이라는 제품만 알릴 것이 아니라 김이 만들어지게 된 유래를 「해의국사」에서 차용하여 이를 제품에 직접 반영하는 방안을 제시해 보았다. 아울러 만화를 통해 자라나는 청소년들에게 가전을 널리 알리고 김 제품을 홍보하는 방법도 알아보았다.

궁녀를 소재로 한 애정서사의 스토리텔링 양상 연구

-「운영전」과 「영영전」을 중심으로

I. 머리말

동서고금을 막론하고 남녀 사이에 존재하는 애정 문제는 서사 문학의 중요한 소재로 활용되어 왔으며 오늘날에도 꾸준히 두터운 독자층을 형성해 오고 있다. 그리고 디지털미디어와 같은 매체를 활용한 문화산업이 부가가치를 창출하는 재원으로 부상하고 있는 상황에서 고전소설에 존재하는 다양한 스토리텔링의 양상을 분석하는 것은 법고창신의 의미를 지닌다고 할 수 있다. 스토리텔링은 문화콘텐츠의 출발점이자 새로운 스토리 창작의 모태이기 때문이다. 특히 궁녀와 관련된 애정서사에 나타난 스토리텔링은 기존에 궁녀를 소재로 했던 드라마와 영화 등이 시청자들로부터 좋은 반응을 얻었다는 점에서 가치를 짐작해 볼수 있다. 2004년 이영애가 주인공으로 등장하여 한류의 중요한 소재로 떠올랐던 MBC드라마 「대장금」이나 2006년 MBC에서 방영된 드라마 「궁」, 2007년 김미정 감독이 메가폰을 잡았던 영화 「궁녀」, 궁을 소재로 한 일련의 사극 등이 이를 여실히 나타내 주고 있다.

이 밖에도 궁을 소재로 한 뮤지컬이나 도서, 광고 등이 연달아 등장하면서 궁을 콘텐츠로 활용하는 영역이 점차 확대되는 추세이다. 궁을 소재로 한 콘텐츠가 확대되는 이면에는 일반인들이 쉽게 접근할 수 없는 궁(宮)이라는 카테고리가 내포하고 있는 비밀스러움과 신비감, 그 안에서 생활하는 사람들에 대한 일반인들의 깊은 관심이 반영된 결과라고 할 수 있다.

익히 알려져 있다시피 「운영전」과 「영영전」[1]은 궁녀와 일반 사대부의 사랑이라는 흔치 않은 소재를 다루고 있다는 공통점을 지니고 있다.[2] 그러나 「운영전」은 남녀 간의 애정을 다룬 고전소설 작품 중에서 결말이 비극으로 귀결된 유일한 작품이며[3], 「영영전」은 이와 반대로 희극으로 끝난 작품이다. 이 두 작품은 구성적인 측면에서 만남→사랑 →장애→결합이라는[4] 일반적인 애정담의 형태를 보이고 있다. 두 작품에 대한 기존의 연구는 서사 구조 등 개별 작품에 대한 연구와[5] 순차 구조를 바탕으로 한 애정 구현 양상에 대한 비교 연구[6] 등 다각

---

1) 「운영전」은 국립도서관 소장 한문본을 「영영전」은 국립도서관본으로서 이본인 「상사동기」를 자료로 삼았다.

2) 신동흔 교수는 「운영전」에 대한 패러디로서 「영영전」이 탄생했다고 보았으며, 「영영전」은 「운영전」에 나타난 기존의 관습에 대한 반론을 제기하는 작품이라고 보았다. (신동흔, 「운영전에 대한 문학적 반론으로서의 영영전」, 『고전산문의 계보적 연구』, 국학자료원, 2001, 313~339쪽)

3) 「운영전」의 비극성에 대해서는 여러 연구자들에 의해 선행연구가 이루어졌다.(김명순, 『고전소설의 비극성 연구』, 창학사, 1986, 151쪽, 소재영, 「운영전 연구」, 『아세아연구』 41, 1971, 159~167쪽)

4) 김문희, 「17세기 애정소설의 장르적 역동성」, 『한국고전연구』 7, 한국고전연구학회, 2001, 42쪽.

5) 김낙효, 「〈영영전〉의 구조와 의미」, 『한국학논집』 16, 1989, 65~89쪽.
   김지연, 「〈운영전〉의 서사구조와 시점연구」, 『새얼어문논집』 17, 2005, 229~259쪽.
   박일용, 「〈운영전〉과 〈상사동기〉의 비극적 성격과 그 사회적 의미」, 『조선시대의 애정소설-사실과 낭만의 사실사적 전개양상』, 집문당, 1993, 163~184쪽.
   서은아, 「〈영영전〉의 인간관계 분석과 문학치료 텍스트로서의 가치」, 『국학연구』 15, 2009, 403~426쪽.

6) 김연정, 「〈운영전〉과 〈영영전〉의 애정 구현 양상 비교 연구」, 서강대학교 교육대

적으로 이루어져 왔다. 그리고 「운영전」의 경우 애니메이션을 제작하기 위한 스토리텔링 방안과 「운영전」이 던져주고 있는 메시지에서 캐릭터 설정에 대한 논의가 있어 왔다.7) 그러나 궁녀의 사랑이라는 원천 소재에 나타나 있는 스토리텔링의 전반적인 특징에 주목한 경우는 없었다.

어느 시대를 막론하고 이야기는 읽는 재미와 감동이 전제될 때 많은 독자를 확보할 수 있으며8) 이를 토대로 상품화를 위한 다양한 방법이 모색되어질 수 있다. 신분제가 엄격하게 유지되던 조선사회에서 궁녀와 사대부의 사랑은 일대 사건이자 일부 사람들에게는 로망에 가까운 충격적인 스캔들이었을 것이다. 그런데 오늘날 우리 사회에서도 이러한 일들이 재현되고 있다. 즉 재벌과 서민, 인기 연예인과 재벌들 사이에 이루어지는 결혼 등이 세인들의 이목(耳目)을 집중시키고 선망의 대상으로 작용하고 있기 때문이다. 이러한 관점에서 볼 때 「운영전」과 「영영전」의 애정서사에 나타난 스토리텔링의 특징은 오늘날의 디지털콘텐츠를 앞세운 매체 환경에 시사하는 바가 적지 않다고 생각한다.

그러므로 본고에서는 「운영전」과 「영영전」의 스토리텔링 양상을 살펴 독자들의 관심과 흥미를 유발시키는 내러티브적 특징을9) 밝혀보고 현대적 관점에서 궁녀 소재 스토리텔링이 지닌 의미와 다양한 매체로 활용될 수 있는 전망에 대해 논의해 보고자 한다.

학원 석사학위논문, 2005, 1~89쪽.

　배원용, 「운영전과 영영전의 비교고찰」, 『국제어문』 2, 1981, 73~94쪽.

7) 정길수, 「〈운영전〉의 메시지」, 『고소설연구』 28, 2009, 71~83쪽.

　함복희, 「고전소설 속 애정 서사의 스토리텔링 방안」, 『어문논집』 42, 2009, 258~263쪽.

8) 김의숙, 이창식, 『한국신화와 스토리텔링』, 북스힐, 2008, 68쪽.

9) 최예정, 김성룡, 『스토리텔링과 내러티브』, 글누림, 2005, 60~127쪽.

II. 스토리텔링 양상

주지하다시피 소설은 인물, 사건, 배경을 중심으로 이야기가 펼쳐지며 발단에서 결말에 이르는 서사의 진행 과정에 다양한 플롯이 개입된다는 특성을 지니고 있다. 또한 플롯에는 작품의 흥미를 좌우하는 결정적인 사건들이 담기게 마련인데, 이러한 사건들이 스토리텔링을 형성하는 데 지대한 역할을 하게 된다.

일찍이 스토리텔링의 개념에 대해 사건에 대한 진술이 지배적인 담화 양식이라고[10] 지적한 것에서도 알 수 있듯이 애정소설의 스토리텔링 양상을 살펴보기 위해서는 서사 속에 존재하는 사건에 주목할 필요가 있다. 그런데 스토리텔링은 단순히 주어진 서사의 나열이 아닌 감성에 기반을 두고 있다는 점에서 흥미를 유발시키는 특징을 도출해 내야 한다.[11] 그리고 사건의 결합은 사건의 핵과 위성이 서로 궤도이탈하지 않게 시간의 법칙과 인과의 법칙에 의해 유지된다.[12]는 지적처럼 하나의 이야기가 많은 사람들로부터 공감을 얻기 위해서는 시간의 흐름과 인과의 법칙이 반드시 고려되어야 한다. 즉 서사 구조를 바탕으로 작품을 분석할 때 세세한 부분들도 중요하지만 이야기의 흐름을 관통하고 있는 핵심을 밝혀내고 이것이 작품에서 어떤 역할을 하고 있는가를 밝히는 것이 스토리텔링의 양상을 살피는 단초라고 할 수 있다. 그러므로 「운영전」과 「영영전」의 애정서사에 나타난 스토리텔링의 양상을 살펴보는 것은 작품이 전개되는 순차구조에서 가장 핵심적인 영향을 미치고 있는 내러티브적 요소들을 추출해 보는 것이 순서일 것이다.

---

10) 이인화 외, 『디지털스토리텔링』, 황금가지, 2003, 13쪽.
11) 김민주, 『성공하는 기업에는 스토리가 있다』, 청림출판, 2003, 159쪽.
12) 최예정, 김성룡, 앞의 책, 『스토리텔링과 내러티브』, 2005, 101쪽.

애정소설인 「운영전」과 「영영전」의 순차구조는 크게 만남→사랑→시련→결말로 구분해 볼 수 있다. 하지만 각각의 단계가 갖는 특징은 스토리를 살펴보면 두 작품에는 확연한 차이가 발견된다. 「운영전」의 경우는 유영이라는 선비가 안평대군이 거처하던 수성궁에 놀러 갔다가 술에 취해 잠이 들었다 깨어나면서부터 본격적인 이야기가 펼쳐진다. 유영이 꿈에서 김진사와 운영이라는 인물을 만나 서로 사랑을 나눈 과정과 안평대군에게 발각되어 맺어지지 못하고 비극적으로 죽게 된 내용, 두 사람이 본래 선인들이기 때문에 천상계에서 다시 함께 지내게 된 내용을 듣게 된다. 그리고 유영이 술에서 깨어보니 책자만 남아 있었다는 것이 스토리의 핵심이다. 즉 유영이 술에 취해 두 사람의 사랑에 얽힌 이야기를 듣고 전해 주는 이중 구조 형식을 취하고 있다. 이에 비해 「영영전」은 액자형 구조를 통해 설명하는 형식으로 이야기가 진행된다. 김생이 술을 마시고 집으로 돌아가던 중 우연히 길에서 본 미인에게 반하여 상사동까지 따라 갔으나 놓치게 된다. 김생은 하인 막동을 통해 미인의 행방을 찾게 되고 상사동에 사는 노파에 의해 미인을 찾아 사랑을 나누게 된다. 여자 주인공인 영영이 회산군의 궁녀였기 때문에 김생은 궁을 넘나들며 사랑을 나누다 노파가 죽는 바람에 소식이 끊어지고 만다. 그 후 김생이 장원급제하여 칭병하고 회산군댁에 들어가면서 다시 만남이 이어지고 김생이 상사병으로 죽게 된 것을 친구가 도와주어 백년해로를 할 수 있게 된다.

사실 이야기에 궁녀가 등장하는 경우는 있지만 사랑을 추구하는 주인공으로 등장하는 작품은 이 두 작품 외에 찾아보기 힘들다. 그러므로 두 작품에 나온 애정서사에 나타난 스토리텔링을 바탕으로 다양한 문화콘텐츠가 기획될 수 있는 개연성이 존재한다. 두 작품의 순차구조에서 애정과 관련된 만남, 사랑, 시련과 결말의 서사를 중심으로 흥미를 불러일으키는 스토리텔링의 특징이 무엇인지 살펴보도록 하겠다.

1. 환상적 분위기와 선남선녀의 만남

소설이란 일반적으로 여성 독자를 의식하면서 남녀관계의 애정과 시련을 두드러지게 부각시킨다는 점에서 문학의 다른 갈래와 뚜렷한 차이가 있다는[13] 지적처럼 남녀 간의 사랑은 언제나 세인들의 관심을 끄는 소재라고 할 수 있다. 이런 점에서「운영전」과「영영전」에 나타난 주인공들의 만남과 관련된 스토리텔링을 살펴보면 몇 가지 특징이 발견된다. 첫째, 술을 매개로 한 환상적인 분위기 속에서 만남이 이루어지고 있다는 점이다. 안평대군이 거처하던 수성궁을 찾아가 이야기를 듣게 된 유영은 술에 취했다가 깨어나 두 주인공을 만났다. 그리고 운영과 김진사가 자신들의 이야기를 시작하기 전에 먼저 준비한 것도 술이었다. 술을 마신 뒤 기분이 한껏 들뜬 상황에서 선계와도 같은 주변의 경치가 아름다우면서도 슬픈 이야기와 맞물려 이색적인 분위기를 자아내고 있다. 또한「영영전」에서도 남자 주인공 김생은 봄빛의 아름다운 분위기에 매료되어 술을 마셨으며 술기운으로 인한 몽롱한 분위기에서 아름다운 영영의 미모에 단번에 빠지게 된다. 둘째, 여성 주인공의 미모가 타의 추종을 불허할 만큼 아름답다는 것과 사대부인 남성과 동등하게 시로 화답을 할 정도의 문재를 갖추고 있다는 점이다.[14] 운영과 영영의 추한 외모는 상상할 수 없다.「영영전」에 비해「운영전」에 묘사된 여주인공의 모습은 단순하면서도 간접적인 표현에 머물고

---

13) 조동일, 『한국문학통사』 3, 지식산업사, 1991, 492쪽.
14) 「운영전」을 전기소설의 측면에서 고찰하면서 애정서사에 나타난 특징으로 이러한 능력이 지적된 적이 있다.(강상순, 「전기소설적 애정 서사의 변주 혹은 패러디에 대한 일고찰」, 『국제어문학회 학술대회발표자료』, 2007, 32쪽)

있는데, 이는 애정의 주체가 여성인 운영이기 때문이다. 「영영전」에서
는 김생의 시각에서 영영이 묘사되기 때문에 영영에 대해 매우 자세한
표현이 이루어지고 있지만 「운영전」에서는 반대로 김진사를 흠모하는
마음이 강하기 때문에 김진사에 대한 묘사가 많이 등장한다. 남녀 주
인공들은 외모와 문재가 갖춰진 상황에서 만나게 됨으로써 격이 다른
사랑을 만들어 갈 수 있었다. 셋째, 남자 주인공의 경우 연소함에도 과
거에 급제할 정도로 문재가 뛰어나고 외모 또한 준수하다는 점이다.
어린나이와 탁월한 문재는 유교적 가치관이 지배적이었던 당대 남자의
이상적인 자격 조건이 반영된 것으로 생각해 볼 수 있다. 그리고 나이
가 어리기 때문에 죽음도 두려워하지 않는 불같은 사랑을 감행할 수
있게 된다. 이러한 술을 매개로 한 환상적인 분위기와 남녀 주인공들
이 갖추고 있는 남다른 외모와 문재는 처음 만남에서부터 서로에게 충
분히 호감을 가질만한 조건이며 이는 이야기를 풀어나가는 데 매우 중
요한 출발점으로 작용하고 있다. 평범함을 뛰어넘는 탁월한 존재들이
라고 할 수 있다.

> 술병을 풀어서 다 마시고는 취하여 바윗가에 돌을 베개삼아 누웠더니,
> 잠시 후 술이 깨어 얼굴을 들어 살펴보니 유객은 다 흩어지고 없었다.
> 미인은 그 아이를 보고 말하기를,
> '오늘 저녁 우연히 고인(故人)을 만났고, 또한 기약하지 않았던 반가
> 운 손님을 만났으니, 오늘밤은 쓸쓸히 헛되이 넘길 수 없구나. 그러니
> 네가 가서 주찬(酒饌)을 준비하고, 아울러 붓과 벼루도 가지고 오너라.'
> 유리로 만든 술병과 술잔, 그리고 자하주(신선이 마시는 자줏빛의 술)
> 와 진기한 안주 등은 모두 인세(人世)의 것이 아니더라.[15]

---

15) 「운영전」.

　　김생은 봄날의 흥취에 젖어서 목이 마를 정도로 술 생각이 간절하였
다. 그래서 마침내 흰모시 적삼을 전당잡히고 진주 빛이 나는 홍주(紅
酒)를 사서 꽃무늬가 그려진 자기(磁器) 술잔에 따라 마셨다. 술에 취해
서 술집 누각 위에 누워 있는데, 꽃향기가 옷에 스미고 대나무 이슬이
얼굴을 적셨다.16)

　술은 작중 인물들이 감흥을 불러일으키는 역할을 하고 있다. 그리고
술의 맛과 향, 술잔의 모양은 그 자체로도 신비감을 불러일으키는 소
재로 활용되고 있으며 주변의 아름다운 배경과 어우러져 환상적인 분
위기를 자아내고 있다. 이는 작중인물들이 활동하는 공간이 마치 속세
와 차이나는 특별한 곳임을 간접적으로 묘사하여 작품에 호감을 갖게
하는 원인으로 작용하고 있다. 이런 환상적인 분위기와 조화를 이루는
것이 주인공들의 외모와 문재이다. 외모는 대개 여자의 경우 절세가인
형으로 표현되며 남자의 경우 용모가 준수하고 문재가 탁월한 입신양
명형 인물로 형상화시키고 있다.17)

　　한 소년이 절세(絕世) 미인(美人)과 마주 앉아 있다가 유영이 옴을
보고 흔연히 일어나서 맞이하니
　　대군께서는 궁녀 중에서 나이가 어리고 얼굴이 아름다운 열 명을 골
라서 〈소학〉, 〈언해〉, 〈중용〉, 〈대학〉, 〈맹자〉, 〈시경〉, 〈통감〉, 〈송서〉
등을 차례로 가르쳐 5년 이내에 모두 대성하였지요. 열 명의 이름 금련,
은섬, 자란, 보련, 운영이니, 운영은 바로 저였어요.18)

---

16) 「상사동기」.
17) 남녀 주인공들은 유교적 질서에 반하는 행동을 보이고 있지만 그 형상은 유교적
　　질서 안에서 가장 이상적인 인물에 가깝게 묘사되어 있다.(송기섭, 「근대 역사소설
　　의 서사적 조건」, 『어문학』 85, 2004, 371쪽)
18) 「운영전」.

김생이 읊기를 마치고 취한 눈을 반쯤 들어 올리는 순간 한 미인이 눈에 띄었다. 나이는 겨우 열여섯 살 정도 되었는데, 사뿐사뿐 걷는 고운 발걸음에 길가의 먼지마저 일지 않았다. 허리와 팔다리는 가냘프고 어여뻤으며, 몸매가 매우 아름다웠다. (중략) 그러다가 옥비녀를 풀어 윤이 나는 검은 머릿결을 가볍게 흔들자, 푸른 소매는 봄바람에 나부끼고 붉은 치마는 맑은 냇가에 어리어 반짝였다.

"영영은 자태가 곱고 음률이나 글에도 능통해 회산군께서 첩을 삼으려 하신답니다. 다만 그 부인의 투기가 두려워 뜻대로 못 할 뿐이랍니다."[19]

여주인공들은 나이가 대략 16~17세 정도로 청춘남녀를 가리킬 때 흔히 쓰는 이팔청춘과 들어맞게 설정되어 있다. 그리고 이들은 여성이었지만 하나같이 글공부를 하여 기본적인 문재를 지니고 있었다. 문재는 사대부와 의사소통이 이루어질 수 있다는 것을 암시하는 중요한 설정이자 여자로서 뛰어난 재능을 지니고 있음을 상징적으로 나타낸 것이라고 할 수 있다. 흔히 조선시대 기생을 일러 '해어화'라고[20] 은유적으로 지칭했던 것처럼 음악과 문학을 논할 수 있는 능력은 남자들과 세상사를 논하고 대화를 할 수 있는 조건의 하나라고 할 수 있다. 이러한 능력이 운영과 영영에게 갖추어져 있었던 것이다. 이는 사대부 반가의 여인네들에게 요구되는 문재가 궁녀들에게서도 실현되고 있음을 의미한다고 할 수 있다. 즉 신분은 다르지만 모든 조건은 사대부 반가를 기준으로 삼고 있는 것이다. 이는 마치 소설 「춘향전」에서 기녀 신분인 춘향이 반가의 부녀자처럼 행동했던 것과 흡사하다고 할 수 있다.

나의 성은 김이라 하오며, 나이 십 세에 시문(詩文)을 잘하여 학당(學

---

19) 「상사동기」.
20) 이능화, 『조선해어화사』, 학문각, 1968.

堂)에서 유명하였고, 나이 십사 세에 진사 제이과에 오르니, 일시에 모든 사람들이 김진사로서 부릅디다.[21]

　홍치 년간에 성균관 진사인 김생(金生)이라는 사람이 있었다. 그 이름은 잊었으나, 용모가 준수하고 아름다웠으며 인품이 월등하게 뛰어났다. 그는 글을 잘 지었을 뿐만 아니라 농담에도 능통했으니, 참으로 세상의 기이한 남자라 할만 했다. 그래서 마을 사람들이 그를 풍류랑(風流郎)이라 일컬었다. 약관의 나이에 진사 제1과에 급제하여 이름이 서울에 널리 알려졌으며, 높은 벼슬아치와 지체 좋은 가문에서 재산의 많고 적음을 따지지 않고 그에게 사랑스런 딸을 시집보내려고 하였다.[22]

　유교적 가치관에서 볼 때 이상적인 배우자는 이미 『시경』에 "요조숙녀"와 "군자호구"라는[23] 표현에 잘 나타나 있다. 즉 지조있고 정숙하게 집안을 잘 이끌어 가는 여인과 군자가 좋은 짝이 된다는 것이다. 남녀의 외모와 학문적인 능력은 상대방에게 호감을 갖게 하는 중요한 조건이라고 할 수 있다. 그리고 독자들은 이런 남녀 주인공이 갖춘 외모와 문재, 환상적인 분위기 등을 마음속에 떠올리며 흥미를 갖게 된다고 할 수 있다. 즉 작중 남녀주인공들은 애정을 나누기에 적합한 당대의 가장 이상적인 선남선녀들이기 때문이다.

　오늘날 우리 사회에서 성형이 유행하는 것도 일종의 아름다운 외모에 대한 동경에서 기인된 것이라고 이해할 수 있다. 실제로 남녀 간의 애정을 다룬 영화나 드라마, 심지어 만화조차도 주인공의 모습은 매우 멋지고 아름다운 모습으로 등장한다. 외모와 문재처럼 남녀 주인공의

---

21) 「운영전」.
22) 「상사동기」.
23) 『시경』・「주남」.

타고난 미모와 능력은 애정을 소재로 한 스토리텔링의 중요한 출발점
이 되고 있으며, 궁궐이라는 특수한 공간과 술을 매개로 한 아름다운
분위기는 이야기에 환상성을 느끼게 하는 효과로 작용하고 있다.

2. 금지된 사랑과 보편적 욕망의 엇물림

'남녀칠세부동석'이라는 말에서도 알 수 있듯이 조선시대는 어려서
부터 남녀 관계가 매우 엄격했다. 특히 결혼은 당사자들만의 문제가 아
닌 신분과 가문의 문제로 깊게 뿌리박혀 있었다. 이러한 상황에서「운
영전」과「영영전」은 일탈을 추구한 남녀를 등장시킴으로 인해 제도와
애정의 대치라는 극단적인 결과를 유발시키고 있다.[24] 특히 사랑의 주
체가 궁녀와 촉망받는 사대부라는 문제에 봉착하고 보면 조선 사회에
서는 공식적으로 해결되기 힘든 중대사건이라고 할 수 있다. 일반적으
로 궁녀는 역할에 따라 다양한 형태로 존재했는데[25], 문제는 궁녀가
된 사람은 사사로이 결혼을 할 수 없으며 자신이 근무하는 처소의 주인
을 위해 존재했지만 반드시 왕의 재가를 받아야 했다는 점이다. 즉 모
든 궁녀는 왕의 시야에 있었다고 볼 수 있으며 모시던 상전이 죽거나
자신이 늙어서 죽게 된 경우에 한해 밖으로 나갈 수 있었다. 궁녀가 사
사로이 결혼을 하거나 아이를 가질 수 없었던 것은 왕족의 보호라는
측면이 크게 작용했기 때문이다. 궁녀가 왕의 승은을 입게 되면 상궁으
로 삼았으며 아이를 낳게 되면 독립된 공간에서 종6품의 숙원으로 시작

---

24) 애정소설은 두 남녀의 결합을 방해하는 현실적 질곡을 부각시키고 그것을 극복하
려는 인간의 의지를 그림으로써, 서사세계의 갈등을 부각시키는 데 초점이 놓여있
다고 보았다.「운영전」과「영영전」은 이에 잘 부합되는 작품이라고 할 수 있다.(박
일용, 앞의 책, 14쪽)
25) 신명호, 『궁녀』, 시공사, 2005, 88~89쪽.

하여 왕의 여인으로 살아갈 수 있었다.[26] 그런데 이런 궁녀가 젊은 남녀라면 누구나 꿈꿀 수 있는 일편단심(一片丹心) 변치 않는 보편적인 사랑을 추구한다. 그리고 행복하게 사는 결혼을 꿈꾼다. 법과 제도에 의해 작동되는 신분제는 처음부터 이들의 사랑을 가로 막는 표면적인 장애물이 되고 있으며 이를 어기면서까지 사랑을 이루고자 하는 이들의 행위는 청춘남녀에게 내재된 행복한 결합이라는 욕망을 추구하고자 한 것으로 이해할 수 있다.[27] 즉 금지와 일편단심 사이에 존재하는 가치의 엇물림에 의해 스토리는 가부에 대한 혼란에 휩싸이게 되었다.

일반적으로 궁은 운영과 영영의 삶을 가르는 경계로써 이들은 궁이라는 굴레에 갇힌 존재들이다. 운영과 영영은 안평대군과 회산군의 궁녀라는 공통점을 지니고 있기 때문에 궁 밖으로의 출입도 자유롭지 못했고 항상 누군가를 자유롭게 만난다는 것에 제약이 따랐다. 즉 안평대군과 회산군의 시야에서 벗어날 수 없는 존재였다.

> 항상 영을 내리시기를, "시녀로서 한 번이라도 궁문을 나가는 일이 있으면 그 죄는 죽음을 당할 것이며, 또 외인이 궁녀의 이름을 아는 이가 있다면 그 죄도 또한 죽음을 면치 못할 것이다."라고 말씀하셨습니다. "산 사람도 아니고 중도 아니면서 이 깊은 궁에 갇히었으니, 정말로 이른바 장신궁이다."[28]

> "그 애는 회산군(檜山君)의 시녀입니다. 궁중에서 나고 자라 문 밖을

---

26) 신명호, 위의 책, 257~264쪽.
27) 궁녀의 사랑은 인간 본능인 정을 억압당하고 있던 중세질서에 대한 반감에서 비롯된 인간해방의 선언으로 인식되기도 했다. 그러나 중세질서에 대한 반감보다는 젊은 남녀가 지닌 사랑의 강렬함이 궁으로 상징되는 신분제와 주변의 장애에 의해 좌절을 겪게 되는 것으로 볼 수 있다.(박일용, 앞의 책, 179쪽)
28) 「운영전」.

나서지 못합니다."29)

운영과 영영은 궁에 속한 시녀로서 궁문을 나가는 것은 고사하고 외인이 이름을 아는 것조차 허락되지 않는 철저하게 가려진 삶을 살아가도록 강요받고 있다. 그러나 이러한 엄격한 제도에도 불구하고 남자의 구애를 받아들이고 있으며 사랑의 감정을 결코 숨기지 않고 오히려 대담하게 궁의 담을 넘는 방법을 제시한다. 운영과 영영은 세상과 단절된 궁이라는 공간에 위치하고 있었지만 사랑에 대한 갈망은 누구 못지않게 큰 것이었기 때문에 이를 뛰어넘게 되었다.

낭군을 한 번 보매 정신이 어지러워지고 가슴이 울렁거렸으며, 진사님도 또한 나를 돌아보면서 웃음을 머금고 자주 눈여겨보더라.
"제가 서궁에 있으니 낭군께서 밤을 타 서쪽 담을 넘어 들어오시면 삼생에 있어서 미진한 인연을 거의 이을 수 있을 것입니다."
"제가 등불을 끄고 잠자리에 나아가니 그 즐거움은 가히 알 것입니다. 밤은 이미 새벽이 되고 뭇 닭은 날새기를 재촉하기에 진사님은 바로 일어나 돌아가셨습니다."30)

"한 번 멀리서 바라보고 그리워한 지가 이미 달이 지났는데 이제야 만나 보게 되다니, 참으로 세상이 원망스럽소. 낭자 때문에 죽을 뻔했던 내 목숨은 오늘을 기다려 겨우 살아남았소."
"이 달 보름밤에 진사님은 밖에서 다른 왕자님들과 달을 감상하신다 합니다. 그 날 궁의 무너진 담 쪽으로 오십시오. 도련님께서 오신다면 무너진 담 옆의 작은 문을 열어 놓겠습니다. 그 곳에서 동쪽으로 가면 작은 방이 있사오니 도련님께선 거기에 계십시오."

---

29) 「상사동기」.
30) 「운영전」.

김생과 영영은 서로 이끌고 함께 잠자리에 들어가 비로소 마음껏 사
랑을 나누었다.[31]

구중궁궐이라는 말도 있지만 일반 사람들이 쉽게 접근할 수 없는 곳
임에도 불구하고 운영과 영영은 궁의 담을 타고 넘으며 사랑을 이어간
다. 여자 주인공들의 대담성과 남자 주인공들의 적극성 때문에 궁이
한갓 여염집의 담장처럼 가볍게 느껴지고 있지만 이는 결코 가벼운 문
제가 아니다.[32] 남녀주인공들을 갈라놓고 있는 궁의 담장이 존재함으
로 인해 이야기에는 애틋함과 안타까움이 자리 잡게 되었다. 또한 두
사람이 운우지정을 맺은 후 정인을 향한 애절함과 열망의 분위기로 인
해 행복감이 한껏 고조되고 있다. 즉 궁녀라는 신분이 갖고 있는 색다
른 느낌과 제도의 장벽, 애정을 나누는 장소가 갖는 상징성으로 인한
극적 긴장감, 주변 사람들에게 들킬까봐 야밤에만 만나게 되는 절박한
상황은 이들의 사랑이 금지된 사랑임을 일깨우기에 충분하다. 그러나
운명적인 만남 이후에 펼쳐지는 남녀주인공들의 일편단심 목숨을 건
사랑의 추구, 신분의 초월과 여성의 대범함과 남성의 적극성 등으로
인해 놀라움과 재미를 동시에 느끼게 해 주고 있다. 이러한 궁녀라는
흔치 않은 신분이면서도 궁녀가 아닌 일반적인 사랑의 설정은 흔한 것
같으면서도 항상 독자들을 매료시키는 애정서사의 마력이라고 할 수
있다.

---

31) 「상사동기」.
32) 「영영전」에서 남녀애정의 갈등관계를 형성하는 것은 권력에 의한 궁금의 장벽이
　　라는 지적에서 신분제를 대표하는 궁이 갖는 상징성을 엿볼 수 있다.(정종대,『염정
　　소설구조연구』, 계명문화사, 1990, 79쪽)

3. 초월과 반전을 통한 해피엔딩의 추구

운영과 김진사, 영영과 김생의 사랑은 부부의 연을 맺어 행복하게 사는 데 있다. 사대부였던 김진사와 김생은 운영과 영영에 비해 좀 더 자유롭게 결혼을 할 수 있는 위치에 있었다. 그렇지만 운명은 수많은 사람 중에서 운영과 김진사, 영영과 김생만을 짝으로 삼아 사랑에 눈이 멀도록 설정해 놓았다. 그래서 이들은 운우지정을 맺은 후 행복하게 살기 위해 더욱 애틋하게 사랑을 갈구한다. 하지만 이들이 사랑을 갈구할수록 신분의 제약으로 인해 오히려 점점 불행의 그림자가 드리워진다. 즉 궁궐의 담을 넘으면서 실현되던 이들의 사랑은 안평대군이 눈치 채게 되면서 운영의 목숨을 위태롭게 만들었으며 영영이 궁에 들어가서 연락이 닿지 않음으로 인해 상사병으로 김생을 죽음으로 치닫게 만들었다.

> 운영의 시에는 뚜렷이 사람을 생각하는 뜻이 있구나. 네가 따라가고자 하는 사람이 어떠한 사람이냐? 김진사의 상량문에도 의심할 만한 대목이 있었는데, 너는 김진사를 생각하고 있지 않느냐?
> 〈중략〉 바로 비단 수건으로 스스로 난간에다 목을 매었더니, 대군이 비록 크게 노하였으나 마음속으로는 정말로 죽이고 싶지 않은 고로, 자란으로 하여금 구하여 죽지 못하게 하였습니다.[33]

> "좋은 밤은 괴로울 정도로 짧고 사랑하는 두 마음은 끝이 없는데, 장차 어떻게 이별을 하리오? 궁궐 문을 한 번 나가면 다시 만나기 어려울 터이니, 이 마음을 어떻게 하리오?"
> 영영은 김생의 손을 이끌고 밖으로 나와 무너진 담장 밖에서 전송하였다. 두 사람이 서로 흐느끼되 소리 내어 울지도 못하니, 죽어서 이별

---

33) 「운영전」.

하는 것보다 더 비참하였다.[34]

　안평대군은 운영의 시에서 김진사를 향한 마음을 읽어낸다. 이때 운영이 취할 수 있는 행동이란 적극적으로 항거하기보다는 스스로 목을 매어 죽음을 택해 결백함을 보이는 길밖에 없었다. 김생 또한 영영과 하룻밤을 보낸 뒤 이별하며 오래도록 두 사람이 함께하지 못하는 것을 애석해 한다. 궁녀와의 사랑은 평범한 정인들과 달리 수많은 기다림과 절망감을 감수해야 하는 시련의 연속인 것이다. 그러나 단 한 사람을 향한 변함없는 절대적인 사랑이라는 점에서 축첩제도가 인정되던 조선사회에서 사랑의 또 다른 기준을 제시하고 있다.

　운영은 안평대군으로부터 의심을 받음으로 인해 김진사와의 사랑에 시련을 맞았고 다음에는 김진사가 데리고 있던 노복 특의 욕심에 의해 결국 죽음에 이른다. 운영이 김진사와 하룻밤을 보낸 뒤로 궁을 빠져나가 김진사와 멀리 도망가서 살아갈 생각을 한 것도 특의 생각이었다. 그러나 특이 운영이 보내준 패물을 혼자 차지하려는 욕심이 생기면서부터 사건이 미묘해졌다. 김진사가 낌새를 채고 특을 문초하고 집을 수색하는 과정에서 이 일이 안평대군의 귀에도 들어가게 된다. 결국 궁녀 소옥이 자신의 잘못이라며 운영의 목숨을 대신하고자 하자 운영은 스스로 자결을 하고 만다. 운영은 김진사를 끝까지 믿었지만 노복인 특의 욕심으로 인해 둘 사이의 사랑은 비극으로 끝나고 말았다.

　한편 영영과 이별한 김생은 3년이라는 시간이 흘러 과거에 장원급제하고 삼일유가의 과정에서 영영과 만나 서찰을 주고받게 된다. 그러나 자신이 비록 과거에 급제했지만 영영을 만나 함께 사는 행복은 쉽게 이루어지지 않았다. 궁궐이라는 범접할 수 없는 담은 세월이 지나도

---

34)「상사동기」.

결코 낮아지지 않았기 때문이다. 다행이라면 회산군이 3년 전에 죽은 것인데, 영영을 만날 수 없게 된 김생은 상사병이 깊어져 위중한 상태가 되었다.

> 김생은 다 읽은 뒤에도 오랫동안 편지를 만지작거리며 차마 손에서 놓지 못하였으며, 영영을 그리는 마음은 예전보다 두 배나 더 간절하였다. 〈중략〉 김생은 마침내 몸이 비쩍 마르고 병이 들어 자리에 누워 있었다. 그렇게 두어 달이 지나니 김생은 죽은 몸이나 다름없었다.[35]

그러나 현실에서 비극적으로 끝난 운영과 김진사의 죽음은 이들이 천상의 선인이었다는 점에서 절망이 안도감으로 바뀌게 된다. 또한 영영을 향한 김생의 절박한 처지는 친구 이정자의 방문으로 새로운 상황에 직면하게 된다.

> "우리 두 사람은 본래 천상 선인으로서 오래도록 옥황상제를 모시고 있었더니, 하루는 제가 반도를 따가지고 운영과 같이 먹다가 발각되고, 전세에 적하되어 인간의 괴로움을 골고루 겪다가, 이제 옥황상제께서 전의 허물을 용서하사 삼청궁으로 올라가서 다시 옥황상제의 향안 앞에서 상제를 모시게 하였삽기로, 돌아가는 이때를 타서 바람의 수레를 타고 다시 진세의 옛날 놀던 곳을 찾아와 보았을 뿐입니다."[36]

> 마침 김생의 친구 중에 이정자(李正字)라고 하는 이가 문병을 왔다. 정자는 김생이 갑자기 병이 난 것을 이상해 했다. 병들고 지친 김생은 그의 손을 잡고 모든 이야기를 털어놓았다. 정자는 모든 이야기를 듣고 놀라며 말했다.

---

35) 「상사동기」.
36) 「운영전」.

"자네의 병은 곧 나을 걸세. 회산군 부인은 내겐 고모가 되는 분이라네. 그 분은 의리가 있고 인정이 많으시네. 또 부인이 소천(所天)을 잃은 후로부터, 가산과 보화를 아끼지 아니하고 희사(喜捨)와 보시(布施)를 잘하시니, 내 자네를 위하여 애써 보겠네."[37)]

궁녀라는 신분이 갖는 한계 때문에 현실에서는 비극적인 죽음을 택했지만 사랑했던 사람과 천상에서 함께 지낼 수 있게 됨으로써 시공을 뛰어넘어 사랑이 이어지게 되었다. 그리고 슬펐던 과거를 반추하면서 오히려 미리 예견된 운명이라는 설정에서는 여유로움마저 느껴진다. 이는 운영과 김진사가 선인으로서 천상계에서 살아가는 형태로 초월적인 설정이 이루어졌기 때문이다. 이에 반해, 영영과 김생은 현실에서 급격한 반전이 나타난다. 영영을 향한 상사병으로 거의 죽음에 이르렀던 김생은 친구 이정자가 방문하면서 새로운 상황을 맞게 된 것이다. 즉 회산군은 이미 죽었고 회산군 부인은 친구 이정자의 고모가 되기 때문에 얼마든지 영영과 김생을 맺어줄 수 있었다. 「영영전」은 「운영전」에 비해 해피엔딩의 성향이 강하게 나타나게 되었는데, 차이가 있다면 「영영전」은 현실에서 사랑이 이루어졌고 「운영전」은 죽은 후 천상으로까지 이어져 두 사람의 관계가 지속되었다는 점이다. 마치 세상에는 그 어떤 사랑도 이루지 못할 것은 없다는 점을 역설적으로 제시해 준 것이라고 할 수 있다.

	현실	천상계
운영전	비극적	해피엔딩
영영전	해피엔딩	-----

---

37) 「상사동기」.

결국 두 작품 모두 운명적인 만남을 통해 시작된 사랑이 궁녀라는 신분에 따른 갖은 시련에도 불구하고 행복한 결말을 맺게 되었다는 특징을 지니게 되었다. 그리고 한 사람에 대한 지순한 사랑은 남녀 간의 사랑을 소재로 한 이야기의 결말이 어떠해야 하는가를 암시한 경우라고 할 수 있다. 또한 천상계를 설정해서라도 원한이 서린 죽음보다는 아름다운 만남이 지속되기를 바라는 작자의 내면의식이 고스란히 반영되어 있다. 이는 드라마를 대하는 오늘날의 수많은 시청자들에게서도 여실히 드러난다. 인터넷 통신을 통해 특정 드라마의 결말이 아름답고 행복하게 끝나도록 자신들의 의지를 관철시키는 경우가 종종 나타나기 때문이다. 이렇게 본다면 궁녀라는 특수한 신분으로 인한 시련 속에서도 극적 반전이나 현실을 뛰어넘는 초월을 통해 해피엔딩을 추구한 것은 두 작품에 나타난 스토리텔링의 특징이라고 할 수 있다.

Ⅲ. 궁녀 소재 스토리텔링의 의미와 전망

「운영전」과 「영영전」은 신분제 사회에 존재하는 남녀 간의 사랑에 대한 고정관념을 과감히 깬 경우에 해당한다. 마치 영화 '슈렉'에서 피오나 공주와 못생긴 슈렉이 결국 외모에 대한 콤플렉스를 받아들이면서 함께 살게 되는 것만큼이나 통념을 깬 경우라고 할 수 있다.

오늘날 궁녀가 더 이상 실존하지 않는 것처럼 「운영전」과 「영영전」 또한 많은 독자들로부터 잊혀져 가고 있다. 그러나 분명한 것은 궁녀에 대한 신비감이 여전히 우리들의 뇌리 속에 남아 있고 애정을 소재로 하고 있다는 점에서 「운영전」과 「영영전」은 언제든지 다시 화려하게 등장할 가능성이 있다는 점이다.

현실에서 궁녀들은 높은 담장으로 상징되는 궁이 갖고 있는 특성으로 인해 일반인과 다르게 인식되는 경향이 있었다. 하지만 궁녀의 애정을 주제로 한 스토리텔링은 이들을 그 누구보다도 자신의 감정에 충실하고 적극적인 캐릭터로 만들어 놓았다. 「운영전」과 「영영전」의 주인공들이 추구하는 사랑은 현실에 있을 법하면서도 의구심을 불러일으킬 만한 설정들이 엇물리면서 독자들의 관심을 유도하고 있다. 또한 두 작품에 나타난 애정의 구현 양상은 오늘날의 남녀가 겪는 사랑과도 일맥상통하는 면이 있으며 해피엔딩의 결말은 현대인들의 뇌리에도 여전히 선망의 대상으로 인식되고 있다. 궁궐이라는 공간이 갖고 있는 상징성과 운명적인 만남에 수반된 환상적인 분위기, 빼어난 외모와 출중한 문재는 오늘날 재력과 가난, 능력과 외모 등으로 변모되어 여전히 이야기의 동기로 활용될 소지를 갖고 있다. 그리고 궁녀이면서도 현실에서는 불가능에 가까운 아름다운 사랑을 추구하고 있다는 점에서 사회적 통념을 깬 젊은 남녀의 보편적인 사랑을 반영한 작품이라고 할 수 있다. 따라서 두 작품의 사랑이야기에 담긴 주제는 끊임없이 새로운 애정서사의 스토리 창작에 중요한 소재가 될 것이다.

이러한 「운영전」과 「영영전」에 나타난 사랑이야기는 오늘날의 다양한 매체에 의해 리메이크될 여지가 존재한다. 그만큼 현대인들에게도 신선한 느낌과 감동을 줄 수 있기 때문이다. 그러므로 이들의 애정서사를 응용한 다양한 콘텐츠들이 계획될 수 있을 것으로 생각한다. 우선 기존에도 궁과 궁녀를 소재로 한 영화나 드라마가 있었지만 대부분 왕과 궁녀의 관계에 국한된 경우가 많았다. 이를 좀 더 확장하여 궁궐을 소재로 하면서 공주와 사대부, 궁녀와 호위무사의 사랑이야기 등으로 확장시킨다면 좋은 반응을 얻을 수도 있을 것이다. 지금까지 궁과 관련된 영화나 드라마의 경우 대부분 비밀스런 일들이 소재로 활용되는 경우가 대부분인데, 이는 폐쇄된 공간이자 권력이 집중된 곳이었기 때문이다. 그러나 이제는 다각적인 입장에서 오늘날에 맞게 새롭게 각색해 볼 수 있을 것이다. 또한 궁궐의 이미지가 매우 근엄하고 엄숙한 경향이 지배적인데, 궁과 두 이야기를 매치시킨다면 특정한 궁궐을 하나의 콘텐츠로 개발하는 것도 가능할 것이다. 「운영전」과 「영영전」에 묘사된 궁궐의 이미지와 주인공들의 캐릭터, 소설의 내용을 현존하는 궁궐과 접목시켜 관광 상품으로 개발하는 것도 고려해 봄직하다. 궁에는 꼭 근엄한 역사만이 존재하는 것이 아니라 아름다운 사랑이 존재한다는 것을 부각시킨다면 낭만적인 궁의 이미지가 좋은 자원으로 활용될 수 있기 때문이다.

이와 같이 「운영전」과 「영영전」의 애정서사에 나타난 스토리텔링을 활용하여 궁이나 궁녀와 관련된 다양한 콘텐츠들이 미디어의 발달에 맞춰 더욱 가속화될 것으로 생각된다.

Ⅳ. 맺음말

이상으로 궁녀를 소재로 한 애정서사의 대표적인 작품이라고 할 수 있는 「운영전」과 「영영전」에 나타난 스토리텔링의 양상을 살펴보았다. 아울러 궁녀를 소재로 한 스토리텔링이 지닌 의미와 전망을 검토해 보았다.

오늘날 스토리텔링에 대한 관심이 그 어느 때보다도 증폭되는 상황에서 고전소설에 나타난 스토리텔링은 문화의 원형으로써 다양한 콘텐츠로 활용될 수 있기 때문에 그 가치가 매우 크다고 할 수 있다. 이러한 관점에서 「운영전」과 「영영전」에 나타난 스토리텔링의 특징을 살펴보면 크게 세 측면에서 이야기가 구현되고 있음을 발견할 수 있다.

첫째, 궁궐이 갖고 있는 이미지와 술을 매개로 한 아름다운 분위기로 인해 이야기에 환상성이 존재하게 되었으며, 빼어난 외모와 탁월한 문재를 바탕으로 남녀 주인공의 만남이 사랑으로 발전했다는 점이다. 이는 오늘날 남녀의 사랑을 다루고 있는 다양한 매체에 등장하는 주인공들의 모습과 흡사하다고 할 수 있다. 또한 여자 주인공의 대범함은 봉건주의의 이상과는 다른 여성의 당위성을 드러낸 것이라고 할 수 있다. 어느 시대나 이상적인 인물형은 존재하게 마련인데, 「운영전」과 「영영전」은 절세가인형과 입신양명형의 인물들을 등장시켜 독자들의 흥미를 불러일으키고 있다. 이러한 인물형들은 비록 신분제는 사라졌지만 계속해서 독자들의 관심을 유발시키는 사랑의 소재로 작용해 오고 있는 것이다. 그리고 비록 제도를 부정하고 있지만 궁녀의 몸으로서 한 남자를 철저히 따르고 있다는 점에서 유교적인 가치를 실현하고 있다고도 할 수 있다. 둘째 금지된 사랑인 줄 알면서도 그것을 실현시키는 과정에서 극적 긴장감이 형성되고 있다는 점이다. 궁궐의 허물어진 담을 넘으면서까지 대범하게 사랑을 추구하는 것이야말로 사랑이야기가 많은 관심을 받을 수밖에 없는 이유라고 할 수 있다. 그러나 이러한 노력에도 불구하고 결국 좌절과 시련을 겪는데, 이러한 점은 현대사회에서도 예외가 아니다. 현대사회에서 애정문제는 더욱 복잡해지고 난해해졌지만 여전히 큰 틀은 이루어질 수 없는 상황의 설정과 이것을 극복해가는 과정의 연속이라고 할 수 있다. 즉 시대를 뛰어넘는 보편성이 자리하고 있는 것이다. 셋째, 결말이 행복하게 맺어졌으면 하는 해피엔딩에 대한 기대가 반영되어 있다는 점이다. 현실에서 이루어지지 못한 사랑이 천상계에서 이루질 수 있도록 설정한 것은 이런 사람들의 심리를 잘 반영한 것이다. 이와 같은 점에서 볼 때 몸은 비록 죽었지만 천상계를 설정하여 초월적인 만남이 이루어지고 있다는 점과 목숨이 경각에 달렸을 때 뜻밖의 조력자를 만나 사랑에 성공하는 반전은 작품의 성패가 어디에 있는지를 단적으로 드러내주고 있는 중요한 특징이라고 할 수 있다. 그리고 사랑 이야기의 결말이 어떠해야 되는가를 제시한 경우라고 할 수 있다.

　오늘날 미디어의 발달은 독자들의 관심을 끌 수 있는 수많은 스토리텔링을 필요로 하고 있다. 이러한 상황에서 궁녀와 사대부의 사랑에 드러난 스토리텔링의 양상은 오늘날에도 여전히 유효하며 새로운 접근을 통해 더욱 다양한 콘텐츠로 부각될 수 있을 것이다.

자
료
편

국성전(麴聖傳)

朴尙淵

麴聖者 雍州人也 名聖字淸之麴其姓也 祖曰醱其父醴 與曹氏女居于齊之麥丘 曹氏感嘗夢長庚星生 聖遂家壺關 聖生而淸淑 氣稟溫厚 方其幼也 醇眞之質 令人心醉善 與人交見請必往 故淸濁無所失 及其長也 淸烈之氣 見者咸悅 不擇賢愚 交情若水 故雖處濁世而禍不及焉 聖嘗與儀狄契厚 狄以聖爲溫厚醇眞 遂薦於大禹將以爲大用 禹乃一接風神 旨其言悅其德 雖稱其善而以其有豪放流蕩之氣 蕩性迷魂之習 憂後嗣之亡國 遂以狄爲誤薦而疏之 聖雖見絶於禹而不以爲恥 後得幸於禹之孫癸 最見親重應對如流 癸嘗不離於前 爲之委任國政 及其妹喜與之爲樂 聖嘗用事於酒池 引八牛 飮三千 擊鼓酣樂 卒僨其國而沈其宗 盖報其乃祖疎絶之怨也 聖又幸於商辛 待宴於懸肉之傍 竟助長夜之飮 流連忘返 遂亡其國 然世皆商辛 爲滅德而不以咎聖焉 其後 聖與其祖與父 歸之於妹邦 與國人 沈湎荒腆 武王憂之作誥戒之聖雖不得志於妹邦而流入於春秋之世 或薦於宗嗣之享 或遊於諸侯之會盟而無不愛重 楚有屈平者惡而絶交 亦非其罪也 漢高祖 初定天下 與徹侯諸將 大會於南宮 聖亦承命而往最見重焉 後隋季布於河東 嘗使之布 從其所 使事多謬戾 聖豪奢不羈 居新豐 富致十千 在蘭陵 飾以鬱金 人不爲猜 入晉 晉有山簡者 與其徒七八 嘗携

聖酗樂 爲竹林遊 淸談相尙 自謂放達 時或從遊於習家池 人謂之高
陵徒 風情氣味 最爲祖 得處士 陶潛携聖 歸于五柳村 日與酗暢於醉
石之上 竟以淸節自高 聖又與江夏辛氏契厚 久居其家 竟使辛氏 家
致千金 辛氏感其恩 大起黃鶴樓 吏部尙書 畢卓 愛聖風味 夜到雍州
邀聖歡狎 爲守者 所縛樂 廣聞而笑之 聖又與劉伶 托契爲死生之交
出入起居 與之相隨 歡情洽然 不自相離 伶爲之頌其德 而贊之及其
死也 聖不到其墳上 世人亦不以聖爲情薄者也 至唐李白與賀老相見
於長安市 呼爲謫仙白 解金龜 邀聖爲樂 白居易 亦邀之商山 以爲暮
齡 知心之契 後又隨黃公者 處於壚頭 日接天下之人 由是 聖之聲聞
洽於海內 人服 其量汪汪 若千頃波也 元始元年 天君卽位 立於靈臺
之上 顧謂四端七情曰 朕有卿等 猶魚之有水也 爾其盡瘁王室 使吾
邦域之內 陶鑄太平 親賢遠奸 不使醞釀成風 群臣皆拜稽首曰 陛下
敎臣等 至此 所謂生死而骨肉也 越二年 天君與群臣 講謀國之策 有
哀公者 奏曰 有寇來 自長平 其衆 四十萬也 其將卽 秦之降將 白起
與其卒二十萬 率千古 無辜逢殘及傷離怨別者 築愁城於鬲縣 以爲幷
吞之計 願軫拊脾之思 念鉅鹿之將 務期勦滅 毋使滋蔓難圖也 天君
曰 吁 毋讓亂 毋助變 旣不可以文令 又不可以武競 朕惟一二大吏 孰
能爲處玆攘敵之策 乃惟曰麴公聖其人 遂以聖奉詔 於是以聖 爲幷雷
都督 破愁 大將軍使擊愁城 天君 乃自推轂 聖 於是登壇 百拜承命而
行 與其弟 酒泉太守賢 及靑州從事 平原都尉 爲其左右 桑封黃落 爲
程 竹葉等 爲領千兵 建大將旗 鼓鼓行 出井陘口 背水而陣胸海邊 以
木罌渡軍 如建瓴而下 合浦解螯 爲其先鋒 舞陽琴張 爲其佐幕將軍
乃奮折衝撙 俎之威 不愆于六步七步 威行于三令五申 滿城之人 無
不歡悅 爭持牛酒迎勞 獨楚大夫屈平 披髮而走 以全其節 將軍駐軍
於受降門外 城主 素車白馬 繫頸以組出降軹道傍 聖 於是 奏破陣樂

而班師 秋毫不犯行 李蕭然擔頭 唯揷梅花 盖學曺彬 下江南 以淸節
自勵者也 天君大悅 親自郊迎 告于宗廟 一拜復一拜 遂以爲 歡伯將
軍 淸州刺史 竟封糟兵 伯爲釀泉郡 王食雍幷雷三邑 俾享壺天之樂
蟻穴之富 與天地相終始焉 功成身退 酣樂於醉卿乾坤 以天年終上天
爲酒星云

太史公 聖出壺關 名滿天下 生成不世之功 死作在天之星 其子孫
彌滿中國華夷 而聞風者 色悅 覩德者心醉 自天子至於庶人 莫不愛
幸親信 曾不聞 一人見疏於世者 皆聖積德累仁之功也 嗚呼 聖其人
傑也哉

해석

국성1)은 옹주2)사람이다. 이름은 성이고 자는 청지3)다. 국은 그의
성씨이다. 조부의 이름은 양4)이고 그 아버지는 예5)다. 조씨 성을 가진
여자와 제나라 맥구6)에서 살았다. 조씨가 일찍이 장경성7)에 관한 꿈
을 꾸고 성을 낳았기에 마침내 호관8)에 가정을 이루었다.

성은 태어나면서부터 청초하고 정숙하였으며 기품이 온후하였다.
그리고 어릴 적에는 바탕이 순진하여 사람으로 하여금 마음으로 취하

---

1) 맛 좋은 술을 의미함.
2) 중국 우(禹)나라의 구주(九州) 가운데 하나.
3) 맑은 술임을 뜻하는 것으로 이름을 삼음.
4) 술 빚는 것을 뜻하는 이름.
5) 단술을 뜻하는 이름.
6) 쌀보리가 술을 만드는 재료임을 드러낸 표현.
7) '금성'을 이르는 말.
8) 술병을 뜻함.

게 하였고 사람들과 더불어 교제하길 잘하여 만나자고 연락하면 반드시 갔다. 그런 까닭으로 어진 사람과 어질지 못한 사람을 대함에 잘못하는 바가 없었다. 그가 장성하여서는 맑고 정열적인 기운이 있어 보는 사람들이 모두 가리지 않고 좋아하였다. 또한 어질고 어리석은 이를 가리지 않고 사귀는 정이 마치 흐르는 물과 같으므로 비록 혼탁한 세상에 살면서도 그에게 재앙이 미치지 않았다.

국성은 일찍이 의적9)과 교분이 두터웠다. 의적이 국성의 성품이 온후하고 순진하다 여겨 우임금10)에게 천거하면서 장차 크게 쓰일 것으로 여겼다. 우임금이 이에 한번 그의 풍채를 접하고 그의 말을 아름답게 여기고 그의 덕스러움에 기뻐하였다. 그러나 한편으로는 국성의 선함을 칭송하였지만 호방하고 유탕한 기운이 있기 때문인지라 결국 성품을 방탕하게 하고 정신을 혼미하게 하는 습관이 후손의 나라를 망하게 할 것을 근심하여 드디어 의적의 천거가 그릇되었다고 하고서 그를 소원하게 여겼다.

국성이 비록 우임금에게 절교를 당하였으나 부끄럽게 여기지 않았다. 그리고 후에 우임금의 손 계의 총애를 얻어 가장 친하고 소중한 사이가 되어 서로 부르고 마주함이 물 흐르는 것 같았다. 계는 일찍이 국성의 앞을 떠나지 않았고 그에게 나라 일을 위임시켰으며, 그의 여동생 희와 더불어 즐거워하였다.

국성이 일찍이 술 담을 연못 파는 일에 자그마치 여덟 마리의 소를 이끌고 와서 하였다. 그리고 삼천배의 술을 마실 적에는 북을 치며 즐기다가 마침내 그 나라를 망하고 그 종족도 망하게 하였다. 이는 대개 그 조상인 우임금이 멀리하고 끊었던 원한을 보답한 꼴이 되었다. 또

---

9) 우임금 때에 술을 처음 만든 사람.

10) 중국 하나라의 시조.

한 상나라 신 임금에게 총애를 받아 안주가 넘쳐나는 연회 때 곁에서 모시게 되었는데, 마침내 늦은 밤까지 마셔대도록 조장하여 유연하여 되돌아 설 줄 몰라 결국 그 나라는 망하고 말았다. 그러나 세상에서는 모두 상나라 신 임금이 덕을 멸해 버려서 그런 것이라 하고 국성을 탓하지 않았다.

그 후 국성이 할아버지와 아버지로 더불어 여동생 희의 나라로 돌아와 국인들과 흠뻑 빠지니 무왕[11]께서 근심하시고 국성을 경계하는 글을 지으셨다

국성이 비록 여동생의 나라에서 뜻을 얻지는 못했으나 춘추의 세상까지 흘러들게 되었다. 그래서 간혹 종묘와 사직의 제향에 천거되기도 하고, 혹 제후들이 회맹하는 자리에서 놀 적에 사랑하며 중하게 여기지 않는 이가 없었다. 이에 초(楚)나라의 굴평[12]이 그를 미워하여 절교하기는 했으나 또한 그의 잘못은 아니었다.

한나라의 고조 유방이 처음 천하를 통일하고 철후와 제장으로 더불어 남궁에서 큰 연회를 가질 적에 국성이 또한 명을 받들고 갔는데, 최고로 사랑을 받았다. 뒤에 계포가 일찍이 하동에 사신으로 갔었는데 계포가 국성을 쫓아서 사신의 일이 그릇됨이 많았다.

국성은 호방하고 사치스러워 결코 얽매이지 않았다. 국성이 신풍에 살게 되면서 그의 부는 천만금을 모았고 난릉에 있을 적에는 울금[13]향으로 꾸몄지만 사람들은 시기하지 않았다.

진나라에 들어가자 그 곳에는 산에 대나무가 있었는데, 이 죽림에 사는 무리 7~8명이 함께 국성을 당겨 놓고 즐기며 취해 살았다. 그들

---

11) 중국 주나라의 첫 왕.
12) 초나라에서 대부를 지낸 굴원.
13) 강황.

은 청아한 이야기를 서로 숭상하여 스스로 해방되고 통달했다 말하였다. 간혹 숲가의 연못을 쫓아 놀기도 하였는데, 사람들은 고릉의 무리14)라고 말하였다. 이때 풍류와 멋으로는 가장 첫 번째인 처사의 칭호를 얻게 되었다. 도연명15)이 국성과 함께 오류촌으로 돌아와 날마다 더불어 취석의 위에서 진탕 취하였으니 마침내 청절한 처사라고 자신을 높였다.

국성이 또 강하 신 씨로 더불어 두터운 정을 맺어 오래도록 그 집에 살게 되었다. 마침내 국성이 신 씨로 하여금 집에 천금의 부를 이룰 수 있게 해주니 신 씨가 그 은혜를 감사히 여겨 황학루16)를 크게 세웠다. 그리고 이부상서 필탁17)이 국성의 풍류와 멋을 사랑하여 밤에 옹주에 와서 국성을 맞이하여 기뻐하며 친압하였는데, 지킴이 있는자 소박낙이 널리 소문을 퍼뜨리면서 비웃었다. 국성이 또 유령18)으로 더불어 정을 맺었는데, 사생의 교분이 되었다. 그래서 나가고 들어오고 일어서고 앉을 적에 더불어 서로 따르면서 기쁜 정을 나눔이 흡족하여 서로 떨어지는 일이 없었다. 유령은 그의 덕을 칭송하고 그를 칭찬하였는데 그가 죽음에 미쳐서 국성은 그의 무덤을 찾아가지 않았다. 그런데도 세인들은 국성을 정이 없는 사람이라 욕하지 않았다.

당나라에 이르러서는 이백19)과 하지장을 장안의 거리에서 만나게 되었는데, 적선이라 불리는 이백이 풀어서 국성을 맞이하여 즐겼으며 백거이20) 또한 상산에서 맞이하여 만년이 되도록 마음을 알아주는 정

---

14) 죽림칠현.
15) 중국 동진시대의 대표적인 시인.
16) 중국 후베이 성 우창에 있는 옛 누각.
17) 진(晉)나라 사람. 술을 몹시 좋아했음.
18) 중국 진나라 죽림칠현의 한 사람.
19) 중국 당나라 때의 시인.

을 맺었다. 뒤에 또 황공자를 따라 술집이 즐비한 거리에 거처하면서 날마다 천하의 사람들과 만나게 되었다. 이로 말미암아 국성의 명성에 대한 소문이 천하에 두루 미치자 사람들이 국성의 도량이 넓고 넓음이 수많은 물결이 치는 것과 같음에 감복하였다.

인류가 처음 태어나던 해에 천군[21]이 즉위하여 영대[22] 위에 서서 사단칠정[23]을 돌아보면서 말하기를

"나에게 그대들이 있는 것이 마치 물고기가 물이 있는 것과 같다. 너희들이 왕실로 인해 다 고달파 하면서 우리나라 지경의 안으로 하여금 태평하게 하라. 또한 어진이를 가까이 하고 간사한 이를 멀리하여 나쁜 풍속이 이루어지지 않게 하라."

"폐하께서 신등에게 하교하심이 이에 이르렀으니 이른 바 살아서나 죽어서나 형제라는 것입니다."

라고 하였다.

2년이 지나 천군이 군신들과 나라[24]를 다스릴 정책을 강론할 적에 애공이란 자가 있어 아뢰기를

"도둑이 장평으로부터 오는데 그 무리가 총 사십만입니다. 그의 장수는 진의 항복한 장수 백기[25]로서 그 병사 이십만과 함께 천고에 죄 없이 죽임을 당한 자와 전쟁으로 이별한 이들을 거느리고 격현[26]에 근심의 성을 쌓아 병탄의 계획을 세우고 있습니다."

---

20) 중국 당나라 때의 시인.
21) 마음.
22) 정신.
23) 인간의 본성에서 우러나오는 네 가지 마음과 일곱 가지 자연적 감정.
24) 육신.
25) 중국 전국시대 진나라의 명장.
26) 횡경막.

"원하건대 비부의 생각을 움직이고 거룩의 장군을 생각하여 힘써 섬 멸하기를 기약하고 무성하여 퍼져서 도모하기 어려운 지경에 이르지 않도록 하소서" 하니

천군이 말하기를

"아아, 난을 물려주지 말고 변란을 조장하지 말아야 하는데 이미 문령[27]으로도 불가하며 또 무력으로도 불가하다. 그러니 누가 나에게 오직 한 두 명의 관리로 능히 이 적을 물리칠 계책을 말하겠는가?" 하니

이에 오직 국성이 그 사람이라고 말했다.

마침내 국성으로 조칙을 받들게 하고 이에 병주와 뇌주의 도독으로 삼아 근심을 부수고 대장군으로 하여금 근심의 성을 공격 하게 하였다.

천군이 이에 스스로 추천하니 국성이 단에 올라 백번 절하고서 명을 받고 행할 적에 그의 아우 주천태수 현과 청주종사 평원도위로 더불어 그의 좌우로 삼았다.

상봉·황락으로 정을 삼고 죽엽[28] 등으로 령을 삼으며 천병으로 대장기를 세워 북을 치며 행하여 정형구를 나와 물을 등지고 진을 흉해[29] 변에 쳤다. 그리고 나무잔으로 군사를 건너는 것이 마치 물동이를 세워서 아래로 쏟는 것 같았다. 합포의 대합으로 선봉장을 삼고 무양 금장으로 그 좌막장군을 삼아서 이에 분발하여 찌르고 바르게 꺾으니 도마의 위력이 육보 칠보에 넘지 않되 위엄은 세 번 명령을 내리고 다섯 번 명령함에 행하여져 성에 가득한 사람들이 기뻐하지 않는 이가 없어서 다투어 소와 술을 가지고 맞이하여 위로하였다. 그러나 유독 초의 대부 굴원만이 머리를 헤치고 도망하여 그 절개를 온전히 하였다. 장

---

27) 글로 명령하는 것.

28) 술 이름.

29) 가슴 속.

군이 군대를 수항문 밖에 주둔시키자 성주가 흰수레와 흰말을 끌고 인 끈으로 목을 매고서 나와 지도 곁에서 항복하였다.

국성이 이에 진을 파하는 음악을 연주하고 군사를 거느리고 돌아와 추호도 범행을 하지 못하도록 하였는데, 이소연이 머리에 오직 매화만 을 꽂았으니 대개 조빈에게 공부하고 강남에 내려와 청절한 것으로써 자신을 높인 사람이었다.

천군이 크게 기뻐하여 친히 교외에서 맞이하여 종묘에 고하고 한번 절하고 다시 절하고서 드디어 환백 장군 청주자사를 삼았다가 마침내 조병에 봉하니 환백이 양천군수를 삼았다. 왕이 옹·병·뢰 삼읍으로 식읍을 주시어 호천의 낙과 의혈의 부를 누리게 하고 천지로 더불어 서로 시작과 끝이 되게 하였다. 공을 이루자 자신은 물러나 취향 건곤 에 즐기다가 천년으로 마치어 하늘에 올라가서는 주성이 되었다고 하 더라.

태사공이 말하기를 국성이 호관에서 나와서 이름이 천하에 가득하 였다. 살아서는 세상에 없는 공을 이루고 죽어서는 하늘에 있는 별이 되어 그 자손들이 중국과 주변국에 가득차서 소문을 듣는 자는 낯빛으 로 기뻐하고 덕을 보는 자는 마음으로 취하여 천자로부터 서인에 이르 기까지 사랑하고 총애하여 친히 믿지 않는 이가 없었다.

일찍이 한 사람이라도 세상에서 소홀하게 함을 보았다는 것을 듣지 못하였으니 이는 모두 국성이 덕을 쌓고 인을 쌓은 공이니 아아 국성은 아마도 인걸인가보다.

해의국사(海衣國史)

朴尙淵

海衣國 在西南大海之中 地方 九萬餘里 與天地 同廣闊 其天子 姓張氏 名貼 字束之 自稱曰朕 古太古 混沌氏 苗裔也. 張氏世居河濱 復修混沌之業 逾十葉 至于貼 貼之幼也 母皇后薄氏 嘗垂簾聽政 貼旣長 歸政 貼之爲天子也. 雖尙玄黙 禮不沈重 自少時 誇語於衆曰 皇帝之後 尊貴無比 非如妄自尊大 暴得大名之類也. 況朕 有此海 蠕空閒之地 物衆地大 以此 王天下稱朕 易於反掌 於是 奄有西南之海 以爲國都 水德王 色尙黑 數以六 爲紀 改元乾封 旗幟皆黑袞龍之袍 束靑王藻之帶 間以螺鈿蚌甲之文 彬彬班班 光彩照人 大行敎化於四海 海內萬物莫不從風而靡. 翕然衣被昭回之光 由是朕天子名播 於遠邇然而好談玄玄崇信佛法日與僧尼相親 不喜俗人 齊戒以請則亦時往 器局素輕 言益浮誇 無人君寬厚之量 爲人素賤 淸廉寡欲 自奉甚薄 不食梁肉 減膳撤樂 儉素如是 故國家安於盤石 未嘗傾覆焉 於是周赧王 獻地于秦姬氏 遂亡 朕天子與始皇幷立國 號 海衣 海衣 稱朕 自此始 始皇二十六年制曰 朕聞海上 有不死藥 其令徐市等 往求之 朕亦從此逝矣. 遂東遊海上 語在秦紀 朕天子有相曰 甘苦自稱殷相 甘盤之後 爲人風味 廉淡能守其緖業者也. 又以藿同爲將軍 自稱漢大司馬 大將軍博陸侯 霍光之後 宣帝時 霍氏奢縱擅權自恣 廢爲

庶人 沒八草莽 故加草頭於其姓 平帝時王莽臘日上椒酒 置朕 暴崩
人或以朕與鴆音相似而疑之正所謂 曾參之殺人也. 鴆天子 嘗誦蘇仙
詩流連喪國 宴安鴆毒之句沈吟玩味曰 旨哉 言乎 爲人君可鑑 朕所
以日夕 乾乾毋或敢怠者也. 其後 至晉時 海衣國藩臣有江東王夏蓴
者 與處士張翰爲布衣之交 翰勸蓴曰 大王風彬氣味淸激淵深涵 育永
王之節 有粹面之美 今朕天子氣措輕蓴 言語無綸望之 不似人君而北
面臣 事俛首朝宗而甘心焉 竊爲大王惜之 蓴辟左右握其手曰 蓴之有
季 鷹猶魚之有水也. 遂以翰爲相 翰固辭不受 乃以靑苔爲相 竊據芙
蓉城 不奉正朔 自稱大澤皇帝更名 淳于淵 改元淳 邊臣白蘋莽走告
其反 朕天子艶然斯怒曰 蠢玆夏蓴江東之雜種水草 爲性蕞爾 小國
鄙我大邦朕甚恥之 於是 丞相苔入謁朕天子 方食具以告苔 苔曰請借
前箸爲大王籌之 遂定討蓴之議 發憤忘食撤食吐哺拔劍斫案曰 斬蓴
與此案同立命藿同爲伏波將軍 以黃角靑角爲左右從事官 又以多士
馬爲票古將軍 牛毛爲前鋒都督 高勃乃爲後將軍葛勃乃爲奇兵 率水
軍百萬征之陣解魚麗鼓角以行 介胄鱗甲之士 首尾亘萬餘里 藿將軍
辟海上人 佳士里爲紀實叅軍 其人美且鬈紫髥若戟 世所謂髥叅軍者
也. 朕天子令浮萍爲說客 往覘之 還報曰 江東雖小 亦足以王 且有長
江 天塹之險 植根甚固 非可以朝令而夕禁急擊勿失 朕天子曰 朕之
意已正矣. 因問曰 蓴之大將 誰也 曰文藻 上曰 是世所謂文章者乎
毛錐之子不過爲刀筆 吏安能當藿同左右從事誰也曰 都阿里大阿里
曰 是大堤下居生者乎 身雖長大 不如我黃角靑角遊將軍 誰也曰 閔
阿里曰 生長汚渠 性甚柔弱 不如我多士痲 朕無憂乎. 遂以木罌在軍
沂于朝 直入江東 黿鼓雷鳴波濤 噴薄 江翻海國 聲震天地藻等作背
水陣 悉兵泅曲以備力 弱不能支 望風面 縛投降自請菹鹽之罪 遂斬
藻於泚水之上 破家灘擇江東 平藿將軍遣麾下士 昆布以露布奏捷而

獻俘朕天子大喜師還之日大饗將士 御七寶床 親自錫爵曰 朕乃知今
日爲天子之貴也 遂分茅功臣封甘苔爲注芝王藿同爲月羅候 多士麻
爲曲芝伯 餘皆有差注池 王甘苔食邑獨多 蓋以借箸運 籌之功也 江
東之亡 太夫張處士 快快有蹈海之志 吟詩曰 韓亡子房 憤奏帝魯連
獨恥與其友 鱸先生浮扁舟之河 上澤中絶意功名課農漁 以自適 朕天
子使人招之曰 翰來大者王小者候昔田橫自剄 賓客皆死 今江東王 朝
暮 當烹不來俱死若何面目 見江東 於地下乎 翰報曰 江東王與我有
方外之分 交情之密矣 然勇不虛死 節不苟立何必與朋友偕死然後 盡
交道之當然哉 今吾友尙有鱸先生者 江東王 雖死吾無患矣 必欲烹江
東王 辛分我一盃羹朕天子大怒烹蕁作羹節解蠻之 是歲秋江東之亡
大夫迎立夏蕁之子 秋茅復有古地 朕天子欲伐之問於甘苔 秋茅若率
德改行不如封之上曰 然不可究武遣使諭之茅奉朔稱臣 遂封諸古地
以爲王乾封末朕天子 以微服遊於江口 爲漁父漢所 襲崩於沙口平臺
以一石鮑魚亂其臭 故海衣暫有醒氣至長安 始發喪爲素膳皇太子細
毛嗣生髮未燥 有沖殘弱 不能自立 削髮爲僧國除 其子孫甚繁散處中
國夷狄 皆冒朕號 故今之世有大朕小朕毛作朕焉 盖朕古者 上下通稱
不爲僭也.

    太史公曰 朕天子自在側陋玄德升聞 以區區之地致萬乘之權 左江
右湖臨不測之淵 以爲池鑄山煮海屎貝蠙珠之屬 甲于天下富有四海
貫朽而不可校 紅腐不可勝食 故海內盈謚能撥亂 反正享國長久多歷
年 所方祖龍之席券海宇也. 六國勝行臣妾之不暇而朕天子 獨保海域
幷立於秦 二無道二世亡而朕天子二葉三葉 至于萬葉傳之無窮 豈特
朕天子玄默之化乎 當時賢佐甘苔藿同輩相與輔相之也 雖然或從佛
氏 談玄飯僧輕薄飄蕩 無人君寬厚之器 未年見掛於豫 且之綱身死人
手爲天下口實 豈不哀哉 沖子嗣服苔同未在位 剃髮爲緇遂至於喪家

創業之主啓之也 悲夫.

　해의[1]국은 서남 큰 바다의 가운데에 있다. 땅의 넓이가 구만여 리로 천지처럼 광활하다. 그 천자의 성은 장씨[2]이고 이름은 첩[3]이며 자는 속지[4]인데, 자칭 짐[5]이라 칭한다. 태고적 혼돈씨의 후예이다.

　장씨는 대대로 하빈에 살면서 혼돈의 일을 수행하여 십 대를 넘어 첩에 이르렀다. 일찍이 첩이 어렸을 적에 어머니 황후 박씨[6]가 수렴청정을 했는데, 첩이 자라자 정사를 돌려주어 천자가 되었다.

　첩은 비록 현묵을 숭상하나 예절은 침중하지 못하였다. 어려서부터 사람들에게 자랑하여 말하기를 "황제의 후손으로 존귀함이 비할 데가 없다. 망령스럽게 스스로를 높고 크다고 하여 갑자기 큰 이름을 얻은 부류와는 같지 않다. 하물며 짐이 있는 바다 주변은 물건이 많고 땅은 넓다. 이것으로써 왕천하라" 하고 짐이라고 칭하는 것이 손바닥을 뒤집는 것처럼 쉬웠다.

　문득 서남의 바다를 소유하여 여기에다 도읍을 삼아서 수덕왕[7]이라 하고 검은색을 숭상하고 수는 여섯 숫자[8]로써 기원을 삼았다. 건봉으

---

1) 전라도에서 김을 이르는 말.
2) 김을 세는 단위.
3) 김의 묶음을 세는 단위.
4) 김 한 묶음.
5) 전라도에서는 김을 짐으로 부르는 데서 연유됨. 구개음화 현상.
6) 얇은 김을 이름.
7) 오행 중 물을 으뜸으로 삼은 것.

로 원년을 고치고 깃발을 모두 검은색으로 하였다. 곤룡포를 입고 푸른 옥조(玉藻)의 띠9)로 묶었다. 그 사이에 있는 조개껍데기의 문양이 반짝반짝10) 빛을 내 광채는 사람을 비추고 크게 사해의 교화를 행하니 온 바다안의 만물이 짐 천자의 영향을 받아서 휩쓸리지 아니함이 없었다. 마치 입은 옷에서 해와 달의 빛이 비추는 듯하였다. 이에 짐 천자의 이름이 먼 곳과 가까운 곳에 퍼졌다.

그러나 현묘한 담소를 좋아하고 불법을 믿고 숭상하여 날마다 스님과 함께 친하게 지내면서 속인은 별로 좋아하지 않았다.11) 다만 세속 사람들이 몸과 마음을 깨끗이 하고 초청하면 가끔씩 가는데 기량의 능력이 본디 경박하고 말이 더욱 과장되어 인군으로서 관대하고 후한 역량이 없었다.12) 이렇듯 사람됨이 본래 천박하였지만13) 청렴하고 욕심이 적어 자기 몸을 위해서는 기름진 쌀과 고기는 안 먹고14) 반찬은 줄이고 음악은 치워버렸다. 검소하고 소박한 것이 이와 같은 까닭으로 국가가 반석에 올려놓은 것처럼 안정되었다. 이에 나라가 엎어져 망한 적이 없었다.

이때 주나라 난왕이15) 진나라 희씨에게 땅을 헌납하여 드디어 망하게 되었다. 짐 천자가 진시황과 함께 나라를 세우게 되었는데, 나라 이름을 해의라 했다. 해의를 짐이라고 칭한 것은 이로부터 시작되었다.

---

8) 오행 중에서 1과 6의 숫자가 수(水)를 이룸. 물은 북방을 상징하고 백색으로 표현된다.
9) 김을 묶는 끈을 이르는 것으로 면류관을 상징함.
10) 옛적에 김을 만들 때 작은 조개들이 붙어서 빛나던 것을 표현한 것임.
11) 스님들이 주로 먹는 것이 김이다.
12) 김이 겉으로는 침중해 보이지만 굽다 보면 쉽게 변함을 이르는 것.
13) 반찬으로서 품위는 없음.
14) 김의 성분. 사람들은 이런 김의 맛보다 고기를 좋아한다.
15) 周나라의 마지막 왕. 赧王에 이르러 주나라가 망함.

시황제 26년에 조칙을 내려 말하기를 "짐이 해상에 불사약이 있다는
것을 들었다." 하고 서시[16] 등에게 명령하여 그것을 구하라 하니 짐도
또한 따라서 갔다.[17] 동쪽 해상에 이르러 놀았다는 말이 진나라의 기
록에 나온다.

　짐[18] 천자에게는 재상이 있었는데, 바로 감태[19]니 자칭 은나라 재상
감반[20]의 후손이다. 사람됨이 풍미가 아주 청렴하고 담백하여 능히 업
을 이어서 지킬 수 있는 자였다. 또 곽동[21]으로 장군을 삼으니 한나라
대사마대장군박륙후 곽광[22]의 후손이다. 선제 때에 곽씨가 사치하고
방종하여 권력을 마음대로 휘둘러 스스로 방자하였다. 이에 폐위시켜
서인으로 삼으니 모두 민간(草莽)[23]으로 들어갔다. 이로 인해 초두로
그 성을 더했다.

　평제 때에 왕망[24]이 납일[25]에 초주[26]에 독을 넣어서 짐(평제)에게
올리니 짐이 갑자기 죽어 버렸다. 사람들이 혹 이 짐(朕)과 짐새[27]의

---

16) 제나라 사람. 시황제에게 불로초를 캐어다 주겠다고 제안하여 동남동녀 500명을
　　데리고 떠남.
17) 서시는 김도 불사약으로 보았다.
18) 김을 이름.
19) 홍조류 보라털과의 바다 식물(植物). 바닷물 속 바위에 이끼처럼 붙어 남. 몸빛은
　　자줏빛 또는 적자색임.
20) 중국 은(殷)나라 때의 현신(賢臣). 서경(書經)에 감반편이 있음.
21) 미역(?).
22) 전한(前漢)의 정치가. 무제 사후 소제를 보필. 자는 자맹(子孟). 하동 평양(河東平
　　陽) 출생. 표기장군(驃騎將軍) 곽거병(霍去病)의 이복 동생.
23) 초분(草芬)은 미개한 들인데, 부수가 풀초자이기 때문에 이것으로 성을 삼은 것
　　이다.
24) 중국 전한(前漢) 말의 정치가. 평제를 독살한 뒤 2세인 유영(劉嬰)을 세워 假皇帝
　　라 칭함.
25) 섣달그믐.
26) 정월 초하루에 마시는 술.

짐(鴆)이 음(音)이 서로 비슷하여 의심을 했다. 이것이 소위 정이 증자28)가 살인했다고 말하는 바이다.29)

짐 천자가 일찍이 소선30)의 시를 외웠는데, '유연(流連)31)으로 나라를 잃고, 연안(宴安)32)으로 목숨을 잃다[鴆毒]'라는 구절을 읊조리면서 그 맛을 보니 맛이 있구나 그 말이여! 인군이 된 사람들은 가히 그것을 거울삼아야 할 것이다. 짐은 이런 까닭으로 아침저녁으로 조심조심하여 감히 태만한 법이 없었다.

이후 진(晉)나라 시절에 이르러서 해의국에 번신33)으로 강동왕 하순34)이 있었는데, 처사 장한35)과 더불어 벼슬하기 전부터 교분을 나누었다. 장한이 순에게 권하여 말하기를 "대왕의 풍채와 기미가 아주 맑고 깊습니다. 얼음과 옥의 절개를 함양하고 육성하여 순수한 아름다움이 있습니다. 지금의 짐 천자는 기운은 경박하고 말이 조리가 없으며 바라보면 인군 같지 않으니 북쪽을 바라보고 신하로서 머리를 들고 조종의 으뜸으로 삼고 쫓을 수가 있습니까? 그윽이 대왕을 애석하게 여기는 바입니다." 순이 좌우를 물리치고 그 손을 모으고 말하기를 "순에게 계응36)이 있는 것은 물고기에게 물이 있는 것과 같습니다." 마침내

---

27) 중국 남방 광동(廣東) 땅에 산다는 독이 있는 새. 온몸에 독기가 있어 배설물이나 깃이 잠긴 음식물을 먹으면 즉사한다고 함.
28) 노나라 사람. 공자의 제자. 효경(孝經)을 지었음.
29) 거짓도 자주 이야기하면 결국에는 믿게 된다는 의미. 있을 수 없는 일이라는 뜻.
30) 본명은 소식(蘇軾), 북송 때의 사람으로 당송팔대가의 한 사람. 동파는 호이다.
31) 『맹자(孟子)』「양혜왕(梁惠王)편」. 流連荒亡.
32) 『춘추좌씨전(春秋左氏傳)』. 민공 원년(閔公元年)에 "諸夏親暱 不可弃也宴安酖毒 不可懷也"
33) 중앙에서 먼 곳에 있는 감영의 관찰사.
34) 순채(蓴菜). 수련과의 여러해살이 수초(水草). 어린잎은 식용으로 씀.
35) 진나라 제왕(齊王) 때의 사람. 벼슬에 뜻이 없어 고향으로 돌아갔는데, 순채와 농어를 무척 좋아했다.

장한으로 재상을 삼았으나 장한이 고사(固辭)하여 받지 않았다. 이에 청태37)로 재상을 삼았다. 가만히 부용성에 은거하여 살면서 정삭38)을 받들지 아니하고 자칭 대택황제라고 하고 다시 이름을 순우연(淳于淵) 이라 하고 순(淳)으로 원년을 고쳤다.

얼마 후 변방 신하 백빈39)이 달려와 반란이 일어났음을 고하니 짐 천자 노기를 띠면서 말하기를 "어리석은 하순은 강동의 잡종에 불과한 물풀로서 그 성품이 작은 소국으로 나의 대국을 비하하니 짐이 심히 부끄럽도다."

이때 승상 감태가 들어와서 알현하니 짐 천자가 바야흐로 식사를 갖추어서 하려고 하는데, 감태에게 말을 하니 감태가 말하기를 "청컨대 앞의 젓가락을 빌려서 대왕을 위해서 도모할 것을 계획을 세우고자 합니다.40)" 마침내 순을 토벌할 것을 정하니 화가 나서 밥 먹는 것도 잊어 버렸다. 식사를 물리치고 먹었던 것을 토해 버리고 칼을 빼어 책상을 치면서 말하기를 "순을 베는 것을 이처럼 하겠다." 하고 곽동을 명하여 복파장군으로 삼고 황각 청각으로 좌우 종사관을 삼았다. 또 다시마41)를 표고장군으로, 우모42)를 전봉도독으로, 고발(高勃)43)을 후장

---

36) 장한의 자(字).
37) 푸른 이끼. 김의 한 종류. 물결이 잔잔한 바닷가에 많이 남.
38) 천자의 역서를 받들지 않는 것. 하나라는 寅正(현재와 같이 13월)이었으나 뒤를 이은 상은 丑정(12월)이었고 주나라는 子정(11월)이었으며 진나라는 亥정(10월)이었다.
39) 흰 마름꽃. 능화(菱花)라고도 함. 바늘꽃과에 속하는 일년생 수초로 냇가와 습지에서 자람.
40) 장량이 한고조에게 한 말. 숙손통의 건의를 장량이가 반대할 때 사용한 방법.
41) 다시마.
42) 우뭇가사리.
43) 미상.

군으로, 갈발(葛勃)⁴⁴⁾로 기병을 삼았다. 수군 백만을 이끌고 진을 풀어 정벌함에 어려(魚麗)가 북을 치고 피리를 불며 행군하니 대개 자라와 거북이가 출발하는 머리부터 끝까지 대략 만여 리에 뻗쳤다. 곽 장군 이 해상인을 물리치고 가사리⁴⁵⁾를 기실참군으로 삼았다. 그 사람이 아름답고 붉은색의 수염이 갈라졌는데, 세상에서 말하는 염참군⁴⁶⁾이다. 짐 천자 부평초에게 명하여 세객을 삼으니 가서 보고 돌아와서 보고하 기를 "강동땅이 비록 작으나 족히 왕을 할 만하고 또 장강이 있으니 험 하고 빼어난 요새입니다. 뿌리를 심어서 단단히 할 만합니다. 가히 아 침에 명하여 저녁에 그치게 하는 것은 옳지 못하니 급히 공격하여 실수 하지 마소서."라고 했다. 짐 천자가 짐의 뜻은 이미 정해졌다고 하며 말하기를 "순의 대장은 누구냐?"고 묻자 문조(文藻)⁴⁷⁾입니다. 상이 말 하기를 이것이 소위 세상에서 말하는 문장자인가? 모추⁴⁸⁾의 아들은 도 필리⁴⁹⁾에 지나지 아니하니 어찌 능히 곽동을 감당할 수 있겠는가? 좌 우 종사가 누구냐 하니 말하기를 "도아리⁵⁰⁾ 대아리⁵¹⁾"라고 하니 "이것 은 큰 둑방 밑에서 사는 것이냐? 몸이 비록 길고 크나 나의 황각과 청 각만 같지 못하다. 유(遊)장군은 누구냐?"라고 하니 "미나리입니다. 더 러운 도랑에서 성장해 가지고 성품이 심히 유약하니 나의 다사마만 같 지 못하다. 짐은 걱정이 없다.

---

44) 미상.
45) 홍조식물. 간조선(干潮線) 부근에 산다. 돌가시과의 해조.
46) 진나라의 대부.
47) 깨끗한 문장.
48) 붓.
49) 아전(衙前)을 얕잡아 일컫던 말.
50) 까마종이, 가지과에 속하는 1년생 풀.
51) 미상.

해의국사(海衣國史) **307**

마침내 목앵52)으로 군대를 실어서 아침에 거슬러 올라가서 곧바로 강동으로 들어갔다. 맹꽁이 북을 우뢰처럼 울려 파도를 치게 하니 강과 바다가 뒤집어져서 소리가 천지에 진동을 했다. 수초 등이 배수진을 쳤는데, 모든 병사들이 물굽이에다 힘을 비축하는 바람에 약해서 능히 지탱하지를 못했다. 그리고 바람이 불어오는 쪽으로 얼굴을 대하니 결박 투항하여 스스로 소금에 절이는 죄를 청하는 꼴이 되었다.

마침내 수초를 지수53) 위에서 참하니 그 집이 깨어져 강동에 연못이 생겼다. 평곽장군 밑에 있는 사람에게 곤포를 보내어 노포문54)으로 승전을 알리고 포로를 바치니 짐 천자가 크게 좋아했다. 군사가 돌아오는 날에 크게 음식을 차려서 장사들을 먹게 하는지라. 칠보의 상을 받들어서 스스로 잔을 내리면서 말하기를 짐이 오늘에서야 천자의 고귀함을 알았다.55)

분모56)(分茅)를 공신들에게 줌에 감태를 봉하여 주지왕을 삼고 곽동으로 월라후를 삼고 다사마를 곡지의 백으로 삼았다. 나머지는 모두 차주지의 왕으로 있게 하였는데, 감태의 식읍이 유독 많은 것은 대개 젓가락을 들어 올려 전쟁 계획을 세운 공이 있기 때문이다.

강동의 망한 태부 장처사가 마음속에 야속하게 여겨 바다를 건너갈 뜻이 있었다. 시를 읊어 말하기를 한나라가 망함에 자방이 진나라 황제에게 울분을 토하고 노연57)이 홀로 그 벗 노선생58)으로 더불어 있는

---

52) 나무로 만든 병 모양의 배.
53) 물 이름.
54) 전쟁 때 쓰는 글.
55) 한 고조인 패공이 한 말로 밥상에서 최고의 반찬이 되었다는 뜻.
56) 제왕이 제후를 봉할 때 백모에 봉역의 방향을 상징하는 빛깔의 흙을 싸서 하사함.
57) 노중연.
58) 농어.

것을 부끄럽게 여겨 편주를 하상에 띄웠다. 연못 가운데서 공명의 뜻을 끊고 농사짓고 고기 잡는 것으로 일과를 삼아 스스로 만족했다.

짐 천자가 사람을 보내 그를 초빙하여 말하기를 "한이 오면 크게는 왕을 삼고 작게는 제후를 삼고자 한다. 옛적에 전횡[59]이 스스로 목을 매니 그를 따르던 빈객들이 모두 죽어 버렸다. 지금 강동왕이 아침과 저녁 사이에 삶음을 당함에 오지 않고 함께 죽으려 한다면 무슨 면목으로 강동왕을 지하에서 볼 것인가?" 하니 한이 보고하여 말하기를 "강동왕은 나와 더불어 방외의 교분이 있어 서로 사귀는 정이 밀접했다. 그러나 용맹은 헛되이 죽지를 않고 절개는 구차하게 지키지 않는지라. 하필 친한 벗과 더불어 죽을 것이냐? 연후에 교유의 도리를 다하는 것이 당연한 것이 아닌가?" 이제 나의 벗 노선생[60]이 있으니 강동왕이 비록 죽더라도 나는 근심이 없다. 반드시 강동왕을 삶고자 하리니 다행히 나와 한잔의 국을 나누리라. 짐 천자가 크게 노하여 순을 삶아서 국을 만들었다. 마디를 끊고 그것을 저미니 이해 가을에 강동이 망했다.

대부가 하순의 아들 추모를 맞아 세우니 옛적의 땅을 회복했다. 짐 천자가 정벌하고자 하여 감태에게 물으니 추모가 만일 덕을 거느려서 행위를 고친다면 봉한 것만 같지 못할 것입니다. 상이 말하기를 "그렇다"고 했다. 무예를 연마하고 관리를 보내는 것을 가히 깨우치지 못하고 모가 연호를 받들어 신하라고 칭하니 마침내 옛 고토에 봉해 왕을 삼았다.

건봉[61] 말년에 짐 천자[62]가 평복으로 강구에서 놀았는데, 어부라는

---

59) 한고조에게 마지막까지 대항한 사람.
60) 농어.
61) 당나라 고종 때의 연호.
62) 진시황.

놈이 갑자기 습격하여 사구평대에서 죽으니 하나의 석포어[63]가 되어 냄새가 진동 했다. 해의가 잠시 동안 장안을 취하게 하였다. 비로소 짐 천자가 죽음에 초상 때에 먹는 반찬이 되었다. 황태자 세모사가 털이 났는데, 아직 마르지 않아서 어리고 힘이 없어 스스로 서지를 못하니 삭발하고 스님이 되었다. 나라에서 그 자손에게 제수하니(김으로) 심히 번영하여 중국 각지에 흩어져 살았다. 이적들이 모두 다 짐의 호를 부르니 고로 지금 세상에서 대짐이라고도 하고 소짐이라고도 하니 세모가 짐이 되었다. 대개 짐이라고 하는 것은 옛적에 상하가 통칭하여도 참람으로 삼지 않았다.

태사공이 말하기를 짐 천자는 자신이 미천하게 있으면서 훌륭한 소문이 있었으니 구구한 처지로 만승의 권세를 이룬 것이라고 하였다. 좌측은 강이요 우측은 호수에 임하여 연못의 깊이를 헤아릴 수 없었다. 연못에 있으면서 구리가 산을 이루고 바다를 데워 조개와 진주 등 보석의 종류가 세상에서 으뜸이었다. 사해의 부를 소유하여 돈 꿰미는 썩어 다 헤아릴 수가 없고 남아도는 양식은 가히 다 소비할 수 없었다. 그런 까닭으로 반란과 반정 없이 나라를 능히 다스리고 누린 것이 오래되었다. 많은 세월이 지난 뒤에는 바야흐로 바다를 석권했다. 육국은 서로 경쟁하여 신첩을 둘 틈도 없었지만 짐천자는 홀로 해역을 함께 세워 지키니 이때에 진은 무도하여 이 대에 망하고 짐천자는 이대 삼대 만대에[64] 이르도록 무궁하게 전하니 어찌 특별히 짐천자의 오묘한 덕화라고만 하겠는가? 당시 어진 재상 감태 곽동의 무리가 서로 함께 도운 것이다. 비록 혹 불교를 쫓아 현묘함을 이야기하고 스님을 밥 먹여 경박하고 방탕하여 인군의 관대한 국량이 없었다. 말년에 점괘에 나타

---

63) 물고기처럼 돌에 말린다는 뜻.
64) 김을 세는 단위.

나고 또 그물에 걸려 사람 손에 죽게 되는 천하의 구실이 되었으니 어찌 슬프지 않으리오. 충자 사가 상복을 입고 태와 함께 임금의 지위에 있지 않을 때에 삭발하고 스님이 되어 마침내 초상집에 자주 가게 되었다. 이는 창업의 임금이 화근을 열어준 것이다. 슬프다.

참고문헌

자료

『국조인물고』 상, 서울대출판부, 1978.

『국조인물지』 제1권, 민창문화사, 1990.

『금곡집』, 평화당인쇄사, 1976.

김두연, 『미재문고』, 호남문화사, 2006.

김봉문, 『호남인물지』, 이회문화출판사, 1992.

「남이장군실기」, 구활자본 『고소설전집』 제2권, 인천대민족문화연구소, 1984.

『담원문록』, 정양완 역, 연세국학총서 67, 태학사, 2006.

『동국여지승람』 권21, 「고적조」.

「디지털김제문화대전」, 김제시, 2010.

『문장체재사전』, 김진방 편저, 북경사범대학출판사, 1986.

『사기』.

『삼국사기』

『삼국유사』.

「상사동기」.

『새우리말 큰사전』, 신기철, 신용철 편저, 삼성출판사, 1991.

『세설신어』.

『소호당집』.

『순자』·「천륜편」.

『시경』·「주남」.

역주 『허재집』, 원광대학교향토문화연구소, 이회문화사, 1996.

『연려실기술』 국역제6권, 민족문화문고간행회, 1986.

영화 〈남이장군〉, 안현철 감독, 한국예술영화사, 1964.

「운영전」.

유재영, 『춘강수필』(춘강유재영박사화갑기념문집간행위원회), 이회문화사, 1992.

『유재집』, 박완식 역, 이회문화사, 2000.

『유재집』, 여강출판사, 1988.

이가원, 『여한전기』, 우일출판사, 1981.

이능화, 『朝鮮解語花史』, 東文選, 1992.

『이조실록』, 여강출판사, 1993.

「임경업전」, 구활자본 『고소설전집』 제30권, 인천대민족문화연구소, 1984.

정약용, 『유배지에서 보내는 편지』, 박석무 편역, 창비, 2007.

『조선조문헌설화집요(Ⅱ)』, 서대석 편저, 집문당, 1992.

『창명유고』, 의령남씨직동문집간행회, 시간의 물레, 2004.

『한국구비문학대계』 5-2, 한국정신문화연구원, 1981.

『한국민족문화대백과사전』 5, 한국정신문화연구원, 1996.

『한국의열록』, 김봉문 편, 이리 김봉문택, 1975.

『한문 문체의 이해』, 박완식 편역, 전주대학교출판부, 2002.

논저

강명혜, 「고전시가와 스토리텔링」, 『온지논총』 16, 2007.

강상순, 「전기소설적 애정 서사의 변주 혹은 패러디에 대한 일고찰」, 『국제어문학
　　회 학술대회발표자료』, 2007.

고경식, 「전의 유형고」, 『경희어문학』 6, 경희대국문과, 1983.

구사회, 「석정 이정직의 고문론과 역대 문평」, 『어문연구』 118, 한국어문교육연구
　　회, 2003.

김관웅, 「고소설에서 보여지는 비극적 요소에 대하여」, 『고소설사의 제문제』, 집
　　문당, 1993.

김광순, 『수성지 · 천군본기』, 형설출판사, 1979.

김균태, 「전의 장르적 고찰」, 『신호열선생고희기념논총』, 창작과비평사, 1983.

김낙효, 「〈영영전〉의 구조와 의미」, 『한국학논집』 16, 1989.

김대웅, 「원 소스 멀티 유즈 문화콘텐츠의 스토리텔링 구조 비교분석」, 경성대석
　　사논문, 2005.

김명순, 『고전소설의 비극성 연구』, 창학사, 1986.

김문희, 「17세기 애정소설의 장르적 역동성」, 『한국고전연구』 7, 한국고전연구학
　　회, 2001.

김민주, 『성공하는 기업에는 스토리가 있다』, 청림출판, 2003.

김승현, 「간재 전우의 의리사상에 대한 일고」, 『유교사상연구』, 한국유교학회, 2006.

김연정, 「〈운영전〉과 〈영영전〉의 애정 구현 양상 비교 연구」, 서강대학교 교육대학원 석사학위논문, 2005.

김용덕, 「전기소설의 통시적 고찰」, 『고소설사의 제문제』, 집문당, 1993.

김용범, 「실존인물의 소설화과정 연구」, 『한양어문연구』 9, 한양어문학회, 1991.

김월덕, 「전북지역 구비설화에 나타난 영웅인식」, 『구비문학연구』 4, 한국구비문학회, 1997.

김은혜, 「스토리텔링(Storytelling)광고에 관한 연구」, 이화여대석사논문, 2004.

김응모, 『어문학에 담긴 술의 멋』, 박이정, 1997.

김의숙·이창식, 『한국신화와 스토리텔링』, 북스힐, 2008.

김재룡, 「유재 송기면의 문학과 서도에 관한 연구」, 원광대석사논문, 1996.

김종군, 『고전문학과 문화콘텐츠』, 문학과 치료, 2009.

김지연, 「〈운영전〉의 서사구조와 시점연구」, 『새얼어문논집』 17, 2005.

김진선, 「〈어우야담〉 평결에 나타난 유몽인의 현실인식 연구」, 『고황논집』 42, 경희대대학원, 2008.

김찬기, 『한국 근대소설의 형성과 전(傳)』, 소명출판, 2004.

김창용, 『가전문학의 이론』, 박이정, 2001.

_____, 『한중가전문학의 연구』, 개문사, 1985.

김창용 편역, 『중국 가전 30선』, 태학사, 2000.

_____, 『한국의 가전문학』 상·하, 태학사, 2000.

김태준, 『조선소설사』, 학예사, 1939.

김현룡, 「〈국순전〉과 〈국선생전〉 연구」, 『국어국문학』 65·66, 국어국문학회, 1974.

남윤수, 「창명 남선의 생애와 문학」, 『고서연구』 18, 2001

류수열 외, 『스토리텔링의 이해』, 글누림, 2007

매일경제, 「〈선덕여왕〉, 역경 딛고 일어서는 영웅이야기 통했다」, 2009. 6. 10. 기사.

모티머 J 애들러·찰스 반 도렌, 오연희 옮김, 『논리적 독서법』, 예림기획, 1997

박상완 외, 『문화콘텐츠와 인문정신』, 오스코, 2009

박성수, 「위당의 상고사 연구」, 『어문연구』 107, 한국어문교육연구회, 2000.

박일용, 「운영전과 상사동기의 비극적 성격과 그 사회적 의미」, 『조선시대의 애정소설-사실과 낭만의 사실사적 전개양상』, 집문당, 1993.

박희병, 『조선후기 전의 소설적 성향 연구』, 성균관대학교출판부, 1993.

_____, 『한국고전인물전연구』, 한길사, 1992.

배원용, 「운영전과 영영전의 비교고찰」, 『국제어문』 2, 1981.

보리스 우스펜스키, 김경수 옮김, 『소설구성의 시학』, 현대소설사, 1992.

서대석, 『군담소설의 구조와 배경』, 이화여대출판부, 1985.

서은아, 「〈영영전〉의 인간관계 분석과 문학치료 텍스트로서의 가치」, 『국학연구』 15, 2009.

성기동, 「조선후기 야담연구」, 중앙대박사논문, 1993.

소재영, 「운영전 연구」, 『아세아연구』 41, 1971.

송기섭, 「근대 역사소설의 서사적 조건」, 『어문학』 85, 2004.

신동흔, 「운영전에 대한 문학적 반론으로서의 영영전」, 『고전산문의 계보적 연구』, 국학자료원, 2001.

신명호, 『궁녀』, 시공사, 2005.

신익철, 『유몽인 문학 연구』, 보고사, 1998.

신익철 외, 『어우야담』, 돌베개, 2006.

신태수, 『하층영웅소설의 역사적 성격』, 아세아문화사, 1995.

신해진, 「野談硏究의 현황과 그 과제」, 『고소설연구』 2, 1996.

신현규, 「문헌에 나타난 '기(妓)'의 기원 연구」, 『한민족문화연구』 23, 한민족문화학회, 2007.

신혜수, 「가전의 우의성」, 한국학대학원석사논문, 1982.

심경호, 「강화학과 담원 정인보」, 『어문연구』 107, 한국어문교육연구회, 2000.

아기 다다시 글, 오키모토 슈 그림, 설은미 역, 『신의 물방울』, 학산문화사, 2009.

안기수, 「영웅소설의 게임 콘텐츠화 방안 연구」, 『우리문학연구』 23, 우리문학회, 2008.

_____, 「한국 영웅소설의 게임 스토리텔링 방안 연구」, 『우리문학연구』 29, 우리문학회, 2010.

_____, 『영웅소설의 수용과 변화』, 보고사, 2004.

안병렬, 「가전체소설 작품 연구」, 『안동대학 논문집』 7, 1985.

_____, 『한국가전연구』, 이우출판사, 1986.

안병설, 「이조 심성가전의 전개와 그 성격」, 『한국학논총』 1, 국민대한국학연구소,

1978.

_____, 「전의 문학적 변용」, 『한국학논총』 2, 국민대한국학연구소, 1979.

연해진, 「국순전계 가전작품 구조연구」, 충북대석사논문, 1989.

오동춘, 『위당시조 연구』, 한강문화사, 1990.

오세길, 「남이 장군설화 연구」, 『민속학연구』 5, 국립민속박물관, 1998.

유권석, 「〈국성전〉 연구」, 『어문연구』 130, 한국어문교육연구회, 2006.

_____, 「〈담원문록〉 소재 인물전 연구」, 『온지논총』 16, 온지학회, 2007.

_____, 「〈등자전〉과 〈박산화공행장〉 연구」, 『한민족문화연구』 26, 2008.

_____, 「〈해의국사〉 연구」, 『한국언어문학』 62, 한국언어문학회, 2007.

_____, 「가전의 서사 구조와 스토리텔링」, 『한민족문화연구』 30, 2009.

_____, 「국성전 연구」, 『어문연구』 130, 한국어문교육연구회, 2006.

_____, 「김 의인화 가전의 문화콘텐츠화 방안 연구」, 『우리문학』 33, 우리문학회, 2011.

_____, 「남이전 연구」, 『어문연구』 108, 한국어문교육연구회, 2000.

_____, 「단재전 연구」, 『한국어문학연구』 44, 한국어문학연구학회, 2005.

_____, 「열전과 행장의 비교 연구」, 『인문과학논총』 4, 선문대학교인문대학, 2004.

_____, 「임병양란기 인물전의 비극성 연구」, 우석대박사논문, 1997.

_____, 「창명 남선의 술 의인화 가전 연구」, 『한국어문학연구』 50, 한국어문학연구학회, 2008.

_____, 「해의국사 연구」, 『한국언어문학』 62, 한국언어문학회, 2007.

_____, 『한국 전문학 연구』, 보고사, 2006.

유기옥, 「한·중 문방사우계 가전의 문학적 변용양상과 의미」, 『한국언어문학』 43, 한국언어문학회, 1999.

유수열 외, 『스토리텔링의 이해』, 글누림, 2007.

이강옥, 「국순전과 국선생전의 서술방식과 세계관」, 『고소설연구논총』, 다곡이수봉선생회갑기념논총간행위원회, 1988.

이광식, 『일제침략사65장면』, 가람기획, 1996.

이기대, 「심성론의 역사적 전개와 김우옹의 〈천군전〉」, 『한국학연구』 30, 고려대한국학연구소, 2009.

이기백, 신수판 『한국사신론』, 일조각, 1997.

이기상, 『콘텐츠와 문화철학』, 북코리아, 2009.

이동근, 「전 양식의 역사적 전개양상」, 『우리말글』 29, 우리말글학회, 2003.

_____, 「조선조 심성가전의 연구」, 『인문과학연구』 14, 대구대인문과학연구소, 1996.

_____, 『조선후기 「전」 문학연구』, 태학사, 1991.

이명현, 「문화콘텐츠 스토리텔링 소재로서 고전시가의 가치」, 『우리문학연구』 25, 우리문학회, 2008.

_____, 「이물교혼담에 나타난 여자요괴의 양상과 문화콘텐츠로의 변용」, 『우리문학연구』 21, 우리문학회, 2007.

이상설, 『고소설의 연원과 의미구조』, 양문각, 1996.

이성무, 『조선시대 당쟁사』 2, 동방미디어, 2000.

이승윤, 『근대 역사담론의 생산과 역사소설』, 소명출판, 2009.

이월영, 「야담집 소재 여성신분상승담 연구」, 『한국언어문학』 45, 한국언어문학회, 2000.

이은숙, 「정평구 전승의 확대 양상」, 『국어문학』 35, 국어문학회, 2000.

이인화 외, 『디지털스토리텔링』, 황금가지, 2003.

이종묵, 「제암에서 배를 타고 노닌 기문 제암선유기」, 『문헌과 해석』, 1998.

이찬욱, 「고전문학과 문화콘텐츠의 연계방안 연구」, 『우리문학회』 18, 2005.

_____, 「시조문학 텍스트의 문화콘텐츠화 연구」, 『우리문학연구』 21, 우리문학회, 2007.

임재해, 「건달형 인물 전설의 어긋난 행위에 갈무리된 근대성 읽기」, 『한민족어문학』 53, 2008.

임철호, 「문헌설화에 나타난 인간상(III)」, 『전주대 문리학부논문집』 1, 1983.

자크 라캉, 권택영 엮음, 『욕망의 이론』, 문예출판사, 1994.

장경남, 「〈천군전(天君傳)〉으로 본 16세기 소설사의 한 경향」, 『민족문학사연구』, 민족문학사학회, 2004.

_____, 「임란 문학과 전」, 제41차 연구발표대회, 한국고소설학회, 1998.

장장식, 「전설의 비극성과 상상력」, 민속학회 제14회 전국대회 발표요지, 1986.

전용오, 「어우야담을 통해 본 기녀상」, 『동서어문연구』 2, 1986, 137~139쪽.

정구복, 「김부식의 생애와 업적」, 『정신문화연구』 통권 제82호, 한국정신문화연구원, 2001.

정길수, 「〈운영전〉」의 메시지」, 『고소설연구』 28, 2009.

정끝별, 『패러디 시학』, 문학세계사, 2002.

정명기, 「전과 야담의 엇물림(1)」, 『한국언어문학』 33, 한국언어문학회, 1994.

정병설, 「사랑 타령일랑 집어치워라」, 『조선 여성의 일생』, 규장각 교양총서 3, 글항아리, 2010.

정소화, 「한·중 술 소재 가전 연구」, 고려대석사논문, 2010.

정양완, 「그리운 아버지에 대한 片貌와 문집에 나타난 몇몇 화제에 대하여」, 『어문연구』 107, 한국어문교육연구회, 2000.

정양완·심경호, 『강화학파의 문학과 사상(4)』, 한국정신문화연구원, 1999.

정종대, 『염정소설구조연구』, 계명문화사, 1990.

정진석, 「정인보의 언론을 통한 민족정신 고취」, 『어문연구』 107, 한국어문교육연구회, 2000.

정창권, 『문화콘텐츠 스토리텔링』, 북코리아, 2008.

정출헌, 「고전소설의 '천편일률'을 패러디의 관점에서 읽는 법」, 『국제어문』 38, 국제어문학회, 2006.

조광국, 『기녀담, 기녀등장소설의 연구』, 월인, 2000.

조동일, 「영웅의 일생 그 문학사적 전개」, 『동아문화』 10, 서울대 동아문화연구소, 1971.

_____, 『인물전설의 의미와 기능』, 영남대민족문화연구소, 1979.

_____, 『한국 설화와 민중의식』, 정음사, 1985.

_____, 『한국문학통사』 2, 지식산업사, 1990.

_____, 『한국문학통사』 3, 지식산업사, 1991.

_____, 『한국문학통사』 4, 지식산업사, 1990.

조명환, 「한습만화 스토리텔링에 관한 연구」, 숙명여대석사논문, 2007.

조수학, 「가전의 편철성」, 『영남어문학』 1, 영남어문학회, 1974.

_____, 「국순전과 국선생전 비교 연구」, 『중국어문학』 3, 영남대 영남중국어문학회, 1981.

_____, 「우병종의 심성가전 및 탁전연구」, 『한민족어문학』, 한민족어문학회, 1982.

조은하·이대범, 『한국신화의 스토리텔링』, 북스힐, 2008, 73~74쪽.

조태영, 「전계소설의 역사적 변모과정」, 『고소설사의 제문제』, 집문당, 1993.

조현설, 「견훤 이야기의 양상과 의미」, 『우리 역사인물전승1』, 집문당, 199.

주명희, 「『삼국사기』 열전의 소설사적 위상」, 『고소설사의 제문제』, 집문당, 1993.

차용주, 『한국한문학사』, 경인문화사, 1995.

최기숙, 『환상』, 연세대학교출판부, 2007.

최예정 · 김성룡, 『스토리텔링과 내러티브』, 글누림, 2005.

『한국민족문화대백과사전 8』, 한국정신문화연구원, 1991.

한혜경, 「〈어우야담〉 소재 활계담의 웃음 창출 기법과 의미」, 『고전문학연구』 17, 한국고전문학회, 2000.

함복희, 「가사의 대중적 소통 방안 연구」, 『어문연구』 36, 한국어문교육연구회, 2008.

＿＿＿, 「고전소설 속 애정 서사의 스토리텔링 방안」, 『어문논집』 42, 2009.

＿＿＿, 「설화의 문화콘텐츠화 방안 연구」, 『어문연구』 134, 한국어문교육연구회, 2007.

＿＿＿, 「향가의 문화콘텐츠화 방안 연구」, 『우리문학연구』 24, 우리문학회, 2008.

허만욱, 「문화콘텐츠에서의 디지털스토리텔링 양상과 방향 연구」, 『우리문학연구』 23, 2008.

허영진 · 이찬욱, 「TV 드라마 콘텐츠의 스토리텔링 활용 전략에 대한 연구」, 『어문논집』 45, 중앙어문학회, 2010.

허정주, 「정평구 설화의 세계와 문화적 의미」, 『비교민속학』 41, 비교민속학회, 2010.

현길언, 『한국소설의 분석적 이해』, 문학과 비평사, 1990.

clifford Leech, 문상득 역, 『비극』, 서울대학교 출판부, 1985.

찾아보기

유권석(柳權錫)

충남 당진 출생, 문학박사.

의암서당(衣巖書堂)과 초동서사에서 한학을 공부함.

現 남서울대학교 교양과정부 교수.

『한국 전문학 연구』,「〈해의국사〉 연구」,「가전의 서사구조와 스토리텔링」,「김의인화가전의 문화콘텐츠화 방안 연구」 등 주로 가전과 인물전, 문화콘텐츠와 관련된 연구를 수행해 오고 있다.

고전산문의 문화콘텐츠

2013년 1월 18일 초판 1쇄 펴냄

지은이 유권석
펴낸이 김흥국
펴낸곳 도서출판 보고사

책임편집 이경민
표지디자인 윤인희

등록 1990년 12월 13일 제6-0429호
주소 서울특별시 성북구 보문동7가 11번지 2층
전화 922-5120~1(편집), 922-2246(영업)
팩스 922-6990
메일 kanapub3@chol.com
http://www.bogosabooks.co.kr

ISBN 978-89-8433-496-0 93810
ⓒ 유권석, 2013

정가 18,000원